KB062501

제10회 월간문학상
수상작가 단편소설집

엄마의 행방

김영한

엄마의 행방

초판 1쇄인쇄 2023년 2월 25일
초판 1쇄발행 2023년 2월 27일

저 자 김영한
발행인 박지연
발행처 도서출판 도화
등 록 2013년 11월 19일 제2013 - 000124호
주 소 서울시 송파구 중대로34길 9-3
전 화 02) 3012 - 1030
팩 스 02) 3012 - 1031
전자우편 dohwa1030@daum.net
인 쇄 유진보라

ISBN │ 979-11-92828-10-7 *03810
정가 15,000원

도화道化, fool는
고정적인 질서에 대한 익살맞은 비판자,
고정화된 사고의 틀을 해체한다는 뜻입니다.

제10회 월간문학상
수상작가 단편소설집

엄마의 행방

김영한 著

도화

목 차

대저 될성부른 나무는 떡잎부터 알아본다는 말처럼 문인이라면 어릴 때부터 책을 많이 읽고 글도 잘 써서 선생님에게 장차 문인이 되겠다는 칭찬과 권유를 받은 사람이 대부분이라고 했다. 그뿐 아니라, 어려서 할머니나 어머니에게 옛날이야기를 많이 들어 후에 문학의 큰 자산이 되었다는데 내 어머니는 애초부터 그럴 여유가 없었다. 남들에게 애비 없는 후레자식 소리를 듣지 않도록 엄한 훈계만 귀에 못이 박히도록 들었다. 그 덕에 나는 인사성 밝고 예의범절이 깍듯하다는 말은 들었지만 문필가의 싹수하곤 거리가 멀었다. 게다가 초등학교 4학년까지 글을 읽기는커녕, 작문을 한다는 건 상상하기도 어려운 일이었다.

어려서 아버지를 여의고 홀어머니 밑에서 어린 형제가 목구멍에 풀칠도 어려운데 학교에 다닌다는 건 감히 엄두도 낼 수가 없었다. 꼴머슴을 가기도 어린 나이에 놀아도 학교근처에서 놀다보면 뭔가 귀동냥이라도 할 것이라는 막연한 기대를 가지고 학교 측백나무 밑에 뚫린 개구멍을 눈치껏 드나들었다. 교과서는 처음부터 사치스러운 물건이었다. 푸석푸석한 돌가루가 떨어지는 파래처럼 구멍이 숭숭 뚫린 초배지를 겹겹으로 접어 제법 두툼하게 꿰

맨 것이 공책이었다. 그나마 소중하게 책보에 싸들고 학교 울타리 밑에 반들반들하게 길이난 개구멍을 시계불알처럼 들락거렸다.

그땐 6·25전쟁 중이라 너나 할 것 없이 궁핍한 또래들이 수두룩한 터라 궁상맞은 소리는 여기서 끝내자.

소설 하나만 잘 쓰면 당장 이름이 유명 짜해지면서 구겨진 인생길도 다리미질을 한 듯 쫙 펴질 것 같았으나 결코 쉬운 일이 아니었다. 글을 쓰겠다고 덤빌 당시 동아일보에서 장편소설을 공모했다. '속솔이뜸의 땡이'가 당선될 때의 상금에만 눈이 어두웠던 나는, 모로 기어도 서울만 가면 된다는 말처럼 무조건 이야기를 재밌게 꾸며내면 되는 줄 알고 겁 없이 달려들었다. 제대로 배운 게 없으니 잘될 턱이 없었다. 그래도 소설을 써서 신분상승은 물론 자수성가를 하겠다는 일념으로 매달렸다.

그러나 신분상승은커녕, 주변에선 도장 파는 일이라도 익히면 밥은 먹으련만 왜 소설나부랭이를 잡고 늘어지느냐는 퉁바리였다. 그런 충고 아닌 무시를 당할 때마다 오기가 뻗친 나는 그래, 좋다. 돈 되는 일만 빼곤 뭐든 다 하겠다는 어깃장으로 습작에 매달렸다.

어렵사리 늦깎이로 문단 말석에 낀 지 이십 년이 되도록 저서 한 권이 없다는 것은 작가로서 직무태만이라는 눈총에 켕기는 바가 많았다. 그래서 그간 발표했던 작품을 모았더니 책 몇 권 분량이 되었다. 못난이 삼형제 같은 졸작들이지만 창작집이라는 옷을 입혀 세상에 내놓자니 철모르는 어린것들을 벼랑 끝으로 내모는 일 같아 낯이 뜨겁다.

그러나 작가로서 직무유기임을 들먹이며 을러대는, 암팡진 누이 같은 김진초 작가의 성화와, 아무런 조건 없이 늦둥이의 해산바라지를 하겠다는 도화출판사의 김성달 주간님과 박지연 대표님의 열화 같은 성원에 힘입어 체면불구하고 독자들 앞에 종아리를 걷어붙였다. 넉살이 사촌보다 낫다는 말처럼 아주 터무니없는 억지지만 스스로 고맙게 생각한다.

이 책이 나오는데 물심양면으로 도와주신 분이 많다. 그중에 재필군과 준희 그리고 언제나 큰 누나 같은 나노깃다님을 비롯한 여러 스님들의 알뜰한 지도편달과 협조를 일일이 열거할 수 없다. 허나, 여러분의 고마운 정성만은 두고두고 잊지 못할 것이다.

특히, 문학저널사가 제정한 창작문학상 제4회 수상작으로 「신풍구금身豊口金」을 선정해주신 한국문인협회 이광복 이사장님의 과찬을 잊을 수 없다. 책 말미에 그 심사평을 재록하면서 감사의 인사를 올린다.

아울러 나의 문학에 거름을 주시던 S선생님, 이 자리를 빌려 감사드린다.

소위 데뷔작이라고 일컫는 「감응」이 당선작으로 발표되기 전에는 제목이 「엄마의 행방」이었다. 16년 지나서 『한국소설』에 발표한 「어머니의 때꿈」과 겹친 부분이 자기 표절 같아 하나는 빼려다 염치없이 둘 다 실으면서 표제도 원래대로 「엄마의 행방」으로 바꿨다.

  속아주는 공덕이 무량하다는 말같이 당장 대문호가 될 줄 알고 깜빡 속아서 지금껏 한 이불을 쓰는 정예심 여사에게 애꿎은 문학을 팔아가며 진탕 고생만 시켜 미안함을 비로소 고백한다. 게다가 애들에게도 애비 노릇을 못한 후회가 앙금처럼 남아 녹슬어가고 있다.

  졸저拙著를 제10회 월간문학상 수상 기념으로 발간하여 부모님과 형의 영전에 바친다.

2023년 2월 5일

往十里大峴山아래 著者 金榮漢

엄마의 행방

엄마의 행방

매월 초, 어머니의 산소에 갈 때마다 영전에 올리고 남은 술을 음복하다 보면, 주량이 많고 적음을 떠나 취기는 똑같이 흠뻑 올랐다. 아내는 어머니 생전에 아들의 과음을 진저리 치시며 싫어하시더니 사후에도 그 꼴이 미워 그토록 빨리 취하게 만드는 거라고 토를 달았다. 나는 아내의 뜻에 동의하지 않고 울적한 기분 탓이라고 여겼다.

어머니의 유골이 안치된 제단 앞에서 음복을 하다 보니 어머니가 살아 계실 때의 기억이 먹구름처럼 밀려왔다.

어젯밤, 조카딸 명희가 다녀간 후 여러 가지 생각에 시달리다 새벽녘에야 겨우 잠드는가 싶었는데 아내가 흔들었다. 내가 본능적으로 짜증을 내자 아내 역시 신경질적으로 말했다.

"시골 간다고 일찍 깨우랬잖우?"

시계를 보니 7시였다. 대충 얼굴을 닦고 식탁에 앉았으나 밥맛이 날 턱이 없었다. 억지로 몇 술 뜨곤 급히 시외버스 터미널로 향했다. 평일이라 터미널에 닿자마자 바로 A면으로 가는 버스를 탈 수 있었다. 좌석 번호를 무시하고 뒤쪽으로 갔다. 아는 얼굴과 마주치는 것이 오늘따라 부담스럽기 때문이었다.

자리를 다 채우지 않은 썰렁한 버스가 그대로 출발하자 어수선하던 차안의 분위기가 금방 차분해졌다. 마침 내가 앉은 자리가 부챗살처럼 활짝 핀 아침 햇살을 고스란히 떠안고 가는 좌석이라 저절로 부신 눈이 감겼다.

눕힌 등받이에 몸을 기댔으나 잠은커녕 어머니 생각으로 머리가 무거웠다. 신문을 펼쳐 들자 차체의 진동으로 깨알 같은 글자들이 너울너울 춤을 추었다. 큰 제목만 대충 훑어본 신문을 앞좌석에 매달린 그물망에 찔러 넣었다.

모래가 들어간 것처럼 껄끄러운 눈을 감는 순간, 집을 나간 어머니의 파리한 모습이 눈앞에 어른거렸다.

처음 며칠은 밖에서 바람을 쐬고 곧 돌아오리라는 막연한 기대에 크게 염려하지 않았다. 그러나 일주일이 후딱 지나고 열흘이 지나면서 안일했던 생각은 서서히 불안감으로 변했다. 두 손 놓고 무작정 기다리다간 정말 무슨 일이라도 크게 번질 것 같아 좌불안석이었다. 보름이 지나면서부터 나는 똥마려운 강아지처럼 혼자 끙끙대며 어머니가 갔을 만한 곳을 꼼꼼히 짚어 나갔다. 우선 떠오르는 곳이 어머니의 친구들과 친척집인데 그것도 외가냐 친가

냐가 문제였다. 친척집도 이삼일이면 몰라도 열흘이 넘게 두 다리 쭉 뻗고 있을 어머니가 아니었다. 친구들도 마찬가지다. 아무리 다정한 친구라도 이미 칠십이 넘은 분들로 거의가 자녀들한테 얹혀사는 처지라 군식구로 오래 눌러 지낼 수는 없을 것이다.

홧김에 나갔다가 불의의 사고를 당한 것은 아닐까? 아니다. 그랬다면 진작 연락이 왔을 것이다. 밖에서 갑자기 변고가 생길 것을 대비해 명함보다 좀 큰 종이에 형과 나의 집 전화번호를 적어놓았다. 집 약도까지 그린 그 명패가 쉽게 훼손되지 않도록 코팅을 해드린 게 그리 오래된 일이 아니다. 택시를 탈 때도 그걸 보여주면 집 앞까지 잘 데려다준다고 하였으니 무슨 일이 생겼으면 바로 연락이 왔을 것이다. 그 명패를 분실했을 것이라는 방정맞은 생각은 아예 하고 싶지 않았다.

나는 어머니의 가출 동기가 궁금했다. 그래서 여고에 다니는 조카딸 명희를 엊저녁에 전화로 불러냈다. 형이나 형수에게 직접 물어볼 수도 있지만 굳이 조카를 불러낸 것은 어머니의 가출에 형 내외가 직간접으로 연관되었을 것이라는 예감 때문이었다. 그래서 제삼자격인 조카에게 우회적으로 묻는 일이 차라리 쉽고 정확할 것 같았다.

"할머니가 나가실 때 아무도 말리지 않았단 말이지?"

내가 어렵게 입을 떼자, 명희는 지금껏 할머니가 돌아오지 않은 것이 모두 자기네 탓이라는 듯, 눈물부터 짜는 바람에 이놈에게서 더는 결정적인 단서를 캐낼 수 없다는 생각이 들었다.

"우린 할머니가 잠시 밖에 나가시는 줄만 알았죠. 이렇게 오랫동안 안 오실 줄은……."

명희는 할머니를 붙잡지 않은 것이 제 불찰인 듯 눈물만 짰다.

"나가실 때 집안엔 별일 없었냐?"

나는 큰집에 무슨 불상사가 있었을 것으로 직감하고 추궁했다.

"아버지랑 엄마가 말다툼을 좀 하셨지만 별로……."

그러면 그렇지, 어머니가 괜히 집을 나가실 리가 만무했다. 허긴, 작은 다툼이야 평소에도 자주 있던 터라 크게 문제 삼을 것이 안 되지만 그래도 전후사정을 알고 싶었다.

"왜, 다퉈?"

물어보나 마나지만 그래도 결정적인 단서가 궁금했다.

"………."

명희는 뭔가 입을 잘못 놀리면 분란이 더 커질 조짐을 예상한 듯, 먼저 내 눈치를 살폈다.

"무슨 일로 싸웠냐니깐?"

나의 추궁에 명희는 기어들어 가는 소리로 말했다.

"자세한 건 잘 몰라요. 아무튼, 첨엔 엄마랑 아버지가 작은 일로 다툰 게 분명해요. 그러다가 나중엔 할머니하고도 큰소리가……."

명희의 말로 미뤄보면 형 내외의 언쟁이 결국 삼파전으로 확대된 것이었다. 그러니까 어머니는 고래 싸움에 등 터진 새우 꼴이었다.

물어보나 마나 뻔한 일이라 더 묻지 않아도 알 만했다. 처음엔 형 내외가 사소한 일로 타시락거렸는데 그걸 어머니가 그냥 두고 보지 못하고 끼어들었다. 의례적으로 아들부터 나무랐을 것이다. 이어서 슬며시 아들을 두둔했으리라.

"설령 애비가 좀 잘못했다손 치더라도 네 입 하나 다물면 집안이 편안할 텐데 위째 그놈의 주둥이를 닥치지 못하느냔 말이여? 제발, 그놈의 주둥아리를 좀 닥쳐라, 닥쳐!"

어머니는 방바닥을 내려치며 역정을 내던 손으로 형수의 입을 직신거렸고, 일은 그때부터 불에 기름을 부은 듯 번졌을 것이다.

"엄닌 암껏두 모르면서 괜히 껴들어 부채질하지 말고 제발 좀 잠자코 계세요."

약이 바짝 오를 대로 오른 형수가 어머니의 손을 뿌리치며 앙칼지게 쏘아붙이는 순간,

"어허, 이게 어따 대고 주먹질이야?"

어머니도 지지 않고 형수의 팔을 잡아챘을 것이 뻔했다.

"오냐, 네 말대로 암껏도 모르고 덤벼 죄송 천만이다. 이제 네 소원대로 눈앞에서 썩 꺼져주마."

"꺼지든 사라지든 엄니 맘대로 하셔요."

형에게 화풀이를 못 한 형수의 음성이 당연히 거칠었을 것이고, 이쯤에서 앞뒤 가리지 않고 욱하는 형이 가만히 있을 턱이 없다. 주먹이 형수의 어딘가로 직행했든지 아니면 뭔가 와장창 깨졌을 것이다. 그것으로 그날의 불화가 끝났으면 좋았겠지만 일은 거

기서부터 새로운 국면으로 번졌고 결국 이 지경에 이르렀을 것이다.

분이 안 풀린 형수는 방구석에 쪼그리고 앉아 고개를 외로 꼰 채, 잠시 주춤했던 앙살을 연신 쫑알댔을 것이다. 어머니도 이참에 과거의 잘잘못을 송두리째 들춰내 엉킨 실타래 풀듯 곱씹다가 끝내는 가출을 결심한 게 아닐까?

"그래, 내가 없어지마. 집안이 편안해진다면 멀리 꺼져주마."

밤새껏 비장한 결심을 굳힌 어머니는 아침 일찍 손가방 하나만 달랑 들고 집을 나섰을 것이다. 물론, 그런 일이 예전에 없었던 것은 아니다. 나의 소견으론 어머니가 쥐고 있던 경제권—이래야 말단 공무원인 형이 쥐꼬리만 한 월급을 타서 어머니에게 맡겼다가 대개는 형수 맘대로 쓰기 마련이지만—을 형수에게 빼앗긴 뒤부터 어머니는 사소한 일에도 부적 신경을 곤두세웠다.

어머니의 허전한 심정을 모르는 바는 아니었다. 그러나 실속 없는 경제권에 연연하는 어머니를 볼 때마다 왜 저렇게 미련을 못 버리는지 안타깝기만 했다. 거기에 비해 어머니의 긍지랄까 자존심은 턱없이 높았다. 그렇다. 지금껏 경제권을 그토록 움켜쥐지 않았다면 허름한 집이나마 장만했겠느냐는 어머니의 말씀이 백번 옳다. 셋방을 전전하다 내 집이라고 형의 문패를 달았을 때 온 가족이 기뻐하며 그동안 어머니의 지독한 살림규모에 혀가 닳도록 찬사를 보냈으면 됐지, 뭘 더 바라는지…… 나 같으면 집을 장만한 그날로 적자투성이 가계부를 미련 없이 형수에게 던졌을 것이다.

집을 살 때 얻은 빚이 청산되는 그날까지 더욱 절약한다는 구
실로 어머니는 얄팍한 가계부를 고집스럽게 틀어쥐고 있었다.

형수는 생활비는 물론 아이들 학용품과 용돈까지 일일이 챙기
는 시어머니에게 큰 불만이 없었다. 오히려 그것이 며느리의 당연
한 미덕인 양 순종했다. 그리고 형의 박봉만으로는 도저히 쪼들리
는 생활을 감당하기가 어려웠던지 무턱대고 시장판으로 나섰다.
시장에서 그날그날 닥치는 대로 물건을 떼어 이고 다니며 파는 떠
돌이 행상이 된 형수는 거기서 번 몇 푼마저도 고스란히 어머니에
게 바쳤다. 어머니는 그런 며느리가 기특한지 친구들을 만나면 며
느리의 떠돌이 행각을 부끄러운 줄도 모르고 자랑삼아 떠벌였다.

고부 사이가 결정적으로 벌어진 것은 형수가 낡은 집을 대충
수리해서 팔고 새로 반듯한 집을 사자던 때부터였다. 집을 수리하
자는 말이 나오게 된 시기는 대출금 상환이 끝날 무렵이었다.

어머니는 점심값 아낀다고 도시락을 끼고 출근하는 아들을 보
다 못해 방 한 칸을 월세로 돌려 살림에 보태자는 것이었다. 며느
리의 고충까지 고려해서 내린 결정이었으나 형수 생각은 달랐다.
비가 오나 눈이 오나 매일 시장판을 떠도는 것쯤이야 별것 아니라
고 했다. 젊어 고생은 사서도 한다는데 그게 무슨 고생이고 흉이
냐면서 전세를 놓아서 받은 돈으로 집을 겉만이라도 대충 수리를
하자고 서둘렀다. 그래서 팔자는 것이었다. 사실 형수는, 내 집이
라고 문패는 달았지만 너무 초라해서 누구한테 떳떳하게 집을 장

만했다고 자랑할 수가 없어 늘 불만이었다.

삐걱거리던 나무문을 떼 내고 철제 대문으로 바꾸는 동시에 얼룩덜룩한 담장에 파란 페인트만 칠하자던 형도 끝내 형수의 고집을 꺾지 못했다. 결국 와지끈 뚝딱 벽을 헐고 쓸모없이 긴 부엌을 반으로 줄인 만큼 안방을 넓히다 보니 공사는 의외로 커졌다. 마당에 있는 수도를 부엌으로 끌어들이면서 구조를 당장 입식으로 바꿨다.

셋집을 전전하며 추녀에 달아낸 변변찮은 부엌만 쓰던 형수도 남들처럼 번쩍거리는 싱크대가 설치된 입식 부엌이 부러웠겠지만, 당장 먹고살기도 힘든데 부엌만 번들거리면 뭐 하겠느냐는 것이 어머니의 검박한 주장이고 보면 자연 형수의 의견과 상충될 수밖에 없었다.

모든 가정사의 결정권을 알게 모르게 야금야금 형수에게 빼앗긴다고 느낀 어머니는 그 전부터 이미 심사가 뒤틀리기 시작했을 것이다.

나는 어머니가 갔을 만한 곳을 형수에게 묻고 싶었으나 참았다. 잘못하면 어머니가 나가게 된 원인을 본의 아니게 추궁하는 꼴이 될 것이고, 그럼 형수에게 잘못이 있었다면 그걸 뉘우치기는커녕 오히려 변명할 기회를 제공하는 동시에 면죄부까지 덤으로 얹어줄 것 같아서였다. 게다가 형수의 기구한 팔자타령과 장황한 넋두리를 들어야 하는 고충이 부담스러워 아예 내 나름대로 어머니를 찾아보기로 작정했다. 모르긴 하지만 형수가 자신을 변명하다 보면 어머니의 깐깐한 성품을 은연중에 비난할 것이다. 어머니의 허물을 들먹이는 형수를 좋아할 시동생은 세상천지 어디에도 없을 것이다. 그야말로 나까지 덩달아서 형수와 한통속이 되어 어머니를 공공연하게 비난할 생각은 추호도 없을뿐더러 형수를 정면에서 반박하기도 싫었다.

남 보기에 좋은 시어머니도 직접 모시는 며느리에겐 더없이 부담스러울 수도 있을 것이다. 때론 억지스러운 어머니를 지금껏 모셔 온 형수에게 지차로서 고맙다는 말은 못 할망정 굳이 시비를 가리고 싶지 않았다. 어쩌다 형수에게 입바른 소리를 하고 싶어도 자식 도리도 제대로 못 하는 주제라 꾹꾹 참을 때가 많았다. 사실 형수의 잘못을 미주알고주알 캐본들 형제간의 감정만 상하고 어머니께 보탬이 안 될 바에야 차라리 모르는 척 넘어가는 것이 상책이었다. 말하자면 시간이 흐르면 자연치유 될 일을 괜히 긁어 부스럼을 만들 이유가 없다는 것이 나의 지론이고 보면 평소 고부간의 갈등이 없지 않은 어머니로서는 어정쩡한 내 태도가 서운할 때도 많을 것이다. 차남인 나를 딸처럼 믿고 고부간의 불만을 속 시원하게 털어놓고 위로를 받고 싶을 때도 없지 않았을 것이다. 그러나 천성이 살갑지 못한 아들의 성격을 잘 아는 터라 일언반구도 없이 그대로 종적을 감춰버린 어머니의 심정이 얼마나 답답했을까. 어쩌면 자신의 하소연이 통하지 않는 자식에게 할 수 있는 무언의 시위인지도 몰랐다. 누구에게도 불편한 심정을 툭 털어놓지 못하는 자신이 한없이 서글펐을 어머니. 식구들이 모두 직장과 학교로 가고 집에는 형수와 어머니만 남는데, 형수도 아침상 설거지를 대충 치우는 둥 마는 둥 하곤 이내 시장으로 허겁지겁 내달려버리면 집안은 금방 적막강산이었다. 거기서 어머니는 혼자 놀기도 힘든 나이에 허리 한 번 펴지 못하고 빨래며 청소며 온갖 집안일을 하자니 절로 짜증이 날 만도 하였다.

어쩌다 내가 홍시라도 몇 개 사들고 가면 어머니는 길게 한숨을 내뿜으며 신세 한탄을 늘어놓았다.

"어이 죽어야지, 늙어 이 고생을 하며 더 살아 뭘 하겠냐? 남들은 무슨 놈의 팔자가 좋아서 경로당에서 화투나 치고 놀면서도 무릎이 아프네 허리가 아프네 징징대는데 이년의 팔자는 전생에서 무슨 업장을 뒤집어쓰고 나왔기에 늙어 꼬부라지도록 구정물에서 손을 못 빼고 사는지 원……."

어머니는 경로당 노인들을 마치 신선인 양 부러워하며 신세 한탄을 오뉴월 엿가락처럼 길게 늘어놓았다.

진종일 과일 몇 개나 야채 몇 단을 더 팔겠다고 아등바등하다가 집에 돌아온 형수가 피곤에 찌들어 말이라도 퉁명스럽게 내뱉으면, 집안일에 지친 어머니는 그 잘난 돈 몇 푼 벌어오는 유세 같아 당장 아니꼬운 생각이 턱밑까지 치밀었겠지.

어머니는 어머니대로, 형수는 형수대로 신경이 날카로운 판에 어쩌다 술 한잔을 걸치고 온 형이 술김에 불쑥 말 한마디 잘못 뱉다 보면 그것이 곧 분란의 불씨가 되기 십상이었다.

형 집에 갈 때마다 나는 잘 훈련된 사냥개처럼 집안 분위기를 살피는데 이골이 났다. 살벌한 이상기류가 감지되면 마치 지뢰밭을 걷는 기분으로 몸을 사리다가 재빨리 위험지역을 벗어나기에 급급했다. 그만큼 나는 어머니를 모시는 형네와 불가근불가원으로 일정한 간격을 유지하려고 애를 썼다. 게다가 작지만 먼저 집을 장만한 형이 아직도 전세방을 전전하는 내게 괜히 미안한 내색을 보이는 통에 그게 더 면구스럽고 싫었다. 어머니 또한 내가 아직도 셋방살이를 한다는 것이 마치 장남의 불찰인 양 만만한 형에게 쓸데없는 투정을 부리는 것 같아 송구스럽기까지 했다.

어머니는 항상 자식은 품 안에 있을 때뿐이고 늙어지면 어미의 고생을 알아주는 건 영감과 딸이라는 말을 입에 달고 살았다. 늙지 않아도 당연히 영감이 제일이겠지만 청춘에 혼자되셨으니 그건 재론의 여지가 없을 뿐 아니라, 살뜰하게 정을 나눌 딸도 낳은 적이 없으니 애초에 단념할 일이었다. 평소에 속이 얼마나 상했으면 생기지도 않은 딸을 그려보랴 싶어 안쓰러울 때가 많았다.

"너만 딸이었더라도……."

어머니가 이런 말을 할 때면 대개 심기가 불편하다는 표시였다.

"친구들을 보면 금가락지나 철에 맞는 물색 고운 옷은 모두 딸들이 해준다더라."

어머니의 딸 타령을 듣다 못한 나는 기어코 아내의 결혼반지를 팔아서 어머니에게 쌍가락지를 해 드렸다. 그리고 아내를 시켜 야하다 싶을 만큼 화려한 색상의 스웨터도 하나 사 드렸으나 어머니의 딸 타령이 뜸한 것은 잠시뿐이었다.

"팔자에 없는 딸을 말해 뭘 하우?"

나는 끝내 어머니에게 핀잔을 주었다. 어머니가 딸을 못 낳았기에 망정이지 낳아서 중간에 잃었다면 그 애절한 넋두리를 어찌 들었을지 끔찍한 생각이 앞섰다.

"글쎄 말이다. 남들이 딸과 알콩달콩 정을 주고받는 모양이 하두 부러워서 그런다."

"부러우면 뭘 하우? 어머니 복이 그뿐인 걸."

어머니의 턱없는 시샘에 나는 야박하게 볼멘소리를 터뜨렸지만 정 나눌 사람이 오죽 없으면 저러랴 싶어 측은한 생각도 들었다. 아내라도 딸처럼 사근사근했으면 좋으련만 원체 천성이 무뚝뚝한 터라 어쩔 도리가 없었다. 변덕이 죽 끓듯 하지 않은 것만 다행으로 여겼다.

"아버지는 뭐라시던?"

형의 근황을 조카에게 물었다.

"매일 술만 드시니 걱정이에요."

그도 그럴 것이다. 어머니가 계셨으면 서로 아옹다옹하면서도 심심찮겠지만 그럴 상대가 없으니 마치 적수를 잃은 선수처럼 의욕을 상실한 채, 공황상태의 불편한 심기를 술로 달래는 모양이었다.

"간 기능도 나쁜 양반이 자꾸 깡술만 드셔서 어쩐다냐?"

평소 형의 주량을 아는 터라 은근히 걱정스러웠다.

"며칠 전 직장에서 승진시험을 보신 뒤로 술을 더 드셔요."

형이 술만 마시다가 승진시험을 망쳤나 싶어 은근히 걱정되었다.

고속도로를 빠져나온 버스가 이윽고 A면으로 가는 산길로 접어들었다. 이 년 전만 해도 비포장도로에서 몇 시간을 시달리면 온몸이 두들겨 맞은 것처럼 쑤시고 저렸다. 그래서 특별한 일이 아니면 쉽게 올 엄두가 나지 않던 험한 고향길이었다.

잠시 눈을 붙인 것 같은데 벌써 목적지에 가까운 새말까지 왔나? 미덥지 않아 시계를 봤다. 세 시간 가까이 걸린 셈이었다.

포장된 후 처음 와 보는 고향길이 너무 생소해 눈요기 삼아 창밖을 보고 싶었으나 차창에 돌비늘처럼 얼어붙은 성에가 뿌옇게 시야를 막았다. 차창에 입김을 호, 불자 얼룩무늬가 맑게 걷히면서 빠끔히 시야가 열렸다. 계란만 한 구멍으로 어른거리는 빈 들판과 그늘진 산기슭에는 미처 녹지 않은 잔설이 허연 이불 홑청처럼 아무렇게나 널려 있었다.

내 깐에는 냉기를 피하려고 창가에서 떨어져 앉았으나 어디선가 스며드는 싸늘함이 칼끝처럼 옷깃에 파고들었다. 외투 깃을 올리며 생각했다. 이런 추위에 어머닌 어디에 계실까……? 지금 가는 고향의 친척댁에라도 계셨으면 좋으련만 거기에도 없으면 어디로 가서 찾아야 할지 너무 막연했다. 답답하다 못해 가슴이 터질 것 같았다.

등받이에 몸을 기대고 눈을 감자, 아버지가 돌아가신 그해 겨울 풍경이 머릿속에 아련히 그려졌다. 내가 일곱 살, 형이 열한 살. 그땐 왜 그렇게 추위도 매섭던지, 땔감이 부족한 우리 집은 항상 냉기만이 가득했다. 형과 어머니가 야산에서 산 주인과 산림감수의 눈을 피해 까치집만큼 져 나르는 땔감으로는 끼니를 끓이는 데도 모자랐다. 그래서 긴긴 혹한의 겨울, 우리 세 식구는 금방 알에서 부화된 새 새끼처럼 서로 부둥켜안고 살았다. 물 사발이 얼어 터지는 냉랭한 방에 덕지덕지 처바른 창살에 비낀 뿌연 달빛만 봐도 따스하게 온기가 느껴지는 밤, 우리는 겨우 불맛을 본 구들이 식기 전에 이부자리를 폈다.

어머니는 야뇨증이 있는 형 때문에 이부자리를 자주 빨았다. 그때마다 풀을 먹여 빳빳하게 손질한 이부자리는 마치 생철조각처럼 차가워서 선뜻 이불 속으로 파고들기가 겁이 날 지경이었다. 그때 먼저 옷을 홀딱 벗고 이불 속으로 들어간 어머니는 알몸을 이리저리 굴리면서 체온으로 따뜻하게 만든 뒤 우리 형제를 이불 속으로 끌어들였다. 형과 나는 그 추위에도 매일 밤 어머니의 양쪽 겨드랑이에 코를 묻고 건건한 땀내를 맡으며 단잠을 이뤘다.

어머니는 가끔 내게 와서 뭔가 불편한 심기를 털어놓고 싶어 안달이었으나 나는 그때마다 어머니에게 하는 말이 있었다. 큰집에서 불미스러운 일이 있어서 우리 집에 오셨으면 현관 밖에서 깨끗이 잊어버리고 내색을 말도록. 마치 큰집에서 있었던 불상사가 우리 집까지 전염되면 안 될 것처럼 어머니에게 아예 입도 뻥끗하지 못하도록 손사래를 쳤다. 그런 내가 무슨 낯짝으로 어머니를 찾겠다고 나서서 수선을 피우는가. 어머니가 뭔가 서운한 눈치를 보이면 왜 그러시냐고 다독이면서 어머니의 심기를 다치게 한 상대를 당장 박살낼 듯 으름장을 놓았더라면 어머니가 먼저 펄쩍 뛰었을 것이다. 앞뒤 재지 않고 막무가내로 덤비면 절대 안 된다고 서둘러 말리면서도 가슴에 쌓였던 고까움이 조금은 풀렸으련만 나는 그런 능청도 떨지 못하고 쓴 입맛만 다셨다. 그리고 고작 한다는 말이 노인양반이 다소 거슬리는 점이 있어도 본체만체하고 참으면 만사가 편하실 텐데 왜 그렇게 사사건건 참견하다가 결국 되로 주고 말로 받느냐고 퉁바리를 주기가 일쑤였다. 어머니는 혹을 떼려다가 붙인 꼴로 속이 상하다 못해 가슴이 찢어질 듯 아팠을 것이다.

그걸 뻔히 알면서도 나는 한 번도 어머니의 뜻에 맞장구를 치기는커녕 볼먹은 소리로 핀잔을 주기가 예사였다. 사실 나는 어머니에게 있어서 이웃집 강아지만도 못한 자식이었다. 이웃집 개는 주인이 아니라도 낯이 익으면 꼬리를 칠 뿐 아니라, 모르는 사람을 보면 내 집 네 집을 막론하고 짖어대 도둑을 쫓지 않는가?

면박을 당한 어머니는 한참 동안 말없이 한숨만 쉬다가 오나가나 똑같은 놈들뿐이라는 말을 묽은 똥 흘리듯 남기곤 총총히 큰집으로 되돌아갔다. 마치 탁구공처럼 여기서 때리면 저리 가고, 저기서 때리면 이쪽으로 왔으나 세상 어딜 가도 만만한 당신 편이 없다고 느꼈을 어머니. 생각하면 할수록 땡감을 씹은 듯 가슴이 답답했다.

　버스에서 내린 나는 망설였다. 성묘 철은 아니지만 모처럼 고향에 왔으니 먼저 어른들 산소에 가는 것이 도리라 생각되었다. 그러나 목적이 어머니를 찾으러 왔으니 집안 어른 댁을 먼저 가볼 생각으로 주변을 두리번거렸다. 이 년 전과는 상가의 모습이 딴판이었다. 울퉁불퉁한 덧니처럼 들쑥날쑥하게 세운 건물과 그 안을 환하게 밝혀놓은 슈퍼마켓, 그리고 여기저기 눈에 띄는 전자제품 대리점과 다방 간판이 눈길을 끌었다. 따끈한 커피로 어한이라도 풀고 싶었으나 급한 마음에 정육점부터 찾았다. 쇠고기와 정종을 사들고 아저씨 댁으로 가는 길목에서 아는 얼굴과 마주칠까 은근히 두려웠다. 지금은 누구를 만나도 반갑기는커녕 오히려 부담스러울 뿐이다.

　“이게 누구랴, 성만이 아녀? 어쩐 일이랴?”

　대낮에도 닫힌 나무대문을 밀치자 마당가에서 겨우내 모아놓은 쓰레기와 검불을 태우던 아주머니가 뽀얀 연기 사이로 나를 알아보았다.

　“안녕하십니까, 아주머니?”

　들고 온 꾸러미를 툇마루에 놓을 때,

　“누가 왔다구?”

　슬며시 열린 문틈으로 삼종숙의 얼굴보다 가래 걸린 음성이 먼저 흘러나왔다. 그때까지만 해도 나는 어딘가에서 어머니가 불쑥 얼굴을 내밀고 나오길 은근히 바랐다.

"성만이······? 어여 들어와, 춘디 어티키 왔댜?"

5년 전부터 중풍으로 몸져누운 삼종숙이 아랫목에 깔린 요판을 끌어당기며 말했다.

"안녕하셨습니까, 아저씨?"

나는 모처럼 아저씨께 절을 했다.

"내야 만날 한 타령인디, 분주한 서울서 어찌 지내냐?"

덥부룩한 수염 때문인지 누렇게 뜬 얼굴이 더욱 꺼칠해 보이는 아저씨가 연신 쿨룩쿨룩 기침을 토하며 물었다.

"저희이야 잘 지냅니다만 아저씨께선 추위에 어떻습니까?"

"잘 지낸다니 고맙네. 갈 날이 머잖은 우리야 하루가 다르지. 다르고말구. 그래, 어머니께선 강녕하시구?"

"······."

"연세는 나보다 5년 위시지만 기력은 좋으시쟈? 원래 소싯적부터 강단이 좋으신 분이시라······."

어머니에 대한 말을 아저씨께 묻고 싶지 않았다.

"어머니도 희수를 넘기셨으니 촉박한 여생을 잘 모시게. 자네도 알다시피 젊은 연세에 혼자 되셔서 형제를 키우시느라 고생 많으셨지."

아저씨가 새삼 어머니의 고단한 과거를 상기시켰다.

그렇다. 어머니의 고생살이를 말하자면 끝이 없을 것이다. 환갑이 넘어 칠십 대까지 삯바느질을 했던 어머니. 예전에는 바느질감이 들어오면 으레 그걸 가지고 재봉틀이 있는 집을 찾아 다녔다. 대개는 친척집을 찾아갔는데, 그것도 한두 번이지 매번 재봉틀을 빌려 쓰기가 쉽지 않았다. 재봉틀만 쓰고 쏙 빠져나오기가 어려웠다. 눈치가 보였다. 재봉틀을 쓰기 전에 그 집의 일을 대충 거든 뒤, 눈치껏 짬을 내서 박음질을 해 왔다. 일이 적으면 다행이지만 많을 때는 진종일 그 집 일에 시달리다가 탈진한 몸을 이끌고 오기가 예사였다. 당신의 바느질감은 아예 펴보지도 못한 채, 그냥 돌아온 어머니의 후줄근한 모습은 지금 생각해도 애처로웠다.

내가 군에 입대하기 전, 모은 용돈으로 중고 재봉틀 한 대를 마련했는데 그때 기뻐하시던 어머니 모습이 지금까지도 잊어지지 않는다. 마치 실성한 사람처럼 자다가도 싱글벙글하던 어머니가 어느 날 밤은 엉엉 울었다. 꿈에 재봉틀을 잃어버렸다는 것이었다. 비록 중고품이지만 새것처럼 반짝반짝 윤이 나게 닦으며 좋아하시던 어머니의 환한 모습을 나는 그때 이후로 본 적이 드물었다. 아니, 나는 그 후 어머니에게 그만한 기쁨을 안겨드린 적이 없었다는 말이 정확한 표현일 것이다.

어머니가 여기 오시지 않은 것이 확인된 이상 더 있을 이유가 없었다.

"편히 앉아."

가시방석에 앉은 것처럼 불편한 내 모습을 본 아저씨가 말했다. 나는 곧 가겠다고 일어섰다.

"이게 무슨 소리? 모처럼 와서 밥 한술은 뜨고 가야지."

아저씨 내외분이 서둘러 일어선 나에게 서운한 눈길을 던졌다.

"점심은 진작 먹었습니다. 마침 B읍에 볼일이 있어서 왔던 길에 인사나 드리고 가려고……."

나는 두 내외분을 뒤로한 채, 툇마루를 내려섰다.

"살기 바쁘겠지만 틈나는 대로 내려와. 일 년에 몇 번은 와서 성묘라도 거르지 말아야지."

불편한 몸을 뒤뚱거리며 문밖까지 나온 아저씨가 고향을 등지고 사는 우리를 내심 꾸짖는 말투였다.

"알겠습니다."

껄끄러운 자리를 빨리 벗어나려고 건성으로 대답했다.

"바쁘다는 핑계로 벌초도 못 할 바에는 차라리 화장하는 게 어떻겠느냐는 어머니 말씀에 나는 아무 대답도 못 했네. 너희들이 건재한데 어떻게 윗대 산소를 화장하느냔 말이다. 어머니도 뭔가 마음에 걸려서 하시는 말씀 같긴 하지만……."

아저씨가 기침 때문에 잠시 말을 중단했다.

"명심하겠습니다. 헌데, 그런 말씀을 언제 하시던가요?"

아저씨에게 듣는 어머니의 말을 귓등으로 넘길 수가 없었다.

"재작년 내 칠순 때 오셔서 하신 말씀일세. 필시 무슨 곡절이 있으신 말씀 같으니까 자네들이 구순히 상의혀 봐."

그러고 보니 어머니는 최근 들어 윗대 산소 걱정을 많이 하셨다. 어머니 성화가 아니라도 형제가 모처럼 성묘를 하려면 형의 시간이 안 맞고, 또 형이 어렵게 짬을 내면 내가 또 무슨 일이 겹쳐 못 하게 되었다. 그러니 일 년에 한 번 아니, 해를 묵혀 이삼 년에 한 번도 형제가 의좋게 어머니를 모시고 성묘 나들이를 한 적이 드물었다. 암튼, 이런저런 일로 심기가 불편하던 어머니가 급기야 화장까지 염두에 두고 집안 어른께 상의를 한 모양이었다.

"바람이 찹니다. 그만 들어가십시오. 저는 모처럼 왔으니 산소에 들러서 바로 올라가겠습니다."

"그려. 늦기 전에 어서 가봐, 그럼."

비척거리던 아저씨가 걸음을 멈췄을 때, 나는 재빨리 어른의 점퍼주머니에 봉투를 찔러 드렸다. 급히 개울을 건너 비탈길을 오르면서 흘깃 돌아보니 아저씨가 아직도 그 자리에 선 채 담배 연기를 휘날리고 있었다. 한때는 부군수까지 지낸 분으로 군에서 유지로 행세하던 당당한 아저씨였건만 세월 탓인지 옹색하게 구겨진 모습이 애처로울 정도로 초라했다.

이윽고 산등성이를 넘어서자, 맞은편 산자락에 모셔진 아버지 산소가 먼발치로 보였다. 그쪽을 향해 걷다 보니 울퉁불퉁한 천수답을 무지막지하게 밀어버리고 농공단지를 조성한다는 거대한 입간판이 둑길을 가로막았다. 그리고 언제부턴가 아버지 묘역 바로 밑까지 포클레인이 훑고 지나간 황토 자국이 흉측한 몰골로 나를 맞았다.

근거리에서 윗대 어르신들의 산소를 바라보던 내게 평소 그리던 고향 들판이 이처럼 낯설게 느껴지긴 처음이었다.

늦게 집에 도착한 나는 바로 요를 깔고 누웠다. 소득 없이 돌아온 나의 눈치를 살피던 아내가 식사는 어떡했느냐고 물었으나 입맛을 핑계로 간단히 거절했다. 식욕은커녕 휴게소에서 먹은 우동이 탈 났는지 명치끝이 뻐근하고, 온몸이 쑤시면서 오한이 났다.

이불을 뒤집어쓰고 있으려니까 아내가 곁에 와서 직신거렸다.

"왜?"

이불을 걷어찬 내가 짜증스럽게 아내를 쏘아보았다.

"당신 친구 성수 씨 있잖우?"

갑작스런 짜증에 놀란 아내가 조심스럽게 입을 열었다. 나는 친구고 뭐고 다 귀찮았다.

"여러 번 전화 왔었다구요."

모로 누운 나는 담배를 피워 물고 아내를 바라보았다.

"당신 오면 전화 좀 달라고 합디다. 무슨 일인지, 전화 좀 해보시구려."

대꾸하기가 싫은 나는 피우던 담배를 재떨이에 짓눌러 버리고 다시 이불을 뒤집어썼다. 땀을 빼며 자고 싶은데 잡다한 생각이 뒤엉켜 좀체 잠이 오지 않았다. 고향에서 돌아오는 중간쯤에 이종사촌이 사는데 거길 들러오지 않은 것이 마음에 걸렸다. 평소 잘 가지 않는 어머니지만 갈 곳이 마땅찮다 보면 거기라도 갔을 확률이 전혀 없지 않았다. 생각이 여기에 이르자 그냥 누워있을 수가 없었다. 모처럼 안부를 핑계 삼아 이종에게 전화를 해보고 싶었다. 어머니가 안 갔다면 나중에라도 가시면 연락을 주던지 모시고 오도록 부탁을 해야겠다고 전화기를 끌어당기는데 기다렸다는 듯 전화벨이 울렸다.

나는 불에 덴 것처럼 전화기에서 급히 손을 떼면서 나를 찾는 전화면 아예 없다는 신호로 아내에게 손사래를 쳐보였다.

"있는 사람을 왜 없다고 해요? 뭐 죄진 일이라도 있우?"

아내가 의외로 짜증을 내면서 수화기를 들었다.

"아, 네. 좀 전에……."

아내는 나의 요구를 무시하고 수화기를 건넸다.

"누군데?"

나는 신경질적으로 수화기를 낚아챘다.

"야, 나한테 무슨 감정 있어?"

수화기에서 성수의 음성이 총알처럼 날아들었다.

"어쩐 일이냐?"

나는 시큰둥하게 말을 받았다.

"야, 매번 형님이 문안을 올려야 되겠냐?"

"하면, 목구멍에 털이라도 난다던?"

농담할 기분은 아니지만 나도 지지 않았다.

"야, 잔소리 말고 나와."

"왜?"

"왜긴, 한 잔 푸자는 거지."

"술……?"

나는 술자리를 피하려고 말을 아끼며 구실을 찾았다.

"야, 꼼수 피지 말고 빨리 나오라니까!"

성수는 예나 다름없이 명령조로 나왔다. 정말이지 오늘 같은 날 술 생각이 간절해서 성수의 독촉이 싫지 않았으나 한 번 술을 입에 대면 폭주할 것 같아서 아예 술자리를 피하고 싶었다.

"시골 다녀왔더니 삭신이 온통 쑤시고 아픈데 담에 마시자."

나는 평소답지 않게 그의 유혹을 뿌리쳤다.

"정 그렇다면야 할 수 없지. 긴히 할 말도 있었는데. 암튼, 집안엔 별고 없지? 인사가 좀 늦었지만 어머닌……?"

"덕분에 괜찮으셔."

정곡을 찔린 나는 잠시 머뭇거리다 이내 태연하게 시침을 뗐다.

"형님 댁에 계신가, 어머닌?"

"응."

나는 하기 싫은 거짓말을 반복했다.

"야, 너 대답이 왜 그렇게 싱겁냐?"

"왜, 내 대답이 어때서?"

나는 계속 치근덕거리는 성수에게 짜증을 냈다.

"거두절미하고 나 며칠 전에 이상한 일이 있었다구."

"이상한 일이라니 그게 뭔데?"

진작부터 성수의 허풍을 짐작하는 터라 시큰둥하게 물었다.

"큰집에 어머니 확실히 계신 거지?"

잠시 뜸을 들이던 성수가 급기야 엉뚱한 말을 꺼냈다.

"그럼, 형 집에 계시잖고……. 왜?"

성수가 재차 어머니의 근황을 묻자 나도 바짝 긴장되었다. 아무리 허물없는 친구지만 어머니의 가출을 털어놓기는 싫었다.

"그럼 됐어. 난 좀 이상한 일이 있어서 말이야."

무성의한 대꾸에 성수도 맥이 풀린 듯 슬며시 말꼬리를 흐렸다.

"됐다니 뭐가 됐다는 거야? 이상한 일이라는 건 또 뭐고?"

난데없이 어머니의 안부를 묻는 친구의 의중이 짓궂다 못해 수상했다.

"아냐, 아무것도."

성수는 얄밉게 꽁무니를 뺐다.

"싱겁게 왜 말을 하다 말아? 뭔가 어서 말을 해보라구!"

나는 짜증스럽게 다그쳤다. 어머니에 대한 무슨 낌새를 챈 것 같은데 시원하게 말을 하지 않으니 은근히 부아가 치밀었다. 어머니에 대한 문제가 엉뚱하게 풀리는 것 같아 찜찜하면서도 진작 사실대로 털어놓지 못한 게 후회되었다.

"실은 말이야……."

한참 망설인 내가 먼저 입을 열었다.

"어머니가 집에 안 계셔."

목마른 사람이 우물을 파듯, 내가 먼저 백기를 들었다.

"언제부터?"

"보름이 좀 넘었나 봐."

나는 남의 일처럼 얼버무렸다.

"그럼 진작 사실대로 털어놔야지, 왜 자꾸 말을 빙빙 돌리며 얼버무려? 우리 사이에 그래야 되겠냐?"

"뭐 좋은 일이라구……."

딴은 성수의 말도 일리가 있는 터라 굳이 변명하지 않았다.

"우리 사이에 좋고 나쁜 게 어딨어, 인마?"

"……."

"지금부터 내 말 똑똑히 잘 들어. 실은 내가 며칠 전에 어머니를 뵈었단 말이야."

"뭐, 우리 어머니를……? 어디서?"

"내 말 오해하지 말고 들어. 실은 내가 보름 전에 어머니를 뵈었거든. 처음엔 설마 했는데, 며칠 전에 또 뵈었단 말이야."

성수는 평소답잖게 침착한 어조로 말을 이어나갔다.

"지하철 종각역 있지? 그 계단에서 어머니가 뭘 팔고 계셨어."

"뭐, 너 지금 뭐라고 말했냐? 우리 엄니가 뭘 어쨌다고?"

나는 뜻밖의 말에 너무 놀라서 입이 열리지 않았다.

"망령이군, 망령이셔!"

나는 자신도 모르게 중얼거렸다. 노망이 아니고서야 어찌 그럴 수가 있는가.

"설마 하면서도 왠지 마음이 켕겨서 다시 보니까 어머니가 분명한데 시침을 떼시는 거라. 일 년에 한두 번은 뵈어서 어머니도 분명히 나를 알아보실 텐데 말이야. 뜻밖이라 좀 황당하더라구. 그래서 재차 어머니 왜 이러고 계시냐고 겨드랑이를 안아 일으켜 세우니까 그제야 알아보시는지 갑자기 벙어리 흉내를 내시며 자꾸 얼굴을 돌리시는 거라. 정말 난감하더라니까."

"……."

나는 도저히 그 말이 믿기지 않아 더 물어볼 수가 없었다.

"야, 너 내 말 듣고 있는 거야?"

말문이 막힌 나를 성수가 다그쳤다.

"계속해, 듣고 있으니까."

"내 말 오해하지 마. 혹 내가 잘못 봤을지도 모르니까."

그렇다. 나도 성수가 잘못 보았기를 간절히 바랐다. 그러면서도 뜻밖의 상황에서 쉽게 헤어날 수가 없었다. 노망이 아니라면 길바닥에서 남의 동정이나 사실 그런 어머니가 아니었다. 만약 어머니가 길에서 뭘 팔고 계셨다면 이유야 어찌 되었든 늙은 어머니를 그렇게 내몬 자식이 지금 뭐라고 변명할 수 있을까?

나는 한참 동안 말을 못 했다. 어머니의 엉뚱한 처신 때문에 자식이 받아야 할 주변의 날카로운 시선과 지탄을 과연 어떻게 감당해야 할지 눈앞이 캄캄했다. 아니, 불효막심한 놈들에게 본때 있는 무언의 시위를 과감하게 연출한 어머니를 결코 좋게 볼 수는 없지만 그렇다고 어머니의 용단을 무조건 원망할 수도 없었다.

나는 어머니의 용감한 배신에 잠시 주눅이 들었다. 자식과 집을 버젓이 놔두고 왜 지하철역에서 남의 동정을 사고 있단 말인

가. 아무리 못돼먹은 자식들이라도 이렇게까지 난처한 곤경에 빠뜨릴 분이 결코 아닌데……. 나는 확신했다. 어머니는 절대로 그럴 분이 아니라고. 허나, 집을 나가신 지 이십 일이 되도록 연락을 끊으신 어머니라면 능히 그럴 만하다고 생각하니 성수가 한없이 괘씸했다.

"야, 그럼 왜 진작 전활 안 했어?"

이번엔 내가 성수를 몰아붙였다.

"미안하다. 실은 내가 보름 동안 미국엘 갔다 왔거든. 내가 국내에 있었으면 벌써……."

성수의 변명에 나는 더욱 화가 치밀었다. 그러나 지금 닦달해 봐야 무슨 소용이 있겠는가.

"종각이라고 했냐?"

나는 헛소리처럼 되물었다.

"맞아. 종각역 2번 출구지 아마. 내가 혹 잘못 봤는지 모르니까 너무 속 끓이지 마라. 오늘은 늦었으니까 내일 나하고 그쪽을 한번 훑어보자구. 내가 뵌 시간이 점심때였으니까 그때 가보는 게 어때?"

나는 그때 성수가 곁에 있었다면 벌써 주먹을 날렸을 것이다. 친구라면 아무리 바빠도 당장 어머니를 모시고 오든지 아니면 즉시 연락을 했어야 옳았다.

종각역을 먼저 둘러보고 출근할 참인데 전화벨이 울렸다.

"너 지금 집에 좀 다녀가거라."

형은 밑도 끝도 없이 이 말만 남기곤 이내 전화를 끊었다. 나는 이미 끊겨버린 수화기를 든 채, 몇 번인가 '여보세요'를 반복했으나 소용없었다. 왠지 불길한 생각이 앞서서 다시 전화를 걸려다가 잠시 뜸을 들이며 망설였다. 무슨 일일까? 기어코 어머니에게 무슨 불길한 일이 생긴 게 분명했다. 평소 여간해선 잘 안 하던 전화를 형이 직접 한 것을 보면 예삿일이 아닌 듯싶었다. 조바심이 났다.

나는 늦게 출근하려던 생각을 바꿨다. 결근하기로 작정하고 방금 입었던 양복을 벗었다. 점퍼로 바꿔 입을 때, 전화벨이 또 울렸다.

수화기를 들자 의외로 형수의 낭랑한 음성이 흘러나왔다.

"어머니가……."

"어머니가 오셨다구요. 언제?"

어머니라는 말을 듣는 순간, 나는 깊은 수렁에서 빠져나온 듯 금방 턱까지 숨이 차올랐다. 아니, 지금껏 지고 있던 짐을 홀렁 벗어버린 것처럼 홀가분했다.

"대관절 어디에서 그렇게 오래 계셨대요?"

나는 반가운 뒤끝에 괜히 짜증이 묻어나왔다.

"잘은 모르겠지만 수유리에 있는 무슨 절에 가 계셨나 봐요."

형수의 음성이 여전히 밝았다.

"절이라구요? 난데없이 절은 또 왜……?"

초파일과 백중 그리고 동지 때만 가시던 절에 어머니가 왜 가셨는지 내가 묻기도 전에 형수가 먼저 말했다.

"며칠 전에 형이 승진시험을 봤거든요. 어머니가 그걸 어떻게 아셨는지 이번엔 꼭 승진해야 한다고 삼칠일 기도를 하셨나 봐요."

휴우, 나는 안도의 한숨을 내뿜었다. 동시에 싫지 않은 허탈감에 젖으면서 전신이 허물어지듯 나른해졌다.

"형, 시험은?"

"어제 발표됐는데, 어머니 불공 덕분인지 2등으로 합격했대요."

"잘됐네요. 어머니도 오시고 형도 승진했으니 경사 났네요. 경비는 제가 부담할 테니 당장 걸판지게 잔치 한판 벌입시다, 형수!"

어머니가 오셨다는 말을 듣는 순간, 나는 마치 어머니의 불륜을 목격한 것처럼 울컥 화가 치밀었다. 그건 어쩌면 내가 며칠 동안 어머니를 찾아다니며 겪은 마음고생을 상쇄해 보려는 일종의 보상심리였는지도 모른다.

그러나 오직 형의 승진을 위해 절에서 삼칠일 기도를 하셨다니 그동안 나의 방정맞은 걱정이 얼마나 당치않은 기우였는지 당장 얼굴이 화끈거렸다. 암튼, 마음이 가뿐해진 나는 자신도 모르게 덩실덩실 춤을 추고 힘차게 만세를 불렀다.

"어머니 만세, 형 만만세!"

"이 양반이 며칠간 잠을 설치더니 뭐가 잘못됐나? 웬 만세유,

만세가?"

나의 갑작스런 행동이 뜻밖이라 황당한지 한동안 물끄러미 바라보던 아내가 물었다.

"당신 갑자기 왜 그래요? 뭐가 이상해진 것 아뉴? 아니면 무슨 신명나는 일이라도 생겼쑤?"

아직 눈치를 못 챈 아내가 한동안 벌레 씹은 얼굴로 나를 보다가 갑자기 바뀐 표정이 싫지 않은 듯, 하얗게 눈을 흘겼다.

속이 상하면 이따금 어딘가를 바람같이 훌쩍 다녀오던 어머니, 꼭 삼 일만 끙끙 앓다가 자는 듯 죽었으면 좋겠다던 당신의 소원대로 재작년 이맘때, 거짓말처럼 훌쩍 세상을 떠났다.

그 후, 나는 어머니와 뜨거운 정을 나누지 못했던 아쉬움과 후회가 뒤범벅이 되어, 가슴 밑바닥에서부터 뜨거움이 끓어오를 때마다 부끄러운 눈물을 삼키며 어머니에 대한 그리움을 삭혔다.

한 달 만에 어머니 산소를 찾아간 나는 모처럼 영전에 올리고 남은 청주를 몽땅 마신 뒤 흠뻑 취한 김에 허공을 향해 미친 듯 소리쳤다. 어머니―! 감사합니다. 고맙습니다. 어머니!

「엄마의 행방」은 「감응感應」이란 제목으로 신인문학상을 수상한 뒤 약간의 수정을 거치면서 원래 제목 대로 「엄마의 행방」으로 바뀜.

하얀 약속

하얀 약속

1

비 내리는 창밖을 무료하게 내다보고 있을 때, 핸드폰에 낯선 번호가 뜨면서 벨이 울렸다.

"전화 받으시는 분이 박진호 선생님이신가요?"

"그렇습니다만……?"

상대의 어눌한 말투가 요즘 흔하다는 보이스 피싱인가 싶어 당장 끊으려고 할 때, 저쪽의 숨가쁜 한마디가 비수처럼 귓속에 깊이 파고들었다.

"달희라는 분을 아시지요?"

진호는 뜻밖의 물음에 정신이 번쩍 들었다. 아니, 잠시 귀를 의심하고 반문했다.

"댁은 뉘신데 달희를……?"

"저는 미국에 사는 달희 씨 아들의 친굽니다. 그 친구가 지금 아버지를 찾고 있습니다."

진호는 들을수록 의문이 꼬리를 물었다.

"그 사람 지금 어딨습니까?"

진호는 꿈인지 생시인지 분간이 안 되었다. 그만큼 혼란스러웠다.

"장충동 S호텔로 지금 나오시면 만날 수 있습니다."

진호는 외출 준비를 서두르는 동안 심장이 터질 것 같았다. 온몸이 부들부들 떨려 도무지 무엇부터 어떡해야 할지 정신을 차릴 수가 없었다.

2

달희는 진호가 파월장병으로 베트남에 갔을 때 만난 '따힝'이라는 '꽁까이'이었다. 따힝을 처음 만난 건 진호가 베트남에 도착한 지 3개월쯤 됐을 때였다.

파병 초기 베트콩의 선물인 양 닌호아 근처 따롱 지역에서 맛보기처럼 전투가 벌어졌다. 당시 아군의 피해는 발목이 절단된 중상자 2명 외에 경상자 3명인데 비해 적의 손실은 엄청났다. 사살 8명에 추정사살 6명, 생포가 5명이었다. 노획물은 AK자동소총 5정, M1소총 3정, 카빈소총 9정, 무전기 1대, 작전용 군사지도 2장을 비롯한 이십여 발의 수류탄과 다량의 실탄이었다. 따롱 전투의 혁혁한 전과는 소대 전원의 공적으로 인정되어 2소대원의 반인

18명은 화랑무공훈장, 나머지는 인헌훈장을 받았다. 대통령이 보낸 친서와 표창장은 베트남 순방에 나선 국무총리가 직접 연대까지 와서 전달했다. 뿐만 아니라, 소대 전원이 휴양지로 잘 알려진 나트랑으로 포상휴양을 떠났다. 그때 나트랑 해변에서 만난 '꽁까이'가 '따힝'이었다. 그녀는 에메랄드빛 바다에 잘 어울리는 하얀 피부를 가지고 있었다. 따힝은 다낭에 있는 Z명문사범대학 영문과 3학년이었다. 늘씬한 키에 긴 머리와 오똑한 콧날, 상큼한 눈의 짙은 눈썹이 꽤나 인상적이었다. 특히, 웃을 때마다 옴폭 파이는 보조개도 눈길을 끌었다.

진호는 다른 병사들보다는 영어를 좀 하는 터라 따힝과 쉽게 어울릴 수 있었다. 따힝도 아주 싫은 내색은 아니었다. 그때 따힝을 한국식 발음으로 바꿔준 이름이 달희였다. 예쁘다는 말은 동서고금을 통해 싫어하는 여인이 없듯, 따힝도 '달희'가 달덩이처럼 아름다운 미인에게만 붙여진다는 농담을 은근히 좋아하는 눈치였다. 인연이 되려고 그랬겠지만 달희는 진호가 소속된 부대에서 3킬로쯤 떨어진 뻬이룽 마을에 살고 있었다. 그녀와 빨리 친숙해질 수 있었던 건 부대에서 가까운 마을에 대민 봉사를 나가면서부터였다. 뻬이룽 마을로 가는 국도는 군 보급로로 작전상 중요한 도로였다. 그래서 대민봉사지역에 우선적으로 선정되었다. 대민봉사의 목적은 군부대 인근에 사는 주민들이 평소 품고 있는 경계심을 풀어주면서 적대감을 해소시키는 것이었다. 주민들에게 우호적인 분위기를 조성함으로써 뜻밖의 위해를 줄이고 위험사태를 사전에 방지할 목적이었다. 또한 지역 정찰과 베트콩의 동태를 파악하고 첩보 수집에 좋은 방법 중의 하나였다.

진호가 세 번째 대민봉사를 나갈 땐 5월이었다. 베트남도 한국처럼 바쁜 농사철이었다.

진호는 봉사를 나갈 때마다 시레이션은 물론 쌀과 여러 가지 생필품을 넉넉하게 가지고 갔다. 달희가 사는 마을이라 더 신경을 쓴 게 사실이다. 마을 주민 대부분은 대민 봉사를 반겼으나 때로는 엉뚱한 반응을 보이며 딴전을 피우기도 했다. 대민 봉사를 나가 신경을 써주다가도 베트콩이 잠입했다는 첩보가 입수되면 즉시 지원 받은 병력으로 바로 소탕작전에 돌입했다. 지체 없이 화염방사기가 동원되었다. 순식간에 불바다로 변한 마을을 보며 주민들은 몸서리를 치며 거칠게 항의했다. 식량을 주고 보상도 아끼지 않았지만 한번 돌아선 민심을 원상태로 회복시키기는 쉽지 않았다. 서캐처럼 숲속에 낀 뻬이롱은 지질펀펀한 산자락에 고구마처럼 길쭉하게 생긴 마을로 전쟁의 피해가 그래도 적은 곳이었다.

달희는 뻬이롱 마을의 촌장 딸이었다. 하나 있는 오빠는 다낭에서 공과대학에 다니다 최근 집에서 빈둥댄다고 했는데 추측컨대 인근 부대의 첩보를 수집하는 베트콩일 가능성이 농후했다.

달희는 방학 동안 고향 마을에서 어린이들의 학습을 돕고 있었다. 진호가 달희에게 호감을 보이자 그녀는 휴양지에서 보였던 친절은 간데없이 쌀쌀맞게 돌변해 버렸다.

미술 전공은 아니지만 평소 그림을 그리는데 남다른 소질이 있던 진호는 그녀가 가르치는 아이들에게 그림을 그려주고 한국민요 '아리랑'이나 '고향의 봄'도 가르쳐주었다. 그렇게 놀면서 달희와의 서먹한 감정도 서서히 풀어졌다. 진호는 달희에게 새 이름을 지어준 기념으로 캐리커처 한 장을 그려주었다. 상큼한 눈이 다소 과장되었지만 예쁘게 웃는 모습이었다.

아이들에게 만화 같은 것을 그려주는 일종의 재능기부였는데 아이들은 언제부턴가 진호의 그림을 사고팔았다. 그림이 현금처럼 통용되다보니 아이들은 졸졸 따라다니며 그림을 그려달라고 졸랐다. 아이들은 현금을 만드는 은행이 오길 손꼽아 기다렸다. 달희도 기다리는 눈치가 역력했다. 어쩌다 오랜만에 가면 기다리다 못해 눈이 빠질 뻔했다는 농담도 할 줄 알았다.

"진호 씨는 달희가 보고 싶지도 않나요?"

달희는 삐친 듯하다가도 달래면 금방 풀어졌다. 어느덧 아이들과 함께 달희도 정이 들었다.

귀국이 삼 개월 남은 어느 날, 진호는 평소처럼 뻬이롱을 찾아갔다. 말이 대민봉사지 사실은 달희를 보러 가는 것이 주목적이었다. 귀국이 얼마 남지 않았으니 부지런히 만나서 사랑을 속삭이고 싶었다. 후텁지근한 날씨에 가랑비가 내리는 날이었다. 구질구질한 날씨 탓인지 동네아이들은 지프차 소리를 충분히 들었을 텐데 한 놈도 얼굴을 내밀지 않았다.

진호는 같이 간 오 일병과 박 상병을 대동하고 아이들을 찾아나섰다. 어쩌다 만난 아이들은 잘 따르던 진호를 보고도 모르는 척 딴전을 피웠다. 진호는 그런 아이들을 마을 가운데 있는 정자나무 밑으로 모이도록 독려했다. 가랑비가 멎고 한 시간이 지나도 아이들은 한 놈도 나타나지 않았다. 그제야 진호는 동물적인 감각이 발동했다. 쌀과 학용품 등등을 노인정에 부려놓고 귀대하는 길에 달희를 만나려고 그 집 앞을 서성거렸으나 빈집처럼 썰렁한 울 안엔 삐쩍 마른 누렁이가 만사가 귀찮다는 듯 서너 번 짖곤 으슥한 숲속으로 사라졌다.

숲속으로 사라진 누렁이가 다시 컹컹 짖을 때 진호는 왠지 등골이 오싹해지면서 갑자기 불길한 예감이 들었다. 오 일병과 박 상병은 개인화기 M16자동소총을 움켜쥐고 십 미터 간격을 두고 쓰러질 듯 허름한 가옥들을 수색해 나갔다. 반쯤 허물어진 허술한 헛간엔 방금 꺾어다 놓은 듯, 미처 시들지 않은 손바닥만 한 나뭇잎들이 아무렇게나 흩어져 있었다. 수상한 예감이 들었다. 호기심에 끌려가다 한 방에 훅, 갈 수 있다는 진무일 소대장의 경고를 귀가 닳도록 들었던 터라 조심스럽게 한발 한발 전진을 계속했다. 샅샅이 수색하던 중 시들지 않은 나뭇잎 밑에서 네댓 명이 웅크리고 앉을 만한 웅덩이 하나를 발견했다. 방금 식사를 마쳤는지 여기저기 흩어진 음식찌꺼기와 인적이 감지되는 순간 머리끝이 쭈뼛해졌다. 어딘가에서 베트콩들이 바로 기습해올 것 같은 공포감에 아래위 턱이 사정없이 부딪치는 소리가 들렸다.

고맙게도 정자나무 밑에 모이지 않은 아이들이 진호 일행을 살려준 셈이었다. 아이들이 학용품을 얻겠다고 나와서 어울렸다면 바로 베트콩의 표적이 되었을 것이다. 그걸 예상하고 아예 나타나지 않은 아이들이 얼마나 고마운지 몰랐다.

3

진호는 1967년 말이 되면서 귀국을 서둘렀다. 그때 임신 2개월이라는 달희의 말을 듣는 순간 당장 유산을 종용했다.

"축하한다는 말 한마디 없이 무조건 유산하라는 당신에게 정말 실망이야, 실망!"

달희는 발악하듯 소리쳤다.

"미안하다. 하지만 어쩔 수 없잖아, 뾰족한 방법이……?"

사실이 그랬다. 진호는 두 손을 싹싹 비비며 용서를 빌었다. 그러나 달희는 좀처럼 울음을 그치지 않고 울부짖었다.

"당신에겐 한낱 놀이게의 산물로 귀찮을지 몰라도 나에겐 귀중한 선물이야. 이제부턴 당신하고 상관없으니 신경 쓰지 마요. 나혼자 잘 키울 거예요. 걱정하지 말라고!"

진호는 전쟁터의 위험을 무릅쓰고 연장근무를 신청했다. 그러나 베트남 여인에게 임신시킨 병사는 연장근무가 허락되지 않았다. 작전에 악영향을 미칠 수 있다는 이유 때문이었다.

진호는 귀국해서 제대하는 즉시 월남에 오기로 약속하고 귀국선에 올랐다. 그때 영원히 변치말자는 약속의 선물로 18K 금으로 만든 하트형 목걸이를 달희의 목에 걸어주었다.

"이건 죽는 날까지 내 목에서 벗어나지 않을 거예요. 꼭 돌아와야 돼요.”

그러나 진호는 제대하기가 바쁘게 간 곳은 베트남보다 형무소였다.

진호가 베트남에서 송금한 전투수당을 똘똘 뭉쳐 갖고 있던 어머니는 세를 끼고서라도 무허가 집 한 칸이나마 장만하겠다는 결심으로 노린동전 한 푼도 허투루 쓰지 않았다. 그게 축날까 벌벌 떨던 어머니는 아들이 귀국하기 보름 전 피 같은 돈을 어느 사기꾼의 입에 몽땅 털어 넣고 받은 충격으로 쓰러진 채, 자리보전하고 있었다. 진호는 눈이 뒤집혔다. 뵈는 게 없었다. 젊은 혈기에 사기꾼의 허리를 당장 꺾어버릴 기세로 찾아다녔다. 결국 사기꾼은 잡았지만 땡전 한 푼 구경 못하고 도리어 살인미수라는 죄명으로 6년형을 복역하게 되었다. 옥살이를 하다 보니 달희에게 연락할 겨를이 없었다. 진호가 그렇게 세월을 축내고 있을 때 달희는 아들을 낳았다. 한국을 잊지 말라는 뜻으로 이름도 ‘대한’이로 지었다.

4

5년을 복역한 진호는 1975년 광복절 특사로 석방되었다. 그땐 월남이 패망한 뒤라 우리와는 이미 국교가 단절된 상태였다. 달희를 찾아간다는 것은 꿈도 꿀 수 없었다. 그로부터 이십 년이 지난 뒤 국교가 재개되면서 비로소 다낭으로 가는 항로가 열렸다.

다낭공항에서 택시로 5시간을 달려 뻬이롱 마을에 도착했을 땐 그 지역이 통째로 날아가 버린 듯 폐허로 변해있었다. 예전 모습은 찾을 길이 없었다. 황무지를 개간하듯 새로운 도시계획에 따라 건설 중인 시가지는 낯설기만 했다. 차라리 안 본 것만도 못했다. 그렇다고 그냥 돌아갈 수는 없었다. 상전벽해란 말과 함께 머리에 떠오른 한 가닥의 희망은 달희가 다닌 대학교를 찾아가는 거였다. 학적부에 기록된 인적사항을 보고 새로운 정보를 찾아 나설 셈이었다. 그러나 1968년 구정공세로 대학건물이 폭파될 때 학적부가 몽땅 타버렸다는 사실만 확인한 채, 쓸쓸히 돌아섰다.

진호는 달희를 찾다 지친 몸을 야자수 그늘에 털썩 부려놓고 먼 산을 바라보았다. 길게 한숨만 뿜어대는데 월맹군과 치열하게 싸우던 '누이보'고지가 아련히 머릿속에 그려졌다. '누이'는 낮다는 말이고, '보'는 산이라는 뜻인데 그 낮은 산 하나를 빼앗기지 않으려고 안간힘을 쓰던 전투 장면이 새삼스럽게 떠올랐다. 비록 작은 산이지만 교통의 요충지라 밤낮으로 주인이 두세 번 바뀌던 고지였다.

시레이션과 아이들 학용품을 가지고 뻬이롱 마을로 봉사를 나갔을 때 누이보 근처에서 뜻밖의 기총사격을 받았다.

탕! 따, 따따따……. 진호는 기관단총 소릴 듣자마자 급히 엄폐물을 찾아 뛰었다. 그때 어디선가 나타난 달희가 진호의 손을 잡아끌었다. 자기 방으로 들어간 달희는 침대 밑으로 드리워진 휘장을 들추고 진호를 쑤셔 박듯 밀어 넣었다. 침대 밑에 처박힌 진호는 잠시 후 암순응이 된 뒤에야 비로소 두 사람이 겨우 웅크리고 있을 만한 구덩이 속이라는 것을 알았다. 그 안에서 굼벵이처럼 몸을 움크리고 있을 때 눅눅한 담요로 둘둘 말아놓은 뭔가 무릎에 써늘하게 감지되었다. 총기류 뭉치라는 게 촉감으로 느껴지는 순간 좁쌀 같은 소름이 전신에 쫙 끼쳤다. 이런 무기가 은닉된 곳이라면 베트콩의 은신처가 확실했다. 이제 독 안에 든 쥐라고 생각되자 달희가 베트콩보다 더 무서웠다. 이렇게 죽을 바에는 차라리 당장 밖으로 뛰쳐나가고 싶었으나 땀에 흠뻑 젖어 미끈거리는 전신이 한겨울처럼 떨릴 뿐 맘대로 움직이지 않았다.

따, 따따따……. 기관총 소리는 문을 박차고 들이닥칠 듯 가깝게 들렸다. 나중에야 알았다. 월맹군인 오빠가 집에 왔을 때 마침 진호가 들이닥치면 침대 밑으로 급히 숨었다는 것을. 그것도 모르고 삐걱거리는 침대에서 달희와 헐떡거린 걸 생각하면 등골이 오싹했다. 그러니까 달희는 오빠의 은신처에 진호를 숨겨준 것이었다. 월맹군 장교의 여동생 침대를 감히 들춰볼 베트콩이나 월맹군은 없을 테니까 가장 안전한 은신처였다. 침대 밑에서 한참 동안 찜질을 하다 달희에게 끌려나왔을 때, 총성은 멎고 알싸한 화약 냄새만 온 동네를 떠돌아 다녔다.

진호는 네 시간 전에 아침을 같이 먹으며 낄낄대던 오 일병의 피범벅 된 시신을 판초에 싸서 박 상병과 낑낑대며 끌고 가다 중대 본부 앞에서 쓰러졌던 기억이 새삼스러웠다. 전쟁의 끝은 죽음이 아니라, 평화라고 했다. 그런데 지금은 저주받은 이 폐허의 땅 '뻬이롱' 마을에 후텁지근한 바람이 뿌연 먼지만 몰고 다녔다.

침대 밑에 은닉된 기관단총 3정과 백여 발의 실탄, 그리고 다섯 발의 수류탄을 노획물로 보고한 진호는 전쟁의 희생물이 된 오 일병 이름으로 무공훈장을 상신했다.

5

택시를 타고 S호텔 현관에 도착한 진호는 계속 두근거리는 가슴을 진정시키기가 어려웠다. 커피숍에 들어서자 저쪽에서 젊은이가 달려왔다.

"박진호 선생님이시죠?"

"초면에 어찌 그렇게 금방 알아보시오?"

"아버님의 모습에서 제 친구의 얼굴이 금방 연상되었습니다."

진호는 그만큼 얼굴이 닮았다는 사십 대의 젊은이에게 악수를 청했다. 젊은이가 말했다.

"저는 미국에서 온 '대한·곽'의 친구, 오성수라고 합니다."

'박'을 '곽'으로 발음하는 모양이었다. 통역 없이 대화가 되도 외국인을 만나면 괜히 주눅이 들기 마련인데 오성수가 한국인이라 우선 마음이 놓였다. 그를 따라 안으로 들어가자 저쪽에 앉았던 젊은이가 벌떡 일어섰다. 오성수가 말했다.

"이 친구가 선생님을 찾는 '대한·곽'입니다."

진호는 대한의 손을 잡고 한참 동안 어리벙벙한 상태로 말을 못했다. 이어서 누가 먼저랄 것도 없이 힘껏 끌어안았다. 비로소 감격의 눈물을 흘렸다. 터질 것 같은 심장의 박동소리가 곁에서도 들릴 것처럼 크게 울렸다. 대한이의 몸집은 호리호리했으나 눈빛은 형형했다. 처음 본 얼굴이지만 낯이 익었다. 상큼한 눈과 볼우물이 달희의 얼굴을 연상시켰다.

"미국 어디에 사나?"

"뉴저지입니다."

진호는 달희와의 원만한 소통을 위해 익혀둔 영어와 월남어를 굳이 사용할 필요가 없었다.

"미국에 살면서 한국어가 능통하군."

대한이의 한국어 실력에 진호는 더욱 친근감이 느껴졌다.

"어머니는 아버지를 만나면 한국어를 쓰시려고 열심히 공부했습니다. 저한테도 꾸준히 가르쳤습니다. 게다가 제가 사는 리오니아는 한국인이 많아서 어릴 적부터 한글학교를 오래 다녔습니다."

6

진호는 대한이로부터 사십 년 전 헤어진 달희에 대한 이야기를 자세히 들었다.

달희는 친정에 대한이를 맡기고 직장을 다녔다. 영문학을 전공했기에 어렵잖게 미군부대 PX에 일자리를 구할 수 있었다. 거기에 다니면서 생활은 안정됐으나 진호에 대한 그리움은 날이 갈수록 사무쳤다. 처음 몇 번은 편지 답장이 잘 오더니 언제부턴가 소식이 끊겨졌다. 무소식이 희소식이란 말로 자위하며 무작정 기다렸다. 제대하면 바로 오겠다는 말을 철석같이 믿는 데도 한계가 있었다. 시간이 흐르면서 야속한 생각은 원망으로 커갔다. 이윽고 서서히 배신감으로 변했다. 배신감은 끝내 살기가 되었다. 진호가 결혼해서 행복하게 살 거라고 생각하면 눈물이 아니라, 가슴이 터질 것처럼 열불이 났다. 유산시키라는 말을 따르지 않고 고집을 피웠던 자신이 원망스러웠다.

달희가 혼자 아들을 키운다니까 유혹의 손길이 여기저기서 벌 떼처럼 덤볐다. 한 말뚝에 두 번 넘어지지 않겠다는 결심으로 벌 떼를 쫓아냈다. 비록 애비로부터 버림받은 자식이지만 남자는 대한이 하나로 충분했다. 그래도 막무가내로 접근하는 조지라는 흑인 병사가 있었다. 그는 검은 피부 외에는 나무랄 데 없는 남자였다. 굳이 흠이라면 인중이 살짝 찢어진 토순兔脣이라는 것이었다. 그것도 정교한 봉합수술로 여간해서는 분간이 어려웠다. 콧바람이 새는 듯 코 먹은 소리를 하는 게 흠이라면 흠이었다. 그 외엔 부족함이 없는 사람이 뭐가 아쉬워 자식까지 딸린 여인에게 목을 매는지 달희로서는 쉽게 이해되지 않았다. 골치 아플 정도로 끈덕졌다. 대한이를 친자식처럼 잘 키우겠다는 조지의 호언도 남자들이 흔히 여자를 유혹하기 위한 미끼처럼 느껴졌다. 낯선 미국에서 개밥에 도토리가 될지도 모른다는 걱정이 달희의 결정을 유보시켰다.

"나는 진호와는 다르다. 그는 못 오는 게 아니라 안 오는 거니까 미국에 가서 같이 살자."

조지의 말은 진호가 결혼해서 행복하게 살고 있으니 그만 단념하라는 것이었다.

"입 닥쳐! 진호를 모욕하지 마라. 절대 그럴 진호가 아니다. 언제든 약속을 지킬 사람이다."

달희는 이처럼 단호했으나 백번 찍어 안 넘어가는 나무가 없다는 말처럼 서서히 흔들렸다.

조지는 귀국한 즉시 달희를 초청했다. 조지의 부모님도 아들이 좋다는 여인에게 어떤 혹이 붙었더라도 만사 오케이라고 환영했다.

아들 양육에 자신만만했던 달희도 대한이의 앞날을 고민한 끝에 결국 뉴저지로 갔다. 진호가 나타나면 언제든 물러나겠다는 조지의 말을 결코 믿지는 않았으나 믿음직한 조지에게 매달린 달희는 하염없이 눈물을 흘리며 속삭였다. '땡큐 쏘머치!'라고.

책임감이 투철하고 성실한 조지는 입대 전에 다니던 소방서에 복직한 지 5년 만에 노조위원장이 되었다. 그 무렵 달희는 딸을 낳았다. 이름을 달앤이라고 지은 데 특별한 의미는 없었다. 다만, 달희라는 이름에서 '달'자를 땄을 뿐인데 조지는 무조건 복덩이라고 좋아했다.

조지는 몸이 허약한 대한이를 체력이 필요한 야구나 축구선수로 키우고 싶었다. 그러나 운동신경이 무딘 탓으로 자연계열로 진로를 바꿔 결국은 의과대학에 입학했다.

달희는 진호가 주고 간 선물이 무럭무럭 크는 모습을 보고 대

견해하면서도 몰래 눈물을 흘릴 때가 많았다. 먼발치라도 진호를 한번 보는 것이 소원이었다. 아니, 그림자라도 보고 싶었다. 그러나 그 소원을 이루기 전에 폐암에 걸리고 말았다. 진호가 떠난 뒤 시름을 달래려고 피우기 시작한 담배를 '체인 스모커'라는 별명이 붙을 정도로 피워댄 것이 주된 병인이었다. 온 가족의 지극한 간호에도 폐암을 이기지 못했다. 육십 전에 달희가 세상을 뜰 때 대한이는 컬럼비아대학을 졸업하고 그 대학의 부속병원에 근무했지만 큰 힘이 되지 못했다. 달희는 임종 직전에 조지의 팔을 끌어당겼다.

"사랑해, 조지! 삼십 년 동안 행복과 사랑을 가르쳐준 당신! 당신의 따뜻한 품에서도 진호·박만 생각했던 나를 용서해줘. 당신은 나의 껍데기만 사랑했다고 하겠지만 나는 당신의 껍데기도 사랑하지 못하고 헤매다가 이제야……."

달희는 숨을 몰아쉬면서도 조지의 눈물을 닦아주었다. 그리고 가냘픈 목소리로 말했다.

"대한이 아빠를 꼭 만날 수 있게 도와줘요. 대한이는 아빨 만나도 절대 원망하지 말고."

달희는 끝내 말을 맺지 못하고 숨을 거두었다.

"아마도 아버지가 그 자리에 계셨다면 어머니는 가차 없이 새아빠를 버렸을 거예요."

대한이는 어머니가 죽은 지 십 년이 지났지만 이제라도 아버지를 찾은 일이 어머니 소원을 풀어드린 것 같았다.

"헌데, 넌 이 못난 애비가 못 한 일을 어떻게 할 수 있었는지?"

진호는 자신이 못 한 일을 대한이가 한 것이 대견하다 못해 도무지 믿을 수가 없었다.

"방금 나간 친구의 힘이 컸습니다."

"그 친구의 힘이라면 뭘 어떻게……?"

"메디컬스쿨에 클래스메이트였는데, 한국인이라 제가 의도적으로 접근했습니다. 아무래도 영어가 서툰 그의 유학생활을 돕다 보니 그의 부친이 과거 백마부대 29연대장이었다는 걸 알았어요. 그분이 아버지의 군번을 가지고 육본에 조회한 결과 아버지의 본적과 간단한 인적사항을 알아냈지요. 그걸 가지고 백방으로 수소문 한 결과 오늘 이렇게 만나게 된 겁니다."

두 부자는 주먹이 부서지도록 움켜잡은 채, 눈물을 주체하지 못했다.

"장군으로 예편하신 그분이 아니었음 저로선 도저히 아버지를 찾지 못했을 겁니다."

진호는 자신의 군번을 기억하고 있던 달희가 눈물겹도록 고마웠다.

"아버지께서 우릴 찾지 못할 이유가 있으리라는 걸 어머니도 아시고 포기했지만 그렇다고 잊지는 않으셨습니다."

"그래, 나 역시 너희 두 사람을 한시도 잊어 본 적이 없었다."

사실이었다. 진호는 어딘가에 살아있다면 반드시 만나리라고 믿었다. 진호는 목이 멘 채로 대한이에게 물었다.

"네 숙소는 지금 어디냐? 오늘 내 집에 가면 안 되겠니?"

진호는 처음 만난 혈육과 좀처럼 헤어지기가 싫었다.

"그래도 되겠습니까, 아버지?"

대한이는 의외라는 듯 반겼다.

"되다마다. 애비집인데 뭐가 문제냐?"

머뭇거리던 대한이가 난처한 얼굴로 조심스럽게 입을 열었다.

"아버지 와이프가 혹……?"

"그런 걱정은 안 해도 된다."

대한이는 양어깨를 가볍게 추썩였다. 외국인이 난처할 때 흔히 보이는 몸짓이었다.

"아무리 자식이라지만 갑자기 나타난 불청객을 좋아할 부인이 어딨겠습니까?"

"그건 쓸데없는 걱정이야."

대한이는 의문의 눈길을 아버지의 얼굴에서 떼지 않고 고개를 갸웃거렸다.

"나는 아내가 없어."

"없으시다면 돌아가셨단 말인가요? 아니면……?"

대한이는 갑자기 젖어드는 아버지의 눈시울을 보곤 입을 닫았다.

"나는 지금껏 독신이야. 오직 너희 두 사람만 생각하고 혼자 살았다."

진호의 눈에서 주르륵 눈물이 흘러내렸다. 순간, 대한이는 덥석 아버지를 끌어안고 목멘 소리로 말했다.

"이건 어머니가 평생 목숨처럼 아끼던 목걸입니다."

"아니, 이걸 어떻게 지금까지?"

목걸이를 받은 진호의 손이 파르르 떨렸다. 이건 진호가 귀국할 때 달희의 목에 걸어준 골드체인 목걸이로 사랑의 표시이자 꼭 만나자는 약속의 증표였다. 엄지손톱만 한 크기의 하트형 목걸이에는 똑딱단추처럼 여닫는 얇은 뚜껑이 붙어있었다. 그 뚜껑을 딸깍 열자 옴폭한 속에 언젠가 달희와 얼굴을 맞대고 찍은 정겨운 사진이 앙증맞게 축소되어 있었다.

"아버지 목에 걸어드리고 보니 이제야 어머니 소원을 풀어드린 것 같습니다."

7

아버지를 만났다는 걸 대한이에게 전해들은 조지는 달희 못지않게 기뻐했다. 당장 미국으로 모시고 오라는 조지의 말에 진호는 모자를 지금껏 보살펴준 조지를 직접 만나서 감사인사를 해야 도리라고 생각했다. 게다가 이유를 막론하고 달희와의 약속을 지키지 못한 자신이 직접 그네의 영전에 가서 용서를 빌고 싶었다.

진호는 한국에서 주최한 의학세미나를 마치고 돌아가는 대한이를 따라 미국으로 갔다. 열세 시간 만에 뉴욕 케네디공항에 내린 진호는 조지의 뜨거운 환영을 받았다. 대한이에게 조지의 인품을 대충 들어 짐작은 됐지만 그래도 흑인이라는 선입견 때문에 조금 긴장된 게 사실이었다. 장신의 조지는 우람한 체격 탓인지 우락부락한 첫인상이 거칠게 보였으나 실제로는 자상하고 친절했다. 조지는 처음 본 진호를 오랜만에 만난 친구처럼 덥석 끌어안았다.

"아버지, 이 사람은 제 아내 숙희입니다."

두 사람의 뜨거운 포옹을 지켜보던 대한이 비로소 옆에 서 있는 여인을 소개했다.

"Oh! Nice to see you."

진호는 자신도 모르게 불쑥 영어가 튀어 나왔다.

"반갑습니다. 멀리서 오시느라 수고하신 아버지를 환영합니다."

숙희는 초면인 진호를 친아버지처럼 끌어안고 능통하게 한국어를 구사했다. 대한이의 말에 따르면 숙희는 한국인 2세라 이름도 한국식으로 지었다는 것이었다. 달희는 숙희가 한국인 2세라는 말에 무조건 결혼을 서둘렀다.

그들에게는 열 살 된 딸과 여덟 살짜리 아들 쌍둥이가 있었다. 할아버지가 온다고 온 가족이 총출동해서 마중을 나왔다. 숙희는 남편에게 집으로 가자고 했으나 대한이는 가볍게 손사래를 쳤다. 초면인 두 분이 의사소통은 된다지만 자유롭지 못할 것이므로 자신이 동승해서 불편을 덜어드리겠다는 것이었다. 숙희도 알겠다는 듯 고개를 끄덕였다.

조지의 집은 케네디공항에서 한 시간 거리에 있었다. '허드슨'

강이 훤히 내려다보이는 '폴리Fort Lee'라는 곳이었다. 초록색 융단을 깔아놓은 듯 손질이 잘된 정원에 풀장까지 갖춰진 넓은 주택이었다. 단출한 식구가 살기엔 집이 크다싶었다. 현관에서 긴 복도를 따라가자 정원의 관상수들이 시원하게 내다보이는 넓은 거실이 나왔다. 거실의 푹신한 소파에 앉자 조지가 시원한 소다수를 내왔다. 조지가 옆에 앉으며 대한이를 통해서 진호의 나이를 물었다. 1946년생이라는 말에 조지는 긴팔을 쭉 뻗어 손을 맞잡고 흔들며 말했다.

"나보다 세 살 위입니다. 나는 동갑내기 부부였습니다."

진호는 부부임을 강조하는 조지에게 웃으며 농담을 던졌다.

"낯선 미국에서 자이언트 아우를 얻어 조금도 겁날 게 없구려."

두 사람은 대한이 앞에서 다시 끌어안고 등을 토닥였다.

조지는 달희가 쓰던 방으로 진호를 안내했다. 복도 중간에 있는 방문을 열자 전면의 통유리를 통해 들어오는 창밖의 푸른 숲이 한 폭의 그림이었다. 혼자 쓰기엔 썰렁하다싶을 만큼 넓은 방은 아직도 달희가 사용 중인 것처럼 모든 살림이 깨끗이 정리되어 있었다. 한쪽 벽엔 달희의 웃는 사진이 실물처럼 크게 확대되어 걸려있었다. 조지는 말했다.

"달희가 떠난 지 십 년이 넘었지만 생전에 쓰던 물건을 하나도 건드리지 않고 있던 그대로 보관하고 있습니다."

다른 방은 가사도우미가 정리하지만 달희의 방은 조지가 손수 청소하고 침대시트도 생시처럼 바꿔놓는다고 했다. 달희가 생각날 때마다 그 방에서 그네의 체취를 맡고나면 기분이 상쾌할 뿐 아니라, 새롭게 힘이 충전된다는 것이었다.

"보다시피 우리 집엔 방이 많습니다. 그러나 오늘부터 달희의 침실을 쓰도록 양보하겠습니다. 사양 말고 내 방처럼 편히 쉬십시오. 진호 팍이 쓴다면 달희도 기뻐할 겁니다."

진호는 손사래를 쳤다. 그렇다고 기분이 찜찜해서 거절한 것은 아니었다. 지금껏 달희의 체취를 얼마나 그리워하며 살아왔던가.

이튿날, 진호는 달희가 묻힌 공원묘지로 갔다. 승용차로 한 시간 남짓한 거리였다. 허드슨 강 상류인 콜드스프링에서 멀리 건너다보이는 웨스트포인트의 하얀 건물이 유난히 눈부셨다.

잔디와 짙푸른 관상수들이 잘 가꿔진 묘역은 상당히 넓은 공원이었다. 공원에 안장된 많은 무덤에는 저마다 얼굴이 다르듯, 개성을 가진 비석들이 즐비하게 늘어서 있었다.

승용차를 세워놓은 주차장 주변에는 여러 그루의 목련이 눈송이처럼 피어있었다. 하얀 이불홑청을 푹 뒤집어쓴 듯 화사한 목련이 진호 일행을 반겼다. 언제부턴가 흐느끼듯 땅에 뚝뚝 떨어진 꽃잎들은 함박눈이 쌓였다 그만 서서히 녹아내리는 것처럼 칙칙한 갈색으로 변해갔다.

진호는 퍼즐조각같이 어지럽게 흩어진 꽃잎들을 징검다리처럼 조심스럽게 건너뛰어 잔디밭으로 들어섰다. 거기서 조금 떨어진 자리에 이르자, 허리쯤 닿는 장방형 오석烏石에 레이저로 각인된 달희의 웃는 모습이 진호를 반겼다. 예전에 진호가 A4에 그려준 캐리커처를 두 배쯤 크게 확대한 것이었다.

진호는, 상석 밑에 돌로 된 화병에 준비해온 꽃다발을 꽂았다. 이어서 베트남에 갔다 오면서 퍼온 빼이롱의 흙 한 움큼과 한국의 황토를 잘 섞어 묘 주변에 고루 뿌렸다. 달희가 그리워했을 모국의 흙과 한국 황토가 이국땅에 묻힌 달희에게 줄 수 있는 진호의 유일한 선물이었다. 생전에 달희가 좋아하던 한국 소주도 한 컵 가득 따라놓았다.

이윽고 진호는 무릎을 꿇었다. 약속을 지키지 못한 변명은 길게 늘어놓고 싶지 않았다. 영혼이 있다면 이미 알았을 것이다. 지금 잘못을 빌고 용서를 받는다고 뭐가 달라지겠는가. 고개를 숙인 진호는 남들 보기에도 민망할 정도로 눈물이 한 방울도 나오지 않았다. 눈물을 펑펑 쏟고 싶었으나 거짓말처럼 가슴만 답답할 뿐이었다.

대한이 옆에서 고개를 숙이고 있던 조지가 비로소 무덤으로 다가서며 입을 열었다.

"당신이 그토록 기다리던 진호·꽉이 왔는데 왜 일어나 반기지 않소? 당신 말대로 늦었지만 약속을 지킨 당신의 애인 진호·꽉을 나는 존경하오. 나도 당신과 약속을 지키기 위해 당신의 침실을 대한이 아빠에게 양보했소. 당신도 기뻐하리라 믿소."

조지는 드디어 어깨를 들썩이는 진호의 겨드랑이에 깊이 손을 넣어 일으켜 세웠다.

8

두 달 동안 관광을 마치고 귀국하는 진호에게 아쉬운 듯 조지
가 말했다.

"한국에 가서 혼자 살 바에야 여기서 같이 관광이나 즐기며 사
는 게 어떻습니까, 형님?"

"고마운 말씀이오만 나도 귀국해서 상속자가 있다는 걸 자랑하
고 싶소, 아우님."

진호는 두 달 만에 케네디공항에서 조지의 두툼한 손을 굳게
잡았다. 조지는 다시 오겠다는 약속을 거듭 다짐한 뒤에야 굳게
잡았던 손을 풀어주었다.

"달희에게 다시 오겠다는 어제의 약속을 이번엔 빨리 지켜야
합니다, 진호 팍 형님!"

진호는 조지의 말에 연신 고개를 끄덕이며 오케이를 연발했다.
환송 나온 사람들과 일일이 작별인사를 나눈 진호는 면세구역으
로 나가는 마지막 문에서 손을 높이 쳐들었다. 그리곤 뒤를 돌아
보지는 않았다. 왜 그랬는지는 진호 자신도 알 수 없었다.

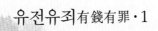

유전유죄有錢有罪·1

유전유죄有錢有罪 · 1

개 같은 년. 진수가 아내한테서 심상찮은 낌새를 발견한 건 두 달 전이었다.

산과 들에 형형색색의 봄꽃이 활짝 피던 어느 날 저녁, 아내가 뜬금없이 해외여행을 간다는 것이었다.

"당신, 지금 해외여행이라고 했어?"

침대에 비스듬히 누운 진수는 시비조로 물었다.

"여고동창들의 해외 모임인데, 며칠 동안 잘 지낼 수 있죠, 당신?"

"동창들과 해외여행이라, 제법 굵게 나가시는데."

진수의 말은 다분히 비꼬는 투였다.

"동창이 캐나다에 사는데 이제야 겨우 자리를 잡았나 봐."

밖에서 무슨 짓을 하고 다녔는지, 진수보다 늦게 들어온 아내는 어깨 홈이 푹 파인 드레스 바람으로 화장대 앞에 앉아 말했다.

"그렇게 먼 데로 이민한 친구가 있었나?"

진수는 금시초문이었다.

"미향이가 캐나다로 이민한 지가 십 년이 넘었는데 그간 고생을 진탕했나 봐. 완전히 지옥을 헤맸대요. 이제 겨우 자리가 잡히니까 친구들이 그리운 거라. 그래서 여고 때 단짝인 나하고 또 다른 친구 둘을 초청한 거예요."

아내는 클렌징크림으로 범벅된 얼굴을 물티슈로 요리조리 닦았다.

"언제 갈 건데?"

진수는 거울에 비친 아내의 풍만한 가슴을 흘끔거리며 물었다.

"낼 모레."

"그걸 왜 이제서 말해?"

"당신이 언제 말할 틈이나 줬남? 허구한 날 바쁘다고 늦게 들어와, 그것도 만날 술에 쩔어서 오기가 바쁘게 곯아떨어졌잖아."

아내는 눈을 하얗게 흘기며 불만을 터뜨렸다.

"그래도 귀띔은 했어야지."

진수는 아내의 평퍼짐한 엉덩이를 보고 꿀꺽 침을 삼켰다.

"암튼, 나 없이도 열흘쯤 잘 지낼 수 있죠?"

"열흘 아니라 열 달도 괜찮으니까, 걱정 말고 빨리 이리 와봐."

진수는 몸이 후끈 달았으나 아내는 딴전만 피우고 능청을 떨었다.

"열 달? 아무리 농담이라도 말이 씨가 된다는 거 몰라? 남들은 하루라도 빨리 오라고 성화라던데, 당신은 한 달도 아니고 열 달도 좋다고? 아주 영영 안 왔음 좋다고 춤출 사람과 무슨 초친맛으로 지금껏 맨살 비비며 살았는지 원……."

"그래서 오늘 제대로 한 번 품어주려고 일찍 왔잖아?"

마른침을 삼키던 진수는 더 못 참겠다는 듯 아내를 번쩍 들어 침대에 휙 던졌다. 아내는 거칠게 뿌리쳤다. 불처럼 몸이 후끈 달아오른 진수는 거칠게 발버둥치는 아내를 허겁지겁 끌어안았다. 그러나 평소 나긋나긋 하던 아내의 앙탈이 의외로 발칙했다.

"이이가 오늘따라 왜 이래? 짐승처럼!"

"뭐, 짐승?"

진수는 싸늘한 시선으로 거칠게 앙탈하는 아내를 노려봤다.

"오늘은 피곤해서 만사가 귀찮아요."

뽀얀 젖가슴을 드러낸 채 침대에 쓰러졌던 아내가 오뚝이처럼 벌떡 일어나서 신경질을 부렸다.

"오늘은 죽어도 하기 싫으니까, 담에 하든지 말든지……."

홀렁 벗겨진 잠옷을 가슴 위로 흠씬 끌어올린 아내가 짜증을 냈다.

"다음 좋아하시네. 그래, 나중에 혼자 실컷 해라 이 썅!"

자존심이 확 상한 진수는 벽을 향해 돌아누우며 씩씩거렸다. 그 순간 불같이 솟구치던 성욕도 찬물을 뒤집어쓴 것처럼 싸늘하게 식었다. 동시에 그는 예전에 사귀던 미스 오가 서울에 온다는 전화를 받고도 그냥 집으로 온 게 은근히 후회스러웠다. 그는 아내 몰래 빙긋 웃으며 중얼거렸다. 그래, 좋다. 어서 여행을 떠나라. 미스 오를 오붓하게 만날 생각에 젖자 자신도 모르게 입가에 미소가 피어났다.

아내가 여행을 떠나자마자 진수는 해방된 기분으로 미스 오를 만났다. 미스 오는 말만 미스지, 사실은 아내보다 십여 년 정도 젊은 삼십 대 주부였다. 십 년 전, 그녀가 미혼일 때 만나서 삼 년간 꿀맛 같은 재미를 보던 중 꼬리가 길면 잡힌다는 말대로 결국 아내에게 들통이 나고 말았다. 진수와 미스 오는 독 오른 아내 앞에서 손이 발이 되도록 싹싹 빌었다. 다시는 쳐다보지도 않겠다는 각서까지 쓴 뒤 겨우 잠잠한 일상으로 돌아왔다. 그때 미스 오는 보란 듯이 태권도 관장이라는 남자에게 시집가버렸다. 그래도 맘만 먹으면 언제든 만날 수 있는 미스 오였으나 아내와 약속도 있고 이미 결혼한 여인을 자꾸 지분거린다는 자체가 유부남으로서는 껄끄러운 일이라 아예 단념하고 살았다. 헌데, 한 달 전에 미스 오로부터 전화가 왔다. K시에 산다는 미스 오에게 전화를 받은 진수는 횡재를 만난 것처럼 허둥댔다.

"서울에 볼 일이 있어 잠시 왔던 길에 음성이나 한번……."

머뭇거리는 그녀의 음성이 가늘게 떨렸다.

"잘했어. 거기가 어디? 알았어. 내 지금 그 찻집으로 갈게."

총알처럼 찻집으로 달려간 진수는 1년 전 교통사고로 남편을 잃고, 친정 근처에서 다섯 살 된 딸 하나를 키우며 양품점을 한다는 말을 들었다. 찻집에서 나온 진수는 머뭇거리는 미스 오를 모텔로 끌었다.

"사모님 아시면 어쩌려고?"

미스 오는 모텔 앞에서 잠시 주춤거렸다. 그녀를 끝내 모텔로 끌고 간 진수는 생전 여자구경을 못한 사내처럼 미스 오를 힘껏 끌어안았다. 비록 처녀 때처럼 날씬한 몸은 아니지만 팽팽하고 야들한 피부는, 이십여 년을 살면서 푹 퍼진 아내와는 비교할 수 없이 매끈했다. 아내가 여행을 떠난 뒤 일주일에 그녀를 두 번 만났으나 그 짓도 나이 탓인지 힘에 겹다는 걸 비로소 느꼈다. 전에는 몇 번을 거듭해도 몸이 거뜬할 뿐 아니라, 감질만 났었는데 지금은 전혀 달랐다. 하루만 무리해도 금방 표가 났다. 몸이 무거운 건 말할 것도 없고 허리가 뻐근했다. 오죽했으면 한 달에 한두 번 의무적으로 치르는 아내와의 잠자리도 뻐근한 허리를 핑계로 슬슬 피하게 되었다. 그나마 발기력도 부실해서 아내 눈치를 살펴가며 발기촉진제를 복용하고 의무방어전을 들어갔다.

오랜만이지만 그녀를 연거푸 세 번 만나다 보니 자연스레 정력에 도움 될 음식이 그리웠다. 남들은 추어탕만 먹어도 힘이 불끈거린다고 주먹을 휘둘렀는데, 그는 몸에 좋다는 보신탕을 먹어도 효력은커녕 별무반응이었다. 남들이 좋다니까 먹긴 하지만 그나마 요즘은 구경한 지가 오래였다. 그래서 보신탕이라면 허발하고 덤비는 친구에게 전화를 걸었다.

"어쩐 일이냐? 전화를 다 하고?"

근태는 오랜만의 전화를 시큰둥하게 받았다.

"자네처럼 왕성한 정력이 그리워서 전화했다. 헌데, 왜 그렇게 맥아리가 풀렸냐?"

"왕성한 정력? 너 벌써 '엥꼬' 됐냐? 그래서 마누라한테 구박받다가 나한테 구원 요청하는 거지?"

"지랄, 눈치 하나는……."

"척하면 삼천리, 툭하면 호박 떨어지는 소리! 네 시들한 음성 들어보니 뻔할 뻔자지, 뭐?"

"퇴근 안 해?"

"해야지. 멍멍탕이 그립다 이거지?"

"처음 그 맛 일러준 게 누군데?"

전에 힘이 없다는 소리에 곧장 보신탕집으로 끌고 가서 정력에 그만이라며 억지로 먹인 친구가 근태였다.

"끝까지 책임지라는 소리군?"

"시작했으면 끝까지 책임져야. 안 그러냐?"

"책임 못 질 것도 없지. 헌데, 술 먹고 늦게 들어가도 돼? 바람둥이 전과자가 마누라한테 바가지 긁히면서 나까지 공범자로 몰리는 거 아니야?"

미스 오와의 관계를 소상히 아는 터라 미리부터 겁먹은 소리였다.

"마누라 지금 해외여행 중이니까, 염려 말고 나와!"

"뭐, 해외여행 중이라고?"

근태가 의외로 반색하고 반문했다.

"떠난 지 일주일 됐어."

"야, 그게 무슨 귀신 씨나락 까먹는 소리냐?"

근태는 황당한 듯 다시 물었다.

"왜 그래? 빨리 나오라니까?"

"삼 일 전에 내가 분명히 제수씨를 봤는데 그럼, 내가 귀신한테 홀린 거야 뭐야? 암튼, 자세한 이야긴 이따 보신탕집에서 하자고."

근태는 평소 진수의 아내를 제수씨라고 불렀다. 그런데 아내를 봤다니 진수로서는 믿지 못할 말이었다.

"무슨 헛소리야? 우리 마누라는 캐나다에서 일주일 뒤에나 올 텐데 웬 뚱딴지 같은 소릴 씨부려? 헛소리 말고 빨리 나와!"

진수가 보신탕집에서 근태에게 들은 이야기는 뜻밖이었다.

근태의 말로는 그의 친구 윤 변호사와 같이 L백화점에서 보았다는 것이다. 정면에서 서로 인사는 안 했지만 진수의 아내가 분명하다는 것이었다. 그때 진수의 아내는 가슴선이 과감하게 푹 파진 울긋불긋한 옷을 걸치고, 키가 훤칠한 사내와 팔짱을 끼고 백화점을 활보하더라는 말이었다. 믿을 수 없었다. 일주일 전 친구들과 캐나다로 떠난 아내를 서울 한복판에서 똑똑히 봤다니 그게 말이나 될 법한 소린가. 그는 댓바람에 취기가 싹 가셨다. 술이 맹물처럼 싱거웠다.

"야, 웬 술을 그렇게 물처럼 마셔? 그러단 몸에 기름칠을 하는 게 아니고 불을 싸지르겠다."

근태가 술잔을 가로채며 말했다.

"오늘 수육은 제법 좋다. 술 그만하고 고기 좀 들어. 그리고 뭣이냐, 내가 신부는 아니지만 고해성사를 해. 집에 무슨 일 있지?"

근태는 진수에게 무슨 일이 생겼다고 믿었다. 그렇지 않고서야 어쩌자고 이렇게 강술만 마시느냐는 거였다.

이튿날 진수는 일찍부터 근태를 끌고 인천공항으로 달려갔다. 출국자 명단이 입력된 데이터를 몽땅 뒤졌으나 아내가 출국한 날의 탑승자 명단에는 아예 비슷한 이름도 없었다. 근태의 말대로 무슨 일이 생긴 게 확실했다.

진수가 아내의 전화를 받은 건 한 달이 지난 뒤였다.

"어떻게 된 거야, 당신?"

진수는 울컥 끓어오르는 감정을 짓누르고 태연한 척 물었다.

"어떻게 되긴 뭐가 어떻게 돼?"

아내 역시 천연덕스럽게 반문했다.

"지금 어디서 무슨 지랄을 하구 자빠졌느냐구?"

진수의 음성이 날카롭게 찢어졌다.

"모처럼 여행을 떠나는 아내의 가방 하나도 안 들어주던 양반이 뭐가 그렇게 궁금하실까?"

진수는 아내의 야유를 아예 못들은 척 무시해버렸다.

"명색이 서방이라는 쳇것이 아무리 바빠도 발모가지가 부러지지 않은 이상, 마누라 여행길에 공항까지는 아니더라도 최소한 현관까지는 나와야 도리가 아니야? 그도 아님 조심해서 잘 다녀오라는 따뜻한 말 한마디라도 해야 서방 아니냐구?"

"얼씨구! 자알 논다. 그래서 패물이란 패물은 몽땅 챙겨갖고 가출했냐? 암튼, 잘했어. 이제 이 집구석에 들어올 생각은 꿈도 꾸지 마!"

"진짜 패물 같은 소리하고 자빠졌네. 언제 먼지만 한 다이야반지라도 해줬어? 이제 그 지긋지긋한 집구석엔 금 방석을 깔아줘도 안 들어갈 테니까 걱정 마셔."

"너, 진짜 그 말 절대로 후회 안 할 거지?"

진수는 감정이 복받쳤다. 그래서 다그쳤다.

"그래, 나도 이제부턴 제발 남은 인생 후회 안하고 제대로 살고 싶다, 왜?"

아내의 당돌한 말이 진수의 감정을 폭발시켰다.

"너 말 다했어? 이 쌍! 너, 지금 자빠져 있는 데가 어디야?"

"어디라면 맨발로 모시러 올래? 착각하지 말어, 박진수 씨! 당신하고 난 이미 남남된 지 오래야."

"뭐, 남남이라구? 이봐, 김문희 씨! 정신 좀 똑바로 차려!"

아내가 곁에 있었다면 진작 주먹이 날아갔을 것이다.

"남 걱정 말고 너나 정신 차려서! 나도 정신 차리니까 이제 뭔가 좀 보이더라. 당신이 예전에 젊은 년 끼고 놀아나듯 나도 몸이 더 구겨지기 전에 어린 남자하고 멋지게 한번 살아보고 싶어."

"오냐. 부디, 어린 놈한테 붙어서 잘 먹고 잘 살아라."

말은 이랬지만 속에선 열불이 났다. 그도 그럴 것이 아내는 지금껏 한눈 한번 판 적이 없다고 믿었다. 그야말로 현모양처답게 조신하게 잘 살았는데 어찌 며칠 사이로 이처럼 확 변했을까? 그런 아내에게 폐부를 찔린 진수는 은근히 양심에 가책을 느낀 나머지 더는 말을 못 했다.

"말이라도 고맙네. 당신 말대로 어린 놈하고 붙어서 잘 먹고 잘 살 테니 걱정 마."

문희가 처음 현우를 만난 곳은 그녀가 사는 아파트 상가에 있는 부동산 사무실이었다.

어느 날, 부동산 사무실에서 1가구 2주택에 대한 세금문제를 상의하면서 커피 한 잔을 얻어 마셨다. 그때 만난 남자가 현우였다.

처음에는 그 사무실 직원으로 알았으나 사실은 문희처럼 가끔 드나드는 고객이었다. 늘씬한 키에 눈이 겁쟁이처럼 휘둥그렇고 콧날이 오뚝한 그는 누가 봐도 미남형이었다. 게다가 부동산에 대한 지식도 그곳 사장보다 훨씬 해박했다. 그 사무실에서는 대체로 아파트 매기가 한창일 때 팔도록 유도했으나 현우의 견해는 달랐다. 부동산 경기가 한참 상승세를 탔는데 왜 팔라고 서두르느냐는 것이었다. 돈이 급하지 않다면 기미를 더 살핀 후에 내놔도 늦지 않다는 말이었다. 그건 부동산에 대해 문외한인 문희의 생각과도 일치되는 의견이었다.

"맞아요. 지금 팔 맘은 없어요. 당장 이사할 것도 아니고 그렇다고 돈이 당장 필요한 것도 아니니까."

문희는 현우의 의견에 맞장구를 쳤다. 초면인 문희에게 그런 알뜰한 충고를 해주는 그에게 왠지 호감이 갔다. 갈색 정장이 잘 어울리는 딱 벌어진 어깨, 고생하곤 전혀 거리가 먼 사람처럼 밝고 깨끗한 얼굴을 보면 볼수록 믿음이 가는 훈남이었다.

"맞습니다. 경기의 전망을 바로 보시는 사모님 안목도 대단합니다. 이만큼 존 위치에 그만한 아파트라면 일 년 후에는 아마 한 장은 거뜬히 오를 겁니다. 전문가는 아니지만 지금 추세를 감안하면 육 개월만 지나도 칠팔 천은 문제없어요. 저도 저 위쪽에 아파트가 있었는데 달포 전에 판 게 여간 후회스럽지 않습니다."

"뭔 소리야? 임 사장은 내 말대로 그것 팔아서 주식으로 일억 넘게 벌었잖아?"

신문에서 부동산 기사를 살펴보던 부동산 사장이 슬쩍 끼어들었다.

"그게 어디 제대로 번겁니까?"

임 사장이 슬리퍼를 벗고 방금 새것처럼 반들반들하게 닦아온 구두로 바꿔 신으며 말했다.

"젊은 분이 사업을 크게 하시나 봐요."

문희는 괜한 소리를 한다싶어 얼른 말을 중단했다.

"사업은 무슨? 골치 아파서 다 때려치우고 그냥 놀기가 심심해서 주식에 좀 손을 댔습니다."

"주식은 경제동향을 잘 알고 판단력이 빠르면서 배짱도 있어야

한다던데.”

문희는 어디선가 주워들은 말을 자신의 생각처럼 쏟아놓았다.

“푼돈으로 재미삼아 하니까 크게 신경 쓸 거 없습니다. 사모님
도 주식을……?”

“아녜요. 전 주식의 주자도 몰라요.”

문희가 손사래를 치며 수줍은 듯 웃었다.

“그렇다면 부동산에 묻어 두는 게 제일 안전합니다.”

“허지만 세금이 자꾸 오른다니까…….”

“세금만 올린다고 집값이 잡히겠어요? 그런 부동산 정책이야말
로 단세포적인 사고에서 나온 아마추어 같은 발상인데, 그걸 가지
고 어떻게 천정부지로 뛰는 집값을 잡겠습니까? 그리고 세금이 또
올라봐야 몇 푼이나 오르겠어요? 구더기 무서워 장 못 담나요?”

“허긴, 임 사장님 말씀도 맞네요.”

문희는 임현우의 말이 백 번 옳다고 믿으며 그 사무실을 나왔
다. 그리고 두 달쯤 지나서 다시 거기에 갔을 때, 마침 점심때라서
우동을 시켜먹는 현우를 또 만났다.

“안녕하세요?”

부동산 사장보다 먼저 일어선 현우는 휴지로 입을 닦으며 문희
를 반겼다.

“사모님 아파트가 벌써 3천쯤 오른 걸 보니 괜히 주식한답시고
집을 판 게 후회막급입니다.”

“두 달 만에 그렇게나 많이요?”

문희는 믿을 수 없다는 듯, 현우의 밝은 표정을 살폈다. 볼수록 정이 가는 미남이었다. 현우가 빈 그릇을 치우고 부동산 정보지를 문희에게 내밀었다.

"오억 투자해서 육억을 만들었음 됐지, 뭘 더 바라누?"

박사장이 현우에게 눈을 흘기며 욕심이 화근이라고 말했다.

"오억 투자해서 십억 잡은 사람에 비하면 조족지혈이지, 뭐."

"그건 어쩌다 용꿈 꾼 사람들이나 터지는 대박 아니겠어?"

"허긴, 한방에 거덜 낸 사람들에 비하면 좀 번 셈이지."

그들은 억 단위를 마치 만 원짜리처럼 가볍게 들먹였다.

"젊으신 분이 돈이 많으신가 보군요?"

문희는 또 허튼소리를 했다싶어 얼른 그의 눈치를 살폈다.

"젊다니요? 사모님은 제가 몇 살이나 돼 뵙니까?"

"대충 줄잡아서 삼십 대 후반 아님 사십 대 초반?"

"고맙습니다. 젊게 봐주셔서. 오십 대로 보는 사람도 많습니다."

"그건 중후해 보이시니까 그렇게 말하는 거고 그럼, 전 얼마로 보이세요?"

문희는 화장을 안 한 얼굴이 마음에 걸렸으나 밑져야 본전인 듯 시침을 떼고 물었다.

"글쎄요? 여성분들의 연세는……?"

현우는 슬쩍 문희의 눈 꼬리에 매달린 잔주름을 못 본 척 에누리해서 조심스럽게 말했다.

"넉 잡아서 사십 대 초반이라면 실례가……?"

"어머, 너무 뺄셈을 잘 하신다. 설마 나이 먹었다고 놀리는 건 아니죠?"

문희는 비록 놀리는 말이라도 듣기 좋았다. 특히 미남에게 젊게 보인다니 은근히 가슴이 뛰었다.

"놀리다니요? 그럼, 더 되신다는 말씀인가요?"

현우가 의외라는 듯 시침을 떼고 물었다.

"제대한 아들이 이번 학기에 복학했어요."

"그러세요?"

현우는 전혀 그렇게 안 보인다는 듯 고개를 갸웃거리며 너스레를 떨자, 문희는 한껏 마음이 들떴다.

그들은 그날부터 농담을 나눌 만큼 가까운 사이가 되었다.

현우는 다섯 살 많은 문희를 누님으로 모시겠다고 말한 다음 날, 서울 근교로 차를 몰았다. 현우가 몰고 온 은회색 '렉서스'를 타고 미끄러지듯 남한강변을 달리는 기분은 그야말로 환상적이었다. 강변에는 마치 그들의 호젓한 나들이를 반기듯, 물색 고운 꽃들이 만발해 있었다. 특히, 강가로 흘러내린 산자락을 곱게 물들인 진달래와 개나리, 그리고 풍만한 여인처럼 소담한 순백의 목련을 보는 기분이 마치 들뜬 풍선처럼 가볍게 설레었다.

"양평에 가다보면 분위기가 괜찮은 양식집이 하나 있는데, 누님을 그리 모시면 어떨까요?"

뭉게구름처럼 꽃들이 어우러진 길가에 차를 세우고 담배 한 대를 편 현우가 다시 시동을 걸며 물었다.

"임 사장님이 좋다면 당연히 멋진 집이겠죠?"

"임 사장이 뭡니까? 동생이라고 하시든지 그냥 현우라고 부르세요. 누님이 그러시면 남들 보기도 이상하고 저도 어색합니다."

"아직은 그 말이 익숙지 않아서……"

"편하게 생각하세요. 비록 우연히 만났지만 더 자별한 사이가 될지 누가 압니까?"

현우의 그윽한 눈길이 문희의 하얀 목덜미에서 맴돌았다. 문희도 그의 끈끈한 눈길을 은은한 미소로 받았다.

현우가 안내한 음식점은 연인들이 드나들기 좋은 으슥한 산속에 있었다. 강을 향한 전망 좋은 산자락에 통나무로 지은 식당은 아담하면서도 제법 운치가 있었다.

"음식이 어떻습니까, 누님?"

정갈하게 차려진 여러 가지 음식을 앞에 두고 현우가 물었다.

"음식의 깊은 맛이 정을 주네요."

"누님 취향을 몰라서 은근히 걱정됐는데 음식을 꿀처럼 평가해 주시니 맘이 놓입니다. 같은 음식도 어디서 누구와 먹느냐에 따라서 맛과 향이 다르듯, 오늘 누님과 함께하니 모두가 새롭고 정겹습니다."

현우는 따뜻하게 구워 나온 연어구이를 문희에게 밀어주며 말했다.

"어머, 임 사장은 상당한 식도락가인가 봐?"

말씬한 연어의 육질을 즐기던 문희가 냅킨으로 소스가 묻은 입가를 살며시 닦았다. 그리고 웃었다.

"식도락은 무슨, 저는 주어진 대로만 즐길 뿐입니다. 암튼, 누님과 함께하니까 천국에서 성찬을 즐기는 기분입니다."

"그건 바로 내가 할 소린데."

"다행입니다. 자, 한 잔 더……."

현우는 문희의 와인 잔에 적자주색 '끌로 데 빠프'를 정중히 따랐다.

"이 '끌로 데 빠프'는 육류에 어울리는 와인이지만 고기는 좀 무거운듯해서 생선을 맞췄는데 누님 취향에 어떨지 모르겠습니다."

문희는 처음 맛보는 와인이라 뭐라고 대답하기가 곤란했다. 그렇다고 아무 말도 안하면 무식을 인정하는 것 같아 굳이 입을 열었다.

"떫지만 그윽한 향에다 톡 쏘는 맛이 특이한데 알코올 도수가 제법 높은 것 같네."

"네. 미각이 뛰어나십니다. 아시다시피 15%는 될 겁니다."

문희는 겨우 대화상대로 체면이 유지된 듯해서 은근히 기분이 우쭐해졌다. 어쩌면 와인을 연이어 두 잔을 마신 취기 탓으로 그런 우쭐한 기분이 충만했는지도 모른다.

입안에서 살살 녹는 기름진 음식과 약간 떫은맛이 감도는 와인 몇 잔을 즐긴 두 사람은 바로 일어섰다. 잔물결이 가볍게 일렁일 때마다 돌비늘같이 반짝거리는 강가에 궁전처럼 지은 카페로 자리를 옮겼다. 그들은 마치 오래된 연인처럼 다정하게 창가에 앉아 '헤이즐럿'을 좀 진하게 부탁했다. 쌉쌀하고도 고소한 커피향이 입안의 느끼한 기름기를 말끔히 씻어주었다. 두 사람은 외국 그림에서 보는 풍경처럼 아늑한 분위기에서 느긋하게 차를 마셨다. 그리고 강변의 고즈넉한 경치에 흠뻑 빠졌다. 무성한 수초 사이를 가볍게 넘나드는 물새들과 이따금 수면 위로 치솟아 칼끝처럼 번쩍이는 물고기들의 활기찬 모습이 한 폭의 수채화 같았다.

"자, 취기도 가셨으니 그만 일어설까요? 더 늦기 전에……."

현우가 먼저 일어섰다.

"그래요. 나도 저녁에 볼일이 좀 있어서."

볼일이 있다는 핑계로 문희도 따라 일어섰으나 사실은 알딸딸해진 기분을 좀 더 즐기고 싶었다. 그리고 아찔한 기분에 살며시 어깨라도 기대고 싶은 현우에게 벌컥 등을 떠밀린 것 같아 조금은 자존심이 구겨졌다.

문희는 그날 이후로 새로운 활력소를 얻은 듯 하루가 다르게 생활이 즐겁고 흥이 났다. 자신도 모르게 콧노래가 흘러나왔다. 평소 하지 않던 값비싼 마사지도 받으면서 예전에는 감히 엄두도 못 냈던 백화점을 겁 없이 들락거렸다. 갈 때마다 현우의 물건도 혹처럼 달고 나왔다. 처음엔 넥타이나 티셔츠 같은 소소한 물건이 고작이었으나 품질만은 최고급품이었다. 그렇게 마련한 선물을 받을 때마다 현우는 어린애처럼 환호성을 터뜨렸다.

"햐―! 누님의 고상한 안목이 어쩜 내 취향하고 궁합이 딱 맞죠? 누님의 센스는 정말 알아 모셔야겠어!"

현우의 환호성이 커질 때마다 문희의 백화점 출입도 풀방구리 쥐 드나들 듯 빈번해졌고, 물건을 고르는 손길도 항상 고가인 명품에서만 놀았다. 현우의 생일선물로 구입한 순금라이터만 해도 그렇다. 표면의 화려한 문양을 장인이 손수 조각한 명품 중에 명품이었다.

그들은 만나는 횟수가 늘어나면서 나들이 장소도 점점 멀어졌다. 처음엔 양평, 그 다음은 홍천이나 원주, 거기에서 동해안으로 거리가 멀어지면서 그들의 호칭도 자연스럽게 변해갔다. 사모님에서 누님동생으로 바뀌는데 한 달이 채 걸리지 않았다면, 서로가 자기라는 애매모호한 호칭을 스스럼없이 사용하게 된 것도 금방이었다. 그렇게 호칭이 바뀐 것은 그들이 동해안의 한 호텔에 투숙한 뒤부터였다.

바다가 훤히 내다보이는 전망 좋은 호텔에 들어선 현우는 객실문을 닫기가 바쁘게 문희를 와락 끌어안았다. 그녀도 기다렸다는 듯 현우의 가슴에 파고들며 입술을 빨았다. 현우의 품에 안긴 문희는 살짝 몸을 비틀었으나 허리에 감긴 현우의 팔이 더욱 억세게 옥조였다. 조금도 힘을 늦추지 않던 현우는 어느새 문희의 풍만한 앞가슴을 풀어헤쳤다. 오십이 다 된 문희지만 뽀얀 속살이 나이를 짐작하기 어려울 만큼 탄력이 있었다.

"갑자기 벙어리가 됐어, 왜 말을 못해?"

기가 질려 말이 안 나오는 진수에게 아내는 빈정거렸다.

"지랄 말구 빨리 기어 들어오라구!"

"뭐, 들어오라고? 설마, 우리가 저 지난달에 합의이혼 한 거 까맣게 잊고 하는 헛소린 아니겠지?"

그렇다. 아내의 말은 사실이었다. 몇 달 전, 아파트 시세가 한참 폭등할 무렵, 진수는 1가구 2주택자로서 단순히 세금을 감면받겠다는 목적으로 주택 하나를 아내의 명의로 하는 동시에 이혼서류에 도장을 찍었던 것이다. 그건 어디까지나 세금을 모면하기 위한 합의된 위장이혼이라는 걸 지금도 생생하게 기억하고 있었다.

"1가구 2주택이면 양도세가 엄청나다며……?"

아내가 근심어린 말투로 입을 열었다. 그들이 현재 사는 33평형 아파트 말고 아내의 명의로 주택부금을 들어 48평짜리 아파트를 분양받고 보니 자연 집이 두 채가 되었다. 일이 되느라고 그런지 1년 뒤, 그 시세가 천정부지로 껑충 뛰었으니 입이 찢어지게 좋은 건 당연한 일. 그러나 1가구 2주택자의 양도세가 어마어마하다는 세무당국의 발표에 그들은 복날을 앞둔 똥개처럼 애가 탔다. 안 먹고 안 입고 쓸 것 줄여 마련한 집인데 세금으로 큰돈을 뺏긴다니 속이 탈 수밖에.

"서류상으로만 이혼했다가 집을 팔고 나서 바로 재결합하면 세금을 그냥 버는 거 아니겠어?"

진수는 지나가는 말로 운을 뗐다. 혼자만 똑똑한 진수의 의견

86

에 아내는 밑져야 본전이라 불만이 있을 턱이 없었다.

"최소한 1억이면 당신 2년분 월급인데, 힘 안 들이고 벌면 그게 어디야? 옆집 깜순네도 내달에 이사하는데 50평짜릴 그런 식으로 늘려간대요."

"그래, 남들 다 써먹는 편법인데 우리라고 못할 것 없잖아?"

아무리 위장이혼이라지만 목에 걸린 가시처럼 껄끄러운 진수는 슬쩍 아내의 눈치를 살폈다.

"그건 편법이 아니고 지혜예요. 남들 다 하는 편법을 알고도 못 써먹는 사람이 바보 아네요?"

"잔머리 한번 기똥차게 잘 굴리는군."

"그게 다 어디서 나온 잔머린데?"

이렇게 꿍짝이 잘 맞은 그들은 킥킥거리며 이혼에 합의하고 도장을 찍었다.

"이러다가 진짜 이혼되면 어쩌죠?"

"하면 하지, 못할 건 또 뭐 있냐?"

진수가 어깃장을 놓았다.

"뭐, 하면 할 수도 있다고?"

아내가 눈을 흘겼다.

"살 만큼 살았으면 한 번쯤 임자를 바꿔보는 것도 재밌잖아?"

"무슨 소리야, 당신? 혹, 미스 오란 년하고 지금도 재미 보는 거 아냐? 당신 말이 씨가 된다는 소리 못 들어 봤수?"

"내 걱정 말고 당신이나 잘해!"

아내를 윽박지른 진수는 그때 무심히 내뱉은 말이 오늘 이렇게 옹골찬 씨가 될 줄이야! 처음엔 뛰어봐야 벼룩이지 싶어 오기로 버텼으나, 한 달을 넘기면서 결국 백기를 들었다. 아내 문제를 빨리 수습하지 않으면 종국엔 정말 난처한 일로 비화될지도 모른다는 방정맞은 생각에 애가 탔다. 그의 한 달은 다른 사람의 일 년만큼이나 길고 초조했다. 무작정 기다릴 것이 아니라, 먼저 가출신고를 하고 아내와의 인연을 끊을까 고심할 때 마침 아내로부터 두 번째 전화가 왔다.

그는 아내의 잘못을 불문에 부칠 테니 빨리 들어오라고 구슬렸으나 아내는 요지부동인 채 콧방귀만 뀌었다.

"용서? 내가 뭘 잘못을 했는데 아니, 당신이 무슨 자격으로 나를 용서 운운하는 거지?"

"애들을 봐서라도 빨리……."

"젖먹이도 아닌 애들을 왜 들먹여? 나도 이젠 구질구질한 인연은 활활 털어버리고 새롭게 인생을 즐겨야겠어."

아내는 여전히 단호한데 반해 진수는 솔직히 잘못을 시인했다.

"옹졸한 내가 잘못했으니까 너그럽게 용서하고 그만 들어와."

진수는 비로소 애절하게 아내를 달랬다.

"당신이 뭘 잘못했는데?"

아내는 여유롭게 다그쳤다.

"모두."

"모두라고? 늦게나마 뉘우치니 다행인데, 때는 늦었으니까 치사하게 굴지 마!"

"헤어질 땐 헤어질 망정 한 번은 봐얄 거 아냐? 기다릴게."

그는 아내가 빨리 돌아온다면 어떤 잘못도 모두 용서할 각오였다. 지난날 자신의 불륜을 깨끗이 용서한 아내에게 지금 뭔들 못하겠는가.

"웃기는 소리 작작 해! 기다리는 사람이 현관자물쇠 번호를 바꿔?"

그리고 보니 아내는 벌써 빈집을 왔다간 모양이었다. 진수가 현관 자물쇠를 바꾼 건 아내 명의로 된 건너편 아파트가 팔렸다는 풍문이 떠돈 뒤였다. 그는 빈집에 아내가 잠입해 무슨 짓을 할는지 몰라, 즉시 현관문을 최신형 게이트맨 번호키로 바꿔버렸다. 아이들에게도 철저히 일렀다. 어떤 일이 있어도 엄마에게 카드 키를 주거나 비밀번호를 알려주지 말라고.

"당신이 내 허락도 없이 집을 팔았다길래 홧김에 그랬지."

"내 아파트를 내가 파는데, 왜 이혼한 사람의 허락을 받지?"

"그게 당신이 벌어서 산 아파트야?"

"푸핫, 정말 웃겨! 이십 년간 서방이란 작자가 무슨 개지랄을 해도 참고 맨살을 비벼준 나도 집 한 채는 당연히 받을 권리가 있잖아?"

"암, 있다마다. 그러니까, 어서 들어와서 터놓고 말해보자구!"

"문을 겹겹이 잠가놓고 들어오란 말이 나와? 장님한테 꽃구경 가자고 해라, 이 멍청아! 그렇다고 내가 못 들어갈 거 같으냐?"

아내의 말대로라면 새로 자물쇠를 바꾼 게 실수였다.

"그럼, 여우처럼 살살 아이들을 꼬드기면 무슨 짓은 못하겠냐?"

"시끄러! 내가 너처럼 그렇게 비겁한 줄 알아? 끊어, 이 멍청아!"

전화를 끊어버린 아내와 연락이 두절된 진수는 누군가에게 답답한 심정을 터놓고 하소연이라도 하고 싶었다. 그러나 상대가 없으니 답답한 가슴이 터질 것 같았다. 생각한 끝에 찾아간 곳이 처가였다. 처가식구 중에서도 말이 통할 만한 윗동서와 평소 친형처럼 따르던 막내처남에게 매달렸다. 허사였다. 몇 번을 만나도 시종 모른다는 말뿐이었다. 이미 몸과 마음이 떠난 사람을 굳이 만나서 뭘 어쩌겠느냐는 말을 들었을 때 생각 같아서는 그 자리에서 칼이라도 휘두르고 싶었다. 부부가 헤어지면 남만 못하다는 걸 그때 비로소 뼈저리게 느꼈다.

아내에 대한 정보를 처음 알려준 근태도 발 벗고 나섰으나 뾰족한 묘안이 없었다. 그와 중학교 동창인 윤 변호사를 만나서 법적인 자문을 받고 오는 길에 근태가 웃으며 빈정거렸다. 일은 이미 터졌으니 빨리 단념하고 미스 오와 즐기라는 것이었다. 괴롭겠지만 그런 식으로 느긋하게 살다 보면 언젠가 제풀에 꺾인 아내가 돌아오지 않겠느냐는 말이었다. 안달복달해봐야 심신만 상할 뿐, 일이 더 난삽하게 꼬일 수 있다고 했다. 그러나 이십 년 넘게 동고동락한 아내를 어찌 쉽게 잊을 수 있단 말인가? 그건 진짜 충고가 아니라 집안 꼴이 개판으로 잘 돌아간다고 비꼬는 게 분명했다.

거실 소파에서 TV를 보다 깜빡 잠든 진수는 딸이 방정맞게 발을 동동거리며 징징대는 소리에 눈을 떴다.

"아빠, 큰일 났어! 저거 봐. 엄마가……."

제 방에서 TV를 보다 달려 나온 딸이 잽싸게 채널을 돌렸다.

"엄마가 뭘 어쨌다고 오두방정이야, 넌?"

진수는 바뀐 채널에서 진행 중인 9시 뉴스에 시선을 던졌다.

수십억대의 판돈을 걸고 사기도박을 벌인 남녀 일당들이, 현장을 급습한 형사들에게 일망타진되는 광경이 화면을 가득 메웠다. 어지럽게 흔들리는 화면에서 특히 그의 시선을 끈 것은 도박판에서 얼굴을 반쯤 가린 아내였다. 경찰관들이 들이닥치는 순간, 우르르 몰려다니는 사람들 가운데 재빨리 카메라를 등지지 못하고 그대로 얼굴이 노출된 아내가 고양이에게 쫓긴 쥐처럼 허둥거렸다. 아내는 억지로 끌어올린 짧은 스웨터 앞자락으로 겨우 얼굴을 반쯤 가리고 허겁지겁 카메라를 피해 한쪽 구석에 머리만 처박았다.

경찰관들이 거칠게 도박꾼들을 연행하는 장면으로 가득했던 화면이 금방 사라진 뒤, 비로소 진수가 입을 열었다.

"야, 저게 분명히 네 엄마 맞니?"

모처럼 아내의 얼굴을 본 진수는 잠시 눈을 의심했다.

"아빤 벌써 엄마 얼굴도 잊었어?"

발을 동동거리던 딸이 눈을 하얗게 흘겼다.

"난 몰라. 이제 엄마 어떡해?"

딸은 그래도 혈육이라고 울부짖었다.

"저것들을 끌고 간 경찰서가 어디냐?"

진수는 급히 외출복으로 갈아입으며 물었다.

"그걸 내가 어떻게 알아? 아니, D경찰서라고 했던가?"

"D경찰서? 내가 빨리 가볼 테니까, 넌 걱정 말고 집에 있어."

진수는 뒤따르는 딸을 밀치고 현관에서 구두를 신으며 말했다.

"야, 거기 장롱에서 두툼한 엄마 옷, 한 벌 꺼내 와!"

진수는 딸이 챙겨준 옷을 들고 억수같이 쏟아지는 빗속을 내달렸다.

묵언스님

묵언스님

진동모드로 설정된 핸드폰이 부르르 떨었다. 폴더를 열자 '띠'
소리가 짧게 울렸다. 잘못 온 신혼가 싶어 폴더를 덮으려는데 '띠'
소리가 다시 울렸다. 순간, 머리에 그려지는 인물이 있어 나도 모
르게 소리쳤다.

"성암性巖스님?"

"띠."

그렇다는 뜻으로 '띠'소리를 울리는 성암스님은 15년 전부터
묵언 정진하는 스님이었다. 묵언스님으로 확인된 이상 더 물을 필
요가 없었다. 내 방식대로 대답을 유도하면 되었다.

"지금 어디십니까?"

"……."

묵언 중인 스님이라 당연히 말을 안 한다는 걸 뻔히 알면서도
얼결에 엉뚱하게 묻다가 금방 아차, 싶어 말을 바꿨다.

"지금 계신 곳이 서울입니까?"

"띠."

'띠' 하고 울리는 소리는 긍정의 신호였다. 내가 다시 물었다.

"서울 어디? 고속터미널?"

"띠."

"어디 가시는 길입니까?"

"띠."

그렇다는 긍정에 나는 조급하게 말을 받았다.

"저번처럼 잠시 얼굴이나 뵙죠, 스님."

석 달 전, 조계사 근처에서 우연히 만나 칼국수를 먹었다.

"띠—."

'띠'소리가 길게 울리면 '아니요'라는 부정의 신호였다.

"그렇게 바쁘세요, 스님? 제가 지금 그쪽으로 가겠습니다."

"띠띠."

'좋다'는 긍정적인 신호가 바로 '띠띠' 울렸다.

"지금 택시 타고가면 20분쯤 걸리니까 시계탑 밑에 계세요."

"띠띠."

'알았다'는 신호음을 들은 나는 곧바로 택시를 탔다.

묵언스님이 말은 안 하지만 나와는 소통이 된다고 하면 대개는 말도 안 되는 소리라고 면박을 주지만 나는 가능했다. 그 방법은 스님이 내 말에 동의하면 '띠', 아니면 '띠—'소리를 길게 울렸다. '좋다'는 신호는 '띠띠'였다. 긴 말 필요 없이 '예', '아니오'로 짧게 가부를 알리는 스님에게 내가 먼저 그 나름의 의중을 파악해 거기에 맞은 대답을 유도하는 것으로 스님과의 간단한 의사소통이 가능했다.

내가 성암스님을 처음 알게 된 건 2년 전이었다. 그 무렵 나는 사업 실패로 채권자들에게 쫓기는 몸이었다. 그때 몸을 피한 곳이 강원도에 있는 조계종 산하의 말사末寺인 관음암이었다. 거기서 만난 성암스님은 나보다 서너 살 아래인 사십 대 초반이었다. 땟국이 잘잘 흐르다 못해 번들거리는 승복 위에 누런 등산복조끼를 걸친 스님은 삭발만 하지 않았다면 누가 봐도 노숙자였다. 게다가 하는 일이 주로 등짐 지는 일이라 설마 스님이 그런 막일을 하리라고는 믿어지지 않았다.

후에 알았지만 성암스님은 선방에서 동안거를 마치고 나온 선객禪客으로, 만행 중에 들른 관음암에서 기와불사를 하는데 손이 딸린다는 걸 알고 아예 허름한 뒷방에 머물면서 불사를 거들었다. 스님의 소임은 법당에 새로 얹을 기와를 산밑에서 절까지 져 올리는 일이었다. 한마디로 짐꾼이었다.

묵언승黙言僧이란 말은 들어봤지만 직접 대하기는 처음인 나로서는 그의 일거일동이 모두 신기했다. 벙어리도 아니면서 어떻게 말을 않고 살 수 있는지 그게 무척 궁금해서 마치 동물원의 원숭이를 보듯 호기심을 가지고 성암스님의 주변을 맴돌았다.

허긴, 전에 다른 묵언스님의 일화를 들어본 적은 있었다.

조계종 산하의 어느 선원에서 있었던 묵언스님의 이야기다. 그 스님이 공부하던 곳은 고찰의 목조건물을 헐고 중창重創을 막 끝낸 선원으로 미처 준공검사도 받기 전에 수좌스님들의 성화에 못 이겨 방부房付를 들였다. 평소 삼십여 명의 스님들이 공부하던 선원에 중창 후, 갑절로 늘어난 숫자의 스님들이 살다보니 별의별 스님이 다 있었다. 그중에 혜정慧頂이라는 스님은 5년 전부터 묵언수좌黙言首座로 다른 스님들이 놀랄 만큼 묵언참구에 열중했다.

새로 중창된 선방에 불이 난 것은 그해 섣달 열사흗날 밤, 스님들이 깊이 잠든 시간이었다. 선방 천정에서 누전으로 일어난 불길이 보온용 스티로폼에 옮겨 붙는 장면을 처음 목격한 스님이 혜정이었다. 용변을 보러 나왔다가 선방에서 치솟는 불길을 본 혜정은 묵언 중인 터라 불이란 소리도 못 지르고 허둥대다 우물가에 있던 양은대야를 들고 미친 듯이 두들겨댔다.

잠결에 놀란 스님들이 빠끔히 방문을 열고 밖을 살폈다. 휘영청 밝은 달밤에 미친 듯이 양은대야를 두드리며 뛰어다니는 혜정을 본 스님들은 이내 방문을 닫아버렸다. 묵언수좌가 기어코 머리까지 돌았다고 투덜거리며 혀를 차는 스님도 있었다.

혜정이 혼자 허둥대는 사이에 시뻘건 불길은 벌써 용마루에서 너울너울 춤을 추고 있었다. 준공검사도 떨어지지 않은 목조건물이 전소된 건 눈 깜짝할 사이였다.

그 후, 대중스님들 사이에서는 말이 많았다. 혜정스님의 수행 방법에 대한 갑론을박이었다. 선객이라면 아니, 출가자는 부모가

줄초상이 나도 초연하게 초지일관 외면해야 옳다는 의견과 묵언 수행중이라도 급박한 상황에선 당연히 묵언을 풀어야한다는 의견이 팽팽히 맞섰다. 묵언이 수행의 방편일 뿐, 목적이 될 수 없다는 의견이 단연 앞섰다. 인명 피해가 없기 망정이지 사상자가 있었다면 혜정스님의 수행방법에 대한 비난이 엄청났을 것이다.

트럭으로 기와를 실어다 놓은 산밑에서 천 고지가 넘는 관음암까지는 대략 시오리가 넘는 가파른 산길이었다. 그런 산길을 맨몸으로 가기도 어려운데, 3킬로그램이 넘는 기와를 열장씩 지고 간다는 건 한마디로 지옥훈련이나 다름없었다.

성암스님은 겨우 160센티에 불과한 신장에 몸집도 왜소했다. 그런데 매번 나보다 서너 장씩 더 많은 기와를 지고 다녔다.

"아이, 시팔! 조까치 힘드네."

나는 숨을 몰아쉬며 스님을 뒤따르던 중에 무심코 입안의 모래를 뱉듯 씨부렁거렸다. 땀이 비 오듯 흘러내렸다.

이렇게 절까지 힘들게 지고가면 기와 한 장당 만 원씩의 운임을 받았다. 배보다 배꼽이 더 큰 운임이지만 차가 갈 수 없는 산길이니 등짐 아니면 뾰족한 방법이 없었다. 한 번에 여덟 장을 지고 가면 8만 원을 버는 셈이었다. 하루 세 번이면 일당이 24만 원이었다. 힘들지만 계산상으론 제법 괜찮은 벌이였다.

나는 집에서 애들과 고생하는 아내를 생각해서 겁 없이 짐꾼을 자청했으나 사흘을 버티지 못하고 누워버렸다. 온몸이 두들겨 맞은 것처럼 쑤시고 결려서 견딜 수가 없었다.

비가 온다는 예보를 듣고 오전에 일을 마친 스님이 컴컴한 골방으로 나를 찾아왔다. 인기척을 듣고 일어난 내 앞에 스님이 약봉지를 내밀었다. 몸살 약이었다. 스님은 쌍화탕 뚜껑을 손수 따서 알약과 함께 마시라고 건넸다. 그리곤 엎드리라는 시늉을 했다. 안마를 해준다는 것이었다.

"괜찮아요, 스님. 약 먹었으니까 이제 풀리겠죠, 뭐."

나는 몸을 비틀어 사양했으나, 스님은 막무가내였다. 레슬링 선수에게 파테르 자세를 취하라고 명령하듯 나를 강제로 엎어놓았다. 스님의 야무진 손끝이 닿는 데마다 송곳으로 찌르는 듯 악, 소리가 나게 아프면서 시원했다. 무겁던 몸이 금방 날아갈 것처럼 가벼워졌다. 나는 그만 됐다고 벌떡 일어나서 물었다.

"덩치 큰 저도 힘든데 스님은 어떻게 그 무거운 짐을 지고 날아다니십니까? 그리고 뭔 힘이 남아돌아 매일 천 배씩 하십니까?"

나는 엄두도 못 낼 일을 스님은 매일 계속했다. 스님은 저녁공양을 마치면 바로 법당으로 들어갔다. 그때부터 스님은 좌선삼매坐禪三昧에 들거나 절을 했다. 절은 보통 5백배 이상 1천배가 기본이었다. 나도 며칠은 스님을 따라 백팔 배를 시작했으나 금방 다리가 후들거려 일찍 포기하고 잠자기에 바빴다.

스님은 슬며시 당겨 잡은 내 손바닥에 필담으로 '요령'이란 두 글자를 썼다. 힘보다 요령이라는 뜻이었다. 요령이 뭐냐고 묻자 햇볕으로 검게 탄 얼굴에 유난히 하얀 이를 드러내고 웃었다. 아니, 내 손에 '하다보면 문리가 튄다'고 썼다. 게다가 '무슨 일이든 돈이 목적이면 힘든 법'이라고 덧붙였다. '노는 일도 돈과 연관되면 힘들다'는 것이었다. 공자님도 일을 즐기는 사람이 으뜸이라고 했다.

"그럼, 스님의 궁극적인 목적은?"

나의 건방진 물음에 스님은 가소로운 듯 빙긋 웃었다. 그리곤 '수행=인욕'이라는 두 단어에 모든 의미를 함축해주었다. 고통도 '수행'이라면 감내할 수 있다는 스님의 필답을 내 멋대로 해석하면, '인욕忍辱'하는 과정이 곧 '수행'이라는 뜻이었다.

약을 먹어서인지 아니면 스님의 안마 덕인지 아무튼, 나는 이튿날 거뜬히 일어났다. 이삼일 더 쉬라는 스님의 만류에도 나는 그의 꽁무니에 바짝 따라다녔다. 누워있어 봐야 잡념만 생길 바에는 차라리 기와를 져 나르는 일이 마음 편할 것 같았다.

알루미늄으로 가볍게 꾸민 지게에 차곡차곡 기와를 얹었다. 아홉 장을 올렸을 때, 슬며시 다가온 스님이 세 장을 내려놓았다. 욕심내지 말라는 무언의 지시였다. 나는 덩치 값을 한답시고 두 장을 다시 얹었다. 스님이 다시 두 장을 내려놓으며 눈총을 쏘았다. 뜻에 따르지 않는 나에게 주는 불만의 표시였다.

나는 슬쩍 한 장을 더 얹어놓은 지게를 잽싸게 지고 일어섰다. 며칠 쉰 덕인지 발이 가벼웠다. 그러나 등성이 세 개를 넘자, 아직 갈 길이 창창한데 벌써 팍팍한 다리가 후들거렸다. 스님은 내가 힘들어하는 낌새를 눈치 챘는지 집고 가던 작대기로 바윗길을 서

너 번 두드렸다. 쉬어가자는 신호였다. 내 힘의 한계를 짐작하고 배려해주는 스님이 고마웠다. 일곱 장을 지고도 이렇게 숨이 찬데 스님의 권고를 무시하고 욕심냈더라면 얼마나 힘들었을까. 눈썹도 뽑아놓고 간다는 '깔딱 고개'에서는 기와 한 장이 천근만근이었다.

땅속을 헤집고 올라오는 고사리처럼 뽀글뽀글 물길이 치솟는 옹달샘에서 이가 저리도록 찬물을 마셨건만 시원함도 잠시였다. 입안에서 혀가 쩍쩍 달라붙었다. 마른 침이 끈끈하게 엉겨 붙은 입에서 쉬지근한 감내가 쉼 없이 풍겨 나왔다.

가파른 산길에도 시선을 끄는 꽃들이 많았다. 산자락에 군락을 이룬 자주색 얼레지 꽃만이 아니었다. 그늘진 숲속에 칼날처럼 스며든 햇살이 수줍은 듯, 몰래 피었다 지는 이름 모를 꽃들이 눈요기로 충분했다. 게다가 빨갛게 익어가는 달콤한 산딸기로 타는 입을 축일 수 있어 다행이었다.

햇살이 파고드는 나뭇가지 사이로 계곡물 소리가 시원하게 들려왔다. 옥빛 물이 넘치는 계곡에 발을 담그고, 겁 없이 달려드는 다람쥐들과 한참 놀다가는 길이지만 등짐은 갈수록 무거웠다. 앞섰던 스님이 발길을 멈추고 암벽을 가리켰다. 바람이나 오르내릴 암벽에 붙은 노란 바위채송화가 은하수별처럼 곱게 피어 있었다. 메마른 바위틈에 야무지게 붙어 있는 바위채송화의 끈질긴 생명력이 경이로웠다.

스님이 툭 치며 한 발 물러섰다. 앞서라는 재촉이었다. 갈 길이 먼데 꽃만 보고 있겠느냐는 추궁이 역력했다. 꽃에서 눈길을 떼는 순간 무릎이 팍팍해서 발길이 쉽게 떨어지지 않는데 더는 쉴 틈을 주지 않았다.

내가 처음 스님을 따라나설 때, 스님이 필담으로 알려준 내용은 '오래 쉬면 근육이 풀려서 몸이 짐보다 무겁다'는 것과 '욕심을 버리면 버린 만큼 심신이 가볍다'는 것이었다. 전자는 산을 타본 사람이면 대게 아는 상식인데 후자는 뭐가 뭔지 아리송했다. 그렇다고 상식 밖의 내용을 섣불리 물었다 괜히 망신당할지도 모른다는 생각에 아예 화제를 돌려버렸다.

"스님은 왜 묵언을 하십니까?"

나의 외람된 물음에 스님은 버릇처럼 빙그레 웃었다. 마치 묵언의 의미를 설명한들 네가 알겠느냐는 표정이었다.

이윽고 스님이 짚고 있던 작대기로 '구업口業'이라고 썼다. 신구의身口意 삼업三業 중에서 입으로 짓는 악업惡業을 피하기 위한 수단이냐는 말을 나는 평소 아는 대로 지껄였다. 스님이 제법이라는 듯, 엄지를 척 치켜세웠다.

"그렇담 필담筆談 역시 의업意業에 포함되지 않습니까?"

스님이 고개를 끄덕였다. 말을 줄이면 그만큼 악업을 피할 뿐 아니라, 자기정화가 되어 '마음공부가 수승해진다'는 것이었다. 혀를 잘못 놀리면 흉기가 된다는 스님에게 좀 더 묻고 싶었으나, 부질없는 구업을 강요하는 것 같아 입을 닫았다. 스님은 벌써 내 의중을 안다는 듯, 앞으론 필담도 삼가겠다는 표시로 가위표를 그려보였다. 그리고 '말보다 실천'을 강조했다.

"스님, 그렇게 오래 묵언하셨으면 혀가 굳지 않을까요?"

나의 짓궂은 질문에 스님이 '걱정도 팔자'라는 글씨를 허공에 휘갈겼다. 그리곤 오공午供 시간 전에 빨리 올라가자고 작대기로 산 정상을 가리켰다.

나는 눈을 뜨기 바쁘게 야광시계를 더듬어 찾았다. 겨우 한 시간쯤 잔 것 같은데 시침과 분침이 'ㄴ'자로 꺾여 있었다. 엊저녁부터 여섯 시간 넘게 잤는데도 몸은 여전히 물먹은 솜처럼 무거웠다. 시간이 좀 이르다 싶어 잠깐 눈을 감았다 뜬 것 같은데 벌써 시침이 아래로 축 늘어져 있었다. 늦었다. 짐 지는 일을 하루 세 번 왕복하자면 늦어도 세 시 반에는 일어나야 시간을 여유롭게 쓸 수 있었다. 내려갈 때 한 시간 반이 걸리고, 짐을 지고 올라갈 때 세 시간쯤 소요되는 터라, 일찍 서두르지 않으면 같은 하루라도 그만큼 시간이 촉박했다.

나는 피곤한 몸을 끌고 계곡으로 내려갔다. 찬물에 손을 넣자 밤송이를 잡은 것처럼 손끝이 따가우면서 정신이 번쩍 들었다. 찬물로 눈곱만 떼곤 급히 법당으로 향했다.

법당의 상단에 촛불을 밝히자 벌써 올라와 가부좌를 틀고 앉은 성암스님의 그림자가 너울거렸다. 어둠 속에서 반딧불처럼 깜박이던 향불이 실낱같은 향연을 길게 피워 올리고 있었다.

내가 촛불을 밝히고 합장할 때, 성암스님이 목탁 대신 죽비竹篦

를 잡았다.

오분향례五分香禮로 간단히 예불을 마친 스님과 나는 뱀허물처럼 희끄무레한 산길을 미끄러지듯 내려갔다.

땟국에 절은 승복자락을 펄럭이며 내달리는 스님은 한 마리의 물 찬 제비였다. 스님의 승복 위에 걸친 등산복 조끼에는 여러 개의 크고 작은 주머니가 아무렇게나 덧댄 누더기처럼 붙어있었다. 입안에 가득 먹이를 물고 있는 다람쥐처럼 항상 불룩한 주머니에는 자신의 물건보다는 남들에게 소용되는 물건이 더 많았다. 심지어는 여성생리대까지 넣고 다녔다. 내가 핀잔하듯 물었다.

"스님, 이딴 걸 왜 갖고 다닙니까? 가뜩이나 등짐도 무거운데."

스님은 웃었다. 생리대의 용도를 안 것은 내가 비탈길에서 넘어졌을 때였다. 돌부리에 찢어진 무릎에서 피가 흐를 때, 넙적한 생리대는 지혈대로 그만이었다.

"스님, 어디서 그런 힘이 나옵니까? 산삼이라도 드셨습니까?"

오전에 지는 짐이라 한결 가볍게 산마루에 올라선 내가 물었다. 스님이 고개를 끄덕였다.

"저도 한 뿌리만 얻어먹을 수 없을까요?"

내 말을 기다렸다는 듯 스님이 불룩한 주머니에서 손바닥만큼 넙적한 누룽지를 꺼냈다. 기름에 살짝 튀긴 누룽지에 설탕까지 뿌려서 달콤하고도 고소한 맛이 금방 입안에 가득 번졌다.

"나는 언제나 이런 특식을 공양주보살에게 얻어먹을 수 있을까요, 스님?"

약간 빈정대는 투로 말하는 데에는 그럴 만한 이유가 있었다. 며칠 전부터 공양주와 스님 사이가 좀 수상쩍다는 말이 떠돌았기 때문이었다. 소문의 진위는 차치하고 내용이 문제였다. 그것은, 스님이 공양주와 놀아났다는 아니, 공양주의 풍만한 젖가슴을 무시로 빨아댄다는 것이었다. 현장을 목격하지 않은 나로서는 그 말을 곧이곧대로 믿을 수는 없지만 이 고소한 누룽지 하나만으로도 그 소문의 물증이 충분했다. 예사 사이라면 공양주가 이런 간식거리를 챙겨줄 리 만무했다.

성암스님은 어느 날 관음암을 떠났다. 짧은 인연이지만 말 한 마디 없이 사라진 스님이 야속했다. 배신을 당한 기분이었다.

스님이 떠난 뒤에도 소문은 여전히 사라지지 않았다. 목격자의 증언처럼 소문이 더 퍼지기 전에 주지스님이 먼저 성암스님을 내쫓았다는 것이다. 나는 믿지 않았다. 어깨에 굳은살이 박이도록 짐 지기도 바쁜데 언제 그런 허튼수작을 하겠느냐는 것이 불신의 이유였다. 은밀하게 떠도는 소문이 솔직히 귀에 거슬렸다. 그 소문이 잠잠해질 때쯤 나도 절을 떠나게 되었다. 기와 지는 일이 끝났기 때문이었다. 떠나기 전날, 종무소 사무장인 정 처사가 그동안 일한 품삯을 정산해 주었다. 의외로 돈이 많았다. 잘못된 계산 같아서 나머지를 돌려주었다.

"착오 아니니까, 모르는 척 받아 둬요."

기와 모서리가 조금만 깨져도 일당에서 뺀다고 으름장을 놓던 사무장이 모처럼 웃는 낯으로 말했다.

"모르는 척이라니요? 절 사정이 어려운 걸 저도 아는데……."

오갈 데가 마땅찮아 절에 기식하며 등짐을 졌지만 동정받기는 싫었다.

"성암스님이 지리산 토굴에서 좌탈입망座脫立亡한 도반스님의 다비식에 급히 가다보니 인사도 나누지 못한다고 부탁했어요. 김 처사님과 잠시나마 도반으로 공부 잘했다면서 적은 액수지만 처사님께 보시한다고. 그러니까 부담 갖지 마시고 받아두세요."

스님이 주고 간 돈은 내가 한 달 동안 일한 품삯보다 많았다. 액수의 다소를 떠나 스님의 따뜻한 마음에 콧등이 시큰해졌다.

"그럼, 스님이 쫓겨난 게 아니었군요?"

"쫓겨나다니, 스님이 왜 쫓겨납니까?"

정 처사가 정색하고 반문했다.

"공양주와의 염문 때문에……."

나는 조심스럽게 정처사의 눈치를 살피며 말했다.

"아, 그거 모두 낭설이에요."

정 처사가 헛소문의 배경을 설명했다.

공양주보살은 처음부터 공양주를 하려고 온 여인이 아니었다. 불미스런 일로 몸을 피해 기도 겸 요양을 왔던 여인은 지금껏 공양주로 있던 보살이 딸 해산구완을 가서 삼칠일이 넘도록 감감무소식이라, 본의 아니게 공양주 소임을 맡게 되었다.

그런데 그 보살이 절에 온 지 이레 만에 갑자기 누워 버렸다. 처음엔 안하던 공양주 일이 생각보다 힘들어 몸살이 난 줄 알았다. 헌데, 사오일이 지나도 일어날 기미가 없었다. 멀쩡한 사람이 절일을 하다가 꼼짝없이 누웠으니 절 식구들 걱정이 이만저만 아니었다. 그때 일이 잘 풀리려고 그랬는지는 몰라도 마침 약초와 한방에 밝은 성암스님이 와 있었다. 성암스님은 약초뿐 아니라, 지압인지 뭔지는 잘 모르겠지만 암튼, 그 방면에 남다른 식견을 가지고 있었다.

과거 스님일 때 어느 보살에게 아랫도리를 잘못 놀렸다가 덜컥 발목이 잡혀 관음암 사무장이 된 정 처사와 한때 선방을 떠돌며 공부하던 주지도 성암스님의 실력을 다소 짐작하고 있었다. 그래서 공양주의 병세를 한번 살펴보길 은근히 권했다.

성암스님이 공양간에 딸린 골방으로 들어갔을 때, 흠칫 놀란 것은 공양주보다 성암스님이 먼저였다. 두터운 솜이불을 머리끝까지 푹 뒤집어쓴 공양주가 부스스 일어나면서 흐트러진 머리를 손가락으로 빗질했다. 부석부석한 얼굴이 시뻘겋게 달아오른 공양주의 모습은 첫눈에도 심상치 않게 보였다. 다리를 잔뜩 웅크리고 앉은 공양주 옆에 스님이 바짝 붙어 앉았다. 좁은 골방이라 어쩔 수가 없었다. 스님이 멈칫거리는 공양주의 손을 살포시 잡았다. 손이 불덩어리였다. 보통 열이 아니었다. 스님에게 잡힌 손을 슬며시 빼려는 공양주의 손바닥에 스님이 글을 썼다. '어디가 아프냐'고. 공양주는 수줍은 듯 말없이 고개를 숙였다. 스님이 말을 하라고 재촉했으나 공양주는 눈물만 흘렸다.

스님은 또 공양주의 손바닥에 글을 썼다. '아픈 데가 어디냐' 고.

"가슴."

공양주의 짧은 대답에 스님이 다시 글을 썼다. '가슴이라면 마음이냐?'고 물은 것은 정신적으로 괴로우냐는 뜻이었다. 공양주는 무겁게 고개를 저었다.

스님은 무슨 말을 해도 괜찮다는 뜻을 필담으로 밝혔으나 공양주는 묵묵부답이었다. 눈물만 흘리던 보살이 비로소 입을 열었다.

"저는 하얼빈서 온 사람이야요."

스님이 '교포냐'고 묻자, 고개를 끄덕이던 공양주는 울먹이는 음성으로 말을 이었다.

"돈 벌러 왔다 못된 유부남 꾐에 빠져 임신을 했다 말입니다."

스님의 애처로운 눈빛이 보살의 가냘픈 몸을 살폈다. 임신 몇 개월째냐고 묻기 전에 보살이 먼저 말했다.

"손이 귀한 집안이라 아들만 낳아주면 돈은 달라는 대로 준다기에 그 말을 믿었지 뭡네까? 헌데, 막상 아들을 낳고 보니 돈은커녕, 핏덩이만 빼앗곤 불법체류자라고…….'"

산모産母임을 솔직히 털어놓은 보살이 불법체류자라는 약점 때문에 억울한 사연을 한마디도 못하고 여기까지 숨어들었다는 말을 할 때는 이미 울음이 터진 뒤였다.

성암스님은 이불자락에 얼굴을 묻고 흐느끼는 보살의 등을 가볍게 토닥였다.

보살은 젖먹이를 떼놓고 온 마음도 아프지만 자꾸 불어나는 젖가슴 때문에 견딜 수가 없다는 것이었다. 풍선처럼 퉁퉁 불은 젖을 남몰래 짜 버리지만 젖이 돌 때의 젖가슴은 찢어질 듯 아팠다.

스님은 삼십 년 전의 일이 머리에 떠올랐다. 고모가 팔삭둥이를 낳은 지 보름 만에 잃고 친정에 와서 조리할 때 스님은 초등학교 5학년이었다. 그때 젖몸살을 앓던 고모의 뻘겋게 부어오른 얼굴이 지금도 눈앞에 선했다. 할머니와 가족들의 온갖 회유와 닦달에 못 이겨 억지로 빨게 된 고모의 젖 맛은 엿기름같이 들큼하고 날콩처럼 비렸다. 그렇다고 토하진 않았으나 주룩주룩 설사를 계속한 기억이 아직도 잊어지지 않았다. 공양주의 젖 맛도 그때와 크게 다르지 않았다.

탁, 탁, 탁.

법당에서 죽비 치는 소리가 가물가물하게 들려왔다. 잠은 어렴풋이 깼으나 눈꺼풀 속에 갇힌 의식이 얼른 열리지 않았다. 물먹은 솜처럼 무거운 몸을 뒤척이다 길게 기지개를 켜고 일어났다. 연거푸 하품이 나왔다. 잠시 후 다시 울리는 죽비소리를 듣고 비로소 나는 엊저녁에 벗어던졌던 바지를 주섬주섬 다리에 꿰었다.

바람결에 덜컹거리는 방문을 밀고 밖으로 나오자 뿌연 안개 속에 묻힌 선뜩한 바람이 기다렸다는 듯 달려들었다. 전신에 소름이 쫙 끼쳤다. 눈곱도 떼지 않고 법당으로 향했다. 텅 빈 법당에서 가느다랗게 피어오르는 향연香煙이 새벽예불을 마친 스님은 벌써 하산한 걸 알려주었다. 겨우 삼배만 마친 나도 바로 내리막을 탔다.

기와가 수북하게 쌓인 산밑에 당도했을 때 스님은 보이지 않고 빈 지게만 비스듬히 누워있었다. 어딘가에서 뒷일을 보는가 싶어 사방을 두리번거렸으나 스님은 어디에도 없었다. 주변을 서성이다 허리춤 높이의 너럭바위로 올라갔다. 두 평이 넘는 평퍼짐한 바위에 누워 스님을 기다리다 잠이 들었다. 얼마나 잤을까, 요란하게 짖어대는 까치소리에 잠이 깼다. 새들만 부산하게 오갈 뿐 스님은 아직도 보이지 않았다. 무작정 기다릴 수가 없었다. 어쩌면 산을 넘어온 시커먼 구름만 아니었으면 평계 김에 한숨 더 잤을지도 모른다. 비를 머금은 먹구름을 보자 마음이 급해졌다. 비록 묵언스님이지만 힘들 때 눈빛이라도 오가면 큰 의지가 되는데 혼자 산을 올라가자니 먹구름처럼 눈앞이 캄캄했다.

간밤에 내린 빗물을 머금은 탓인지 이끼 낀 바윗길이 빙판처럼 미끄러웠다. 자칫 발을 잘못 디디면 까마득한 낭떠러지로 당장 떨어질 판이었다.

가파른 절벽에 코를 박고 조심조심 게걸음질을 칠 때, 바람에 밀리듯 갑자기 몸이 가볍게 붕붕 떠올랐다. 흘깃 아래를 살피자 언제 왔는지 성암스님이 내 지겟다리를 밀어주고 있었다.

나는 평퍼짐한 자리에 지게를 받쳐놓고 원망하듯 물었다.

"어딜 갔다 오셨습니까? 아무리 기다려도 안 오시기에 결국 바람이 나서 도망간 줄 알았습니다."

성암스님은 빙그레 웃으며 고개를 끄덕였다. 도망가다 내가 못 미더워 되돌아왔다는 농담을 필답으로 전하면서 또 웃었다. 이어서, 어제 뭘 잘못 먹은 탓인지 설사를 해서 약국에 다녀온다고 했지만 후에 안 사실은 공양주가 젖을 짜낼 때 쓰는 흡유기를 사 오는 길이었다. 공양주에게 전해진 흡유기의 성능이 아무리 좋더라도 갓난애가 빠는 것만은 못했다. 그렇다고 매번 스님이 빨 수도 없는 노릇이었다. 어쩌다 다급할 때 몇 번 빨았을 뿐인데 그게 이상한 소문으로 퍼졌다는 것이다. 그 이상도 이하도 아닌 일이 그렇게 와전된 것도 무리가 아니라는 말이 정 처사의 결론이었다.

"처사님도 짐작하셨겠지만 수좌들 중에 그런 청정한 비구도 드물 겁니다. 여자들한테 함부로 질퍽댈 스님이 절대 아닙니다."

사무장 정 처사는 새로운 사실을 알려주었다.

사실인지는 모르지만 항간에 떠도는 일설에 의한다면, 어느 재벌가의 무남독녀인 여대생이 템플스테이에 갔다가 성암스님을 보고 첫눈에 반해버렸다는 것이다. 성암스님은 졸졸 따라다니는 여인을 피하기에 바빴다. 성암스님을 잊지 못해 방황하던 여인은 끝내 실성하게 되었다. 정신이상이 된 여인은 여기저기로 성암스님을 찾아다니다 비구스님만 보면 노소를 막론하고 옷을 벗고 덤벼들었다. 아무 스님한테나 하룻밤만 자자고 졸라댄다는 소문을 들은 성암스님은 그녀의 마지막 소원을 들어주었다는 것이다. 그리곤 어디론가 종적을 감춰버렸다. 그때 생긴 애가 벌써 대학생이 되었고, 성암스님은 그때부터 묵언수행을 시작했다는 것이었다.

그렇다. 나도 스님을 믿었다. 그러나 긴가민가한 소문이 떠돌 때면 마치 내가 구정물을 뒤집어쓴 것처럼 기분이 나빴다. 스님에 대한 정 처사의 칭송은 그칠 줄 몰랐다.

"칠 년 전에 간암을 앓는 도반에게 기꺼이 간을 기증했고 틈만 나면 막노동으로 번 돈을 어려운 이웃들에게 보시布施한다는 걸 알만 한 사람은 다 압니다. 그만큼 스님의 향기가 짙은 거죠. 재작 년에도 생판 모르는 신부神父에게 신장을 기증했는데, 그런 스님 의 보살행은 부지기숩니다. 한마디로 실천을 우선하는 스님입니 다. 성암스님 같은 선지식이 석류알처럼 아니, 다이아몬드처럼 곳 곳에 자리를 지키기 때문에 우리 종단이 시끄럽지만 나름대로 버 텨나가는 겁니다."

나는 스님의 보시에다 내 성의를 조금 보태 기와불사에 쓰도록 시주했으나 정 처사는 정중히 사양했다. 스님의 순수한 호의를 희 석시킨다는 것이었다.

"스님이 가실 때 품삯을 계산해드렸더니 펄쩍 뛰시더라고요. 중이 불사를 거드는데 품삯이라니 말도 안 된다고 화를 냅디다. 그리곤 여비만 남기곤 몽땅 복전함에 넣고 가셨더라고요."

내가 얼굴이 화끈거려 말을 못하는 사이에 정 처사가 말했다.

"부담 갖지 마세요. 인연 있으면 어디서 또 만날 거 아닙니까?"

나는 정처사의 말을 듣고 한동안 꿀 먹은 벙어리가 되었다.

성암스님은 만나자마자 어딘가 빨리 가야한다고 서둘렀다.

"그럼 바로 가시잖고 왜 전활 했습니까?"

나의 핀잔에 스님이 귀를 가리켰다. 음성이라도 듣고 싶었다는 표시였다.

"어디 가서 간단히 요기라도 하시죠, 스님."

스님은 오는 도중 휴게소에서 점심을 먹었다고 손사래를 쳤다. 그래도 나는 모처럼 만난 스님을 맨입으로 보낼 순 없었다. 저녁 식사를 하긴 한참 이른 시간에 스님을 모실 만한 식당이 눈에 띄지 않았다. 주변을 살피다보니 저쪽에 '냉면'이라고 쓴 붉은 깃발이 펄럭이고 있었다. 무더운 날씨에 잘 되었다는 생각으로 스님을 잡아끌었다. 스님은 팔을 뿌리치고 먼 곳을 가리켰다. 구름 낀 하늘을 보곤 어서 가야한다는 것이었다.

나는 아무리 급해도 냉면 한 그릇 드실 시간이 없느냐고 고집을 피웠다. 터미널 근처에서 주로 뜨내기손님을 상대하는 식당이 다 그렇듯 스님을 모신 그 집도 겉보기와 다르게 허름했다. 그렇다고 다른 집으로 갈 수도 없었다. 나가면 바로 뿌리칠 것 같은 조바심 때문에 일부러 구석자리를 잡았다. 여종업원이 다행히 빨리 달려왔다. 스님께 어설프게 합장한 종업원이 물었다.

"스님 냉면에는 편육을 빼야죠?"

육식을 안 하는 스님이니 편육도 아예 빼겠다는 말에 스님이 머리를 흔들었다. 오히려 두 손으로 꾹꾹 눌러 담는 시늉을 했다. 고봉으로 담아오라는 뜻을 종업원이 금방 알아차린 듯, 생글거리며 주방 쪽으로 갔다.

편육이 나우 얹힌 냉면그릇을 본 스님이 흡족한 듯 종업원에게 고맙다는 인사로 합장을 했다.

종업원이 사라진 뒤 스님은 편육을 모두 내 그릇에 옮겨주었다.

"스님 드시잖고 왜 제게……?"

스님은 손을 흔들며 어서 먹으라고 눈을 끔뻑였다. 그리곤 냉면육수를 묻힌 저분으로 식탁에 글을 썼다. '출가 전부터 육식은 못했다'고. '유지방으로 만든 아이스크림만 먹어도 설사를 하는 바보'라며, 진짜 바보처럼 히, 웃었다.

"스님, 어딜 가시기에 그렇게 서두르십니까?"

스님이 '관음암'이라고 썼다. 삼 년 전에 기와를 날라주던 그 절이었다.

"거까지 가시기엔 시간이 좀 늦었잖습니까?"

세 시가 넘은 지금 빨리 가도 일곱 시나 돼야 산밑에 도착할 것이다. 거기서 또 험산을 타고 절까지 간다는 건 아무래도 무리였다.

"제 집에서 쉬시고 낼 가세요."

스님이 머리를 흔들었다. 빨리 가면 괜찮다는 것이었다.

"거기에 꿀단지라도 묻어놨습니까, 스님?"

스님이 고개를 끄덕였다. 나는 꿀단지가 공양주를 가리키는 게 아닌가 싶어 슬쩍 지나치는 농담처럼 물었다.

"공양주보살?"

고개를 끄덕이는 스님의 표정이 갑자기 어두워졌다. 잠시 머뭇 거리던 스님이 '가련한 보살'이라고 식탁에 필담으로 말했다. 뭐가 그렇게 가엾고 불쌍한지 스님의 눈이 금방 촉촉해졌다.

나는 갈피를 잡지 못했다. 머릿속이 혼란스러웠다. 묵언하면서까지 일념 정진하는 스님이 한 여자 때문에 눈물을 보이다니! 이해하기가 어려웠다. 수행자의 사표로 흠모했던 성암스님의 초연한 인품이 한순간에 무너져 버렸다. 뭔가 속은 기분이었다.

슬쩍 눈물을 훔친 스님이 겸연쩍은 듯 픽, 웃었다. 그리곤 젓가락으로 '천진보살'이라고 썼다. 곧이어 '왕생극락'이라고 쓴 글을 본 내가 놀라서 물었다.

"공양주보살이 죽었습니까?"

뜻밖이었다. 공양주보살이 죽은 줄도 모르고 잠시나마 불순한 생각을 품었던 자신이 마냥 부끄러웠다.

공양주보살이 언제, 어떻게 죽었느냐고 재차 물었으나 스님은 고개를 흔들었다. 모른다는 것이었다. 추측컨대 '젖유종을 앓다가 끝내 유방암이 됐을 것'이라는 필답이 고작이었다.

냉면 한 그릇을 뚝딱 해치운 스님이 먼저 일어섰다. 내일 사시 巳時에 공양주보살의 사십구재를 보려면 늦어도 오늘 가야한다는 스님을 나는 굳이 잡지 않았다. 아니, 나도 동행하고 싶었으나 저녁 약속 때문에 내일 일찍 가겠다는 말을 하고 헤어졌다.

스님이 탄 고속버스가 서서히 움직일 때 기어코 빗방울이 하나 둘 떨어졌다.

이튿날 아침, 나는 일찍 차를 몰고 집을 나섰다. 간밤에 비를 뿌린 하늘에 솜뭉치 같은 하얀 구름이 두둥실 떠 있었다.

기와를 지던 산밑까지는 세 시간이 채 걸리지 않았다. 너럭바위에 도착했을 때, 그 주변에 여러 사람들이 웅성대고 있었다. 거기에 끼었던 주지스님과 정 처사가 3년 만에 온 나를 먼저 알아보았다.

"어떻게 알고 이렇게 일찍 왔습니까?"

"⋯⋯?"

무슨 말인지 영문을 몰라 어리둥절한 나에게 정 처사가 말했다.

"어젯밤에 성암스님이 깔딱고개를 넘다 그만 낭떠러지로⋯⋯."

뜻밖의 말에 나는 그 자리에 힘없이 무너져버렸다.

아찔한 현기증에서 겨우 벗어난 나는 방금 너럭바위로 옮긴 시신 곁으로 다가갔다. 시신을 덮어놓은 흰 천을 들추자, 벼랑에서 추락했다는 성암스님은 신기하게도 얼굴에 상처 하나 없이 자는 듯 고이 누워있었다. 누가 봐도 원적圓寂한 모습이 아니었다. 선정禪定에 든 듯 스님의 단정한 모습을 보는 순간, 나는 전신에 소름이 쫙 돋았다.

아, 생사의 갈림길이 이토록 허무하고 야속할 줄이야!

나는 영단이 미처 준비되지 않은 너럭바위 밑에서 스님을 향해 삼배를 올렸다. 왈칵 치솟는 눈물을 주체할 수가 없었다. 어제 스님과 동행하지 못한 후회와 밤길을 나서는 스님을 억지로라도 잡지 못한 후회가 뒤범벅이 되었다. 가슴이 터질 것 같았다.

그렇다. 스님의 변고는 모두 내 탓이었다. 어제 스님의 얼굴만 보고 바로 보내드렸다면 아니, 만나지 않았다면 비 오는 산길을 늦게 가지 않았을 것이다.

옹달샘처럼 끊임없이 치솟는 자책감이 쉽게 나를 해방시켜주지 않았다.

나는 성암스님이 그리울 때마다 그의 열반 터에 세워놓은 사리탑을 찾아갔다. 사리탑은 그 지역 교구본사의 허락을 받은 내가 한 달 동안 등짐으로 돌을 져다 세운, 오색영롱한 사리 중에 세 과顆만을 묻은 돌탑이다. 자연 속에 묻힌 사리탑에 갈 때마다 성암스님은 말없이 나를 반겨준 아니, 성암스님의 무언의 법문이 마치 대승자모大乘慈母처럼 고단한 나를 항상 발고여락拔苦與樂의 세계로 이끌어 주는 것 같았다.

진돌이 전성기

진돌이 전성기

지질편편한 산자락에 오동통하게 살찐 돼지새끼들이 어미한테 달라붙어 젖을 빠는 형국의 마을이 새말이고, 그 위로 고구마처럼 길게 늘어진 동네가 윗말이다. 깎아지른 산세가 험악한 윗말은 아직 개간이 덜된 지역이라 제법 볼만한 곳이 많지만 앞자락이 좁고 물살이 급해서 장마철에도 물이 쭉쭉 빠져버렸다. 물길이 급한 농토는 대부분이 천수답이라 논농사와는 거리가 멀었다.

새말은 십리 밖으로 보이는 광덕산廣德山 줄기에서 흘러내리는, 옛날부터 명당수로 잘 알려진 서출동류의 풍부한 물을 산밑 저수지에 모았다가 가물 때마다 넓은 앞뜰을 흥건하게 적셔 주었다. 그래서 웬만한 가뭄에도 농수 걱정은 없었다. 넓은 문전옥답을 가득 끌어안고 있는 새말은 뒷산에서 치마를 펼쳐 놓은 듯 남향으로 시원하게 흘러내린 산자락을 가진 기름진 땅이었다. 소나무와 대밭을 경계로 한 남녘땅은 뭘 심어도 푸짐하게 거둘 수 있는 옥

토였다. 철따라 꽃피고 새들이 우짖는 뒷산에도 새콤달콤한 산과
일과 산나물이 지천이었다. 고구마, 옥수수, 고추, 콩 같은 갖가지
곡식이 심는 대로 풍성해서 해마다 풍년 같았다.

  그런데 수확기를 앞둔 요즘 무시로 나타나는 멧돼지와 고라니
들의 등쌀에 농민들이 골치를 앓고 있었다.

  새말의 인심이 흉흉해진 것은 농작물에 피해를 주는 유해동물
탓도 있지만 사실은 김노문이 마을이장이 되고부터라고 해도 과
언이 아니었다. 이장이 되기 전에는 주민들에게 간이라도 빼줄 것
처럼 고분고분하고 싹싹하기가 봉산참배였던 그가 이장이란 감투
를 쓰고부터 안면을 몰수하고 멋대로 고집을 부렸다.

  김노문 이장은 윗말에서 무시로 기습해오는 유해동물을 막자
면 우선 북쪽의 가파른 산에서 남쪽으로 흘러내려 오는 경계에 자
생하는 울울창창한 대나무와 다복솔을 깨끗이 베어버리자고 했
다. 대신 전류가 흐르는 철책으로 바꾸자는 것이었다. 주민들은
전기가 인체에 해로울 뿐 아니라, 위험요소가 다분하다는 이유로
적극 반대했으나 이장은 들은 척도 하지 않았다. 언제까지나 우중
충한 대나무밭을 유해동물의 서식 내지는 은신처로 제공하겠느냐
는 것이었다. 전기가 그렇게 위험하다면 구더기 무서워서 어떻게
장을 담느냐는 식이었다. 그리고 전기울타리 근처에 짐승들이 싫
어하는 향이 독특한 들깨 같은 농작물을 연구개발해서 재배하자
는 것이었다. 말은 권장이라지만 사실은 강권이었다. 김노문 이장
의 고집은 누구도 막지 못했다. 일단 일을 저지러놓고 보는 게 김

노문의 일 스타일이었다. 우격다짐인 그는 전류가 흐르는 철책 중간 중간에 CCTV 카메라까지 설치해 놓았다. 그리고 산밑에 지어 놓은 농막에서 2인1조로 경계근무를 하는 주민이 모니터에 유해 동물이 나타나는 즉시 나무기둥에 매달은 빈 가스통을 두드려댔다. 요란한 쇳소리에도 피하지 않을 땐 농막에 묶어놓은 개를 풀어놓았다.

오십 대 초반인 김노문은 원래 이 지역의 농민이 아니었다. 서울 어딘가에서 철공소를 운영하는 사장의 운전기사 겸 영업사원이었다. 그는 사장이 과로로 쓰러지자, 잽싸게 사장부인에게 붙어 알랑거리다 끝내는 자기 사람으로 만들었다. 그는 거동이 불편한 사장을 멀리 귀양 보내듯 요양원에 처박아놓았다. 한때의 사모님을 부인으로 만든 그가 고구마줄기처럼 줄줄이 딸려 나오는 재산을 가로채는데 오래 걸리지 않았다. 그만큼 그의 수단은 남달랐다. 남의 재산을 단번에 가로챈 그는 서울에서 1시간 거리인 새말을 수시로 드나들었다. 결국 개량종 밤나무가 울창한 산 3정보에 딸린 전답 2천 평도 게 눈 감추듯 사버렸다. 양지바른 산발치에 드럼통 반만 한 돌덩이로 석축을 쌓고 거기에 조성한 대지에다 궁전처럼 집을 지은 것이 4년 전이었다.

사교성이 좋은 그는 새말에 온 지 4년 동안에 두세 번 만난 사람이면 남녀노소를 막론하고 간이라도 빼줄 듯 알랑거렸다. 보통 수완이 넘는 김노문은 멀쑥한 허우대에 언변까지 좋은데다가 씀씀이도 푸짐해서 이웃의 호감을 사는데 충분했다. 나이가 많으면 무조건 형님누나였고 생일이 비슷하면 서슴없이 호형호제로 지냈다. 특히, 관공서에 들어가길 괜히 꺼리는 주민들을 대신해서 껄끄러운 일을 처리해주는데 앞장섰다. 그렇다보니 주변에서 무슨 고지서만 이상하게 나와도 지체 없이 달려왔다. 마을의 대소사는 물론 사소한 가사문제까지 팔을 걷어붙이고 나서주니 한마디로 밥상의 간장종지였다. 그래서 이사 온 지 4년 만에 이장이란 감투까지 버젓이 얻어 썼다.

반대하는 사람들을 교묘히 꼬여 선동하는데 타의 추종을 불허하는 그는 좋게 말해 사교성이 좋고 나쁘게 말하면 모사꾼 기질이 다분했다. 그중에는 이태 전에 무슨 병인지 모르지만 요양 차 귀농했다는 젊은 부부도 한몫 단단히 했다. 대학교 강사였다는 사십 대의 젊은이는 2년 전 새말로 오면서 이장 신세를 진 것이 사실이었다. 산밑에 상엿집처럼 쓰러져가는 농가지만 깔고 앉은 땅값을 시세보다 싸게 구입한 것부터 집을 신축하기까지 물심양면으로 김노문의 신세가 컸던 것이었다. 그가 대학 강사였다는 걸 김노문은 어떻게 알았는지 처음부터 그를 오 교수라고 불렀다. 오교수도 격상된 호칭에 흡족한 듯 우쭐하는 눈치가 분명했다. 촌구석에서 교수가 뭘 하는 직업인지 아는 사람이 드물지만 이장이 추켜 세워주니 황송할 뿐이었다. 그래서 이장의 말이라면 무조건 꺼뻑했다. 팥으로 메주를 쑨대도 곧이듣는 그런 작자가 대학에서 뭘 가르쳤는지 모르겠다. 남의 귀한 영재들을 교육한다는 미명 아래

곡학아세의 잔꾀를 가르치지 않았을까 의문스러웠다.

유해동물을 막는답시고 울창한 숲을 깡그리 밀어 버리고 전기가 흐르는 울타리를 튼튼하게 설치한다고는 했으나 수확철이 되면서 유해동물들의 만행은 더욱 극성을 부렸다. 처음엔 아무리 겁없는 동물이라도 전기가 흐르는 전선 근처에는 얼씬도 못할 거라고 호언장담했던 김노문 이장이 이제는 엉뚱한 소리를 늘어놓기에 바빴다. 맹견 한두 마리만 있어도 무작위로 출몰하는 유해동물들을 간단히 막을 수 있다는 것이었다. 자기 집에서 기르는 풍산개 한 마리로는 어림도 없다는 말을 노래처럼 떠들었다.

김노문 이장이 속수무책으로 전전긍긍할 때 현우네 집에서 기르는 진돌이가 새삼 눈에 띄었다.

진도로 시집간 현우누나가 심심풀이 삼아 한 번 키워보라고 안고 온 진돌이는 말만 진돗개지 똥개나 다름이 없었다. 진돗개라면 일 년이 넘었으니 당연히 귀는 붓끝처럼 쫑긋하고, 딱 벌어진 앞가슴부터 아래로 늘씬하게 죽 빠진 골격에 노는 폼부터 달라야 했다. 조금 사나워도 좋으련만 바람 빠진 풍선처럼 축 늘어진 진돌이의 귀는 도무지 일어설 기미가 보이지 않았다. 진도에서 왔다고 모두 진돗개가 아니라고 비아냥거리는 마당에 어디 내놓고 자랑하기가 민망했다. 낯선 사람에게 꼬리치는 건 고사하고 발만 굴러도 기겁해서 꼬리를 사타구니에 감추는 꼴은 누가 봐도 똥개였다. 어린애들이 늘어진 귀를 잡아끌어도 슬슬 눈치만 살피는 순하디

순한 터라 집을 보기는커녕, 도둑놈도 반길 놈이었다. 그런 진돌이가 어느 날 뜻밖에 진면목을 보여주었다.

김노문 이장과 자별하게 지내는 오 교수는 아키타 한 쌍을 키우고 있었다. 그는 매일 송아지만한 아키타 두 마리를 끌고 산책을 다녔다. 개를 산책시키는 것이 아니라 개들이 병약한 오 교수를 끌고 운동시킨다는 말이 옳은 표현일 것이다. 깎은 밤처럼 얼굴이 창백한 오 교수를 끌고 다니는 아키타는 기름을 바른 것처럼 반들반들한 털이 누구나 한 번 쓸어주고 싶을 정도였다. 그러나 녀석들은 감히 손을 댈 수 없게 사나웠다. 진돌이보다 몸집이 큰 아키타는 늘씬하게 쭉 빠진 허리가 사냥개처럼 날렵했다. 그놈들은 제집 근처에는 아무도 얼씬 못하도록 날뛰며 온 동네가 쩌렁쩌렁 울리게 짖어댔다. 한마디로 밥값을 제대로 하는 놈이었다.

오 교수는 이따금 픽업트럭에 아키타를 싣고 어디론가 나다녔다. 오 교수 취미가 투견장에 다니는 거라고 쑤군댔지만 현장을 목격하지 않은 이상 그걸 확인할 길은 없었다.

오 교수는 아키타를 끌고 산책을 나왔던 길에 진돌이와 마주쳤다. 그때, 한 번 대결시켜보자는 말을 자신만만하게 꺼냈다.

현우아빠는 당연히 거절했다. 투견장에 다니는 놈과 싸워서 득볼 게 손톱만큼도 없을 것이 뻔했기 때문이다.

아키타는 고샅이 좁다는 듯 주변의 채마전을 마구 짓밟고 다녔다. 오 교수 역시 동아줄 같은 목줄을 잡고 힘겹게 끌려가면서 으스대는 폼이 여간 꼴불견이 아니었다. 아키타는 목줄이 조금만 느슨해지면 울밑을 헤집고 다니는 병아리들에게 벼락같이 달려들었다. 기겁해서 달아나는 닭들을 본 현우아빠가 볼멘소리를 하자 오교수는 그깟 병아리가 몇 푼이나 하냐며 희떱게 되받아쳤다.

아키타와 다르게 항상 가느다란 쇠줄에 목 매인 진돌이는 제집에서 2미터를 벗어나지 못하고 다람쥐 쳇바퀴 돌듯 한정된 공간에서 뱅뱅 돌았다. 그런 열악한 환경에서 밥값도 못하는 똥개라는 소리를 듣기가 예사였다.

현우아빠는 채전을 들쑤시고 다니는 두더지를 잡으려고 덫을 놓았다. 그러나 별무소용이었다. 두더지는 덫 놓은 자리를 귀신같이 알고 피해 다녔다. 파릇파릇한 새싹이 예쁘게 자라나는 밭을 산지사방으로 들쑤시고 다니는 통에 따사로운 아침 햇살 한 번 받지 못하고 시들어가는 걸 볼 때마다 가슴을 가시나무로 긁어대는 것처럼 쓰리고 아팠다. 그걸 목전에 두고도 잡지 못하니 약은 약대로 오르고 속은 부글부글 끓어올랐다. 그만큼 동작이 빠른 두더지를 어느 틈에 뒤따라 온 진돌이가 냉큼 앞발로 잡아서 물고 흔들었다. 진돌이는 이따금 밥그릇 주변에 흩어진 밥알을 쪼아 먹는 새를 뭉툭한 앞발로 쳐서 잡았다. 새도 잡을 만큼 동작이 빠른 진돌이었으나 먹지는 않았다.

"그놈이 진짜 진돗개라면 우리 캐리하고 쌈 한 번 붙여봅시다."

오 교수는 아키타에게 질질 끌려서 진돌이에게 접근하며 귀찮게 치근덕거렸다. 저런 똥개는 아키타한테 한 입 꺼리도 안 된다는 듯 빈정댔다.

"진돌이는 순둥이라 쌈을 못 해유. 헌께 냅두라규."

처음부터 기가 꺾인 현우아빠는 두더지가 지나간 울퉁불퉁한 자리를 발로 꾹꾹 밟으면서 괜히 죄진 사람마냥 진돌이의 목덜미를 어루만지며 중얼거렸다. 저런 투견闘犬에게 물리면 진돌이만 손해라는 걸 번히 아는데 그런 바보짓은 절대로 하지 않을 테니 조금도 걱정 말라는 위로였다.

"벌써부터 저렇게 겁을 먹고 오줌을 지리는 놈이 무슨 진돗개라고? 저런 똥개는 쥐도 몰라보죠?"

"그류. 우리 진돌이는 쥐도 몰라본다규."

현우아빠는 오 교수의 야유가 불쾌했다. 그렇지만 대거리를 하고 싶은 마음은 조금도 없었다. 시비 붙어서 손해가 뻔할 땐 피하는 것이 상책이었다. 생각 같아서는 네놈이 언제 우리 진돌이에게 똥 한 덩어리라도 준 적이 있느냐고 면박을 주면 속이 시원할 것이다. 그러나 길이 아니면 가지 말고, 말이 아니면 탓하지 말라는 속담처럼 참는 게 보약 중의 보약이었다.

오 교수는 아키타에게 가볍게 끌려가는 척하며 진돌이에게 슬쩍 다가섰다. 동시에 진돌이를 향해 '쉿!' 하고 공격신호를 보냈다. 순간, 확 달려드는 아키타를 보고 주춤하던 진돌이가 우뚝 멈춰 섰다. 아키타를 노려보는 위세가 너무도 당당한 진돌이는 벌써부터 목덜미 털을 바짝 세우고 경계태세를 갖췄다. 하얀 어금니를 살짝 드러낸 진돌이는 기세 좋게 덤비는 두 마리 중 어느 놈부터 해치울까 하고 노려보는 눈 밑의 콧등이 두껍게 구겨졌다.

"아―주, 제법인데!"

오 교수는 딱 버티고 선 진돌이가 같잖다는 듯 지금껏 질겅거리던 껌을 탁, 뱉었다. 2대 1이니 자신만만하다는 기세였다.

"물어, 쉿!"

오 교수는 바투 잡았던 목줄을 슬쩍 늦추면서 쉿소리를 날렸다. 순간, 꼬리를 바짝 세우고 기세등등하던 아키타가 어이없게도 담장 밑에 시멘트로 육중하게 만들어 붙인 쓰레기통 사이로 머리통이 송곳인 양 쑤셔 박혔다. 그리곤 숨이 끊어질 것처럼 비명을 내질렀다.

진돌이는 오 교수의 공격신호가 저에게 보내는 응원으로 들었는지 금방 또 다른 놈의 목덜미를 덥석 물었다. 목이 물린 아키타는 진돌이의 입에서 벗어나려고 안간힘을 썼으나 허사였다. 한번 물면 절대로 놓지 않으려는 진돌이에게 꼼짝없이 걸려든 아키타는 사지를 벌벌 떨고 버르적거렸다. 현우아빠가 진돌이를 잡아끌며 말리면 말릴수록 으르렁거리는 소리가 더 거칠어졌다.

오 교수는 잡고 있던 목줄을 진작 풀어주었으나 아키타는 힘을 쓰기는커녕, 맥없이 오줌을 질금거렸다. 궁둥이를 불쑥 쳐들고 쓰레기통 사이에 처박힌 놈도 마찬가지였다. 머리통을 처박고 쩔쩔매는 아키타를 본 현우아빠는 발을 구르며 소리쳤다.

"진돌아, 그만! 그만하라니까!"

현우아빠는 온힘을 다해 진돌이의 등판을 후려쳤으나 도무지 말을 듣지 않았다. 얼른 놓지 않는 진돌이에게 겁을 먹은 오 교수는 한 발 뒷걸음질 쳐서 발악하듯 소리쳤다.

"캐리, 물어라. 쉿, 쉿!"

캐리는 오 교수의 거듭된 공격명령에도 기를 펴지 못하고 버둥거렸다. 목이 물려 낑낑대는 놈에게 오 교수는 연신 발을 구르며 소리쳤다. 그러나 아키타는 큰 몸통을 진돌이에게 내맡긴 채, 빨래 줄에 널린 옷처럼 이리저리 흔들렸다. 밥값은 고사하고 덩치값도 못했다.

진돌이의 검은 눈동자는 미친 듯 요동쳤다. 진돌이는 쓰레기통에 처박힌 놈에게도 여유를 주지 않고 연신 으르렁거렸다. 구석에 처박힌 놈이 할 수 있는 일이라곤 쓰레기통 사이에서 꼼짝달싹 못하고 몸만 와들와들 떨며 끼깅댈 뿐이었다.

현우아빠는 평소 멍청이 같던 진돌이가 어디에 저런 무지막지한 힘을 숨기고 있었는지 도무지 알 길이 없었다. 용맹스런 진돌이가 믿음직하기보다는 오히려 겁이 났다.

오 교수는 발만 동동거릴 때가 아니었다. 어딘가에서 몽둥이라도 들고 와서 휘둘러야 할 판인데 도통 발이 맘대로 움직이지 않았다.

진돌이는 오교수의 엄포쯤은 애초부터 아랑곳 하지 않았다. 여차하면 오 교수까지 덥석 물어버릴 기세였다.

"아따, 진돌이 저놈 참말로 이름값 하능마 잉."

언제 왔는지 김노문 이장은 길게 내민 혀를 휘둘렀다. 평소 잠만 자던 진돌이가 저보다 둥치 큰 두 놈을 단숨에 제압하는 걸 보곤 놀라지 않을 수 없었다. 자신도 모르게 눈이 휘둥그레진 그는 감탄사가 절로 터져 나왔다. 오 교수와 각별한 사이가 아니었다면 진작 박수를 쳤을 것이다.

진돗개의 맹위를 유감없이 발휘한 진돌이를 목격한 김노문 이장은 침을 꿀꺽 삼켰다. 욕심 같아서는 당장 진돌이를 끌어가고 싶었다. 자신이 기르는 풍산개는 저리가라고 할 만큼 비교가 되지 않았다.

김노문 이장은 어깨가 으쓱해진 현우아빠에게 단도직입적으로 말했다. 진돌이를 자신에게 달라고 아니, 맡기라고 했다. 그러나 중학교에 입학한 현우가 울고불고 난리를 치는 바람에 그 자리에선 일단 결론을 유보하고 눈짓으로 다음을 기약했다.

김노문 이장은 넉넉잡아 반년만 자신에게 맡기면 진돗개의 위상을 찾아서 맹견으로 만들 자신이 있었다. 또한 유해동물을 퇴치하는데 도움이 클 것으로 믿었다. 최근 들어 멧돼지와 고라니가 농작물의 피해는 물론, 인근 야산의 애꿎은 묘소까지 들쑤셔 놓는 통에 이만저만 속이 뒤집히지 않았다. 유해동물로 인한 농작물 피해를 막겠다고 호언장담했던 김노문 이장은 엽사들까지 동원했으나 효과는 그때뿐이었다. 열 사람이 도둑 하나를 못 당한다는 말처럼 해마다 늘어난 고라니와 멧돼지의 개체 수 때문에 골머리를 앓았다. 농민들은 신출귀몰하는 그놈들 등쌀에 도통 농사지을 맛이 나지 않았다. 관계당국에서도 엽사 몇 명을 지원하는 것과 올

무나 포획용 뜬장을 몇 개 놓는 외로 뚜렷한 대안이 없었다. 영구적인 방법을 내놓지 못하고 언 발에 오줌 누는 식으로 찔끔찔끔 땜질하듯 대안이랍시고 내놓다가 그나마 철이 지나면 슬그머니 사라져 버리니 분통터지는 건 농민들이었다.

당국의 미진한 지원에 갈급 한 농민들이 자구책을 강구한다는 것이 밤마다 횃불을 들고 농지로 나가는 일이었다. 그러나 그것도 하루이틀이지 매일 밤낮을 어떻게 나가서 지키겠는가. 농작물을 지키겠다고 횃불을 들고 연일 불침번을 서다보면 산불의 위험이 다분해서 당국의 경계하는 눈초리도 곱지 않았다.

이렇다 할 대안이 없는 김노문 이장은 유해동물도 목숨이 붙어 있는 생명체인 만큼 같이 나눠먹으며 공존하는 수밖에 도리가 없다고, 울며 겨자 먹기로 선심을 썼다. 농작물을 멋대로 홀딱 뒤집어 놓고 강탈당하기 전에 조금씩 줘가면서 살살 달래자는 일테면, 선심공세가 처음엔 그럴듯한 처방이었다. 그러나 선심을 쓰면 쓸수록 떼거리로 몰려드는 데는 도저히 당할 재간이 없었다. 주면 줄수록 양양이었다. 양보도 한계가 있고 억지도 분수가 있는 법이다. 한참 실하게 알이 드는 고구마 밭이나 멀쩡한 무덤을 홀딱 뒤집어 놓다보니 제아무리 부처님 심복 같은 농민일지라도 울화가 치밀지 않을 수 없었다.

뾰족한 대안이 없으나 무한정 발만 동동 구르며 마냥 두 손 놓고 있기가 어려웠다. 이삭이라도 줍듯 한 톨이라도 건지자면 강아지라도 끌고나가 망보기를 하지 않으면 안 되었다. 물론, 개 한두 마리로는 어림없다는 소리도 틀린 말은 아니었다. 그게 당연한 말이지만 두세 마리의 맹견이 있다한들 무시로 몰려다니는 산짐승들을 감당하기는 불가항력이었다. 유해동물을 쫓기는커녕 쫓겨다니기에 바빴다. 마구잡이로 몰려다니는 놈들에 대한 원성보다는 처음부터 계획 없이 즉흥적으로 대처한 이장에 대한 원망이 더 커갔다.

한마디로 속수무책으로 속만 끓이다가 진돌이를 본 이장은 옳다구나, 바로 이거다! 무릎을 친 이장은 진돌이를 잘만 훈련시키면 멧돼지가 아니라 호랑이라도 잡을 것 같았다. 그는 자신이 직접 나서기보다 우선 동네사람들을 선동해서 여론몰이로 현우아빠를 구슬렸다. 처음엔 팔라고 매달렸다. 그러나 별 반응이 없다는 것은 값을 올리려는 수작이 분명했다. 그래서 이장도 잔머리를 굴린답시고 며칠 뜸을 들였다가 마지못해 돈을 더 준다고 했지만 대답은 역시 미지근했다. 진돌이를 안고 온 딸에게 한마디 상의도 없이 멋대로 처분하긴 곤란하다는 것이 현우아빠의 뜻이었다.

그러나 현우아빠는 끝내 진돌이를 이장에게 넘겨주었다. 그냥 주는 것이 아니라, 농사철이 지나면 바로 돌려준다는 조건이 붙었다. 게다가 동네 주민이라면 누구나 일주일에 한 번씩 2인 1조로 농막에서 야간경비를 하는데 그 귀찮은 노역도 제외시켜준다니 귀가 솔깃했다. 김노문 이장은 진돌이가 한 사람 몫을 아니, 두 사람 몫을 충분히 한다는 데서 나온 제안인데 그게 꿀떡처럼 먹혔다. 그 밖의 몇 가지 조건을 달고 떠나간 진돌이지만 처음 약속대로 돌아오지 않았다. 어쩌면 그게 더 바람직한 일인지도 모른다. 먹고살기도 힘든데 개 사룻값까지 부담되는 터에 공짜로 키워준다니 고마운 일이었다.

김노문 이장은 진돌이를 끌고 가면서 주민들의 생계가 걸린 농작물을 철저히 보호하겠다던 약속과는 다르게 날이 가면 갈수록 제 알속만 차리기에 바빴다. 말로는 훈련시키기에 바쁘다지만 실은 그렇지 않았다. 삐딱하게 말하면 사기성이 농후한데다가 붙임성까지 풍부한 김노문 이장이 무슨 짓은 못할까마는 얼마 전 무슨 협회가에서 진돗개 족보(혈통서)를 만들었다는 것이었다. 봉황문양의 금박이 화려한 상장처럼 찍힌 종이에 큼직한 도장을 시뻘겋게 찍어 가지고 다니며 주변 사람들에게 슬쩍슬쩍 내비쳤다. 그게 촌구석에서 무슨 필요가 있겠느냐 싶지만 진돗개 순종을 번식하는 종견種犬에겐 반드시 필요한 인증서 아니, 면허증이라는 것이었다. 족보가 있는 순종과 없는 차이는 천양지차로 한 번 교미를 하는 대가로 쌀 두가마니를 받는다고 자랑삼아 떠벌였다. 게다가 어미가 새끼를 몇 마리를 낳던 간에 한 마리 값을 돈이나 새끼로 받는 부수입도 적지 않았다. 한 달에 한두 번만 교미를 해도 저 먹을 건 충분히 벌고도 남는 수입이 제법 짭짤했다.

그래서 김노문 이장은 개주인인 현우를 볼 때마다 중학생이 받기엔 많다싶은 용돈을 쥐어주었다. 현우아빠에게도 막걸리와 돼지고기를 심심찮게 떠다주는 것도 보통 인사치례가 아니었다.

주민들은 효과가 별로인 전기울타리에 드는 전기료가 농업용이라 별거 아니라지만 마을 전체로 치면 적잖은 돈이 낭비돼도 어쩔 도리가 없었다. 주민들은 어쩌다 술 몇 잔 받아먹고 뽑은 이장이다 보니 빼도 박도 못하는 실수가 원망스럽기만 했다. 제 손으로 이장을 만든 손모가지를 잘라버릴 수도 없고 어서 빨리 임기가 끝나기만을 애타게 바랄 뿐이었다. 이웃 간에 좋은 게 좋다고 참는 데까지 참자고 했으나 농민들의 원성이 수그러들기보다는 갈수록 태산이었다. 신출귀몰하는 유해동물보다 이장에 대한 불만이 더 커졌다. 그러나 이장은 들은 척도 하지 않았다. 마이동풍이었다. 그는 자신이 키우는 풍산개는 아예 뒷전이고 현금에 혈안이 되어 진돌이만 끌고 다니기에 바빴다. 편애도 이만저만이 아닌 꼴을 얄밉게 본 주민들은 빨리 진돌이를 다시 끌어오라고 야단이었다.

그러나 현우네 역시 못들은 척하는 데는 그럴만한 사정이 있었다. 재작년에 사람의 왕래가 드문 윗말로 산나물을 하러갔던 현우 엄마가 절벽에서 떨어져 뇌수술을 두 번이나 받았으나 반신불수를 면치 못했다. 그런 현우엄마의 병수발로 오갈 들듯 바짝 쪼그라든 형편에 조석으로 한 대야씩 먹어대는 진돌이 먹새를 도저히 감당하기가 어려웠다. 그 외의 또 다른 이유는 김노문 이장이 진돌이에게 뭘 어떻게 먹여 훈련시켰는지 모르지만 전과는 아주 딴판으로 사나워진 놈을 예전처럼 막 다루기가 두렵고 은근히 겁이 났던 것이다.

김노문이 진돌이를 훈련시키는 방법은 사실 별것이 아니었다.

결론부터 말하면 죽지 않을 만큼 굶기는 방법이 전부였다. 이건 전에 이장이었던 김중대라는 작자가 쥐 잡는 비법이라고 가르쳐준 방법을 김노문이 잽싸게 잔머리를 굴려 진돌이에게 전용한 것이었다. 영어를 빌리자면 '벤치마킹'이라고나 할까.

조금 거창하게 말해 전대미문의 이 비법은 먼저 열댓 마리 쥐를 잡아 큰항아리에 가둬놓는다. 그 속에서 열흘쯤 굶다보면 서로 싸워서 잡아먹고 극도로 약 오른 몇 놈만 남는다. 그놈들을 또 보름간 굶기면 결국 악랄한 놈만 목숨을 부지하는데 이런 걸 약육강식이라고 해도 될지 모르겠다. 최후승자를 아사 직전에 풀어놓으면 그동안 쥐만 잡아먹어 맛을 아는 놈이라 쥐를 보면 철천지원수처럼 닥치는 대로 잡아먹는다는 것이었다. 언감생심 고양이한테 덤비는 놈도 있다는 것은 눈이 뒤집히면 뵈는 게 없기 때문에 못할 일이 없다는 말이었다. 아사 직전에는 만물의 영장도 동물 이상으로 미쳐 날뛰기 마련이다. 그걸 누구보다 약삭빠르게 터득한 김노문이 인간으로서는 차마 흉내도 내지 못할 잔인한 방법을 비법이랍시고 진돌이에게 적용시켰다. 효과 백 프로였다. 쾌재를 불렀다. 물도 입을 축일 만큼만 주어 진종일 오줌도 못 누다가 샛노란 몇 방울만 겨우 찔끔거리는 것이 별거 아닌 훈련이라고 하겠지만 막상 닥치면 가장 악랄한 교육이었다. 인간이라면 감히 상상할 수 없는 잔악한 방법으로 삼사일만 쫄쫄 굶기면 주인의 어떤 요구에도 복종하는 충견이 되었다. 아무리 천하무적의 맹견이라도 밥을 이기는 충견이 없고, 금권을 압도하는 충신도 드물 것이다. 사흘 굶어 담 안 넘는 사람 없다는 속담처럼 식욕 앞에서 구르라면 구르고, 앉으라면 앉고, 서라면 서고, 물으라면 눈을 까뒤집고 덤비는 진돌이의 포악한 충성심은 인간과 다를 것이 없었다. 악랄한 상태로 치달은 진돌이에게 잔혹한 삶의 연속이 최대한의 교육이자 훈련이었다. 황당하게도 그런 훈련이 진돌이의 수컷본능을 더욱 왕성하게 북돋는지도 몰랐다. 진돌이는 성적본능에 충실하겠다는 듯 맹렬하게 암컷을 밝혔다. 지칠 줄 모르는 진돌이의 수컷본능에 김노문 이장도 나이를 초월한 질투심에 얼굴이 붉어질 때가 많았다.

현우는 진돌이가 보고 싶을 때마다 마을에서 조금 외진 김노문 이장 집을 기웃거렸다. 별장 같은 집을 지키던 진돌이는 높은 담장을 훌쩍 뛰어넘을 듯 길길이 날뛰며 짖어댔다. 예전의 주인을 반기는 모습이라고 하기엔 너무 거칠었다. 칼창처럼 얇은 혀로 손바닥 구석구석을 핥으며 재롱을 떨던 진돌이의 애교는 어디에서도 찾아보기가 어려웠다. 전에는 먹이가 부실한 탓으로 항상 껄떡댔지만 그래도 통통했던 진돌이가 어쩜 저렇게 뼈만 앙상하게 두드러져 갈비뼈가 아른거리는지 모르겠다. 말라도 너무 마른 까닭을 알 수가 없었다.

현우는 눈물이 날만큼 불쌍하다가도 주인을 몰라보는 진돌이가 죽이고 싶도록 얄미웠다. 철저히 배신당한 기분이었다. 괘씸한 생각이 들 때마다 전에 들은 이야기가 떠올랐다. 백 리 밖에 팔려

간 진돗개가 3년 만에 옛집을 찾아왔다는 믿기 어려운 사연이었다. 명색이 진돗개란 놈이 여기로 온 지 불과 2년도 안 되었는데 주인을 까맣게 잊어버리다니! 괘씸하기로 말하면 당장 요절을 내도 시원치 않을 것이다. 하긴, 진돌이만 미운 것이 아니었다. 순둥이였던 진돌이를 이토록 사납게 만든 이장이 더 얄미웠다.

육 개월 전, 이장 집에서 뛰쳐나간 진돌이가 남의 개를 물어버린 적이 있었다. 그때 이장은 잠시 진돌이를 맡아서 관리만 했을 뿐 책임은 원래의 주인에게 있으니 거기 가서 따지라는 것이었다. 그 후 두 달이 지나 또 사고를 쳤다. 남의 집에 들어간 진돌이를 보고 질겁한 집주인이 도망치다 넘어져 팔에 골절상을 입었다. 피해자가 이장 집에 가서 치료비를 요구했다. 김노문은 자신의 개가 아니라면서 현우네 집을 가르쳐 주었다. 거기 가서 보상을 받으라고 배짱을 부렸다. 그의 말은 관리 소홀로 사고가 났지만 최종책임은 개 주인에게 있다는 것이었다. 그리고 자신은 구렁이 담 넘어가듯 슬쩍 빠져나가려는 이가 김노문이었다. 보상을 하더라도 도의적인 면에서 최소한만 하겠다는 심산이었다.

이윽고 현우아빠는 진돌이를 끌어가겠다고 했다. 그러나 막상 사나워진 진돌이를 데려다가 또 무슨 봉변을 당할지 몰라 걱정이 태산 같았다. 다루기가 어려우면 딸에게 보내든지 팔아버릴 작정이었다. 김노문한테는 절대로 주지 않겠다고 하자, 족보를 만들 때 들어간 비용을 들먹였다. 게다가 그동안 먹이고 훈련시킨 교육비를 요목조목 들이대는 데는 참으로 기가 막혔다. 개장수에게 팔겠다는 낌새를 눈치 챈 이장은 중간에 오 교수를 내세워 적잖은 금액을 제시했다. 그마저 거부되자 낯모르는 사람을 전매자로 내세웠다. 그러나 현우아빠가 아무리 농투성이라지만 그 정도 눈치는 있었다.

저녁밥을 먹은 현우는 땅거미가 짙어지기 전에 살며시 뒤곁으로 돌아갔다. 아버지 몰래 만들어놓은 쥐불놀이 깡통을 들고 나왔다. 정월 대보름에 쥐불놀이하던 깡통보다 큰 분유통에 벌집처럼 구멍을 촘촘히 뚫은 것이었다.

현우는 깡통 상단 구멍에 철사를 길게 묶었다. 묵직한 깡통을 한참 휘둘러도 끊어지지 않게 단단히 잡아맸다.

깡통을 들고 밖으로 나온 현우는 깡통바닥에 잘 마른 솔방울을 두 켜쯤 깔았다. 그 위로 송진이 허옇게 붙은 관솔가지를 빽빽하게 찔러 넣었다.

땅거미가 뿌유스름하게 내려앉는 고샅을 빠져나온 현우는 걸음을 재촉했다. 허수아비가 춤을 추듯 삐딱하게 서있는 들판에 이르러서야 비로소 주머니에서 성냥을 꺼냈다. 관솔가지에 성냥을 그어대자, 바로 불이 붙으면서 알싸한 송진내가 피어올랐다.

현우가 들기엔 좀 무겁다싶은 깡통을 천천히 휘두르자, 관솔가지에 매달린 불길이 금방 옆가지로 옮겨 붙었다. 불붙은 깡통이 바람을 맞으면서 돌아가는 소리는 마치 갑자기 모인 벌떼들의 날갯짓 소리처럼 윙윙거렸다.

현우는 깻단을 길게 세워 놓은 둑 밑에 몸을 낮추고 앉아 불길이 활활 타오르는 깡통에 은박지로 싼 주먹만 한 감자를 깊숙이 밀어 넣었다.

깡통을 빙빙 돌리며 이장 집으로 다가선 현우는, 어제 이장이 지붕에서 깨진 기와를 바꿔 끼우다 굴러 떨어졌다는 소리를 얼핏 들은 기억이 새로웠다. 구급차에 실려 간 뒤로 집이 비었겠지만 그래도 혹시나 싶어 도둑고양이처럼 살금살금 다가가 담장 안을 살폈다.

운애가 잠포록한 어둠 속에서 빙빙 돌아가는 불덩이를 본 진돌이는 아까부터 미친 듯 날뛰며 짖어댔다. 그러나 아무리 우렁차게 짖는 소리도 야트막한 둔덕에 가려 새말까지는 까마득하게 들릴 것이다.

면장갑을 낀 현우는 싸리나무 가지로 깡통 안을 찔렀다. 거침없이 푹 들어가는 물씬한 감촉은 감자가 잘 익었다는 증거였다.

야심한 밤이 되기엔 아직 이른 시간인데 철문 사이로 보이는 집안은 마치 동굴처럼 캄캄했다. 집이 텅 빈 것이 분명했다.

그래서 넓은 정원을 비추는 외등이 더욱 밝았다. 어른 키보다 무성하게 큰 짙푸른 관상수 밑에 매끈하게 손질된 잔디가 누런 담요를 깔아놓은 것처럼 보였다. 농무에 젖은 잔디는 외등에 반사되어 보석처럼 반짝거렸다.

담장 밑에 붙어선 현우는 우렁차게 짖어대는 진돌이를 다정하게 구슬렸다.

"진돌아, 나야 나. 그만 짖어."

컹, 컹, 컹……!

현우는 어린애를 달래듯 속삭였으나 진돌이는 조금도 수그러들지 않았다. 목줄을 끊을 듯 길길이 뛰어오르며 짖어댔다.

현우는 진돌이의 난폭함에 슬며시 화가 치밀었다. 처음 여기올 때만 해도 솜방망이 같은 하얀 꼬리를 살랑대며 혀를 날름거리던 진돌이었다. 그렇던 놈이 어쩜 저렇게 변했을까. 배신을 당한 기분이었다. 순간 죽이고 싶은 생각이 치밀었다. 이장이 죽으라면 죽는 시늉까지 하는 놈이 진짜 주인을 몰라보다니!

배신도 이만저만한 배신이 아니었다. 괘씸했다. 머리끝까지 화가 뻗힌 현우는 깡통에서 꺼낸 뜨거운 감자를 진돌이에게 힘껏 던졌다. 은박지에 싼 감자는 허공에 긴 포물선을 그리며 날아갔다.

그때 껑충 뛰어오른 진돌이가 컥, 소리를 내곤 이내 강아지처럼 끼깅거렸다.

현우는 지체 없이 그 자리를 벗어났다. 그는 지금껏 휘두르던 깡통을 저쪽 산 밑의 도랑으로 힘껏 내던졌다.

물가에 처박힌 깡통은 금방 지지직거리는 소리를 내면서 한 아름의 수중기를 어둠 속에 뭉클뭉클 피워 올렸다.

이튿날, 그렇게도 악착같이 날뛰던 진돌이는 갑자기 얼빠진 똥개처럼 꼬리를 사타구니에 감추고 사시나무 떨듯 와들와들 떨고 있었다. 기세등등하던 맹위는 감쪽같이 사라져버리고 예전의 궁상맞은 순둥이로 다시 돌아온 것이었다.

　김노문 이장은 응급수술을 받았으나 혼수상태에서 사경을 헤매다 결국 시설이 좋은 국립병원으로 이송되었다.

　병원에 다녀온 오 교수의 말에 따르면, 김노문 이장은 지붕을 잇는 전문 와공瓦工도 아닌 주제에 빗물이 새는 곳을 찾아 겁 없이 지붕에 올라갔다는 것이었다. 그는 한쪽 모서리가 깨지고 살짝 금 간 암키와를 바꾸려다 그만 미끄러지고 말았다.

　김노문 이장이 지붕에서 떨어질 때, 낮잠을 자던 진돌이는 담을 넘어온 도둑인 줄 알고 잽싸게 달려들었다. 평소 악랄하게 훈련된 진돌이가 지붕에서 떨어진 김노문의 아랫도리를 덥석 물은 건 순식간의 일이었다.

　외마디소리를 듣고 달려온 아내가 급히 부른 구급차에 실려 간 김노문은 즉시 응급수술을 받았으나 생사여부는 누구도 장담할 수 없다는 것이 집도의의 말이라고 오 교수는 전했다.

　동시에 그는 자신도 모르게 고개를 절레절레 흔들고 있었다.

허허박사, 정동범

허허박사, 정동범

상철이 죽었다. 그의 친구들 중에는 상철이가 죽기 전에 큰 도움을 주었노라고 앞 다퉈 공치사를 하는 놈들이 많았다. 상철이가 그걸 들었다면 벌떡 일어나서 카~악, 하고 긁어 올린 시커먼 가래를 놈들의 상판대기에 탁, 뱉을 것이다. 정말 그럴 수만 있다면 얼마나 속이 후련할까.

사실은 상철이 살았을 때 물심양면으로 보살펴주고도 눈곱만큼이나마 공치사는커녕 생색도 내지 않는 친구가 있었으니 그 이름은 동범이고 직업은 소아과 의사다.

70년대 초, 상철은 군대에서 제대하고 바로 대학에 복학할 생각은 단념한 채, 소설을 쓰겠다며 옆구리에 원고뭉치를 끼고 생활전선을 전전했다. 힘겨운 생활이 모두 좋은 소설을 쓰기 위한 체험이자 과정이라고 떠벌였다. 단시일에 많은 경험을 쌓는데 가장 손쉽게 잡는 일이 '노가다'였다. 게다가 말이 좋아 외무사원이지 사실은 월부로 물건을 파는 외판사원 아니, 월부 장수가 많았다.

그 당시 월부 장수라면 대표적인 것이 장서용으로 나가는 수십 권짜리 브리테니커(Britannica) 대백과사전이라든지, 금박을 뒤집어 쓴 전집류가 대부분이었다. 그 외에도 소소하게 나가는 생활용품으로 전기다리미라든지 양쪽으로 스피커가 달린 라디오 겸 전축, 전기용 안마기, 말랑말랑한 젤리로 된 화학물질을 비닐용기에 빵빵하게 넣어서 만든 찜질용 팩도 있었다. 그 밖에도 월부로 파는 물건들이 다양했다.

상철은, 품목이 바뀔 때마다 제일 먼저 찾아가는 친구가 동범이었다. 그는 상철이가 들고 간 물건을 거절한 적이 없었다. 그는 무엇이든 두말없이 받아주었다. 그러니까 아는 사람에게 물건을 파는 연고 판매자 제1호가 동범이었다. 그 외로 괜찮은 직장에 다니는 친구에게 샘플을 들고 가면 대개는 난처한 표정으로 물었다.

"이거 팔면 수당을 몇 프로 받니?"

"이십 프로."

상철이가 쑥스러운 표정으로 대답하면 친구는 두말 않고 지갑에서 수당만큼의 돈을 꺼내 샘플에 얹어서 되돌려주기가 예사였다. 말하자면 매달 빚쟁이처럼 할부금을 공제하는 부담이 강탈당하듯 싫다는 것이었다. 믿고 찾아간 친구나 지인이 그렇게 나올 때마다 상철은 머쓱해진 표정을 감추지 못했다. 박절하게 거절 못하는 친구의 호의를 선뜻 받기도 그렇고, 동냥아치로 취급되는 달갑지 않은 호의를 뿌리치기도 뭣해서 대개는 그 돈으로 술을 사거나 밥을 사기가 예사였다. 상철이로서는 물건을 판 게 아니라, 체면만 구겨진 꼴이었다.

대개의 친구들이 그런데도 동범이는 예외였다. 상철이가 들고 간 물건이 동범에게 금방 필요한 것이 아니라도 그는 주면 주는 대로 받았다. 가령, 전기다리미 같은 물건을 팔다 지치면 동범이가 다니는 의과대학으로 찾아갔다.

상철이가 학교에 나타나면, 동범은 수업을 받다가도 슬며시 강의실을 빠져나와 반갑게 맞았다.

"그래, 요즘 하는 사업은 어떠냐? 경기가 좋아?"

"그냥 저냥……."

상철은 신경 쓰지 말라는 투로 말했다.

"요즘 체험하는 아이템이 뭔데?"

"전기다리미."

"다리미? 다리미 좋지."

동범은 다소 의외라는 듯 웃었다.

"좋은 작품 쓰려면 생소한 경험이 많을수록 큰 재산 아니냐? 열심히 잘 해봐."

동범이는 할부 주문카드에 멋들어지게 서명을 했다.

"총각인 주제에 다리미는 뭐에 쓰게?"

상철이도 의외라는 듯 동범을 빤히 쳐다보았다.

"넌 고객이 왕이라는 거 몰라? 고객이 사겠다면 군말 없이 파는 거지 뭔 말이 그렇게 많아? 가자. 목도 컬컬한데……."

동범이는 학교 근처에 있는 술집으로 상철이를 끌었다.

"너도 고객이냐?"

"고객이 아님 구경꾼이냐?"

동범이 허허 웃으며 말했다.

"담에 장가들 때, 마누라 혼숫감으로 장만한다는데 왜 떫어? 썩는 물건 아니니까 미리 준비해두면 각시한테 점수 딸 거 아니냐?"

동범이 허허거리며 술잔을 채웠다.

내가 상철이 친구 동범이를 처음 만날 때만 해도 동범이가 상철이와 Y고등학교 동창이고 K대학교 의과대학에 다닌다는 정도만 알고 있었다.

내가 명동 '설파다방'에서 동범이를 처음 봤을 때 그는, 미대를 다닌다든지, 아니면 글을 쓴답시고 사상계나 현대문학 같은 월간지를 옆구리에 끼고 껍죽대던 우리들과는 상당히 대조적인 인물이었다. 그의 눈부신 피부와 뚜렷한 이목구비는 누가 봐도 미남형으로 쉽게 범접하기 어려운 귀공자 풍모였다. 흠이라면 다소 거만하게 보이는 거였다. 그러나 실제 사귀고 보니 그런 선입견은 기우였다. 차를 마시곤 곧장 술집으로 갔다. 초면임에도 거리감 없는 그의 솔직한 태도에 마음이 끌렸다. 그뿐이 아니었다. 그는 빙긋이 웃기만 할 뿐, 말수가 적으면서도 가끔 내뱉는 풍부한 유머와 박학다식한 화술로 좌중의 인기를 금방 독차지했다. 그는 초면임에도 주는 술잔을 거침없이 받아 넘겼다. 어쩌면 그것이 우리들의 호감을 사는데 첫 번째 이유였는지 모른다.

그때 우리가 '낭만다방'이나 '설파'에서 또는 '르네상스'에서 자주 만나는 친구들은 거의가 20대 초중반으로 문학 지망생과 미술대학을 졸업했거나 혹은 재학생이었다. 더러는 음악이나 연극을 하는 친구들도 있었으나 주류는 문학 지망생이었다. 간혹 전공 분야가 엉뚱한 기상학과나 지질학과도 들락거렸으나 그들은 서너번 만나면 궁상맞은 우리들에게 금방 싫증을 내고 떨어져 나가기 마련이었다. 우리들의 모임에 끼려면 우선 공통의 화두인 예술에 대한 깊은 이해와 노력이 필수조건이고 두 번째는 술을 마실 수 있어야 한다는 게 불문율이었다. 그런데 처음 만난 동범이는 우선 술잔을 가지고 찔끔대지 않는다는 데 호감이 갔다.

"술을 잘 마시는 정 형은 우선 그것 하나만 가지고도 우리 모임에 낄 자격요건이 충분합니다. 아무튼 환영합니다."

술집에 모인 누군가의 제안으로 다시 술잔을 높이 들고 동범을 환영했다.

"감사합니다. 예술의 '예'자도 모르는 문외한이 장차 이 나라의 예술계를 주도하실 여러분들과 술잔을 기울일 수 있다는 게 저로서는 영광입니다. 그런 의미에서 오늘의 술값은 제가 계산하도록 기회를 주신다면 감사하겠습니다."

동범이 우리들의 술잔에 술을 가득 따른 다음 큰 소리로 '브라보'를 연창했다. 따라서 하나같이 백수인 우리들도 돌아가며 그의 잔에 술을 채웠다.

동범을 만난 첫 날부터 술에 곤죽이 된 우리는 마치 오랜 친구처럼 어깨동무를 하고 명동거리를 갈지자로 활보하며 술집을 순회했다. 동범은 처음부터 한 경지에 오른 도인처럼 좋고 나쁜 걸 가리지 않고 탐착하지도 않았다. 그저 뭐든지 다 좋았다. 그의 긍정적인 사고가 다소 주관이 없어 보였으나 모든 것을 호의적으로 받아들이는 넉넉한 포용력에 우리들은 주저 없이 매료되었다. 설령 누가 비위에 맞지 않는 행동이나 말을 해도 그럴 만한 이유가 있겠지 하고 그는 외톨이가 될망정 비난의 동조자가 되길 거부했다. 그러니까 그 친구 앞에서는 당장 죽일 놈도 서서히 좋은 친구로 둔갑했다. 그만큼 그는 뛰어난 설득력과 친화력이 있었다. 설득력이란 말이 아니라, 과묵한 실천력이었다. 어쩌면 예술적인 감각으로 한껏 예민한 우리보다는 의학도인 그가 모두를 포용하는 이해의 폭이 넓고 깊었는지도 모른다. 그래서 우리 모임에서 항상 윤활유 같은 역할을 하는 그를 가리켜 '의학박사'가 아니라 '허허박사'라고 불렀다. 어떤 껄끄러운 일도 끝내 허허 웃게 만드는 허허박사. 그는 우리들의 맏형 같은 존재였다.

그 후로 상철이는 나와 같이 툭하면 허허박사를 찾아갔다. 물론, 허허박사가 우리들이 모이는 곳에 가끔 나오긴 했으나, 우리가 그를 찾아가는 빈도수가 더 높았다. 술을 얻어먹겠다는 이유가 전부인데, 나는 그의 친절이 너무 과만해서 상철이가 이끄는 것을 은근히 피할 때도 많았다.

"괜찮아. 동범이는 우리 같은 가난뱅이를 다 이해한다고. 너나 나처럼 옹졸한 친구가 아니란 말이야."

"그래도 그렇지, 매번 그 친구에게 신세를 지다보니 면목이 없어서."

내가 상철이의 요구를 뿌리칠 때마다 그는 번번이 같은 말을 반복했다.

"장차 한국의 대문호가 될 우리에게 술 한 잔 산다면 그거야말로 걔한테는 큰 영광이자 투자란 말이야. 우리는 술을 얻어먹는 게 아니라 그 친구의 황폐한 삶을 한껏 기름지게 한다는 걸 명심하라구. 그런다고 걔네 재산이 축날 것도 아니니까 염려 말고 따라와."

상철이가 당당하게 앞장섰지만 나는 그 뻔뻔한 넉살이 싫었다.

후에 안 일이지만 동범이 부친은 영등포 시장 근처에 4층짜리 건물을 가지고 산부인과 병원을 경영하는, 근동에서 알아주는 유명한 의학박사이자 저명인사로 알부자였다. 동범이 형님 두 분 중, 한 분은 국립병원의 내과과장이었고 작은 형님도 유명 사립대학 교수로, 엄청난 재벌은 아니더라도 부유층에 속하는 편이었다.

"야, 요즘 의대생들 시험기간이더라. 시험을 도와주지는 못할망정 훼방은 말아야지."

동범이가 다니는 학교에 가자는 상철이의 옷소매를 잡아끌었지만 사실은 나도 술이 고픈 터라, 그의 유혹을 박절하게 거절하지 못했다.

상철은 동범이가 다니는 의과대학의 강의실을 마치 제가 다니던 대학교처럼 훤히 꿰고 있었다. 그가 현재 어디서 무슨 강의를 듣고 언제쯤 끝나는지 다 알고 있었다. 그뿐이 아니었다. 그는 언제 어떻게 사귀었는지 동범의 동기생은 물론 선후배들까지도 호형호제하면서 동범이가 있는 곳을 탐정처럼 알아냈다.

"공부도 너무 하면 머리가 삭는 법이야. 잠시 머리도 식힐 겸 한 잔 하자."

상철이가 도서관에 들어가서 동범이를 꼬드기면 그는 낚시에 걸린 고기처럼 보던 책을 덮고 끌려 나왔다.

"시험 끝났나, 동범 학생?"

시험 때라 텅 빈 술집에서 신문을 보던 주인이 동범을 반겼다.

"아직 좀……."

시험 기간에 친구들에게 끌려나온 동범이는 자신이 생각해도 한심한 듯, 구석진 자리에 앉으며 말끝을 흐렸다.

"헌데, 어떻게……?"

웬일로 중요한 시험을 빼먹고 느긋하게 술집을 찾아왔느냐는 주인의 말투였다.

"머리 나쁜 놈이 평소 안 한 공부를 시험 때 좀 한다고 뿔(+)달린 학점을 받겠어요?"

동범이는 자포자기한 사람처럼 천연덕스럽게 말했다.

"역시 머리 좋은 학생이라 알긴 아는구나."

상철이가 그제야 때를 잘못 택한 게 미안한 듯, 한마디 거들며 술을 따랐다. 우리가 적당히 취한 기미를 엿본 그가 비로소 잠시 나갔다 올 테니 마시고 있으라며 먼저 일어섰다. 나가면서 슬며시 술값을 계산하는 그를 본 우리는 그가 오지 않을 것을 알면서도 기다린다는 명분으로 계속 술을 마셨다.

"동범이가 온다고 했으니까 나머지도 그 친구한테……."

동범이가 넉넉하게 계산한 액수보다 술값이 넘쳤지만 주인은 굳이 우리에게 나머지 술값을 받으려고 하지 않았다.

동범이가 의대를 졸업하고 기독교 재단에서 설립한 종합병원에서 수련과정을 밟고 있을 무렵에도 우리는 자주 동범이를 찾아갔다. 거의 24시간을 병원에서 지내는 박봉의 수련의에게 매달려서 술을 얻어먹는 꼴이라니! 마침 수술실에 들어가야 할 때면 병원 근처의 어느 술집이든 가서 전화를 하라고 했다. 그러다 보면 우리만 실컷 술에 취해서 해롱거리며 그가 술값을 가지고 나타나길 무작정 기다렸다. 만부득이 병원에서 빠져나올 수 없으면 중간에 그가 술집으로 전화를 해서 주인에게 일렀다. 우리의 술값을 자기 앞으로 달아 놓으라고.

그가 평소에 어떻게 처신을 했는지, 그 한마디면 술값의 볼모로 잡혔던 우리는 바로 석방되었다. 그가 주변의 술집과 잘 통한다는 사실을 익히 아는 상철은 친구들과 술을 마시고 싶으면 무조건 동범이가 아는 단골술집으로 끌고 갔다. 술값은 당연히 동범이 몫이었다. 외상술을 마시고 갔다는 사실을 전화상으로라도 알려주면 좋지만 취한 김에 한동안 까맣게 잊고 있다가 후에야 알려주는 게 상례였다. 그래도 그는 허허 웃을 뿐 싫은 내색이 없었다.

"잘들 노는구나. 그래, 나 없이도 술맛이 돌던? 그 집에 갔으니까 알겠지만, 안주가 좀 부실하쟈? 다음에는 그 윗집으로 가봐. 거긴 안주도 깔끔하고 먹을 만하지만 아가씨들도 제법 곱상해. 아마 자네가 보면 당장 껄떡거릴 만한 아가씨가 두엇 돼. 부담 갖지 말고 가서 입에 짝짝 붙는 동동주 맛에 재주껏 아가씨들과 재미도 보라구."

동범은 언제나 이렇게 구김살이 없이 넉넉해서 고맙기보다 내겐 큰 부담이었다.

날씨가 변덕을 부리더니 소아감기 환자들이 부쩍 늘어났다. 오전 내내 환자들에게 매달려 정신없이 시간을 보낸 동범이 늦게 점심을 먹고 원장실로 돌아왔다. 그가 모처럼 회전의자에 길게 앉아 신문을 펼쳤다. 잠시 한가롭게 신문을 보는데 한동안 잊고 있었던 상철이의 모습이 문득 머리에 떠올랐다. 평소 사오 일, 늦어도 일주일에 한 번씩은 꼭 드나들던 상철이가 최근 들어서 그림자도 안 비치는 이유가 뭔지 궁금했다. 항상 술에 절어서 사는 그에게 무슨 일이 생긴 게 아닌지 걱정이 앞섰다.

달력을 짚어보니 그가 왔던 날이 벌써 스무날이 넘었다. 상철이 오기 전날이 아버지의 기일이라 그날 출근이 조금 늦었던 터라 그가 왔던 걸 분명히 기억할 수 있었다.

그날 아침 동범이보다 먼저 병원에 도착한 상철이는 항상 올 때마다 정해진 듯, 환자대기실의 구석진 자리에 다리를 꼬고 앉아서 번쩍 들린 발목을 연신 까불어대며 신문을 읽고 있었다. 출근이 늦은 동범이가 급히 원장실로 향하다가 상철을 보곤 늘 하던 대로 그에게 가볍게 손을 들어보였다. 동시에 눈인사를 보내며 말했다.

"내 방으로 오잖고……."

상철과 목례를 나눈 동범은 곧장 원장실로 들어가 상의를 벗고 가운을 걸쳤다. 대기실을 가득 메운 환자들을 진료하자면 진작부터 서둘렀어야 할 판이었다. 어린 환자들이 모이는 소아과 의원이다 그렇듯 소란스럽고 어수선한 분위기에 환자보다 보호자의 엄살이 항상 과장되기 마련이었다. 그날도 예외는 아니었다. 아이들끼리 싸우는 것은 물론, 울고 달래면서 깔깔대다가, 뭔가 와장창 깨지면서 엎어지고 보채는 아이들의 등쌀을 한마디로 말해서 보통 인내력이 아니면 힘든 일이었다. 그래도 원장의 얼굴에는 항상 웃음기가 떠나지 않았다.

동범은 일찍부터 밀려든 환자들 때문에 깜빡 잊고 친구에게 관심을 갖지 못한 미안함도 덜 겸 모처럼 맛있는 점심을 사겠다는 생각으로 다소 헐렁해진 대기실을 두리번거렸다.

"어이, 김 간호사, 이 선생 가셨나?"

"좀 전까지 책을 보고 계셨는데……."

대기실에서 신문을 읽는 상철이가 원장의 친구라는 것을 잘 아는 간호사가 여기저기 기웃거리며 말했다.

"혹, 화장실에⋯⋯. 담배를 너무 피우시길래 밖에서 좀 피우시라고 했더니 나가셨나?"

상철이 병원에 오면 언제나 동범이가 환자를 보는 진찰실을 겸한 원장실에는 얼씬도 하지 않았다. 항상 환자 대기실 구석에서 신문을 읽는 게 그의 정해진 순서였다. 어쩌면 병원에 들어오는 각종 신문과 잡지가 그를 위해서 구입되는 것 같았다. 그냥 신문만 읽는 것이 아니었다. 아침에 깨끗이 청소한 바닥에 담뱃재를 떨어뜨리며 환자들 앞에서 줄담배를 피우는 데는 간호사들도 눈살을 찌푸렸다. 새로 들어온 간호사가 바닥에 떨어진 담뱃재를 닦아내려고 대걸레를 들고 다가서면 그는 그제야 미안한 듯, 안경을 추켜올리며 멋쩍게 웃었다. 동시에 두 다리를 번쩍 들고는 빨리 걸레질을 하라고 눈으로 재촉했다. 그런 상철을 보다 못한 간호사가 담배는 나가서 피우시면 좋겠다는 말을 어렵게 꺼냈다. 사실 담뱃재는 쓸고 닦으면 되지만 환자와 보호자들이 담배연기를 질색하고 연신 콜록거리는 것이 문제였다. 상철은 그런 사실을 아는지 모르는지 그 속내는 모르겠지만 암튼, 그 담배 때문에 많은 사람들이 눈살을 찌푸렸다.

원장인 동범이도 그런 사실을 알고 있었다. 그러나 전부터 담배를 물어야 글이 나온다는 친구의 습관을 고치도록 강요할 수가 없어 난처했다. 눈치껏 알아서 피웠으면 좋으련만 그렇지 못한 친구를 담배 때문에 박대할 수는 없었다. 차라리 그가 늘 앉아있는 쪽의 벽을 뚫고 환풍기를 하나 달든지, 아니면 적당한 시기에 그의 마음이 상하지 않는 범위에서 건강을 해친다는 전제로 금연을 권해 볼 참이었다. 그런 원장의 심중을 알아차린, 새로 들어온 간호사가 밖에서 피우라는 당돌한 말 한마디가 상철에게 큰 상처가 되었는지도 모른다.

동범은 모처럼 신문을 펴들고 상철이를 기다렸다. 신문을 대충 훑어보도록 상철이가 나타나지 않자, 그는 더 기다리지 않았다. 무작정 기다리다 점심시간을 놓치면 오후 진료에 차질이 생길 것이라 그만 신문을 덮고 일어섰다.

"이 선생 오시면 저번에 갔던 그 집으로 오시라고 해요."

동범이 간호사에게 이르고 병원을 나서는데 상철이가 어슬렁 거리고 다가섰다.

"어디 갔었어? 환자들 본답시고 손도 한 번 못 잡아 보고……. 가세. 시원한 복국으로 속을 푸시게나."

동범이 덥석 상철이 손을 잡아끌었다.

"먹었어. 자네가 바쁘길래 나 먼저……."

상철은 점심에 반주를 곁들었던지 벌겋게 달아오른 얼굴에서 감내가 풀풀 풍겼다.

"잘 했네. 너무 바쁜 탓으로 커피도 한 잔 못 나누고……."

동범이 미안해서 상철이를 잡아끌었다.

"아냐, 난 해장국으로 대충 때웠으니까 어서 다녀와."

"저쪽에 맛난 횟집이 새로 생겼어. 가서 한 잔 더해."

"아냐, 난 벌써 한 잔 걸쳤어. 걱정 말고 다녀오라구. 병원에 들어가서 읽던 신문이나 마저 읽고 있을 테니까……."

오전 내내 읽던 신문에 뭘 더 볼 것이 남았는지, 먼저 병원으로 향하는 상철에게 동범이가 호주머니에 손을 넣으며 입을 열었다.

"그래. 그럼, 내 방에 가 있어. 아니, 돈 좀 줄까?"

동범이의 말은 원장실에서 무료하게 기다릴 것이 아니라 어디 가서 차라도 한 잔 마시며 책을 보라는 뜻이었다. 상철이 굳이 대답이 없더라도 동범은 무조건 주머니에서 몇 만 원을 꺼내 주는 것이 상례였다.

그러면 상철이도 군말 없이 받았다. 혹, 상철이가 돌아서지 않고 그대로 서있으면 동범은 얼른 두어 장 더 꺼내 그의 손에 얹어 주었다. 어쩌다 동범이가 삼만 원을 주고 말면 상철은 마치 빚쟁이처럼 버티고 서서 내민 손을 흔들었다.

"더 얹어."

그래서 동범이 몇 장을 더 주면 대개는 그대로 돌아서지만 어느 때는 그것도 부족한지 겨우 이것 가지고 되겠느냐는 듯, 그대로 버티고 서있으면 동범이 쪽에서 얼른 알아서 더 주었다. 그러면 상철은 주먹에 돈을 우겨 쥔 채, 다시는 오지 않을 듯 뒤도 돌아보지 않고 사라졌다. 한 달에도 그런 일이 한두 번 반복되었으나 동범은 한 번도 얼굴을 찌푸리거나 싫은 말을 한 적이 없었다. 오히려, 자신이 아끼는 친구가 왜 저렇게 처참히 망가지는지 가슴이 쓰릴 뿐이었다.

며칠 동안 상철을 보지 못한 동범은 은근히 조바심이 났다. 상철이가 무슨 오해로 안 오는지, 아니면 무슨 변고 탓인지, 아무리 궁금해도 동범이가 먼저 연락할 길이 없었다. 그가 어디서 어떻게 사는지 그 부분에 대해서 철저히 입을 닫고 있으니 도통 알지 못했다. 언뜻 듣기로는 아내와 별거한 지가 오래됐다는데 그가 실토하기 전에는 자존심이 상할까 두려워 먼저 확인하기가 껄끄러웠다. 어쩌다 술김에 사는 곳을 물으면 마치 남 말하듯 망우리 공동묘지 근처에서 잘 산다고만 하니 구체적으로 더 묻기가 어려웠다.

오랜만에 상철이 쪽에서 연락이 왔다. 상철이가 직접 한 연락이 아니라, 그의 누님이 한 분 있는데 그 아들이 삼촌의 부음을 전하는 전화였다.

"이상철 씨를 아시지요?"

"내 친군데 무슨 일로 그러시죠?"

한동안 연락이 없던 그의 이름을 듣고 나는 귀가 번쩍 띄었다.

"이상철 씨가 돌아가셨어요."

"상철이가, 언제?"

불과 두 달 전까지도 건강했던 아니, 쿨룩거리긴 했지만 그건 단순히 흡연 탓이라고만 여겼다. 그래서 대수롭지 않게 생각했던 그가 죽었다는 말에 나는 잠시 귀를 의심하고 반문했다.

"어제요."

"영안실이 어디요?"

"집에 그냥 모셨습니다."

영안실이 아니라는 말에 나는 전화를 끊자마자 그의 누님 집으로 달려갔다.

그의 누님 집은 도심에서 조금 벗어난 시골 같은 한적한 동네의 조그만 연립주택이었다. 예전에 몇 번 보았던 상철이 누님은 금방 나를 알아보고 쉰 목소리로 울먹였다.

"먼 곳을 오느라고 애쓰셨네, 동생. 좋은 작품 한 편 못 쓰고 지지리 고생만 하다 죽은 상철이가 불쌍해서 어쩐댜, 동생?"

상철이 누님은 전에 서너 번 본 나를 동생이라고 불렀다. 누님은 삐질삐질 흐르는 눈물을 닦으며 나를 시신이 있는 방으로 이끌었다. 그곳은 연립주택의 베란다를 임시 거처로 급조한 골방이었다. 천정에 매달린 백열등만 없었다면 그 방은 한낮에도 굴속처럼 컴컴했다. 상철이가 누운 자리를 빼면 두 사람이 무릎을 맞대고 겨우 앉기도 불편한 공간에서 상철이는 자는 듯 길게 담요를 뒤집어쓰고 있었다. 나는 슬며시 허리를 굽혀 잠든 사람을 깨우듯 그의 어깨를 가볍게 흔들었다. 그를 덮어놓은 담요만 조금 출렁일 뿐, 그의 상체는 방바닥에 붙은 통나무처럼 움직이지 않았다. 그의 누님은 마지막으로 얼굴이라도 한 번 보라며 담요자락을 들췄다. 순간, 담요 밖으로 내민 상철의 살굿빛 얼굴은 마치 잠에 취한 듯 반쯤 열린 눈으로 나를 응시했다. 그 눈에서 넘친 눈물이 한쪽 뺨을 타고 흐르다가 그대로 말라버린 허연 눈물 자국을 보는 순간, 나는 미처 예상하지 못 했던 섬뜩한 느낌과 함께 전신에 소름이 쫙 끼쳤다. 저 누리끼리한 얼굴이 나와 30년을 사귄 친구라고 믿기엔 너무 생소한 몰골이라 더 보기가 싫었다.

"어쩌다, 이렇게 갑자기……?"

나는 상철에게 주었던 시선을 누님에게 돌렸다.

"아이고, 징글징글한 말은 하면 뭘 해. 내가 술 좀 작작 마시라고 그렇게 성화를 했건만 밤낮 술만 퍼마시다가 끝내 이렇게 가버렸으니 이제 와서 무슨 말로 누굴 탓하겠어?"

나는 다른 사람 같은 상철의 누르스름한 얼굴을 그만 담요로 덮어주며 물었다.

"애 엄마는……?"

나는 당연히 상철이 곁에 있어야 할 그의 아내를 물었다.

"그 말은 하지도 말아. 예전에 두 연놈이 노상 박 터지게 싸우다가 결국 십년 전에 갈라섰어. 그래도 한때는 깊은 속살을 비비고 살았던 서방이 죽었다면 와봐야 되는 거 아냐? 벌써 세 번이나 연락했건만 여직 낯짝도 비치질 않아, 이것들이."

"아들도 하나 있잖아요?"

"어멈이 끌고 간 자식 놈도 남산에 있는 무슨 예술대학인가 뭔가에 다닌다는 말만 들었지 고모랍시고 한 번도 대가리를 디밀지 않으니 남이나 다름없지. 소설을 쓴답시고 가정을 제대로 꾸려가지 못하니 자연 느는 게 담배하고 술이었지, 뭐."

상철이 누님이 계속 한숨을 몰아쉬며 말했다.

"그깟 소설 몇 편 썼으면 뭘 해? 누가 알아준다고."

"왜요, 그래도 좋은 작품을 쓸 만한 친구였는데……. 너무 애석해서 뭐라고 말을 할지?"

그렇다. 상철은 늘 도스또옙스키를 들먹이며 반드시 그런 불후의 명작을 쓰겠노라고 핏대를 세웠다. 사실 그는 어려운 여건에서도 문단의 주목을 받을 만한 소설 몇 편을 쓰긴 썼다. 그러나 그것이 흔한 말로 베스트셀러가 되지 않은 한 궁핍한 생활에 도움을 주지는 못했다. 그만큼 그가 걷던 문학의 길이 험난했다는 것을 누가 알아주랴?

"친구들이 속살 쑤시고 산 년보다 훨씬 낫다, 정말."

"친구 누가 벌써 왔다갔나요?"

나는 자신도 모르게 연거푸 담배를 피워 물었다.

"동생도 담배를 좀 줄여야겠네."

상철이 누님이 안면 가까이 달려드는 담배연기를 밀어내며 말했다.

"내가 아는 상철이 친구라곤 동범이하고 자네뿐이야. 어제 연락했더니 교직에 있다는 재건이하고 함께 왔더군."

"아, 그 친구들이 벌써 다녀갔군요."

"자네도 동범이 알지?"

"그럼요. 망인과 둘도 없는 친구였는데."

"아우가 조금만 일찍 왔더라면 만났을 텐데, 방금 갔어. 내일 발인 때는 무슨 학술회의 때문에 못 온다면서 장례비에 보태라고 큰돈을 주고 가더라구. 아무리 친해도 죽은 뒤까지 챙겨주는 친구가 세상에 어딨어?"

"정말 좋은 친굽니다. 동범이는 상철이하고 Y고에 다닐 때부터 자취도 같이 한 막역지우였죠. 정말 진국인 또 한 친구는 현재 반포에 있는 Q여고에 근무한다지만 만나본 지는 2년이 넘었습니다. 아무튼, 제가 지금 가는대로 알 만한 친구들께 대충 연락하겠습니다."

나는 준비해 간 부의금봉투를 전하고 상가를 나왔다.

"살아서도 친구들 신세만 진 주제에 무슨 면목으로 부음을 전하겠나? 나도 저 작년에 애 아빠를 위암으로 잃어버리고 혼자 사는 주제꼴이 변변찮은데 고맙게도 동범이 같은 친구가 있어 당장 장례비 걱정은 덜었으니 염려 말아. 굳이 다른 친구들께 부담되는 연락은 하지 않는 게 좋겠어."

어느 틈에 뒤따라 나온 누님이 내 앞을 가로막고 말했다.

"부담은 무슨, 죽으나 사나 친구 좋다는 게 뭡니까? 그건 제가 알아서 할 테니까 염려 마십시오."

상가에서 나온 나는 급한 김에 충배와 승국이 그리고 한주를 포함한 몇몇 소설가들에게 부음을 전했다. 그러나 두세 명을 빼곤 모두 다른 일 때문에 문상을 못 간다며 혀만 찰 뿐이었다. 내가 발인 날 간다는 말을 들은 친구들은 짐을 덜겠다는 듯, 다음에 주기로 하고 대신 부의금이나 전해달라면서 전화를 끊기에 바빴다.

장례를 마친 뒤, 나는 모처럼 동범이에게 전화를 넣었다.

"아, 김 형 오랜만입니다. 상철이 떠나는 날 김 형께서 애를 많이 쓰셨다는 말씀을 들었습니다. 가는 날이 장날이라고 그날, 저는 우리 소아과 학회에 일이 있어서 아쉽지만 참석 못 했습니다. 그게 영 마음에 걸려서 누님께 전화를 넣었더니 김 형과 또 다른 친구 한 분만 오셨더라는 말씀을 들었습니다. 김 형께서 마지막으로 헌작을 하셨다니 상철이도 서운하지 않게 떠났을 겁니다."

"무슨 말씀을, 정 박사께서 물심양면으로 큰 힘이 되셨다는 말씀을 듣고 저는 부끄럽기 짝이 없었습니다."

"무슨 과만한 말씀을, 저는 상철이한테 항상 많은 걸 배웠습니다만 아무것도 해준 것이 없습니다. 더구나 명색이 의사라는 쳇것이 친구 하나를 제대로 건사하지 못한 죄책감이 평생 저를 괴롭힐 겁니다."

동범이는 말하는 도중에 목이 멘 듯 끄윽, 하고 숨을 몰아쉰 뒤 잠시 침묵이 흘렀다.

"그건 제가 할 소립니다. 정 박사는 정말 친구가 아니라 형님처럼 도리를 넘치게 하셨죠. 저야말로 망자에게 면목이 없습니다."

"아닙니다. 제가 장례비 몇 푼 보탠 건 그 친구가 살았으면 당연히 사야할 술값입니다. 그걸 미리 좀 당겨서 한 몫에 썼다면 너무 약소합니다. 김 형, 우리 이런 칙칙한 말은 그만 하고 빠른 시일 내에 한 번 만납시다. 우리 싫다고 떠난 놈을 더 생각해서 뭐하겠습니까? 우리라도 이따금 만나서 그놈 흉을 보면서 나누는 술맛도 과히 나쁘지 않을 겁니다. 고인의 흉 좀 본다고 쫓아와서 뺨이야 때리겠습니까? 그런다면야 오죽이나 좋겠습니까마는, 허허허!"

동범의 웃음소리는 여전히 폭포수처럼 시원하게 들렸다.

"좋습니다. 빠른 시일 내에 한 번 만납시다."

"언제든 연락만 하시면 제가 거하게 한 잔……. 허허허!"

상철이 세상을 뜬 후 일 년쯤 지나서 그와 같이 친구로 지내던 한주에게 전화를 걸었다.

"어쩐 일이야, 니가 전화를 다 하고……?"

말은 그래도 한주의 음성이 영 달갑지 않은 말투였다.

"음성이나 한 번 듣고 싶어서 했어."

"헛소리 그만하고 꿔간 돈이나 갚아!"

또 그 소리, 얼마 전 내가 급한 김에 한주에게 오 만원을 빌렸는데, 전화할 때마다 갚으라는 독촉이 끝내는 악담으로 변했다.

"빨리 안 갚으면 십 년 동안 재수 옴 붙는다는 거 모르지?

"빨리 갚을 게 걱정 마."

나는 돈이 없어서가 아니라 그놈의 행티가 얄미워서 질질 끌면서 약을 올리는데 한껏 재미를 붙였다.

"계좌번호 불러줄 테니까 지금 당장 입금시켜!"

"알았으니까 빨리 불러."

모진 악담을 더 듣기 전에 빨리 갚을 요량으로 그가 불러주는 계좌를 적었다.

"점심은 먹었냐?"

"안 먹었다면?"

"근사하게 한 끼 살까 해서."

"오만 원도 못 갚는 주제에 무슨 점심을 산다고 지랄이야? 난 열두 시 땡 하면 먹어. 아니, 네가 산다면 배가 터져도 먹겠지만."

영세하지만 명색이 사장인 한주가 친구들에게 밥 한 끼 사는 꼴을 못 본 나는 한주에게 기대를 버린 지가 오래였다. 그만 못한 친구도 끼니때가 되면 당연히 친구를 끌고 식당으로 갔다. 그것이 친구에 대한 대접이고 도리라는 친구가 있는가 하면 한주처럼 커피가 아니면 사무실에서 예전에 맛있게 먹던 수타 짜장면이라면서 겨우 그걸로 점심을 때우는 것이 고작인 그에게 더 말해 뭐하랴. 내 떡 나 먹고, 네 떡 너 먹는 식으로, 받지도 않고 주지도 않는 것이 한주의 철저한 생활철학이었다. 그런 놈에게 나는 골탕을 먹이고 싶었다.

"그전에 상철이한테 오십만 원 꿔주었다고 했지?"

믿을 수 없는 말이지만 상철이가 죽은 후, 한주가 친구들 앞에서 공공연하게 떠들던 말을 진작부터 확인하고 싶었다.

"오십만 원 좋아하시네, 자그마치 백만 원이야, 백만 원!"

"백만 원씩이나?"

먼저는 오십만 원이라고 하더니 어느새 배로 불어난 액수가 의심스러웠다.

"억만금이면 뭘 해? 이미 황천 간 놈인데. 아마 그놈도 내 돈 떼먹곤 천당은커녕, 근처도 못 갔을 꺼다."

한주는 생각만 해도 부아가 치민다는 듯 악담을 퍼부었다.

"자네한테 기쁜 소식 하나 전해줄까?"

나는 그에게 본격적으로 골탕을 먹일 작정이었다.

"기쁜 소식이 뭔데?"

한주는 서서히 내가 던진 미끼를 쩝쩝거렸다.

"자네 상철이 죽은 거 확실히 봤어?"

한주는 상철이의 비보를 나로부터 전해 듣고 모른 척했다. 아니, 무슨 볼 일이 있다면서 문상을 피했다. 그 후 들기로는 상철이가 살았을 때, 오십만 원을 꾸어주었는데 그걸 못 받았으니 진작 부조한 턱이라며 아예 조문을 안 갔다는 것이었다.

"언제 나한테 제대로 알리기나 했냐? 장난처럼 전화 한마디 불쑥 던져놓곤 이제 와서 무슨 귀신 씻나락 까먹는 소릴 해?"

"상철이 죽었을 때 오십만 원 부조한 셈이라고 분명히 말했잖아?"

얼렁뚱땅 넘어가려는 한주에게 내가 조근조근 따졌다.

"그래서. 그게 뭐 어쨌다는 거야?"

"그렇다면 너한테 정말 기쁜 소식이라구."

"주접떨지 말고 전화 끊어! 아니. 돈이나 빨리 갚아."

"야, 걔한테 준 돈 받아주면 사례를 어떻게 할래?"

나는 시침을 떼고 물었다.

"무슨 개나발이야? 이미 죽어버린 놈한테 어떻게 돈을 받아? 네가 저승에 가서 받아 올래? 그렇다면 내가 무슨 짓인들 못하겠냐?

내가 거시기로 밤송이라도 까랴?"

나의 술수에 말려든 한주가 소리쳤다.

"분명히 말해. 너 상철이에게 백만 원 꿔준 게 확실해?"

나는 재차 다짐을 받고 싶었다.

"그렇다니까? 3년 전, 꼭 이맘때야. 비 오는 날 상철이가 헐레벌떡 나타나서 망우리에 전세방을 얻는데 돈이 부족하다고 징징짜길래 오십만 원짜리 수표 한 장 하고, 마침 우리 직원이 수금해 온 현찰 오십만 원을 보태서 백만 원을 그놈에게 주었단 말이야. 그걸 가지고 가면서 보름 후에 꼭 갚겠다고 뻥을 쳐놓곤 삼 년이 넘도록 주기는커녕, 죽었다는 소리를 듣고 보니 햐, 참 어이가 없더라고. 지금 생각하니 그놈이 미리 죽기로 작정하고 나한테 골탕을 먹이겠다는 심뽀였던 거 같아. 나는 것도 모르고……. 야, 내 말 알아들어, 무슨 소린지?"

나는 한주의 황당한 소리를 듣고 당장 전화를 끊고 싶었다. 그도 지금까지 혼자 떠든 것이 민망했던지 잠시 말을 끊고 나의 반응을 기다렸다.

언젠가 상철이가 나에게 말했다. 돈이 좀 필요해서 설마 하면서도 한주에게 달려갔다는 것이다. 그때 한주에게 돈을 빌리기는커녕 점심값도 없어서 굶는다고 딱 잡아떼는 바람에 코만 뗀 후로는 아예 한주 근처에는 가지도 않았다는 것이었다. 그 말을 들은 나는 지금 한주가 제멋대로 지껄이는 소리를 눈곱만큼도 믿지 않았다.

"말해, 듣고 있으니까."

나는 속에서 치미는 역겨운 감정을 억누르고 그가 무슨 말을 하는지 좀 더 들어볼 요량으로 그의 말을 부추겼다.

"그래서 상철이가 죽었다길래 내가 말했지. 그놈 살았을 때 미리 부조한 셈 친다고. 헌데, 넌 지금 와서 무슨 뚱딴지같은 소릴 하는 거야. 그 저의가 뭐야?"

"저의라니? 자네가 친구에게 빌려준 돈을 받게 해 준다는 거지."

내가 자신 있게 말했다

"사실은 상철이가 죽지 않았어."

"뭐, 뭐라구? 그게 뭔 소리여?"

한주는 다급하게 서둘러 물었다.

"걔가 죽지 않고 미국에 산다는 거야. 거기서 엄청 돈을 벌었대. 우리는 감히 상상도 못하는 어마어마하게 큰돈을."

"누가 그런 헛소릴 해?"

"내 말 들어보라니까. 도박의 도시 라스베가스에서 돈을 엄청 딴 그놈이 양평 지나서 홍천에 18홀짜리 골프장을 건설한다구 잠시 귀국했다는 거야."

"그럼, 우리 같은 놈은 아예 쳐다보지도 않겠네?"

"무슨 소릴? 내일 저녁 7시에 장충동 S호텔에서 친구들을 불러 놓고 뻑적지근하게 한턱 쏘겠다는 거야. 어때, 자네도 갈 거지?"

"두말하면 잔소리. 3년 만에 보는데 내가 안 가면 섭하다고 하지 않을까? 헌데, 그 연락은 어디서 받았어?"

한주는 긴가민가하면서도 궁금한 모양이었다.

"아침에 내가 직접 받았지. 그래서 말인데, 자네가 빌려준 돈도 이참에 몇 배로 튀겨서 받을 권리가 있잖아?"

나는 한주에게 권리라는 단어에 힘을 주었다.

"……?"

"내 말 듣고 있어?"

나는 잠시 말을 끊고 잠잠해진 한주의 반응을 기다렸다.

"믿을 순 없지만 듣고 있다니까."

한주의 음성이 갑자기 바람 빠진 공처럼 힘이 없었다.

"그럼, 내 말이 모두 거짓으로 들려, 넌?"

나는 화가 난 것처럼 버럭 소리쳤다.

"뭐 꼭 그렇다기보다는 어째 좀 황당한 이야기 같아서 쉬 믿어지지가 않는다."

"내가 알 만한 친구들에게 모두 연락했으니까 그리 알아."

나는 거듭 다짐했다.

"죽었다던 친구가 금의환향했다는데 꼭 나가야지."

"이번에 상철이 만나면 내가 어떡하던지 자네 돈을 뺑 튀겨서 몇 배로 받아줄 테니까 나중에 한잔 거하게 꼭 사라구."

"……."

한주는 왠지 묵묵부답이었다.

"내 말 알아들었지? 그럼 전화 끊는다."

전화를 끊고 난 바로 뒤 한주한테서 전화가 왔다.

"내가 낼 선약이 있는 걸 깜빡했다."

"그래서 금의환향 한 상철이가 모처럼 친구들에게 한턱을 내겠다고 벼르는데, 가장 친한 자네가 빠진대서야 말이 돼?"

나는 한주를 놀린 게 은근히 걱정되던 터라 일이 제대로 풀린다고 생각하면서도 여전히 고삐를 늦추지 않았다

"그건 나도 아는데 급한 일이 생겨서 그래. 내 부탁 하나 할게 꼭 들어주라."

"뭔데?"

내가 퉁명스럽게 물었다.

"너도 알다시피 우리 사이가 어떤 사이냐? 서로 간도 빼주는 친구들 아니냐?"

한주의 달착지근한 음성이 나의 귀를 간지럽혔다.

"제 똥 주고 남의 간 빼가는 사이는 아니구?"

"넌 말을 해도 왜 그따위로 하냐? 싸가지 없게 해야 꼭 직성이 풀려, 넌?"

평소 같았으면 벌컥 화를 냈을 한주가 제법 점잖게 나왔다.

"우리들이 보통 사이냐? 30년 가까이 사귄 친구 아니냐?"

"그래서 뭐가 어쨌다는 거야? 질꺽대지 말고 빨리 말해."

나는 틈을 주지 않고 몰아붙였다.

"……."

한주는 뭔지 한참 망설였다.

"빨리 말해. 아니면 전화 끊고……."

말없이 머뭇거리는 한주의 태도가 답답한 나는 가차 없이 전화를 끊었다. 예상대로 또 전화벨이 울렸다. 한참 뜸을 들여도 벨이 계속 울려 나는 퉁명스럽게 받았다.

"뭔데?"

"내가 못 가더라도 자네가 말을 잘 해주리라 믿네. 허지만 내가 하고 싶은 말은 우리는 벌써 30년 가깝게 사귄 친구 아닌가? 헌데, 그까짓 돈 몇 푼 가지고 지금 와서 받겠다고 껄떡대면 그야말로 꼴불견 아니냐? 안 그래? 그러니까 그 문제는 당최 입 밖에 꺼내지도 말라는 거야. 알았냐? 제발……."

방금 전까지도 의기양양하던 한주가 갑자기 목을 매고 애걸복걸하는 소리를 듣자, 나는 그놈의 똥찬 속내를 엿본 것 같아 입맛이 구리면서 웃음이 절로 나왔다.

"왜 웃어?"

한주도 따라 히히거리며 물었다.

"돈 몇 푼 갖고 펄펄뛰며 당장 죽일 것처럼 왈왈대던 놈이 갑자기 천사표로 바뀌니까 우습잖아?"

나에게 정곡이 찔린 한주 역시 지지 않고 느물거렸다.

"친구 사이에 한 번 웃자고 한 소릴 가지고 뭘 그렇게 날을 시퍼렇게 세우냐?"

"얼씨구, 잘 논다. 단돈 몇 만 원 가지고 펄펄 뛰며 잡아먹을 듯 으르렁댈 땐 언제고, 백만 원씩이나 퍼준 놈한테는 금방 부처님 가운데 토막처럼 관대해?"

"야, 씨발! 웃자고 한 농담을 갖고 너 자꾸 삐딱하게 나갈래, 조까치? 그 말이 그렇게 억울함 그 돈 당장 탕감해 줄게. 그럼 됐냐?"

"탕감 좋아하네. 아까 그 계좌로 당장 이자까지 붙여서 보낼 테니까, 잘 먹고 잘 살아!"

나는 한주의 약을 바짝 올려놓고 애간장을 태웠다.

"히야, 이 친구 정말 상대 못할 독종이네. 너 친구 간에 농담도 못하냐? 너 정말 실망이다!"

발을 동동 구르는 한주의 모습이 눈앞에 훤히 그려졌다.

"실망시켜서 미안하이. 그러니까 그만 전화 끊자."

내가 먼저 수화기를 내려놓으려는 그 순간까지 저쪽에서 뭐라고 계속 떠드는 소리가 앵앵거렸다. 5분쯤 지나서 또 전화벨이 울렸다. 아니, 그것 말고 그날 한주가 내게 걸어온 전화는 정말 귀찮을 정도였다. 그 내용은 모두가 상철이에게 빌려주었다는 돈 이야기는 절대로 하지 말라는 요지였다. 그 말끝에 내가 토를 달았다.

"야, 한주야. 상철이 친구 동범이 알지?"

"허허박사? 아다마다, 소아과 의사라는 그 친구?"

한주의 음성이 금방 낭랑해졌다.

"저번에 그 친구 만나서 모처럼 술 한 잔 했는데 너 한 번 보자더라. 상철이가 꿔간 돈 대신 갚아준다고 차용증 가지고 빨리 오라고……."

"뭐, 너 지금 뭐라고 씨불었어? 다시 한 번만 아가리를 놀리면 확 찢어……."

"야, 인마! 친구 사이에 농담도 못 하냐?"

순간, 한주가 뭘 어떻게 했는지 당장 고막이 찢어질 듯 소름끼치는 마찰음이 수화기를 타고 들려왔다. 아니, 뭔가 와장창 깨지는 소리와 함께 수화기가 금방 먹통이 되어버렸다. 통화가 끊긴 것이었다.

스님의 월척

스님의 월척

　모처럼 나는 만덕산에 토굴을 묻고 수행중인 덕산德山 큰스님을 찾아갔다. 토굴은 예나 지금이나 달라진 게 없었다. 과장해서 말하면 살짝 눈만 흘겨도 폭삭 내려앉을 것 같은 허름한 토굴이 긴 장마를 어떻게 견뎠는지 모르겠다.

　토굴의 삽짝을 밀고 들어선 나는 툇마루에서 먼 바다를 향해 가부좌를 틀고 앉은 덕산 큰스님에게 공손히 합장하고 허리를 굽혔다. 그리곤 바로 툇마루로 올라가 삼배를 올린 그 자리에서 오붓하게 법문을 듣는데 어디선가 와자지껄한 소리가 들려왔다. 처음엔 지나가는 등산객이려니 하고 신경을 쓰지 않았다. 헌데 웬걸, 사십 대 초반의 사내들이 우르르 몰려들었다. 네 명의 사내들은 토굴을 휙 둘러보곤 곧장 나가려다 다시 발길을 돌렸다. 스님이 앉은 툇마루에 멋대로 걸터앉은 그들은 한마디로 무례하기 짝이 없었다. 아무리 초라한 토굴이지만 팔순의 노스님이 주석하신

176

도량道場에 들어섰으면 삼배는 못 할망정 합장이라도 해야 당연한 예가 아닌가.

행색을 보니 근동 사람 같지는 않았다. 그들 중 하나는 논에서 일하다 방금 나온 사람처럼 바짓단을 무릎까지 추켜올린 채, 흙 묻은 슬리퍼를 질질 끌고 있었다. 스님이 물었다.

"어디서 온 처사들인고?"

"K시에서 임천제堤로 낚시를 왔다가 한번 들렀습니다."

슬리퍼를 끌고 온 사내가 말하는 임천제는 만덕산 밑에 있는 저수지로 조사釣士들에게 널리 알려진 낚시터였다.

"낚시? 취미들이 고상하구려."

"낚시를 해보셨습니까, 스님?"

슬리퍼가 물었다.

"소싯적에 낚시 안 해본 사람이 어딨소? 신선놀음에 도끼자루 썩는 줄 모른다는 말처럼 낚시에 미치면 이웃집 머슴이 마누라를 꾀어가도 모른다잖소."

"스님도 마니아셨군요. 낚시 재미를 잘 아시는 걸 보니까."

낚시꾼들은 방생을 해야 될 스님이 낚시에 흥미를 보인다는 것이 의외라는 듯 눈 꼬리에 웃음을 달고 다가섰다.

"낚시를 해보셨으면 월척의 손맛도 아시겠군요?"

"알다마다. 꾼들이 아님 짜릿한 손맛을 모르지. 그래, 월척은 몇 수나 올렸수?"

"달밤에 붕어들이 춤을 춘대서 왔더니 월척은커녕 붕어새끼 낮짝도 못 봤습니다."

"왜, 거긴 씨알이 굵어서 달밤이면 팔뚝만 한 붕어들이 휘파람을 불고 다닌다던데? 낚시는 누가 뭐래도 월척을 해야 신명이 나는 법인데."

낚시꾼들의 허풍에 스님도 팔뚝을 흔들며 맞장구를 쳤다.

"그땐 진짜 스릴 만점이죠. 월척의 통쾌함이라니! 건 말로 다 표현 못하죠. 스님은 미끼를 뭘 쓰셨습니까?"

낚시꾼들은 고수에게 한 수 배우겠다는 듯 스님 곁으로 바짝 달라붙었다. 그들은 취미가 같으면 남녀노소를 막론하고 언제 어디서든 말이 통한다고 너스레를 떨었다.

"예전엔 뒷간에서 건진 구더기가 고작이었지 뭐, 별거 있었나. 가끔 똥파리나 메뚜기도 썼지만. 지금은 어떤가?"

"요즘엔 레저산업이 발전하면서 하루가 다르게 좋은 낚시도구가 쏟아져 나오고 미끼도 다양해졌지만 놈들이 여간해선 잘 물질 않아요."

"놈들도 그만큼 약아졌겠지."

"네, 아주 약아빠졌어요. 그런데 스님, 내생은 있는 겁니까?"

일껏 잘 나가던 슬리퍼가 엉뚱하게 화제를 돌렸다.

"그런 걸 이 땡추가 어찌 알겠수? 유식한 목사님이나 신부님께 물어봐야지."

슬리퍼의 목에 걸린 십자가를 본 스님이 가볍게 받아넘겼다.

"그래도 스님은 절에 오래 사셨으니까 아실 것 아닙니까?"

스님은 찰거머리 같은 슬리퍼에게 말했다.

"천당이니 극락이니 하는 말이 괜히 나왔겠소? 사실, 불교는 내생이나 극락보다는 자신의 업연에 따라 돌고 도는 윤회설을 중하게 여기지. 타종교의 내세관은 어떤지 모르겠소만."

그들 중 키 큰 사내가 말없이 듣기만 하다가 비로소 입을 열었다.

"우리 교인들은 만물의 창조주 하나님께 자신의 죄를 회개하고 용서받은 자만이 구원을 받는다고 믿습니다. 그래서 영원한 안식처인 하나님 나라, 천당에 이른다고 믿는데 스님 생각은 어떠신지요?"

스님은 키다리 속내를 다 안다는 듯 태연하게 입을 열었다.

"처사들은 아직도 하나님 말을 못 믿는 모양이군. 아니, 하나만 알고 둘은 모르는군. 회개하기 전 용서받을 짓을 안 해야 된다는 걸 모르면서 어떻게 십자가를 목에 걸고 다뉴?"

스님이 더는 입씨름하기 싫은 듯 툇마루에서 일어서며 딴청을 부렸다.

"자, 공양 때가 되었으니 큰절로 내려가 요기나 하고 가시구려."

스님의 토굴엔 애초부터 군불을 지피는 아궁이뿐, 공양간이 따로 없었다. 그래서 스님은 끼니때마다 밑에 있는 큰절로 내려가셨다.

스님을 따라나선 낚시꾼들이 뒤에서 수런거렸다. 절밥을 얻어

먹고 가자거니 아니, 그냥 낚시터로 가서 라면이나 끓여 먹자거니 의견이 분분했다. 그때였다.

"아—악!"

외마디 소리에 놀란 나는 비탈길에서 걸음을 멈추고 뒤를 살폈다. 슬리퍼였다. 그는 낙엽 쌓인 비탈길에 벌렁 넘어진 채 신음을 토하고 있었다. 급히 달려간 키다리가 뼈의 이상 유무를 확인한답시고 그의 발목을 이리저리 비틀었다.

"아, 아프다니까!"

슬리퍼는 허리를 비틀며 비명을 내질렀다.

"그렇게 많이 아파? 엄살 아니야?"

키다리가 농담조로 물었다. 언뜻 봐서 골절은 아닌 듯했으나 그래도 엄살만은 아닌 듯 얼굴을 험하게 찡그리고 악을 썼다.

"그걸 말이라고 해, 이 새끼야! 이게 다 너 때문이야."

"뭐, 이게 나 때문이라고?"

한발 물러선 키다리가 억울하다는 듯 눈을 부라렸다.

"그래, 인마! 네가 절에 가자고 촐싹대는 바람에 이렇게 된 거 아냐?"

"헉! 이 새끼, 좆통수 불고 있네. 고기 안 잡히니까 부처님한테 사바사바 빽 좀 써보자고 촐랑댄 놈이 누군데?"

키다리는 슬리퍼 면상을 후려칠 듯이 덤벼들었다. 슬리퍼가 말했다.

"암튼, 마구니 소굴에 와서 부정 탄 게 분명하다고."

"이 새끼, 진짜 웃기네. 네 말대로라면 왜 네놈만 부정 타느냐고?"

슬리퍼는 양쪽에서 부축을 받고 일어섰으나 자유롭게 걷기는 불편한 모양이었다.

"이만하길 다행입니다. 그래도 뼈를 다쳤는지 모르니까 잘 살펴보세요."

나는 쩔룩거리는 슬리퍼에게 하나마나한 인사말을 했다.

"뼈는 괜찮은 거 같은데 장딴지하고 발뒤꿈치에 가시가 많이 박혀서……."

바지를 걷어붙인 그의 장딴지에는 미끄러지면서 생긴 찰과상으로 벌겋게 혈흔이 내비쳤다. 그러고 보니 그가 쓰러졌던 자리엔 국수가닥처럼 잘게 찢어진 대나무가 길게 넘어져있었다. 넓적하게 짓눌린 대나무의 날카로운 나뭇결이 마치 고슴도치처럼 빳빳하게 날을 세우고 있었다.

"뼈만 안 다쳤으면 돼. 이깟 가시쯤이야 빼내면 염려할 거 없다고."

그의 친구가 저만큼 나가떨어진 슬리퍼 한 짝을 집어다 주며 말했다.

이윽고 낚시꾼들이 슬리퍼를 부축해서 큰절까지 내려왔다.

"어서 들어와 공양하라니까 왜 뭉그적대누?"

스님이 방 밖에서 머뭇거리는 낚시꾼들에게 말했다.

"밥보다는 바늘로 가시를 뺐으면 좋겠는데."

마루에 걸터앉은 슬리퍼가 말했다.

"그래, 우선 들어가서 밥이나 먹고 보자."

키다리가 성큼 마루로 올라서서 슬리퍼를 끌어올렸다. 방으로 들어온 슬리퍼에게 내가 물었다.

"뼈는 괜찮고 가시만 박힌 거지요?"

"네. 가시가 많이 박혀서……."

"이따 공양주보살님께 바늘을 빌려드릴 테니 공양 먼저 하세요."

슬리퍼에게 말하는 나를 유심히 바라보던 스님이 물었다.

"뭐, 가시가 박혔다고?"

"네. 대나무가시가."

슬리퍼 대신 내가 대답하자, 스님은 정색하며 물었다.

"많이 찔렸나?"

"장딴지와 발꿈치에 박혔습니다."

이번엔 슬리퍼가 말끝을 흐렸다.

"허, 큰일 났군. 발꿈치라면 몸에서 가장 두꺼운 살갗인데."

스님의 예사롭지 않은 말에 아무도 입을 열지 못했다. 눈치만 살필 뿐이었다.

"두터운 살에 박혔다면 깊이 들어간 건데, 거 야단났군."

"……?"

낚시꾼들은 밥상이 차려질 때까지 스님의 말에만 귀를 기울였다.

"이 산의 가시는 여느 것과는 달라."

"어떻게 다릅니까, 스님?"

이번엔 키다리가 잽싸게 끼어들었다.

"독毒이 있어. 엄청 무서운 독이."

스님이 짧게 대답했다.

"무서운 독이라면?"

낚시꾼들이 이구동성으로 물었으나 말을 아끼던 스님은 한참 뒤에야 입을 열었다.

"오뉴월 독사보다 더 무섭지. 헌데, 그 독을 풀어주는 약초가 내 토굴 뒤에서 자라고 있어. 허나, 모르는 사람은 백날 가도 찾지 못해. 자, 우선 공양부터 하고 이따가 이야기함세."

그때, 젊은 행자가 간소하게 차린 공양 상을 스님 앞에 갖다 놓았다. 스님이 합장하고 중얼거렸다.

"한 방울의 물과 한 톨의 곡식에도 천지의 은혜와 만인의 노고가 깃들었기에 이 공양으로 기른 몸과 마음을 바로하고 청정하게 살겠나이다. 마하반야바라밀."

스님이 주발뚜껑에 밥 한 술을 떠서 헌식한 뒤 공양을 들기 시작했다.

낚시꾼들 중에서 식사를 먼저 끝낸 사람은 슬리퍼였다. 그는 겁을 먹은 탓인지 공양을 하는 둥 마는 둥 하더니 이내 숟가락을 내려놓았다. 그리곤 스님의 공양이 끝나기를 기다렸다. 그도 그럴 것이 가시에 독이 있다는 말을 들은 당사자야 오죽이나 겁이 나겠는가.

치아가 부실한 스님은 모두가 공양을 마친 한참 뒤에야 수저를
내려놓았다. 그리곤 바로 토굴로 향했다. 내가 슬리퍼 대신 스님
에게 말했다.

"가시에 찔린 데 쓰는 약초는……?"

스님은 내 말은 아예 들은 척도 않고, 비탈길을 휘적휘적 올라
갔다. 나는 뒤처진 낚시꾼들에게 빨리 따라오라고 손짓했다.

슬리퍼는 어디서 구했는지 작대기에 의지한 몸을 비척거리면
서 내 뒤를 바짝 따라붙었다. 그가 숨을 헐떡이며 물었다.

"노형께서는 여길 자주 오십니까?"

"두어 달에 한번이나 올까."

"그럼, 저 노스님을 잘 아시겠군요?"

"댁들보다는 많이 안다고 하겠죠."

나는 그때 비로소 스님과의 반연絆緣을 머리에 떠올렸다.

내가 스님을 처음 만난 건 삼 년 전이었다. 그 당시 나는 근 이
십 년 가까이 다니던 직장을 버리고 쉴 때였다. 좋게 말해서 쉬는
거지 사실은 고삐 풀린 망아지처럼 갑자기 헐렁해진 시간을 주체
하기 힘들어 몸살이 날 지경이었다. 그렇게 무료한 시간을 어렵게
보내게 된 이유는 간단했다. 직장에 사표를 내기 한 달 전이었다.
부하직원이 본의 아닌 실수로 회사에 약간의 손해를 끼쳤다. 회사
는 즉시 그에 상응하는 변상과 동시에 해고 명령을 내렸다. 고의

가 아닌 단순한 실수이며 또 회사의 손해를 전액 변상한 이상, 해고 조치만은 면제되길 바랐다. 대신 경고차원에서 한두 달의 감봉처분으로 징계수위를 낮춰주도록 사측에 간청했다.

그러나 사장의 조카사위인 인사과장은 단호했다. 노조勞組와 내통한 자는 절대로 구제할 수 없다는 것이었다. 미운털이 박힌 놈은 빨리 제거할수록 좋다는 말이었다. 미운털은 말했다. 생산라인에서 근무하는 고등학교 동창을 오랜만에 그것도 우연히 만났을 뿐이라고. 그걸 빌미로 공채에서 우수한 성적으로 합격한 유능한 사원을 단칼에 베어버린다는 건 얼른 이해하기 어려운 일이었다. 노조와 연관된 친구를 딱 두 번 그것도 우연히 만난 걸 가지고 무슨 역적모의나 한 것처럼 무자비하게 파면시키는 기업의 냉혹한 처사가 피를 보듯 살벌했다. 노조의 '노'자만 들어도 질겁하고 오줌을 지리는 회사의 뜻에 무조건 복종해야 하는 부장 자리가 부끄러웠다. 아니, 사내에서 전혀 말발이 서지 않는 부장의 직함이 민망했다. 게다가 부하직원 감독에 소홀한 책임을 물어 나까지 삼 개월의 감봉처분이라니 솔직히 기가 찰 노릇이었다. 당장 사표를 냈다.

며칠 후, 내 이십 년 가까운 근공勤功을 참작하여 감봉처분은 철회되었지만 끝내 부하직원을 사지에 내동댕이친 채, 나만 구제된 것이 부끄럽고 가슴 아팠다. 양심이 허락하지 않았다. 동정을 받는 것도 부끄럽고 생색을 내는 회사 분위기도 싫었다. 그래서 반려하는 사표를 뿌리쳤다. 그때의 심정은 견문발검見蚊拔劍하는 회사의 편협한 인사명령에 불복한다는 것이었지만 사실 그게 다는 아니었다. 근무연한으로 보나 뭐로 보나 진작 임원으로 승진됐어야 마땅함에도 불구하고 앉은뱅이처럼 만년 부장으로 끝낼 바에야 차라리 빨리 다른 길을 찾고 싶었다. 다람쥐 쳇바퀴처럼 매일 반복되는 생활에서 일단 벗어나면 뭔가 길이 열릴 것 같았다. 이만한 경력과 능력이라면 어딜 가도 밥은 굶지 않을 자신이 있었다. 그러나 막상 사표를 던지고 나와 보니 홀가분했던 기분도 잠시였다. 사표를 낼 때의 당당했던 자신감도 석 달을 넘기지 못하고 시들어갔다. 날이 갈수록 마음이 무겁고 답답했다. 퇴직금과 저축한 돈으로 당장 생활에 지장은 없었으나 날이 갈수록 아내의 그늘진 얼굴이 시든 꽃처럼 보기 민망하고 부담스러웠다.

그때, 넘어진 김에 쉬어간다는 말처럼 객기를 부리듯 여유롭게 생각한 것이 여행이었다. 심란한 마음을 달래고 또 막연하나마 새로운 길을 모색한다는 허울 좋은 구실을 배낭에 짊어지고 무작정 떠났다. 그리고 닷새 만에 도착한 곳이 강진이었다. 다산 정약용 茶山丁若鏞의 유배지로 알려진 다산초당을 돌아보고 그 위에 있는 천일각으로 올라가자, 탁 트인 시야가 무겁게 닫혔던 가슴을 활짝 열어주었다. 다산 선생이 흑산도로 유배된 둘째형(丁若銓)과 가족이 그리울 때마다 오르내렸다는 천일각에서 먹빛 바다를 바라보니 나 자신이 먼 곳으로 밀려난 기분이었다. 순간, 콧날이 시큰거리며 담배 생각이 간절했다. 여기저기 붙여놓은 '산불조심'과 '금연'이란 붉은 표지판을 보고도 모르는 척 등을 돌렸다. 간혹 눈

에 띄는 관광객의 시선을 피해 도둑담배를 피우고 나오는 길에 백
련사로 가는 이정표를 만났다. 갈까 말까 망설이면서도 발길은 어
느새 그쪽으로 향하고 있었다. 비스듬한 산길을 십여 분쯤 올라가
자 산자락이 온통 짙푸른 동백나무와 대나무 숲으로 덮여있었다.
등성이 하나를 넘자 나무숲에 가렸던 백련사의 거뭇한 지붕이 손
에 잡힐 듯 가깝게 보였다.

법당 밑에서 조선시대 명필 이광사李匡師가 썼다는 '대웅보전'
현판을 바라보던 나는 자신도 모르게 법당 안으로 빨려 들어갔다.
사실 나는 그때까지도 불교 교리는 물론, 사찰에 대한 상식이 전
무했다. 일 년에 한두 번 어머니가 다니던 절에 연등이나 다는 게
고작인 내가 텅 빈 법당에서 뭔지 모를 간절한 마음으로 부처님께
절을 해보긴 처음이었다.

법당에서 나온 나는 사찰의 벽화나 조각에 대한 의미도 전혀
모르면서 아니, 깊이 알고 싶지도 않으면서 여기저기를 건성으로
기웃거렸다. 오랜 비바람에 탈색된 단청이 군데군데 벗겨지긴 했
지만 질박하고도 섬세한 구도와 은은한 색감의 깊은 맛은 그 방면
에 지식이 없지만 혀를 차게 만들었다.

땡그랑, 땡그랑, 땡그랑…….

영수靈獸로 알려진 봉황과 사자가 해학적으로 조각된 처마 끝
에 매달린 시뻘겋게 녹슨 물고기가 저렇게 맑은 풍경소리를 낼 줄
이야. 허공에 두둥실 매달린 물고기에서 거품처럼 쏟아내는 풍경
소리가 우중충한 사찰 주변을 유영하듯 떠돌았다.

구석구석을 더듬던 나는 삼성각 뒤편 잡목 사이로 뚫린, 대낮에도 어두컴컴한 오솔길을 발견했다. 가풀막진 산길을 한참 올라가자 짙푸른 동백나무숲 사이사이에 깃발처럼 불쑥불쑥 튀어나온 대나무들이 멀리서 밀려온 바람에 취한 듯 흐느적거렸다. 법당에서 쉬었던 다리가 가파른 산길에 이르자 다시 환자처럼 후들거렸다. 괜한 걸음에 힘을 쏟는가 싶어 주춤거리다보니 후들거리는 다리가 금방 물먹는 통나무처럼 무거웠다. 머릿속이 텅 빈 것처럼 휭 내둘리면서 기압에 눌리듯 귀가 멍멍해졌다. 터널처럼 긴 숲길이 어둠침침한 그늘인데 소나기를 맞은 것처럼 땀이 흘렀다. 젖은 옷이 몸에 휘감기면서 걸음이 무거웠다. 그렇다고 돌아설 수는 없었다. 가파르고 음습한 자드락길을 얼마나 더 올라갔을까, 숲 사이로 얼핏 보이던 초막이 오솔길을 가로막았다.

바위 밑에 납작 엎드린 초막은 바람소리만 가득할 뿐, 빈집처럼 썰렁했다. 어깨 높이로 엮어놓은 대나무 삽짝을 슬쩍 밀치자 힘없이 안쪽으로 넘어졌다. 순간, 큰 잘못을 저지른 사람처럼 사방을 두리번거리면서 가뿐한 삽짝을 다시 세워놓았다. 도둑고양이처럼 살금살금 울안을 살피며 들어갔다. 황토를 아무렇게나 이겨 바른 초막은 얼른 보기에 방이 두 칸이었다. 일자로 지은 방문 앞에 좁은 툇마루가 길게 놓였고, 그 끝에는 생철 판으로 시꺼먼 입을 가린 아궁이가 있었다. 한마디로 볼품없는 토굴이었으나 누군가 살고 있다는 것을 알리듯 알싸한 그을음 냄새가 물씬 풍겼다. 모처럼 맡아보는 송진 냄새였다. 게걸음으로 토굴을 끼고돌자

배롱나무 밑에서 뛰놀던 다람쥐들이 인기척에 놀란 듯 황급히 달아났다. 그중 한 놈이 내 바지 끝을 스치고 도망치는 바람에 아이쿠, 소리가 절로 터져 나왔다.

작은 마당 끝에서 잡초를 뽑던 스님은 내 인기척을 충분히 들었으련만 전혀 반응이 없었다. 일부러 헛기침을 했으나 스님은 방아깨비처럼 곧추세운 무릎 사이에 여윈 몸을 꼬부려 붙인 채, 풀을 뽑고 있었다.

"안녕하세요, 스니임?"

내가 목청을 높인 뒤에야 비로소 스님이 곶감처럼 쪼글쪼글한 얼굴을 들었다. 나는 두 손을 모으고 허리를 굽혔다.

"어서 오시오. 귀가 어두워 손님이 오는 걸 몰랐구려."

깡마른 스님이 굽은 허리에 주먹질을 하며 일어섰다.

"어디서 온 뉘시오?"

풀을 빳빳하게 먹여 손질한 잿빛 누더기를 허수아비처럼 헐렁하게 걸친 스님이 물었다.

"서울에서 온 한상수라고 합니다. 다산초당에 왔다가 잠시 들렀습니다. 방해가 안 될는지 모르겠습니다."

"방해는 무슨, 거기 앉아 선한 바람에 땀이나 더시구려."

그늘진 툇마루에서 더위를 피하라는 말이었으나 선 채로 먼 바다를 내려다보는 것만으로도 가슴이 확 열리듯 시원했다.

"된길 오느라고 목이 탈 텐데 뒤란 샘물로 해갈이나 하시지."

스님이 가리키는 토굴 옆으로 돌아가자 병풍 같은 바위 밑에 작은 옹달샘이 고사리 손처럼 물을 뽀글뽀글 뿜어내고 있었다. 바위틈에서 흘러나온 물을 조롱박 가득 떠서 들이켜는 순간, 짜릿한 냉기가 얼음조각처럼 목젖을 찔렀다. 목물을 한 것처럼 등판이 써늘해졌다. 나는 스님에게 물었다.

"힘들지 않으세요, 스님?"

"풀하고 노는 일이 뭔 힘이 들어?"

스님이 그만 손을 털고 일어섰다. 샘물이 넘쳐흐르는 물가로 다가선 스님이 그 주변에 놓인 올망졸망한 그릇 앞에서 허리를 굽혔다. 거기에 널려있는 그릇들은 이제 그만 버려도 아깝지 않을 만큼 찌그러진 양은그릇이라든지 운두가 깨진 항아리뚜껑 같은 것들이었다. 그런데 거기엔 물이 가득 담겨 찰랑댔다. 새나 짐승들이 먹도록 떠 놓은 물인 줄 알았으나 그게 아니었다. 손을 씻는 물이었다. 그것도 쓰는 순서가 있었다. 샘가에서 좀 떨어진 곳에 있는 플라스틱 그릇의 물부터 차례대로 써 나갔다. 처음 손을 씻은 흙물은 그 옆의 손바닥만 한 고추밭에 뿌려졌다. 그리곤 바로 위쪽의 양은냄비로 옮겨갔다. 그러니까 애벌 씻고 버린 플라스틱 바가지에 새물을 떠놓고 마지막으로 손을 헹궜다. 서너 차례 물그릇을 바꿔가며 씻는 모습이 어쩌면 엄숙한 의식처럼 보였다. 처음 쓰고 버린 물은 흙물인데 반해 마지막 손을 헹군 물은 마셔도 될 만큼 맑았다.

"샘물이 너무 차서 손이 시리시죠?"

샘물이 너무 시린 탓으로 미리 떠놨다 쓰는 줄 알고 물었다.

"아직은 시원해서 쓸 만해."

"그럼 왜 물을 떠놨다 쓰시나요? 아, 새나 짐승들이 먹기 좋으라고 떠 놓으셨군요?"

"이렇게 쓰면 물이 절약되지. 시쳇말로 재활용이랄까?"

나는 스님의 말을 듣는 순간 머리를 세게 맞은 기분이었다.

"왜, 너무 궁상맞은가? 한 처사가 보기엔."

스님은 나를 빤히 쳐다보면서 빙긋 웃었다.

나는 스님의 환한 얼굴에서 한동안 잊고 있었던 어머니의 환영을 만났다. 십 년 전 세상을 뜬 어머니는 '흘러가는 물도 아껴 쓰라'는 말을 입버릇처럼 되뇌었다. 절약이 곧 보물이라는 가훈을 몸소 실천했던 어머니. 그 생활철학을 실천하고 계신 스님을 보는 순간, 가슴이 뭉클했다. 뭔가 뜨거운 것이 울컥 치밀었다.

"옛날 말에 행주가 낡으면 걸레로 쓴다는 말이 있어."

절약하라는 훈계를 들으면서 예전에 어느 책에서 읽었던 부처님 이야기가 떠올랐다.

'코살라'라는 나라에 현명한 왕이 살았다. 어느 날 그는 정성껏 지은 승복을 아난다존자에게 보시하면서 물었다.

"존자께서는 이 승복이 낡아지면 어떻게 하시겠습니까?"

"잘 손질해서 누더기로 만들어 승복의 겉옷으로 입겠습니다."

"누더기가 낡아지면?"

"잘 기워서 내복으로 입다가 더 낡아지면 요를 만들겠습니다. 요가 낡아지면 그릇을 닦는 행주로……."

"행주가 낡아지면 버리시겠군요?"

"천만에! 발 닦는 걸레로 쓸 겁니다. 그게 더 낡아지면 진흙에 이겨서 벽을 바를 것입니다. 그러면 아주 탄탄한 흙벽이 됩니다."

아난다존자의 말에 코살라 국왕은 큰 감동을 받았고 그 백성들 역시 하찮은 물건이라도 아끼고 절약하여 부강한 나라가 되었다.

"큰스님, 여긴 신도들이 많지 않은가 봅니다."

초막의 외형만 봐도 신도들이 많지 않을 것이 뻔히 짐작되었다. 허나, 스님의 법문을 듣고 싶어 생뚱맞게 물었다.

"큰스님이라니? 수행도 여법하게 못하는 늙은이에게 무슨 공짜비행기를 그렇게 높이 태우시나. 그런 소릴랑 아예 입에 담지도 마시구려."

스님이 펄쩍 뛰면서 질색했다. 그러나 다시 입을 열었다.

"큰절엔 그런대로 신도가 있어. 허지만 여기까지 오는 이는 드물어. 보다시피 이런 토굴에 늙은이만 쭈그리고 있는데 누가 힘들게 올라오겠소?"

"혼자 계시면 많이 적적하시겠어요, 스님?"

"아니라면 틀린 말이겠지. 그렇다면 공부가 부족한 탓이라고 웃겠지. 허나, 나도 흙을 밟는 사람인데 왜 그립지 않겠소?"

스님의 축 처진 어깨가 더욱 쓸쓸해 보였다.

"신도가 적으면 사시기가 어려우실 텐데요."

나는 되잖게 스님의 옹색한 살림까지 걱정하는 건방을 떨었다.

"토굴살이 하는 주제에 신도들이 들끓어 뭐 좋겠소? 없으면 없는 대로 살기 마련인데."

스님은 생뚱맞은 물음에도 싫은 내색이 전혀 없었다.

"신도들이 끓어 좋을 듯싶지만 수행이 부족한 수좌首座에겐 마장이야."

"그럼, 어느 정도가 적당한가요?"

쓸데없는 말인 줄 알면서 또 건방을 떨었다.

"열 명이면 족해."

대답이 간결했다.

"너무 적지 않습니까?"

"천만에! 그것도 많아."

"많다는 말씀이 좀……?"

"수행자는 뭐든 단출해야 좋아."

스님은 말도 단출했다. 잠시 나를 그윽한 눈길로 바라보던 스님의 말씀은 간결하지만 구체적이었다.

"너더댓 명의 신도 중에 하나는 식량을 대주고, 두 번째는 옷을 보시하는 신도, 세 번째는 용돈 몇 푼 주는 신도에다 병나면 약 첩이나 보시할 사람이면 더 바랄 게 없지."

이윽고 뭔가 망설이던 스님이 다시 말을 이었다.

"사실 늙은이가 먹는대야 얼마나 먹겠어. 한 달에 쌀 두세 말이면 배터지게 먹고도 남지. 입성도 토굴에 사는 늙은이가 좋은 옷이 뭐 필요가 있나. 매년 무명옷 한 벌만 얻어 입어도 사 년이면네 벌인데, 그거면 춘하추동으로 충분하지. 허긴, 복에 겨운 어떤

스님은 똥 누러 갈 때 입는 옷 다르고 나올 때 다르다지만⋯⋯."

석양 밑이라 대숲에서 밀려오는 바람이 서늘해졌다. 스님이 잔기침을 계속하는 동안 나는 숲에서 울어대는 매미소리를 들었다.

"그게 무슨 말씀입니까?"

스님은 말귀가 어둔 내가 순진한 듯 씽긋 웃었다.

"참선할 때 입는 옷 다르고 포행 할 때 다르고 공양할 때 다르다는 말은 그만큼 옷이 많다는 거야. 그 스님은 전생 복을 많이 지은 공덕으로 금생에서 그런 호사를 누리지만, 나야 전생 복이 없다보니 요 모양 요 꼴 아닌가. 허긴, 박복한 사람이 이만한 것도 불은佛恩이 아니겠소."

말을 멈춘 스님이 먼 바다로 시선을 던졌다. 저녁노을 속에서 불덩이처럼 이글거리던 석양이 사라질 무렵, 먼 바다는 서서히 검붉은 핏빛으로 물들고 있었다.

"신도들에게 요것조것 바랄 입장도 아니지만 명색이 부처님 제자로서 복전福田 노릇이라도 제대로 하고 가야 할 텐데⋯⋯. 그래서 하는 말이지만 누더기일망정 철따라 갈아입으면 됐지, 뭘 더 바라겠나? 가진 것도 다 못 떨어뜨리고 갈 터에 여벌이나마 누굴 주고 싶지만 요즘은 남이 입던 걸 반기는 스님이 드물어."

"물자가 흔한 탓이겠죠, 뭐."

"흔해도 낭비가 심해."

세태가 한심하다는 경책이었다.

"스님, 그래도 한 달에 약간의 용돈은 필요하잖습니까?"

"해주는 밥 먹고 화두나 챙기는 수좌가 한 달에 얼마나 쓰겠나? 게다가 약 수발을 드는 신도가 있다한들 수행만 잘하면 있는 병도 낫는데 뭔 소용이 있어. 허긴, 늙으니까 가끔 고뿔이 들긴 하지만 거야 소금양치만 잘해도 낫는 병 아닌가. 살다보면 게을러서 생기는 병이 많아. 허긴, 죽을병이 들면 지체 말고 가야지 더 뭉그적대서 뭘 하겠나? 누더기 같은 육신을 훌훌 벗어던질 때도 지났는데 계속 끌고 다니다보니 고름 주머니가 슬슬 고장 나더라고."

고름주머니라는 말이 생소한 나는 스님의 눈치를 살폈다.

"건사도 못하는 주제에 오래 끌고 다닌다고 삭신이 트집을 부린단 말일세. 연전에도 백내장으로 여러 사람 괴롭혔지."

"참 그럴 땐 어떡하시나요?"

실없는 말인 줄 알면서 물었다.

"직업이 형사 같구먼. 처사 말투가."

스님은 나의 쓸데없는 호기심에 일침을 놓고 껄껄 웃었다.

"저 아래 큰절 주지가 내 상좌인데 애를 많이 썼지. 그의 속가 형이 고명한 안과의사라서 그 덕을 많이 입었어. 누더기를 손수 꿰맬 만큼 밝은 눈을 준 그분이야말로 내겐 약사여래불이지. 그뿐인가. 젊어선 차돌도 씹을 만큼 단단한 치아마저 말썽을 부리더군."

"치과도 돈이 많이 들 텐데요."

"내 속가의 형님이 세상 뜨시기 전에 이 잘난 동생을 보시겠다고 모처럼 찾아오셨더군. 그때 내 부실한 치아를 보곤 교장으로 있는 당신의 아들을 급히 보내셨어. 내겐 장조칸데 그 사위가 치과의사야. 속연으로 치면 종손서가 나한테는 약사여래불이었지. 따지고 보면 이 세상에서 불보살이 아닌 게 어디 있겠나. 요즘엔 제불보살님들의 가피만 입고 사는 꼴이 부끄럽다 못해 빨리 세연을 바꾸고 싶은데 그게 뜻대로 안 돼."

스님은 멀리 시선을 던져 놓고 장탄식을 내뿜었다. 그때, 먼 바다에 뜬 통통배가 석양의 검붉은 물살을 가르며 어디론가 멀리 내달리고 있었다.

"삼십여 년 전, 선방에서 같이 정진하던 젊은 수좌 하나가 항상 무소유로 살기를 서원誓願했어. 무소유는 출가자의 기본 덕목이지만 그렇게 비우고 살기가 쉽지 않은 일이야. 나 같은 땡추는 비울 그릇마저도 없지만……. 아니, 있다면 이 냄새나는 고름주머니가 들짐승의 한 끼 요기나 될까 몰라."

스님이 자조 섞인 장우를 내뿜곤 더는 말이 없었다. 그때 나는 아까 스님이 말한 몇 안 되는 신도 중에 하나가 되기로 결심했다. 그리고 한 달에 한 번, 아니면 두 달에 한 번은 꼭 스님을 친견하기로 마음을 굳혔다.

"많이 아프신가?"

스님은 쩔뚝거리며 따라온 슬리퍼를 옆에 앉혀놓고 물었다.

"아프지만 견딜 만합니다."

툇마루에 늘어선 낚시꾼들을 훑어보던 스님이 다시 말했다.

"견딜 만하다니 다행이오만 절대로 방심은 금물이야. 독 오른

발이 돼지오줌통처럼 빵빵하게 부어오를지도 몰라. 내 말 무슨 뜻인지 알겠소?"

"네. 압니다. 헌데 약초는……?"

슬리퍼는 간절한 눈길로 스님을 바라보았다.

말없이 방으로 들어갔던 스님이 소독용 알코올과 바늘을 들고 나왔다.

"약초를 구할 때까지 우선 이걸로 가시부터 빼고 소독하시구려."

스님은 처마 밑에 받쳐놓은 지게를 가리키며 나에게 말했다.

"한 처사가 수고 좀 해야겠네."

내가 지게를 지자 스님이 낫을 들고 앞장섰다. 스님을 따라 토굴 뒤로 돌아가자 산 위로 향한 오솔길이 나왔다. 나뭇잎이 덮여 희미해진 산길을 스님이 앞서서 걸었다.

이윽고 활등처럼 휜 산등성이를 넘자 펑퍼짐한 둔덕이 나왔다. 거기서 급한 숨을 끈 스님은 주변에 널린 마른나뭇가지를 주워 모았다. 약초를 찾으러 온 일은 까맣게 잊은 듯 나무를 줍는 일에만 온통 정신이 팔려있었다. 이런 땔감이라면 토굴 근처에도 얼마든지 널려있는데 왜 여기까지 힘들게 올라왔을까 하는 의문이 들었다. 허긴, 스님이 어련히 알아서 할까 싶어 말없이 일을 거들었다. 그러나 스님의 재바른 손길을 따를 수가 없었다. 지게에 나무를 차곡차곡 재는 다부진 손놀림은 토굴에서 보던 느슨한 모습과는 생판 달랐다. 금방 나무 한 짐이 된 지게를 내가 지겠다고 등을 들이댔으나 스님이 잡은 멜빵을 놓지 않았다.

"지게는 단순히 힘으로 지는 게 아니야. 요령이 있어야 해."

나뭇짐을 지고 힘겹게 일어서는 스님이 바람결에 나부끼는 가랑잎처럼 바들바들 떨었다. 금방이라도 쓰러질듯 비척거리던 스님이 이내 균형을 잡고 일어섰다.

스님은 맨몸으로 걷기도 버거운 길을 성큼성큼 내려갔다.

"스님, 약초는……?"

조심스럽게 지겟다리를 잡고 따르던 나는 약초를 상기시켰다.

"가시에 찔려 죽은 사람 봤어? 걱정 말고 조심해서 따라와."

약초를 기다리던 낚시꾼들은 스님의 나뭇짐을 보고 벌어진 입을 다물지 못했다. 노스님이 어떻게 저런 큰 짐을 질 수 있는지 놀라는 눈치였다. 처마 밑에 나뭇짐을 부린 스님이 작대기를 든 채 슬리퍼에게 물었다.

"가시는 어떻게 좀 뺐나?"

"네, 대충……."

"아팠겠군?"

"조금 아팠습니다."

"아깐 당장 죽을상으로 새파랗게 질렸더니 지금은……."

스님의 농담에 낚시꾼들이 킥킥거렸다.

"화색이 돌고 웃음이 나오는 걸 보니 이젠 살 만한가보군. 아까 이녁들이 뭐라고 했지? 월척 할 때 손맛이 어떻다고?"

스님의 엉뚱한 물음에 낚시꾼들은 잠시 눈치만 살폈다.

"왜, 대답을 못해? 짜릿한 손맛이 스릴 만점이라고 했잖아?"

"네."

스님의 추궁에 슬리퍼가 기어들어가는 소리로 대답했다.

"예끼, 순 고얀 것들 같으니라고!"

스님이 들고 있던 작대기로 땅을 힘껏 내려찍었다. 동시에 발을 굴렀다. 그리고 산이 쩌렁쩌렁 울리게 소리쳤다.

"사람이건 미물이건 생명은 똑같아. 발에 눈곱만한 가시만 박혀도 당장 죽을 듯 엄살을 부리는 것들이 고기 입에 낚싯바늘을 걸어놓고 뭐, 짜릿한 손맛? 게다가 월척의 스릴이 어떻다고?"

스님의 부릅뜬 눈에서 시퍼런 불꽃이 튀듯 번쩍였다.

"역지사지란 말 알지? 누군가가 푸줏간에서 쓰는 쇠갈고리로 이녁들 입을 꿰서 끌고 다닌다고 생각해봐. 살겠다고 몸부림치는데도 모르는 척하고 짜릿한 손맛을 즐긴다면 이녁들 심정은 어떻겠나?"

스님의 불끈 쥔 주먹이 부르르 떨릴 때 낚시꾼들은 고개를 푹 숙인 채 숨도 제대로 쉬지 못했다.

"왜 대답을 못해? 그래도 양심은 있는 모양이지?"

스님의 싸늘했던 눈빛이 서서히 풀리면서 날카로운 음성도 차분히 가라앉았다.

"이런 누추한 토굴에 온 것도 인연이라면 지중한 인연인데, 괜히 목청을 높여 미안하구려. 대신, 내가 말주변은 없지만 이야기 하나 할 테니 들어보구려."

내가 방금 뒤에서 떠온 샘물로 목을 축인 스님이 천천히 입을 열었다.

부처님이 전생에서 어느 나라의 왕으로 있을 때, 그 이름이 시비尸毗였다. 자비로운 시비왕은 자신의 나라에서는 누구든 살생을 못하도록 법을 만들었다. 그래서 그 나라의 모든 생명체는 항상 평화로웠다.

그러던 어느 날, 비둘기 한 마리가 시비왕의 가슴에 파고들며 간청했다.

"대왕이시여, 저를 빨리 숨겨주십시오."

시비왕은 영문도 모른 채 헐떡이는 비둘기를 가슴 깊이 품어주었다. 그때, 어디선가 날아온 독수리가 시비왕에게 물었다.

"방금 여기로 날아온 비둘기를 못 보셨습니까?"

시비왕은 시침을 떼고 비둘기를 찾는 연유를 물었다. 독수리는 말했다.

"배가 고파서 잡아먹으려고 합니다."

거침없이 말하는 독수리를 시비왕이 꾸짖었다.

"뭐, 비둘기를 잡아먹겠다고? 이 나라에서는 왕인 나도 살생을 못하는데 감히 어디서 그런 말을 하느냐? 그런 생각은 꿈에도 하지마라!"

독수리가 울면서 호소했다.

"왕이시여, 저는 지금 배가 고파 죽을 지경입니다. 대왕께서는 비둘기 목숨만 소중하고 저는 굶어죽어도 좋다는 말씀입니까? 이 땅의 모든 생명이 귀하다면 저의 목숨도 비둘기처럼 보살펴주십시오."

"과연 네 말도 맞구나. 그럼, 비둘기가 아닌 다른 고기는 어떠냐?"

"생고기라면 다 좋습니다."

독수리의 말에 시비왕은 고민에 빠졌다. 생고기를 얻자면 살생을 해야 하기 때문이었다. 살생을 피하는 길은 오직 자신의 살을 떼 주는 수밖엔 도리가 없었다. 시비왕은 결심했다. 그는 저울을 갖다놓고 비둘기의 반대편에 자신의 다리를 얹어놓았다. 그런데 이게 웬일인가. 작은 비둘기가 더 무거웠다. 두 다리를 얹어놓아도 마찬가지였다. 비둘기가 무겁다는 것을 확인한 시비왕은 결국 자신의 몸을 저울에 올려놓았다. 그제야 비둘기의 무게와 같아졌다.

시비왕이 자신의 몸을 바쳐 비둘기의 목숨을 구했다는 본생경本生經의 골자는 미물이나 사람이나 생명의 가치는 같다는 것이다. 그렇기에 송사리 한 마리라도 함부로 잡아서는 안 된다는 스님의 법문이 끝나기도 전에 슬리퍼가 입을 열었다.

"죄송합니다. 큰스님의 말씀을 듣고 보니 그동안의 잘못을 어떻게 빌어야 할지……. 이제부턴 스님의 말씀을 명심하고 절대로 살생을 금하겠습니다."

슬리퍼는 물론 다른 낚시꾼들도 가슴에 손을 모으고 머리를 조아렸다.

"고맙소. 보잘것없는 산객의 말을 귀담아 들어줘서."

스님이 합장한 슬리퍼의 손을 다정하게 감싸주었다.

"자, 이제 낚시는 그만하고 빨리 병원에 가 보구려. 소독은 했다지만 덧날지도 모르니까 어서. 그리고 한 처사도 이 어려운 시기에 사업을 잘해서 K시에 지점까지 차린다니 얼마나 분주한가? 바쁜데도 이렇게 짬을 내줘서 고맙네. 하룻밤 쉬어갈 요량이 아니라면 차 시간 늦기 전에 어서 내려가시게."

스님은 올 때마다 종종걸음 치는 내 의중을 다 안다는 듯 하산을 재촉했다. 사실 나는 모처럼 황금연휴를 맞아 느긋한 마음으로 서울을 떠난 김에 며칠 스님 곁에서 귀한 법문을 듣고 싶었다. 그러나 스님의 뜻에 따라 아니, 스님의 공부에 장애가 될 것 같아 잠시 친견한 것으로 만족하고 그만 상경을 서둘렀다. 스님을 향해 합장하고 말했다.

"스님, 가시 하나로 월척 하셨습니다. 오늘의 월척을 가슴 깊이 탁본해 두겠습니다."

"그러게 말일세. 자네의 도움으로 뜻밖에 월척을 했군. 허허……."

낚시꾼들을 보내 놓고 혼자 파안대소하는 스님의 웃음소리가 가을바람에 실려 멀리 황금들판으로 퍼져 나갔다.

불장난

불장난

소파에 웅크리고 앉은 아내의 표정이 싸늘하게 굳어 있었다. 말로 표현은 안 하지만 기분이 몹시 상한 모양이었다. 감정이 격해지면 자신도 모르게 입근처의 근육이 씰룩거리는 아내였다. 극도로 흥분된 감정을 억제하다 보니 그런 현상이 나타나는 것 같았다.

"도대체 뭘 보고 걔를 당신 자식이라고 우기느냐고?"

감정을 억제하고 있던 아내가 다시 입을 열었다.

"어디서 굴러온 개뼈다군지 알지도 못하면서 어떻게 무턱대고 당신 핏줄이라고 받아들이겠다는 거냐구?"

흥분된 감정을 애써 감추고 있던 아내가 기어코 험악한 말을 쏟아냈다.

"몇 푼 안 되는 우리 재산을 노리는 사기꾼 아니야?"

"데니는 그런 막돼먹은 애가 아니야."

아내가 나의 말을 의심하는 것도 무리는 아니었다. 나도 처음엔 뜻밖의 일이라 한동안 황당한 기분으로 어리둥절했던 게 사실이다.

보름 전 난데없이 모르는 사람한테 전화가 걸려왔다. 광장동에 있는 W호텔로 급히 나오라는 것이었다.

"도대체 무슨 일로 그러십니까?"

"나와 보시면 알 겁니다."

영문도 모른 채 무조건 나오라니 참으로 맹랑한 일이었다.

"김영우 선생님의 신상에 관한 문제인 만큼 급히 나오셨으면 좋겠습니다. 필요하시다면 차를 보내드리겠습니다."

"택시를 이용하겠습니다."

나는 호텔로 가면서도 무슨 일인지 몹시 궁금했다. 은근히 긴장도 되었다.

"잘 오셨습니다. 이토록 급히 와 주셔서 고맙습니다."

호텔 현관에서 대기하고 있던 젊은 사내가 나를 정중하게 맞았다. 8층 객실로 들어선 내가 자리에 앉기 전에 나를 안내한 젊은이가 먼저 자기소개부터 했다

"저는 정보국에서 나온 박동철 과장입니다."

사십 초반으로 보이는 그 사내는 정중하게 나를 먼저 자리에 앉도록 권했다.

"선생님의 고향이 K시가 맞으시죠? 옛날엔 K군에 속한 Y면이었지만."

"그렇습니다."

나는 이미 나의 신상문제를 훤히 알고 있는 상대에게 기분이 유쾌할 리가 없었다. 잠시 어안이 벙벙한 채, 실내를 슬쩍 둘러보았다. 특별히 가구로 치장된 방은 아니었으나 한강이 훤히 내려다보이는 전망 좋은 방이었다. 조금 긴장된 탓인지 목이 탔으나 선뜻 음료수를 청할 용기가 나지 않았다. 마치 무슨 잘못을 저지른 사람이 수사를 받는 기분이었다.

"오늘 제가 선생님을 뵈시게 된 것은 참으로 중요한 일입니다. 국가적인 차원에서 볼 때 중차대한 일이라는 걸 참작하셔서……."

마주앉은 사내가 천천히 그리고 정중하게 말했다.

"중차대한 일이라니요?"

나는 예전에 보았던 007첩보영화의 한 장면처럼 살벌한 분위기에 긴장된 탓인지 자꾸 소변이 마려웠으나 참을 만했다. 그만큼 용건이 더 궁금했다.

"네. 그렇습니다. 혹, 선생님께서는 미국에 '데니'라는 아들이 살고 있다는 걸 아십니까?"

"지금 아들이라고 말씀하셨습니까?"

나는 뭔가 잘못된 질문 같아 빨리 시정해주고 싶었다.

"저는 현재 딸만 넷인데, 도무지 무슨 말씀이신지?"

나는 이곳에 불려온 자체가 처음부터 잘못이라고 생각하면서도 마음은 초조하고 긴장되었다.

"아, 선생님 너무 걱정하지 마시고 침착하게 제 말을 들어보세요. 옛날에 아주 옛날 선생님께서 어릴 때 가졌던 아들이 전혀 기억에 없으십니까?"

"전혀 모르는 일입니다."

"곰곰이 생각해 보십시오. 아주 어려서 있었던 일 중에 조금이라도 짚이는 뭔가 없으신지?"

"전혀!"

더는 앉아 있기가 싫어 벌떡 일어서며 한마디로 딱 잘랐다.

"아니, 가만. 잠시만 더 기억을 더듬어 보십시오. 아니, 단도직입적으로 여쭙자면, 예전에 선생님 고향에 이북에서 피난 온 소녀가 있었지요?"

"소녀? 아, 소녀라면 순화?"

소녀라는 말에 먼저 순화가 떠올랐다. 뜻밖의 말에 갑자기 탄성인지 한숨인지 분간할 수 없는 소리가 나도 모르게 터져 나왔다.

"지금 그분의 자제분이 그러니까 선생님의 자제분인 '데니'라는 사람이 미국에서 아버지를 찾으러 왔습니다."

"미국에서요?"

자신도 모르게 음성이 떨렸다.

"순화, 그 사람 지금 미국에 있습니까?"

"돌아가셨습니다."

내가 얼마나 보고 싶어 하던 순화인데 죽었다니, 도저히 믿어지지 않았다.

"중요한 것은 선생님께서는 오늘의 이 사실을 당분간 비밀에 부치는 겁니다. 이건 국가 정책에 중차대한 영향을 미치는 일로 선생께서는 이번에 국가에 지대한 공헌을 하시게 될 것입니다. 무슨 말씀인지 아시겠죠?"

젊은이는 정보원답게 짧고 분명하게 말했다. 억압적인 협박 같기도 했다.

"무슨 말이신지, 나는 얼른 이해가 안 돼서……."

"무조건 저의 말에 따르시면 잘될 겁니다. 아무 걱정 마시고 저의 뜻에 따라 주시리라 믿고 있겠습니다."

"혹 제 자식이라는 데니를 만날 수는 없나요?"

"지금은 곤란합니다. 우선 선생님과 아들이 친자임을 확인하는 검사부터 하셔야겠습니다."

"친자 확인 검사는 어떻게 합니까?"

나는 갑자기 바보가 된 것처럼 멍청하게 물으며 물컵을 끌어당겼다. 시원한 물을 마시자 들뜬 기분이 다소 진정되는 것 같았다.

"네. 시원하게 물 한 잔 더 드시고, 이제부터 제 말을 잘 들으시고 그대로만 움직이시면 되겠습니다."

젊음이도 물 한 컵을 금방 다 비우고 말했다.

"선생님께서는 우선 국과수에 가서서 유전공학의 권위자이신 오 박사님을 만나보시고 그 다음으로는 서울대학교 의과대학 부설기관인 유전공학 연구실로 가야 합니다. 거기서 다시 DNA검사를 받으십시오."

"데니는 언제 만날 수 있습니까?"

"당장이라도 만나실 수 있으나 그건 우리 국가에 도움이 안 되는 일입니다. 뿐만 아니라 아드님 데니가 지금 미국 대표의 한 사람으로 와서 우리 정부 당국과 중요한 일을 협상하는 중이라 몹시 바쁩니다. 그분도 당장 아버지를 만나고 싶어 합니다만 우리 정부 당국의 입장이 있는지라 조금만 양해를……."

"개인 신상문제를 협상용 카드로 이용한다는 게 말이 됩니까? 그건 활용이 아니라 악용이고 또 개인적인 프라이버시 문제입니다."

"용서하십시오, 우리가 약소국가인 만큼 미국한테는 어쩔 수가 없습니다. 국익에 도움이 되는 일이라면 수단 방법을 가리지 않고 총동원해야 할 판입니다. 죄송하지만 국가 정책상 선생님의 개인적인 도움을 받자는 것입니다. 그래서 처음부터 선생님께 죄송하다는 말씀을 거듭 반복했던 것입니다, 도와주십시오."

젊은이가 정부 당국으로부터 어떤 주문을 받았는지는 모르지만 아쉬운 자세로 손을 비비며 애원했다.

"선생님께서 조금만 협조해 주시면 하루속히 아니 데니가 선생님의 아들이라고 확인되는 즉시 만나실 수 있도록 주선하겠습니다. 약속합니다. 우리 정보국의 명예를 걸고 드리는 부탁을 겸한 약속이라는 걸 십분 양해하여 주시면 감사하겠습니다."

젊은 과장의 간절한 요청에 따라 나는 이튿날부터 DNA검사를 받으러 다녔다.

아내는 여전히 씩씩거리며 흥분을 감추지 못했다.

"늦게 만난 아들이라고 역성이 제법인데, 아주 그쪽에 붙어 사시구랴."

확실한 근거를 손에 쥔 나는 느긋하게 입을 열었다.

"제법 강짜가 대단하셔."

"강짜는 무슨 강짜야? 다 늙어빠진 주제에 무슨 열정이 남았다고 시기 질투를 하겠수? 난 정말 강짜 같은 거 평생 모르고 살았다는 거 당신이 잘 알잖우? 줄줄이 딸만 넷을 내질러 놓은 여편네가 무슨 강짜를 부리겠어?"

"암튼, 데니는 처음 볼 때부터 그런 애가 아니었어."

그렇다. 나를 애비라고 찾아온 데니가 분명히 순화의 아들이라면 백 번 아니라 천 번이라도 믿을 수 있었다. 굳이 DNA 검사까지 할 필요가 없었다.

"데닌가 뭔가 하는 애가 음흉한 마음을 먹지 않았다는 걸 당신이 뭐로 증명하겠어? 사기꾼이 마빡에 나 사기꾼이요, 하고 써 붙이고 다닌답니까?"

"자꾸 사기꾼 사기꾼 하지 말라구. 갠 현재 미연방정부의 고위직에 있으면서 연봉도 어마어마하대."

"하이고, 잘도 아시는구만. 그럼, 사기꾼이 나 돈 없다는 티를 내면서 사기를 치겠수? 사기꾼이라면 당연히 멋들어진 자리에 턱

버티고 앉아서 연봉도 어마어마하게 많이 받는다고 하지, 어렵다고 궁상을 떨겠느냐고? 그것도 모르고 고지식하게 남의 말만 철썩같이 믿고 있으니 한심하기는…….”

아내는 아무래도 믿을 수 없다는 것이었다. 더는 듣고 싶지 않다는 표정이었는데 나도 처음엔 데니의 연봉이 그렇게 많다는 소리를 듣곤 얼른 이해가 가지 않았다.

“그렇게 잘산다며 뭐가 답답해서 지금껏 까맣게 잊고 살던 애비를 새삼스럽게 찾지?”

“뿌리니까.”

“뿌리 좋아하시네. 그렇게 뿌릴 생각하면 왜 진작 안 찾고 지금 와서 찾는답디까?”

아내는 계속 야유조로 시비를 걸었다.

“가진 것 없이 그만큼 출세를 하자니 얼마나 바빴겠어?”

“암튼, 당신이 그렇다니까 사기꾼이라도 믿어 봅시다. 사기꾼이라는 걸 미리부터 알고 있으면 당하더라도 덜 당하겠지?”

“글쎄, 걔는 사기 칠 애가 아니라니까 자꾸 그러네. 내가 아는 사람한테 물어보니까 현재 미국에서 연봉을 100만 불이나 받는 높은 자리에 있다는 거야.”

“100만 불이나?”

아내는 눈을 크게 뜨고 놀랐다. 그러나 바로 돌변하여 비아냥거렸다.

“암, 그렇겠지, 사기를 치려니까 허풍도 좀 떨어야겠지.”

"자꾸 사기사기 하지 말라니까. 당신은 남의 말을 순수하게 믿지 못하는 게 탈이야."

나는 계속 사기라는 말을 입에 달고 있는 아내에게 화를 내고 말았다.

"그래, 당신 말대로 백만 불이면 우리 돈으로 얼마야? 일 십 백천, 일억 아니, 10억?"

"그런 애가 우리 재산이 몇 푼이나 된다고 탐을 내겠어?"

"그럼 미국에서 지위도 상당히 높겠네?"

아내는 잠시 엉뚱한 생각에 빠져들었다.

"그래. 우리나라 고급공무원들이 걔 앞에서 설설 기더라니까."

"설설 긴다고? 그걸 당신이 어떻게 알아?"

"며칠 전에 걔가 있는 호텔에 가서 봤다니까. 우리나라 장차관들이 뻔질나게 드나드는데 계속 허리를 굽실거리며 오케이 소릴 연발하더라구."

"허리를 굽씬거려? 설마 높으신 양반들이 그렇게야 하겠수? 당신 뻥을 쳐도 유분수지."

"뻥이 아니고 사실이야. 그때 데니가 하는 말이 아버지, 무슨 어려운 일이 있으면 말씀을 하시라고 하더라구."

"그래서 뭐랬수?"

"뭐라긴. 내가 데니에게 양말 한 짝 사준 적이 없는데 지금 애비랍시고 뭘 요구하겠어? 애비라고 찾아준 것만도 고마운데."

"허긴 그래. 아버지라고 찾아온 사람한테 만나자마자 궁상떨

수는 없지. 아버지 체면도 있고 또 당신 넉살이 그렇지 못 하다는 건 수십 년을 같이 살아온 내가 알고도 남지."

"……."

"허지만, 갑자기 나타난 사람이 당신의 핏줄이라는 걸 뭐로 증명하죠?"

아내는 여전히 믿을 수 없다는 말이었다.

"검사를 해봤다구."

"DNA 검사를? 언제? 아니, 그걸 어떻게 믿어?"

아내는 갈수록 태산이었다. 계속 말꼬리를 잡고 깐죽거렸다.

"며칠 전에 우리나라 전문기관에 의뢰했을 뿐 아니라, 더 정확하게 알아보기 위해서 내 혈액과 머리칼을 열흘 전에 미국으로 보내 검사를 마쳤다는 거야."

"……."

"결과가 미국에서 그저께 왔는데 친자 확률이 99.999프로라는 거야."

"좋겠우, 당신은. 젊어서부터 아들 타령만 하더니 이제 소원성취했으니 얼마나 좋겠수? 그것도 당신 말대로 똑똑한 아들을 뒀으니 얼마나 좋아? 당신 어머니가 살아 계셨으면 남 없는 손자라고 펄펄 뛰시며 얼마나 기뻐하셨을까?"

그렇다. 생전에 어머니는 어떡하던 아들을 꼭 낳아서 대를 이으라고 볶아쳤다. 그래서 아내는 딸을 거푸 둘이나 낳곤 죽으면 죽었지 더는 못 낳겠다고 발악을 했다. 더 낳을 자신이 없으니 차라리 다른 여자를 보아서라도 아들을 얻으라고 권고했다. 그러다가 끝내 어머니의 성화에 못 이겨 세 번째로 낳은 아이가 딸 쌍둥이였다. 졸지에 딸 넷을 둔 아내는 앞발뒷발 다 들고 펑펑 울었다.

"그렇게 아들이 보고 싶으면 제발 다른 여자를 얻으세요. 내가 절대로 강짜를 놓거나 질투를 안 할 테니 제발 그렇게 하세요."

"정말이야. 질투 안 하겠어?"

"맹세코 안 한다니까. 나보고 혈서를 쓰라면 당장 손을 자를게요. 어머니와 당신이 그토록 아들을 원한다면 낸들 어쩌겠어요?"

이랬던 아내가 오늘은 영 달랐다.

"당신도 배 안 아프고 얻은 아들이니 횡재 아니야?"

"뭐, 횡재라고?"

아내가 핑, 콧방귀를 뀌곤 휙 돌아앉았다.

"횡재가 아니면?"

"그딴 횡재는 예나 지금이나 눈곱만큼도 안 바래요."

샐쭉했던 아내가 갑자기 시큰둥하게 말하면서 벌떡 일어섰다. 목이 타는 듯 냉장고로 달려가 냉수를 꺼내 벌컥벌컥 들이켰다.

"도랑치고 가재 잡는다는 말처럼 당신은 정말 좋겠어. 평생 노래하던 아들 얻고 또 그 아들이 미국에서 한 자리를 차고앉아서 연봉이 당신 퇴직금보다 더 많다니 얼마나 좋아? 노다지를 만났으니 이제부터 당신 팔자는 오뉴월 소불알처럼 추—욱 늘어지셨어. 늙어서 쥐꼬리만한 연금에 매달려 헐떡거리지 않고 잘난 아들 덕에 실컷 호강하시겠구라. 당신 덕에 나도 꼽사리 좀 낍시다."

아내의 비아냥거림은 끝이 없는데 나도 그냥 듣지 않았다.

"그야 두말하면 잔소리. 못난 남편을 만나서 지금껏 고생만 한 당신이 아까 한 말처럼 배 아프지 않고 얻은 자식 덕에 호강 한 번 늘어지게 해야지."

"늦게 복 터졌구랴. 당신?"

"왜 나만이야, 당신도 함께라니까."

"고맙쑤. 고양이 쥐 생각해줘서."

"그렇게 비꼬지 말고 내 말을 잘 들어봐요."

"뭔 말을 더 들으라는 거유? 자랑도 한두 번이지."

"지금 미국에서 공부한답시고 고생하는 큰애하고 둘째 말이야."

뉴욕으로 유학 간 딸들에 대한 말이 나오는 순간 아내의 눈이 금방 휘둥그레지면서 반짝였다.

"그래서?"

"데니한테 미국에 있는 애들 걱정을 했더니 명색이 오빠가 워싱턴에 있는데 무슨 걱정을 하느냐는 거야. 걔들만 좋다면 당연히 책임지고 보살피겠다는 거라. 영주권은 물론이고 취업도 책임지겠다니 너무 고맙잖아. 애비 노릇도 못한 주제에."

"미국에 있는 애들은 그렇다 치고, 진작부터 미국에 가고 싶어 안달인 쌍둥이가 더 문제예요. 저번에도 비자를 받으러 갔다 뭔가 서류 미비로 퇴짜 맞았다고 울고불고 야단이었는데."

"내가 왜 그 말을 안 했겠어?"

"그랬더니?"

아내가 혹해서 나의 코앞에 턱을 받치고 물었다.

"걱정 말라는 거야. 데니가 보증을 서면 비자 같은 건 문제없다는 거야."

의기양양한 내게 아내가 다시 물었다.

"설마? 아무리 높은 자리에 있다지만 미국 사회에서 빽이 통할까?"

아내는 당치 않은 소리는 그만하라는 것이었다.

"아냐, 아니라구. 내 말을 들은 데니가 당장 대사관으로 전화를 넣더라구. 잠시 뭐라고 뭐라구 떠들더니 금방 미소 띤 얼굴로 하는 말이 방금 오케이라는 확답을 받았다는 거야. 걱정 말고 저한테 서류를 빨리 가져 오라더라구."

"잘됐네. 난데없이 갑자기 나타난 오라비 덕에 애들이 소원 성취하게 됐으니."

그러면서도 아내 표정은 여전히 밝지 않았다. 벌레 씹는 얼굴로 다시 물었다.

"헌데, 데니는 언제 들어간대?"

"우리 정부와 중요한 협상이 끝나면 바로 들어갈 것 같아."

"가기 전에 애들의 비자문제가 해결되었으면 좋겠는데."

아내는 비자문제가 바로 해결되길 바라는 눈치가 역력했다.

그때 전화벨이 울렸다. 미국에 있는 큰 딸 전화였다.

"그래, 엄마다. 왜 그동안 전화 안 했어? 요금 걱정 말고 자주

하라니까."

딸 전화를 받은 아내의 레퍼토리는 늘 비슷한 내용이었다.

"별고 없긴 왜 없어?"

딸의 대답이 송곳처럼 뾰족하게 들렸다.

"무슨 일인데? 큰일이야?"

"그럼, 큰일이지. 아빠가 큰일을 저질러 놓고 왜 딴소리야?"

"대체 무슨 일인데 그래? 천천히 말을 해봐"

아내의 얼굴이 갑자기 구겨졌다.

"엄마, 우리한테 오빠가 있었어?"

단도직입적으로 묻는 딸에게 아내가 반문했다.

"왜 그러는데, 무슨 일이야?"

아내는 드디어 무슨 일이 터진 게 분명하다는 듯, 수화기를 바꿔 쥐고 추궁했다.

"오빠가 있느냐고 묻는데 엄만 왜 엉뚱한 말만 해?"

"그렇다 치고 말을 계속 해봐."

"그렇다 치고 말을 하라니? 대체 그런 말이 어딨어? 엄만 지금까지 아빠에게 속고만 살았어? 당장 이혼해!"

엄마에게 퍼붓는 딸의 주문이 추상같았다.

"애, 큰애야 무슨 말을 그렇게 해?"

아내는 의외로 차분하게 물었다.

"한국도 그렇겠지만 미국에서는 남편이 다른 여자가 있는 걸 속이고 살았다면 그건 당장 이혼감이야!"

딸의 흥분한 음성이 전화기에서 뾰족한 가시처럼 날카롭게 튀어나왔다.

"네가 이해를 하렴. 다 지난 일인데 지금 와서 뭘 어떡하겠니?"

"엄만 지금 무슨 말을 그렇게 해? 늦었지만 '예스'냐 '노'가 분명해야지. 엄마가 살면 얼마나 더 산다고? 아니, 엄마에게도 엄마인생이 있잖아? 그런데 계속 속고만 살겠다는 거야 뭐야?"

"그래도 넌 좋은 오빠가 생겼잖니?"

"좋은 오빠고 뭐고 다 필요 없어. 불륜에서 얻어진 씨가 별수 있겠어?"

"그게 아니야. 네 오라비란 사람은 달라."

아내는 딸을 설득하기에 진땀을 빼고 있었다.

"아니긴 뭐가 아니야? 그리고 다르긴 또 뭐가 달라?"

딸은 막무가내였다. 음성이 점점 거칠어졌다.

"난 아빠라는 사람한테 정말 실망이야 실망! '릴리 디스포인티드'!"

"얘, 그러지 말고 내 말 좀 들어봐. 사실은 너희 오빠라는 그 사람이 현재 미국시민인데 지금 너희들을……."

아내는 딸에게 통 사정하듯 애걸복걸하며 진땀을 뺐다.

"필요 없다니까, 우리에겐 그따위 쓰레기 같은 오빠 한 트럭을 줘도 쓸데가 없어. 필요 없어!

딸은 통사정하는 아내의 말을 단칼에 잘라버렸다.

"어제 연방정부의 정보국에서 두 사람이 나와 우리 신원을 살

샅이 조사해 갔다고. 우리들은 이제 힘들게 온 미국에서 당장 쫓겨날 판이야. 한마디로 공든 탑이 무너졌어."

"공든 탑이 왜 무너져? 좀만 기다려봐. 잘 될 거야. 네 오라비가 다 알아서 잘해 준다니까 아무 염려 말구 있으라구."

"되긴 뭐가 된다고 엄만 아까부터 이상한 소리만 자꾸 해?"

딸은 당치도 않은 소리는 더 듣고 싶지 않다는 듯 전화를 끊어버렸다.

"잘 있는 애들한테 괜히 긁어 부스럼을 만든 거 아녜요?"

"두고 봐. 맹탕으로 헛소리 할 데니가 아니야."

"여보. 안되겠어. 무작정 기다리다 시간을 놓칠 게 아니라, 데니를 빨리 만나봐야 되겠어요."

나는 갑자기 서두르는 아내에게 물었다.

"왜?"

"왜긴 뭐가 왜에요? 옆에서 다 들었으면서. 데니가 미국으로 들어가기 전에 누추하지만 우리 집에 한번 초대하는 게 어때요? 그래야 인사가 아니겠어요? 그래도 아버지 집인데. 나도 명색이 엄마라는 사람이 모르는 척 그냥 보낸다면 말이 되겠어요?"

아내가 데니를 초대하겠다는 말은 속이 훤히 보이는 거지만 안 하는 것보다는 나을 일이었다.

"그랬으면 좋겠는데 데니의 일정이 원체 빡빡한데다가 당신 생각이 어떨지 몰라서 망설였지."

사실이었다. 나는 아들이라고 찾아온 데니를 처음부터 집으로 초대하고 싶었으나 아내 생각이 어떨지 눈치를 살피고 있었다.

"뭘 망설여요? 당신 아들이라는 게 분명하다면 모르는 척할 순 없잖아요? 명색이 나도 엄마라면 엄만데, 뭘 주저하겠어요?"

아내는 자랑스러운 아들로 둔 엄마처럼 당당해졌다.

"그렇잖아도 지난번 만났을 때 개가 아버지 집에 한번 가고 싶다는 말을 했지만 당신 생각이 어떨지 몰라 계속 망설였어. 데니도 갑자기 당신 앞에 나타나면 엄마가 충격을 받지 않겠느냐고 조심스러워 하더라구. 당신을 배려하는 뜻이 고맙더군."

"난 괜찮으니까 초대해요. 공짜로 아들 하나 얻은 턱을 멋지게 낼 테니까. 복이 덩굴째 굴러 들어왔는데 까짓 거 뭐, 한턱쯤이야 당연한 거 아니유?"

아내의 속셈이 빤하지만 부담 없는 허락이 고마웠다.

"그럼, 널이라도 초대할까? 당신 말대로 명색이 부모 집인데."

"초대하는 건 좋은데 내가 영어를 못해서 어쩐다?"

아내는 언어 문제가 제일 걱정이었다.

"별 걱정을 다 하누만. 한국 사람이 영어 못하는 거야 당연한데 그게 무슨 흉이라구? 그건 걱정 말라구. 데니가 완벽하지 않지만 대충 의사소통을 할 만큼 한국말을 하더라구."

"그렇다면 널이라도 데리고 와요. 우리 쌍둥이도 오빠를 만나보게."

계면쩍게 웃던 아내는 그제야 한시름 놓은 듯 자신 있게 말했다.

이튿날 나는 데니를 초청하려고 S호텔로 갔다.

거기서 나는 비로소 데니의 입을 통해서 순화에 대한 이야기를 대충 들을 수 있었다.

16살에 데니를 낳은 순화는 13살 된 남동생과 자신이 낳은 어린 것을 해외로 입양을 시켰다. 미국에 가게 된 어린 것은 그때부터 데니라는 이름으로 자랐다. 데니는 비록 생모와는 헤어졌지만 입양된 집이 살 만해서 대체로 순탄하게 자랄 수 있었다. 학업에도 지장이 없었다.

데니는 남달리 영특해서 공부를 잘했을 뿐만 아니라, 운동도 잘하는 다방면의 우등생으로 주정부의 장학생으로 선발되었다. 대학교를 졸업하고 로스쿨 과정도 마쳤다. 이어서 법률 공부를 한 뒤 변호사 자격 시험에 무난히 합격하고 법률 관계기관에서 5년 동안 근무하다가 연방정부에서 일을 하게 되었다. MBA코스에서 학위를 받을 때까지도 늘 황인종이라는 놀림을 받았다. 그래서 그는 더 이를 악물고 공부를 했던 것이다. 그는 늘 한국 태생이라는 놀림을 받으면서도 모국인 한국이 그리워 잠을 설칠 때가 많았다. 이유야 어찌 되었든 자신을 버린 어머니지만 항상 그리웠다. 그러던 어느 날 양부모의 주선으로 미국에 같이 입양된 삼촌을 만났다. 13살에 입양된 삼촌을 통해서 어머니가 한국에 있다는 사실을 처음 알았다. 그때부터 본격적으로 어머니를 찾기 시작한 지 3년 만에 어머니를 만났다. 처음 만난 어머니, 그러니까 순화는 한국에서 아버지가 다른 동생 남매와 어렵게 살고 있었다. 데니는 당장 어머니를 미국으로 이민시키려고 서둘렀다. 그러나 아들딸을 혼자 키우고 있던 어머니는 두 번 다시 자식을 버리지 않기로 마음먹고 절대로 한국을 떠나지 않겠다고 사양했다.

"너만 잘되면 그것으로 만족하고 살 수 있다. 내 걱정 말고 너나 잘 살아라."

어머니는 계속 울면서 거절했다.

"어머니. 지금까지 제가 어머니 없는 미국에서 어머니를 얼마나 그리워했는지 아십니까?"

데니는 목이 메여 말이 안 나왔다.

"알고말고. 어미도 어린 핏덩이를 미국에 보내놓고 한시도 너를 잊어본 적이 없었단다."

순화는 가슴에 뭉친 것이 목에 걸리는 듯 말이 안 나왔다.

"비록 미국에서 저를 친아들처럼 잘 키워주신 양부모님이 계시지만 저는 늘 외롭게 자랐어요. 외로운 제가 할 일이라곤 공부밖에 없었어요. 그래서 지금 이만한 위치에 있는데 왜 어머닌 저와 살기를 거절하십니까? 동생들이 걱정된다면 다 데리고 가면 될 것 아닙니까? 이제 어머니가 없는 이 세상은 제게 지옥이나 마찬가집니다."

데니는 울면서 애원했다. 순화도 울면서 말했다

"젖 한 번 배부르게 먹이지 못한 죄인이 무슨 어미라고 말할 수 있겠니? 나는 여기서 너 잘되기만 바라고 살 테니 아무 걱정 말아라."

데니가 다시 어머니에게 물었다.

"그럼. 아버진 어디에 계십니까?"

"죽었다."

잠시 머뭇거리던 어머니는 차갑게 말했다.

"돌아가셨다면 묘소라도 가보고 싶어요, 어머니."

네 아버지가 돌아가실 때는 전쟁 끝이라 너무 어려운 나머지
화장을 해버렸다."

어머니는 계속 눈물만 흘리며 제대로 말을 잇지 못했다.

"할머니 할아버진 어떻게 되셨어요?"

데니의 궁금증은 끝이 없었다.

"너를 낳을 무렵에 돌아가셨지."

순화는 거짓말을 하면서도 그 옛날, 데니를 업고 영우 집에 갔
던 때가 생생하게 머릿속에 그려졌다.

그때 영우 어머니는 애기가 어쩜 이렇게 영우 어렸을 때와 비
슷하게 생겼냐고 예뻐하시며 안아주시던 모습이 엊그제 일처럼
기억에 생생했다. 애기에게 예쁜 옷이라도 한 벌 사 입히라고 돈
을 넉넉히 주셨던 것도 잊을 수가 없었다. 그날 주신 돈으로 데니
가 미국에 갈 때 나들이옷으로 사 입혔던 기억이 새로운 순화는
하염없이 눈물을 흘렸다.

"어머니, 미안해요. 제 욕심이 어머니의 아픈 상처를 다치게 했
다면 용서하십시오."

데니는 꼭 부둥켜안은 어머니의 등을 토닥이며 다시는 가슴 아픈 말은 묻지 않기로 다짐했다.

"저를 낳아주신 아버지가 이 세상에 없으시다면 조부모님 묘소라도 보고 싶은 게 사실입니다."

"이제 가야 뭘 하겠니? 이미 세상을 뜨신 분들인데."

순화는 이따금 영우가 생각날 때마다 또 먼먼 이국으로 보낸 핏덩이가 그리울 때마다 남의 눈을 피해 영우의 고향에 찾아가 그 부모님 묘소에 엎드려 실컷 울었다. 그러나 지금 그곳에 데니를 데려가고 싶지는 않았다.

"그래도 가고 싶어요. 제발 저를 거기로 데리고 가 주세요."

데니는 어머니를 졸랐으나 어머니는 머리를 흔들었다.

"다음에 가자꾸나. 네가 이만큼 자랐으니 당연히 가서 인사를 올려야지. 비록 돌아가셨지만 영혼이라도 얼마나 반기시겠니? 귀여운 손자라고. 허나. 이번에는 내가 몸이 무거워서 엄두가 나질 않는구나."

순화는 아픈 다리를 핑계로 선뜻 나서지 않았다.

데니는 더 이상 조르지 않았다. 무슨 사연이 있는지는 모르지만 일방적으로 조르는 것이 편찮은 어머니를 더욱 괴롭히는 일 같아서 일단 포기하고 어머니의 뜻을 따르기로 작정했다.

"고맙다. 네가 이해하고 따라줘서. 그리고 미안하다. 정말 너 볼 낯이 없다."

어머니는 '고맙다' '미안하다' '면목 없다'는 말을 입버릇처럼 반복했다. 그래서 데니는 그냥 한국을 떠나면서 궁색한 어머니가 평생 한 번도 만져보지 못한 큰돈을 쥐어드리며 말했다.

"어머니, 아무 걱정 마시고 부지런히 병원에 다니세요. 한국에서 못 고치는 병이라면 미국에 모셔다가 꼭 고쳐드릴게요. 나의 사랑하는 마마, 정말 건강하셔야 합니다. 그래야 제가 어머니를 믿고 열심히 일할 수 있다는 걸 잊지 마세요."

"그래. 네 말대로 건강할 테니 너도 몸조심하고 건강해라."

순화는 데니가 외교관 전용 출구를 나갈 때까지 손을 놓지 않았다.

데니가 한국을 다녀간 지 일 년 만에 어머니는 한 많은 세상을 버렸다는 것이었다. 죽기 전에 써 놓은 어머니의 유서에 의하면 아버지가 살아 있다는 것이다. 데니로서는 뜻밖이었다. 기뻐해야 할지 원망해야 할지 한동안은 머리가 혼란스러웠다. 데니가 소중히 간직한 순화의 서툰 글씨로 쓴 유서에는 엄연히 살아있는 아버지를 죽었다고 해야 할 그럴만한 사정을 이해해 줄 것을 바라면서 그 점에 대해 가슴이 아프다는 속내를 털어놓았다. 말할 수 없는 죄책감과 미안한 마음을 주체하기 어렵다는 사과의 뜻이 가득 담겨있었다. 그 말미에는 아버지 김영우의 인적사항과 현재 살고 있는 주소까지 정확하게 적어 놓았다. 끝으로 아버지를 찾더라도 절대로 원망하지 말고 살아계신 동안 잘 모시라는 부탁이 간절하게 적혀있었다.

"당신은 어쩜 그렇게 감쪽같이 날 속일 수가 있어요?"

아내가 서운하다 못해 배신을 당한 것처럼 괘씸하다는 표정이었다.

"과거에 여자가 있었다는 건 둘째 치고 아들까지 있으면서 말이야."

"속이고 자시고가 어딨어? 나도 예상치 못했던 일인데."

"어떻게 아들까지 낳은 여자를 잊을 수 있어요? 난 이해가 안 돼요."

이해하기 힘든 건 영우도 마찬가지였다

"당신이 모른다는 걸 누가 믿어? 도대체 어떤 여자예요?"

"……."

호기심에 찬 추궁이 성화 같았으나 영우는 입을 열지 못했다. 그저 창밖에 쏟아지는 빗줄기만을 멍하니 바라볼 뿐이었다.

"깡짜 안 부릴 테니까 말해요. 재밌는 소설처럼 들어줄 거니까."

"그래. 지금 와서 당신한테 숨길 게 뭐 있겠어? 지금으로부터 40년 전 일이야."

영우는 청상靑孀의 눈물처럼 추적추적 내리는 빗줄기에 시선을 묻곤 아득한 옛날을 더듬었다.

때는 이른 봄, 아이들은 밀대처럼 수북이 자란 자운영 밭을 겁없이 짓밟으며 뛰놀았다. 자운영 꽃이 흐드러지게 핀 푸른 들판은 아이들의 놀이터로는 안성맞춤이었다. 산밑으로 옹기종기 다붙은 집들 사이로 이어진 좁은 골목보다 훨씬 좋은 놀이터였다. 우선 넓어서 좋았다.

전쟁이 끝나고 휴전협정이 조인된 뒤라 너나할 것 없이 모두가 살기 어려운 때였다. 그러나 철없는 아이들이 뛰고 노는 데는 지장이 없었다. 특히 푹신한 자운영 밭에 자색 꽃이 쫙 깔린 넓은 들판에서 새끼줄을 둘둘 감아서 만든 공을 차고 노는 재미는 끼니때를 잊을 정도였다. 그 무렵 나는 13세였고, 나와 같이 자운영 밭을 휘젓고 다니며 놀기에 바쁜 순화는 나보다 2살이 위였다. 키는 나보다 작았지만 나이에 비해 조숙한 편으로 제법 철이 든 여자 아이였다. 순화는 난리 때 이북 어딘가에서 내려와 우리 집 옆에 있는 헛간 같은 집에 살고 있는 피난민이었다.

자운영 밭에서 야생마처럼 뛰놀던 순화는 논 주인이 온다는 소리에 그만 질겁해서 뛰기 시작했다. 자운영을 짓밟고 놀다가 주인에게 잡히면 당장 혼쭐나는 걸 잘 아는 아이들은 누구나 겁을 먹었다. 자운영 밭에서 신나게 뛰놀던 아이들은 파편 튀듯 금방 사방으로 흩어졌다. 남보다 빨리 숨는 것만이 주인에게 잡히지 않는 유일한 길이었다. 순화가 뛸 때 나도 뒤따라 뛰었다. 순화는 나 잡아보라는 듯 붉게 타던 석양이 밀려가고 어둠이 그늘처럼 서서히 내려앉기 시작하는 논 가운데로 내달렸다. 나 역시 그 뒤를 따라 힘껏 뛰었다. 마치, 파도처럼 넘실대는 야들한 자운영 줄기가 문어발처럼 다리에 척척 휘감겨 그냥 걷기에도 발이 무거웠다. 그런데 순화는 잘도 뛰었다. 얼마나 더 빨리 뛸 수 있는지 두고 본다는 듯이 나도 걸음을 재촉했다. 가면 갈수록 논바닥에 무성한 자운영은 밀대처럼 우거져 있었다.

얼마나 뛰었을까? 한참 내달리던 순화가 그 자리에 털썩 주저 앉았다. 나도 순화 곁에 무너지듯 주저앉았다. 숨이 차서 더는 뛸 수 없는 순간이었다. 순화와 나는 자운영을 요처럼 깔고 벌렁 누워버렸다. 눅눅하지만 푹신한 촉감이 좋았다. 게다가 누워서 보는 밤하늘이 얼마나 고운지……. 어느새 어둑해진 밤 하늘에 보석처럼 반짝이는 별들 사이로 뭉게구름이 지날 때마다 별들은 마치 우리들처럼 숨바꼭질을 하고 있었다.

"왜 그래, 순화야?"

순화 곁에 누웠던 내가 그제야 순화 신음소리를 듣고 벌떡 일어났다.

"발목을 삐었나봐."

검정치마를 살짝 걷어 올린 순화가 발목을 어루만졌다. 그때 처음 보게 된 순화의 통통하고도 하얀 다리가 눈부셨다. 검정 치맛자락 밑으로 살짝 드러난 그네의 다리통은 김장밭에서 싱싱하게 올라온 매끈한 무처럼 희고도 통통했다. 나는 사내자식이 함부로 봐서는 안 되는 여자의 은밀한 곳을 몰래 보다 들킨 것처럼 얼굴이 화끈거렸다. 얼른 순화의 시선을 피했으나 나로서는 그런 예쁜 다리는 생전 처음 보았다. 어쩌면 달밤에 그것도 무성하게 자란 자운영 밭에서 몰래 보게 된 다리통이라 더 눈부셨고, 그래서 자꾸 가슴이 콩닥거렸는지도 모른다.

그때, 저쪽에서 우리들과 같이 놀던 아이들이 떠드는 소리가 아득하게 들려왔다. 내가 물었다.

"못 걷겠어?"

"아냐, 갈수 있어."

순화가 내 어깨를 짚고 일어섰다. 아니, 잠시 일어서는가 싶더니 금방 비명을 지르며 내 쪽으로 푹 쓰러졌다.

"그렇게 많이 아프면 내 등에 업혀!"

나는 슬며시 순화 앞에 등을 내밀었다.

"몰라! 너 때문이야!"

순화는 냉큼 내 등을 밀치며 쏘아붙였다.

"왜, 내가 뭘 어쨌다고?"

나는 자신도 모르게 뭘 크게 잘못한 죄인처럼 밀려나 뭔가 원망하는 순화를 멀거니 바라봤다. 평소 순화의 얼굴은 가무잡잡하고 눈이 왕방울처럼 컸으나 그때 마침 구름을 뚫고 나온 보름달 때문인지 얼굴이 유난히 곱게 보였다. 나를 하얗게 흘겨보는 원망의 눈초리까지도 예뻤다. 허나, 나는 순화 곁에서 빨리 벗어나고 싶었다. 왠지 둘만의 자리가 어색하고 두려웠다.

"네가 잡으려고 쫓아오니까 내가 도망치다 넘어졌잖아."

"……."

나는 그냥 네 뒤를 따라 뛰었을 뿐이라고 항변했으나 무슨 책임추궁을 당할 것 같은 두려움 때문에 입을 열지 못 했다.

그때 저 멀리서 우리를 찾는 소리가 가늘게 들려왔다.

"기다려, 우리 여깄어. 금방 갈게."

내가 입에 손나팔을 대고 소리치는 순간, 순화가 재빨리 나의 입을 막았다.

"가만있어. 이 바보야!"

순화의 손을 걷어내며 내가 물었다.

"왜?"

"글쎄 가만있으라니까, 이 바보야."

순화가 소곤거렸다.

"우리가 여기 있는 줄 알면 쟤들이 이상하게 보고 놀린단 말이야."

나는 '이상하게 보고 놀린다'는 순화의 말이 무슨 뜻인지 전혀 몰랐다. 다만, 나는 아이들이 빨리 우리를 찾아내길 바랄 뿐이었다

"좀만 있으면 나을 거야. 그때까지만 여기 가만히 있자구."

조금 전까지만 해도 아프다고 소리치던 순화가 금방 태연하게 속삭였다. 순화의 말대로 조금만 기다려서 감쪽같이 나을 수 있다면 굳이 다른 아이들에게 알려서 긁어 부스럼을 만들 필요는 없었다. 나는 잠자코 순화의 말을 따랐다.

"어디가 아픈 거야?"

나는 자신도 모르게 순화의 다리를 흘끔거렸다.

"여기……."

순화가 슬며시 나의 손을 끌어당겼다. 나의 손이 그네의 다리에 닿는 순간, 나도 모르게 가슴이 두근거렸다. 떨리는 음성으로

내가 물었다.

"많이 아파?"

순화가 머리를 흔들었다.

"네가 만져주니까 덜 아픈 거 같아."

나는 순화가 엄살을 부리는 게 아닐까 의심스러웠다.

순화는 내게서 상체를 조금 떼어놓으며 두 다리를 쭉 뻗었다. 달밤에 검정치마 밑으로 보이는 하얀 다리가 눈부셨다.

"거기가 아니라 좀 더 위."

순화는 발목에 감긴 나의 손을 무릎 위로 끌어올렸다.

"여기?"

나는 대담하게 손을 밀어 올렸다.

"그래. 좀 더 위."

순화의 말에 나의 손이 그네의 사타구니로 파고들자, 간지럽다는 듯 나의 손을 밀쳤다.

"어머, 얘는…?"

순화는 눈을 하얗게 흘기며 수줍게 웃었다. 나는 밀려난 손으로 다시 그네의 무릎을 더듬었다.

"내가 만져 주면 안 아프다며?"

나는 떨리는 가슴을 억누르곤 과장된 음성으로 넉살좋게 말했다. 그리고 그네의 눈치를 살폈다. 순화는 무릎에서 맴도는 나의 손 위에 자신의 손을 포개 놓고는 나를 빤히 바라보았다. 그때 그네는 가늘게 숨을 몰아쉬며 헐떡였다.

멀리서 뛰놀던 아이들은 벌써 집으로 갔는지, 소란스럽던 소리가 들리지 않았다. 멀리서 개 짖는 소리만이 아득하게 들려왔다. 이윽고 내가 타는 목에 침을 삼키고 물었다.

"여기 말곤 다른데 아픈 곳은 없니?"

순화가 기다린 것처럼 힘없이 입을 열었다.

"옆구리가 좀 결리지만 좀 있으면 괜찮을 거야."

"옆구리 어디가 아파?"

나의 손은 어느새 순화의 허리를 더듬고 있었다. 정확히 말하면 그녀의 봉긋한 앞가슴을 더듬었던 것이다.

"얘는 간지러운데 왜 자꾸 거길……?"

순화가 수줍은 듯, 허리를 꺾어 내 무릎에 얼굴을 묻었다.

"가만 있어봐. 어디가 아픈지 내가 만져주면 금방 나을 거야."

나는 대담하게 내게 몸을 기댄 순화를 자신도 모르게 콩닥거리는 가슴으로 안아주었다. 동시에 도톰한 그녀의 앞가슴을 더듬었다. 그녀의 봉긋한 젖가슴이 금방 내 손안에 들어왔다. 엄마의 늘어진 젖가슴과는 다른 감촉이었다.

그녀의 콩닥거리는 가슴이 내 손에 가득 느껴지는 순간, 순화가 오뚝이처럼 발딱 몸을 세웠다. 조금 화난 것처럼 말했다.

"얘가 왜 이래?"

순화가 내 손을 밀어내며 한 말이 나를 더욱 달뜨게 만들었다. 용감해진 나는 오줌이 마려울 때처럼 아랫도리가 **빳빳**해지면서 뻐근해졌다. 이런 일은 처음이었다. 자신도 모르게 아랫도리에

232

뜨거운 힘이 치솟는 순간 순화를 자운영 밭에 힘껏 밀어붙였다. 동시에 푹신한 자운영 밭에 벌렁 넘어진 순화에게 잽싸게 엉겨 붙었다. 그때부터 나는 어른들의 흉내를 내기 시작했다. 재빨리 그녀의 저고리 앞섶을 들췄다. 그녀의 가슴이 지금 막 구름 사이로 얼굴을 내민 달빛을 먹고 하얗게 드러났다. 배꽃처럼 예뻤다. 순화가 단내를 풍기며 말했다.

"영우야, 왜 이래? 이럼 못써! 너의 엄마가 알면 어쩌려고 이래?"

순화는 나의 가슴을 떠밀었다. 나는 엄마가 조금도 무섭지 않았다. 나는 찰거머리처럼 순화에게 딱 붙어서 밀려나지 않았다. 아니, 한사코 떨어지지 않고 엉겨 붙었다. 나는 이제 그녀의 말이 들리지 않았다. 그때 나는 이제 막 열린 푸르스름한 앵두처럼 작은 그녀의 젖꼭지에 입을 댔다.

"어머머, 애 좀 봐. 애가 왜 이래? 정말 미쳤나봐. 남들 보면 어쩌려고 이래?"

순화는 거칠게 숨을 몰아쉬며 몸을 비틀었다.

"보긴 누가 본다고 그래?"

나는 대담하게 순화의 치마를 들췄다. 그리고 사타구니를 더듬었다. 순화는 간지럽다고 하면서도 더는 뿌리치지 않았다. 오히려 나를 밀어낼 때와는 다르게 힘을 보탰다. 나를 힘껏 끌어당기며 어디가 아픈 사람처럼 이상한 신음소리를 토해냈다. 그때부터 나는 순화가 하는 대로 내버려 두었다. 아니, 그녀의 하반신에 나의 뻐근한 아랫도리를 더욱더 밀착시켰다.

"거기가 아니구 좀 위에……."

내 밑에서 몸부림치던 순화는 갑자기 나의 귀 뿔에 더운 입김을 내뿜었다. 그리곤 어느새 내 위에서 나를 짓눌렀다. 나의 아랫도리는 터알에서 금방 따온 풋고추처럼 빳빳해졌다. 그런 내 고추를 가볍게 매만지던 순화는 갑자기 뜨거운 입으로 장난했다. 이어서 자신의 좁은 어딘가로 나의 고추를 유인했다. 나는 그때부터 그녀가 하는 대로 몸을 맡긴 채, 구름 사이를 넘나드는 보름달을 쳐다보았다. 이윽고 나는 전신을 푸르르 떨리면서 진저리를 쳤다.

자운영 밭에서 순화와 놀은 그날 이후부터 나는 왠지 다른 여자한테 가까이 가기가 싫었다. 다른 여자들이 순화처럼 예쁘지 않아서가 아니라 그냥 싫었다. 어머니도 가까이 하기가 싫었다. 아니, 어머니도 이상하게 보일 때가 많았다. 그저 순화만 보면 서먹서먹하면서도 가슴이 두근거렸다. 허나, 순화는 전혀 그런 내색을 하지 않았다. 그냥 자꾸 피할 뿐이었다. 내가 가까이 다가가면 갈수록 순화는 더 멀리 달아났다. 어쩌다 길에서 마주치면 쌀쌀맞게 얼굴을 돌렸다.

나는 그녀의 행동이 이상하면서도 그마저 싫지 않았다. 그게 나를 좋아하는 수줍은 표시라면 얼마나 좋을까 하는 막연한 기대로 가슴이 벅찼다. 더러는 순화에게 짓궂은 행동으로 놀려주고 싶을 때가 많았다. 그것은 그녀에게 관심을 집중시키기 위한 방법이 그런 식으로 표출되었는지도 모른다.

　그해 가을이었다. 고구마를 캐낸 우리 밭에서 순화가 동생과 고구마 이삭을 줍고 있었다. 이삭줍기는 고구마를 캐다가 흘렸거나 미처 다 캐내지 못한 자잘한 고구마를 줍는 일이었다. 내가 슬며시 순화에게 다가가 아버지가 캐놓은 큰 고구마 몇 개를 이삭바구니에 넣어 주었다. 순화는 나의 선심을 고맙다고 하기는커녕, 동냥아치에게 동정을 베푸느냐는 듯, 샐쭉한 표정으로 나를 잠시 노려봤다.

　"내가 주는 거니까 가져가도 돼."

　순화는 나의 호의를 가볍게 무시했다. 내가 준 고구마는 물론, 지금껏 바구니에 주어 담았던 자잘한 고구마까지 몽땅 밭고랑에 쏟아버리곤 도망치듯 멀리 사라져버렸다. 그 순간 나는 무안하기보다는 뭔지 모르게 부끄러웠다. 순화의 검은 치맛자락이 안 보일 때까지 나는 얼굴이 화끈거렸다.

　그 뿐이 아니었다. 평소에 순화는 다른 아이들과 재밌게 웃고 놀다가도 내가 나타나면 슬며시 꽁무니를 빼거나 아예 도망쳐버렸다. 내가 다른 아이들과 싸울 때도 내 편을 들어주기는커녕, 상대편의 역성에 거품을 물었다. 얄밉지만 어쩔 도리가 없었다. 얄미운 순화가 그럴수록 나는 더 조바심이 났다. 도무지 곁을 주지 않는 순화의 주변에 항상 맴돌고 싶어 안달이 났다. 어떡하면 자운영 밭에서 놀 때처럼 단둘이 오붓하게 지낼 수 있을까? 그러나 그런 기회는 좀처럼 다시 오지 않았다.

우리들이 저녁에 숨바꼭질을 할 때만 해도 그렇다. 내가 술래가 되면 나는 찾기 쉬운 아이들은 제체 두고 순화부터 찾아 나섰다. 한마디로 혈안이 되었다. 순화가 아무리 꼭꼭 숨어도 내 눈을 피하기는 어려웠다. 그런데 술래가 된 순화는 왠지 눈에 띄기 쉬운 곳에 숨은 나를 아예 모르는 척 지나치기가 예사였다. 다른 아이들은 아무리 꼭꼭 숨어도 귀신같이 잘 찾아내면서 말이다. 어느 때는 정말 으슥한 곳에 숨어서 순화를 유인해봤으나 허사였다. 좀체 내 함정에 빠져들지 않는 순화는 숨바꼭질을 그렇게도 많이 했으면서도 나를 찾아내 술래로 만든 적은 한번도 없었다. 어떻게 생각하면 고맙기도 하지만 한편으로 순화에게 철저히 무시당하는 꼴이라 솔직히 기분 나빴다.

그때 자운영 밭에서 내가 뭘 그렇게 큰 잘못을 했다고……? 물론, 순화의 아랫도리를 만져본 게 내 잘못이겠지만 저도 싫다고 거부하지는 않았잖은가. 더구나 나의 무릎에 먼저 코를 박고 고추에 손을 댄 게 누군데? 잘못은 같이 저질러놓고 내게만 누명을 뒤집어씌우는 것 같아 억울하고 분했다. 그래서 혼자만 끙끙대며 순화의 근처를 맴돌 뿐, 타는 속내를 털어놓을 수 없어 안달이 났다. 벙어리 냉가슴 앓듯 답답한 세월을 얼마나 보냈을까, 나는 국민학교를 졸업하고 대처로 나갔다. 거기서 중학교를 다니는데 2학년까지는 집에서 학교까지 사십 리 길을 자전거로 통학했다. 그러다가 3학년이 되자 고입 준비로 중학교 근처에서 하숙을 하게 되었다. 그때부터 토요일과 일요일만 집에 가는 관계로 순화를 만날 기회가 그만큼 줄어들었다. 방학 동안에도 공부만 하라는 부모님의 뜻에 따르다보니 아버지를 거드는 밭일도 드물었다. 어느 날 거름을 지고 밭에 나갔다가 논두렁에 쉬고 있을 때, 저쪽 우리 콩밭 고랑에서 뭔가가 하늘거리는 나비처럼 희뜩희뜩 눈에 들어왔다. 처음엔 산짐승인 줄 알았으나 유심히 살펴보니 나비가 아니고 순화였다. 장난기가 발동한 나는 콩밭을 매고 있는 순화에게 살금살금 다가갔다.

"아이, 깜짝이야!"

내가 다가가는 걸 전혀 모르고 있던 순화는 그제야 화들짝 놀라면서 반쯤 뒤로 넘어졌다.

"뭐하는 거야, 사람이 오는 것도 모르고?"

"보면 몰라? 콩밭 매는 거."

순화는 놀란 가슴에 손을 얹고 앉은걸음으로 한 발 물러났다. 나는 그만큼 다가섰다. 순화는 다시 한걸음 크게 물러났다. 내가 짓궂게 두 걸음 다가섰다.

"왜, 이래? 너?"

푸른 들판을 휙 둘러본 순화가 독 안에 든 쥐처럼 발발 떨었다.

넓은 들판에 아무도 없음을 확인한 나는, 독 안에 든 쥐에게 성큼 다가섰다. 나도 모르게 호흡이 거칠어졌다.

"영우, 너 왜 이래?"

순화 역시 거칠어진 호흡으로 다급하게 말했다.

나도 호흡이 거칠어지면서 가슴이 두방망이질 쳤다.

"이러면 안 돼, 영우야. 제발……."

순화는 두 눈에 눈물을 가득 싣고 두 손을 가슴에 모았다. 흙 묻은 손끝이 가늘게 떨렸다. 뭔가 험악한 일을 예상했는지 떨리는 손을 모아 빌었다.

"영우야, 이러면 안 돼. 담에 훌륭하게 될 사람이 이럼 안 된다구. 너 이럼 나 무서워. 제발……."

순화의 애절한 모습을 보는 순간, 나도 모르게 사타구니가 찌릿거렸다. 그때 나는 새파랗게 질린 순화의 팔을 힘껏 낚아챘다. 그리곤 보리가 수북한 밭고랑으로 이끌었다. 그때 순화는 돌 뿌리에 걸린 듯 그 자리에 힘없이 넘어졌다.

나는 아무것도 생각할 겨를이 없었다. 바로 넘어진 순화의 앞가슴을 사정없이 짓눌렀다.

보리밭에서 그런 일이 있은 뒤로 나는 토요일과 일요일은 물론, 학교에서 수업이 없는 날은 급히 고향으로 달려갔다. 말은 밀린 빨래 때문이라지만 사실은 순화가 보고 싶어서였다. 그러나 순화는 여전히 나를 피했다. 어쩌다 우물가나 빨래터에서 마주치면 그길로 도망치는 바람에 말을 붙이기는 고사하고 얼굴도 똑바로 못 볼 때가 많았다. 야속한 게 문제가 아니라, 속이 바삭바삭 타들어갔다. 먼발치라도 순화를 보지 못하면 그 주일은 한 달처럼 지루했다. 그러나 이번에는 꼭 보겠지 하는 부푼 기대를 가지고 하루하루를 지내다보면 어느덧 일주일이 금방 흘러갔다.

일요일과 국경일이 이어진 연휴 전날, 그러니까 토요일 오후, 고향에 도착한 나는 부지런히 집으로 가면서 순화가 사는 외딴집을 흘끔거렸다. 쓰러져가는 집이 썰렁했다. 집이 텅 비었다는 것을 확인한 나는 잠시 눈을 의심하지 않을 수 없었다.

"어머니, 순화네 어디로 이사 갔나요?"

목이 탄 김에 물 한 사발을 단숨에 비운 나는 조심스럽게 어머니의 눈치를 살폈다.

"걔네 아버지가 대처로 일거리를 찾아가면서 같이 떠났단다. 밥을 빌어먹어도 촌구석보다 대처가 뭐가 나아도 낫겠지. 어미 없는 어린것들이 타관에서 얼마나 고생을 많이 할런지……."

어머닌 순화가 대처로 나간 것이 잘한 일이라고 하면서도 어린것들이 객지에서 고생할 것을 생각하면 마음이 짠하다고 혀를 찼다.

난리통에 이북에서 피난 오면서 엄마를 잃고 홀아버지 밑에서 동생과 어렵게 사는 순화를 어머닌 늘 가엾게 여겼다. 그래서 뭐든 챙겨주고 친딸처럼 보듬어주었다. 후에 안 일이지만 순화가 첫 경도를 시작하는 것도 모르고 허벅지에 지렁이처럼 흘러내리는 피를 보면서 혼자 쩔쩔맬 때, 어머니는 재빨리 삼베쪼가리로 개짐도 만들어 주었다. 그리고 다달이 치러질 경도에 대해서 자상하게 일러주는 어머니를 순화도 친엄마처럼 따랐다.

"대처 어디로 갔나?"

나는 순화와 그렇고 그런 사이라는 걸 전혀 모르는 어머니에게 들키지 않으려고 조심스럽게 물었다.

"그거야 나도 모르지. 피난민이 어딘들 못 가겠니?"

나는 어머니의 대답이 너무 무성의한 것 같아 은근히 서운했다. 아들이 순화를 얼마나 좋아하는지 전혀 알 턱이 없는 어머니로서는 그렇게밖엔 더 할말이 없었을 것이다.

"그래도 엄니한텐 어디로 간다고는 했을 거 아니야?"

퉁명스러운 나를 어머니가 이상한 눈초리로 바라보았다.

"알면 찾아갈래?"

어머니는 나의 속도 모르고 빈정댔다. 순화의 이야기만 아니었다면 나는 벌써 볼멘 소리를 내질렀겠지만 꾹 참았다. 뭔지 모르게 잔뜩 부어터진 나를 요리조리 살피며 눈치만 보던 어머니가 말했다.

"순화가 너한테 선물을 주고 가더라."

뜻밖의 말에 귀가 뻔쩍 띈 나는 숨 돌릴 틈도 없이 물었다.

"그게 뭔데?"

"네가 잘 키워보라고 이걸 주더라."

어머니가 내민 바구니 속엔 순화가 키우던 토끼 한 쌍이 마주한 입을 오물거렸다. 나는 너무 고맙고 기쁜 나머지 눈물이 찔끔 나왔다.

"잘 키울 수 있지?"

어머니의 다짐에 나는 주책없이 흘러나온 눈물을 감추려고 살짝 얼굴을 돌렸다. 그리고 자신 있게 말했다.

"걱정 마세요."

빨간 입을 연신 쫑긋거리는 토끼는 볼수록 귀여웠다. 그런데 참 이상한 일이었다. 아무리 생각해도 이해가 되지 않았다. 이 토끼를 다른 친구에게 줄 수도 있었을 텐데 왜 나에게 주고 갔을까? 나는 토끼풀을 뜯으러 나가면서 곰곰이 생각했다.

"얘, 영우야! 밥 먹잖고 어딜 가는 거야?"

어머니가 부엌에서 밥상을 차리며 소리쳤다.

"알았어, 엄니. 토끼 풀 좀 뜯어다 놓고 먹을게요."

나는 배가 고팠으나 토끼를 본 후 허기가 어디론가 도망쳐버렸다. 사실은 순화가 어디론가 떠났다는 말을 듣는 순간 가슴이 뻥 뚫린 것처럼 허전하고 밥맛도 사라졌다. 그러나 토끼풀을 뜯어오는 일이 우선이었다. 순화가 떠날 것을 미리 알려주었다면 토끼가 좋아하는 풀이 뭔지 물어보기라도 했을 텐데……. 아! 참, 토끼가 좋아하는 풀은 크로버랬지! 그래서 이름도 토끼풀이 아닌가? 언젠가 순화가 들판에서 토끼풀을 뜯으면서 네 잎 크로버를 찾으면 행운이 온다고 말했다. 그래서 어렵게 찾아낸 네 잎 크로버를 내게 준 적이 있었다. 그 꽃으로 예쁜 반지까지 만들어 주면서 말이다. 그때 나도 반지를 만들어 주었는지 어쨌는지는 지금 기억에 없다. 아마, 팔찌와 목걸이를 만들어 주지 않았을까? 암튼, 나는 이담에 순화가 오면 깜짝 놀랄 만큼 토끼를 잘 키울 작정이었다. 언젠가는 토끼가 보고 싶어서라도 꼭 한번쯤은 올 것이다. 그때는 학교를 결석하는 한이 있더라도 순화를 잡아놓고 담판을 지을 작정이었다. 무슨 수를 써서든 다시는 객지로 내보내지 않을 것이다.

허나, 순화는 토끼가 커서 여러 배 새끼를 낳고 그 수가 수십 마리로 늘어나도 나타나질 않았다. 풍문에 의하면 순화가 우리 마을을 떠난 지 얼마 만에 아버지는 공사장에서 일하다 낙상사고로 죽었고 어린 동생은 고아원으로 보냈다는 것이었다. 순화도 어느 부잣집에 식모 겸 애보기로 들어갔다는 풍문이 온 동네를 떠돌았으나 확인된 사실은 아니었다. 그렇게 객지에서 고생할 바에는 차라리 저를 딸처럼 귀여워하는 우리 집으로 올 일이지 왜 남의 집에서 사서 고생하는지 모르겠다.

우리 집은 토지 분배로 농지를 남에게 거의 다 빼앗기고 조금 남았지만 그래도 할일은 태산 같았다. 그래서 어머니는 항상 일손이 딸려 혼자서 쩔쩔매고 있었다. 그런 어머니를 도우며 고아원에 간 동생과 같이 살면 얼마나 좋은가. 지금이라도 있는 곳을 알면 당장 가서 끌고 오고 싶은 게 나의 솔직한 심정이었다.

내가 대학교 2학년 때 어머니가 전하는 말로는 몇 해 전에 순화가 어린애를 업고 왔더라는 것이었다. 와서 한참을 울고 갔다는 소리를 듣는 순간, 나는 가슴이 무너지는 것처럼 아팠다.

"그걸 왜 이제야 말씀하세요, 어머니?"

나는 볼멘 소리로 어머니에게 짜증을 부렸다.

"그게 뭐가 좋은 일이라고 네게 시시콜콜 다 일러바친다니?"

"그래도 이웃에 살던 정리가 있잖아요."

나는 더 이상 속내를 털어놓지 않았다. 솔직히 말하면 어머니께 굳이 거짓말을 하고 싶지 않았던 것이다.

"그래도 어딘가에서 잘 사는군요?"

나는 반가운 속내를 들키지 않으려고 무심한 듯 말했다.

"잘 살긴, 순화아버지가 공사판에서 일을 하다 사고로 세상을 떴다더라."

"죽었대요?"

나는 풍문으로 들었지만 확인되지 않은 터라 늘 궁금했다.

"죽었어도 보상 한 푼도 제대로 못 받고."

어머니는 딱한 사정을 말로 표현하지 못하고 계속 혀를 찼다.

"어째서 보상금을 한 푼도 못 받았대요?"

"사고가 나려니까 그랬겠지만 공사판에서 점심결에 반주 한 잔마셨다지, 뭐냐? 술 먹었다는 자기 과실이 큰데 보상을 어떻게 타겠어? 겨우 위로금 몇 푼 받고 말았다더라. 그나마 말발이라도 서는 사람이 앞장서서 바짝 서둘렀어야 나우 받겠지만 그럴 형편도 못 되었으니 오죽했겠냐? 의지가지없는 어린것이 뭘 알고 일을 처리했겠어? 안 봐도 뻔하지."

어머니가 긴 한숨을 내쉬며 하는 말이 의외로 길어졌다.

"왜, 자고 가라고 하시잖고 그냥 보냈어요?"

나는 모처럼 찾아온 순화를 잡지 못한 어머니가 원망스러웠다.

"글쎄 말이다. 아버지랑 그렇게 붙잡아도 간다고 뿌리치더라. 어린것이 애비도 모르는 애를 낳아가지고 어떻게 키울지 원, 순화의 팔자도 참 기구하더라."

"애비도 모르는 자식?"

나는 갑자기 가슴이 무너지듯 아팠다. 그래서 더는 말을 잇지 못하고 얼버무렸다.

"그럼, 어린 게 뭘 알고 그랬겠냐? 철모르고 장난하다가 생긴 애 아범을 어떻게 찾겠어? 찾은들 뭘 어떡하겠어?"

"철모르고 장난치다가 생긴 애라구요?"

"그럼, 철모르니까 그런 장난을 했지. 철들었으면 책임 못질 일을 왜 했겠어?"

"……."

철모르고 장난했던 나는 아무 말도 할 수가 없었다.

"너도 조심해, 남자는 세 가지를 조심해야하는 거야. 말조심 손조심, 그리고 아랫도리를 조심해야 후환이 없는 법이야."

어머니는 아랫도리를 조심하지 못한 아들의 잘못을 짐작하는 듯 거듭 당부했다.

"지금 어디 산대요?"

"서울 어딘가에 산다더라만 오래된 일이라 다 잊어버렸다."

꿈결처럼 지나간 세월을 탓하는 어머니가 이렇게 원망스럽긴 처음이었다.

"아, 내 정신 좀 보게나! 우리 아들 시장할 텐데, 엉뚱한 수다만 떨고 있네. 좀 기다려라. 자반이라도 한 토막 구을 테니……."

"아네요. 오는 길에 간단히 요기를 해서 허기는 면했어요. 좀 기다렸다 저녁 맛있게 먹죠, 뭐. 그냥 앉아 쉬세요, 어머니.”

나는 배에서 쪼르륵거렸으나 밥 생각이 천리만리 도망쳐버렸다. 그렇게 기다렸던 순화 소식을 듣고 보니 산해진미를 차려봐도 구미가 떨어질 판이었다. 내가 금방 일어서는 어머니를 앉혀 놓고 다시 캐물었다.

“그래서 그냥 보내셨어요?”

“그럼, 어쩌겠니? 자꾸 가겠다고 고집을 피우는 걸?”

“차비라도 나우 주시잖고.”

나는 어머니의 후한 인심을 알지만 혹시나 해서 물었다.

“차비야 줬지. 애기 옷이라도 한 벌 사 입히라고 깐에는 넉넉하게 쥐어 줬다만.”

어머니는 좀더 못 준 게 안쓰러운 듯 서운한 표정으로 입맛을 다셨다.

“애기가 참 똘똘하게 생겼더라. 어쩜 피 한 방울 안 섞인 놈이 너 어릴 적 모습과 꼭 그렇게 닮을 수가 있냐? 너처럼 쭉 찢어진 입에 쪽박귀까지 쏙 빼다 박았더라. 모르는 사람들은 네 아들이래도 감쪽같이 속겠더라.”

어머니는 신기한 듯 내 왼쪽 귀를 유심히 바라보았다.

“……”

나는 목이 메었다.

“참 딱하더라. 애를 잠시 맡아달라고 울면서 애걸하더라만 우리도 농사일이 바쁜데 그 어린 걸 어떻게 키우겠어? 걔 딱한 형편을 봐서는 꼭 그러고 싶지만 말이야."

어머니는 하나마나한 소리를 계속 중얼거렸다.

"남의 집에서 식모살이를 해도 혹처럼 애가 있으니 어렵겠지."

"엄니를 도우며 여기서 살라고 하지 그랬어요? 순화가 엄닐 얼마나 잘 따랐어요?"

나는 자신도 모르게 짜증이 났다.

"그러게 말이다. 보낸 뒤에야 그 생각이 나서 마음이 짠하더라. 허지만 어쩌겠니? 다 지나간 일인데. 그것도 다 팔자니까 복이 있으면 어딜 가든 잘 살겠지, 뭐. 아마 어딜 가도 잘 살 거야. 원체 야무진데다가 슬금해서 누구한테든 귀염 받고 살게다."

남의 일이라고 무책임하게 흘려버리는 어머니의 말이 나는 싫었다.

나는 어머니가 정성껏 차려준 밥을 대충 먹는 둥 마는 둥 하곤 바로 집을 나왔다. 순화와 뛰놀던 둑길을 한참 걸었다. 철모르고 장난치던 때를 생각하니 술에 취한 것처럼 머리가 어지럽고 가슴이 울렁거렸다. 순화가 어린애를 업고 지금 어딜 헤매고 있을까? 얼굴에 마른버짐이 가득한 순화를 생각하니 아픈 머리가 빠개질 것처럼 무거웠다. 머리를 짓이겨도 시원치 않을 것 같았다.

이튿날, 나는 학교를 핑계대곤 며칠 뒤 아버지 생신을 보고가라는 어머니의 다정한 손길을 뿌리쳤다. 상경하는 그 길로 나는 학교에 휴학계를 내곤 바로 자원입대를 서둘렀다.

3일 후, 나의 집에 오겠다던 데니로부터 전화가 왔다. 대한민국 정부와의 협상이 끝나자 쉴 틈도 없이 바로 귀국하라는 연방정부의 훈령이 내렸다는 것이었다. 그래서 부득이 방문 일시를 바꾼다는 전화였다.

데니가 출국 전에 어머니 산소에 가겠다는 말은 순화의 묘에 출국인사를 간다는 것이었다.

"아버지, 같이 가시지 않겠습니까?"

"……."

"굳이 동행하시지 않아도 됩니다. 그건 저의 희망이지 아버지의 뜻이 아니기에 가실 의향이 없으시다면 저 혼자 가겠습니다."

"가마. 데니가 원한다면."

나는 짧게 대답했다.

데니와 순화의 묘소를 찾아가는 일이, 미처 마음의 준비가 안 된 탓인지 조금은 부담스럽다는 것이 솔직한 심정이었다. 생각 같아서는 순화의 묘소가 어디에 있는지 위치만 알아두었다가 후에 차분한 마음으로 홀가분하게 가고 싶었다.

"아버지는 다음에 가셔도 됩니다. 저는 늦어도 삼사일 안에 한국을 떠나야하기 때문에 오늘이 아니면 다음을 기약하기 어렵습니다."

그렇게 생각해서 그런지, 데니의 음성이 촉촉이 젖어 있었다. 데니는 항상 어머니란 말만 들어도 버릇처럼 울먹이는 습성이 있었다.

"아니다. 나도 가겠다. 너와 함께."

"감사합니다, 아버지. 그럼, 지금 차를 보내드리겠습니다."

데니는 매번 나를 만나거나 헤어질 때면 미국 대사관에서 내준 승용차로 편의를 제공했다.

"아니다. 그냥 택시를 타고 가마."

나는 오고가는 시간 절약을 위해 택시를 타겠다고 말했다.

"아닙니다. 지금 아버지 시간이 허락된다면 제가 그쪽으로 가겠습니다."

나는 데니와 전화를 끊은 즉시 외출준비를 서둘렀다. 아주 오랜만에 순화를 아니, 그녀의 묘소를 찾아간다는 게 마음이 무겁고 다른 한편으론 가슴이 설레었다. 마치 순화와 자운영 밭에서 놀던 때처럼.

"어딜 가시기에 그렇게 멋을 내고 서두르셔?"

약간 허둥대는 나에게 아내가 물었다.

"잠시 데니하고 다녀올 데가 있어."

나는 평소 조촐한 자리에 갈 때나 차려입던 정장에 검은 넥타이를 맸다. 처음 가는 산소에 화려한 넥타이보다는 다소 무겁게 보이겠지만 검은색이 어울릴 것 같았다. 나는 곁에서 유심히 바라보는 아내에게 건성으로 대답했다. 굳이 순화의 묘에 간다는 말을 지금 하고 싶지 않았다.

내가 문밖으로 나서자 벌써 골목 저쪽에서 성조기를 펄럭이는 대사관 차가 슬며시 밀려왔다.

데니가 나와서 차문을 열어주었다.

"기왕 왔으니 들어가서 차나 한 잔 하고 가지."

데니를 초대한 날이 따로 있지만 그래도 여기까지 온 김에 차라도 한 잔 주고 싶었다.

"아닙니다. 어머니한테 다녀와서 다음 일정이 있습니다. 거기에 맞추자면 시간이 촉박합니다."

나와 데니가 달려간 곳은 뜻밖에도 나의 고향 K군이었다. 비록 고향이지만 전혀 생소한 곳에 당도한 것처럼 어리둥절했다. 우리가 차에서 내린 곳을 정확하게 말하면 내 선영이 있는 맞은편 산이었다. 산이라기보다는 소나무들이 울창하게 들어찬 둔덕을 타고 미끄러지듯 흘러내린 지질편편한 밭이었다. 데니는 미리 준비한 국화꽃다발을 가슴에 안고 비탈길로 접어들었다.

"참, 멋진 풍경입니다."

비탈길을 오르던 데니가 무거운 침묵을 깼다.

"그래, 여긴 옛날부터 십승지로 알려진 곳이란다. 헌데, 언제 여기에 유택을 마련했지?"

나는 여기에 순화의 묘가 있을 줄은 꿈에도 모르고 있었다.

"어머니가 피난 오셔서 잠시 사셨던 곳이라기에 제가 몇 년 전에 땅을 조금 마련했습니다. 이번에 농공단지로 수용된다는 공동묘지에 계시던 어머니를 여기로 모셨습니다."

순화의 묘소로 다가가며 데니가 말했다.

"한국 물정도 모르는 네가 어떻게 이런 큰일을……."

나는 궁금한 것이 많았으나 무슨 말부터 물어야 할지 몰랐다.

"그건 어떻게 알았지?"

"제가 이번에 귀국할 때 데리고 가는 동생, 그러니까 어머니의 또 다른 아들이 알려주었습니다."

"그 아들은 지금 어디에 사나?"

나는 굳이 알고 싶지 않지만 그렇다고 애써 외면할 일도 아니었다.

"울산에서 사는데 생활이 어려운 것 같아 제가 데리고 가려고 진작부터 준비했습니다."

산비탈에서 나의 거친 숨소리를 들은 데니가 잠시 쉬기를 권하면서 말했다.

"참 잘한 일이다만 그렇게 살기가 어려웠다면 왜 나를 찾아오지 않았을까, 네 엄마는?"

"어머닌 없이 살망정 자존심 하나는 누구보다도 강하셨어요. 제가 미국으로 모셔가려고 그렇게 애걸복걸했건만 끝내 거절하셨다니까요."

"자존심이 강하다는 건 나도 알지. 하지만 내가 어디에 산다는 걸 알고 있었다면서 한번쯤은 찾아올 만도 한데 말이다."

애석한 일이었다. 내가 얼마나 그리워했고 또 얼마나 기다렸는데. 그놈의 알량한 자존심이 그리움을 통째로 으깨버렸다는 걸 생각하니 원망하기 전에 너무 야속했다.

"진심으로 아버지를 사랑한 탓이겠죠. 아버지의 행복한 가정에 돌을 던지고 싶지 않았던 거겠죠."

"……."

"과거에 아버지의 아들을 낳은 여인이 있다는 걸 좋아할 와이프가 어디 있겠습니까? 어머니는 자존심보다 그걸 더 염려하셨을 겁니다. 비록 모래밭에 혀를 박고 죽을망정 남에게 구차한 소리하는 건 딱 질색하는 성미였죠. 허긴, 염치불구하고 아버지를 찾아갔으면 딱 잡아떼고 모르는 척은 안 하셨겠지요?"

"당연하지."

장담할 수 없는 말을 자신 있게 했다.

"하지만, 자식을 외국으로 보낸 어미가 무슨 면목으로 아버지를 찾아가겠습니까? 저는 어머니를 충분히 이해합니다."

"그렇긴 하겠지만 내가 얼마나 보고 싶어 했는데……. 먼발치에서 한번만이라도 볼 수 있었다면 이토록 가슴이……."

가슴이 터질 것 같은 나는 말을 잇지 못한 채, 산밑으로 시선을 던졌다. 멀리 내려다보이는 푸르른 들판에는 흐드러지게 핀 자운영 꽃이 파도처럼 넘실거리고 있었다.

그렇다. 연자주색 융단을 깔아놓은 것 같은 저 들판에서 뛰놀던 순화가 자운영 꽃을 얼마나 좋아했던가. 그뿐인가. 배고픈 시절에 저 푸른 자운영을 뜯어다가 얼마나 많이 죽을 끓여먹고 허기를 달랬던가.

"그만 올라가시죠. 어머니가 너무 기다리겠네요."

데니가 내 겨드랑이에 손을 넣어 부축해주었다.

순화의 묘는 아름드리 소나무가 빽빽하게 들어찬 넓은 숲을 지나 양지바른 자리에 있었다. 최근에 이장된 묘라서인지 치산이 깔끔하게 다듬어져 있었다. 자운영꽃이 멍석처럼 넓게 깔린 들판을 시원하게 바라볼 수 있는 묘 앞에는 오석烏石으로 만든 비석이 단아하게 서 있었다. 비석 전면에는 「全義李氏 順花 之墓」라는 글씨가 깊게 음각되었고 그 이면에는 아들 데니가 쓴 글이 새겨져 있었다. 비문을 보는 순간, 나는 자신도 모르게 왈칵 쏟아진 눈물이 앞을 가려 뿌옇게 뭉개진 글씨가 흐릿하게 보였다.

그리운 남편과 아들을 그리던 어머니!
당신이 그리던 남편과 아들이
당신의 영전에서 참회의 눈물을 흘리며 왕생극락을 빕니다.
고이 잠드소서.

그때, 그 마을에서 순화의 묘소를 관리하고 있는 듯한 늙수그레한 사내가 헐레벌떡 올라왔다. 사내는 들에서 일을 하다 달려온 듯 바짓가랑이에 진흙이 잔뜩 묻어 있었다. 그는 나도 알 만한 근동 사람이었다. 그러나 얼른 나를 알아보지 못한 그는 데니에게 급히 다가서며 허리를 굽혔다.

"오신다는 걸 미리 알려주셨으면 주과포라도 장만할 건데 그만……."

그는 제수를 미처 마련하지 못한 것이 전적으로 자신의 불찰인 양 두 손을 모으고 허리를 굽혔다.

"제수보다 더 좋은 분을 모시고 와서 어머니가 대단히 기뻐하실 겁니다."

데니를 바라보던 그 사내가 비로소 나에게 눈을 돌렸다. 그제야 나를 알아본 사내가 놀란 표정으로 내게 성큼 다가섰다. 내 손을 덥석 잡은 그가 말했다.

"아니, 자넨 Y청에서 국장으로 있던 영우 아닌가?"

나는 결국 그 친구에게 얼굴을 들키고 말았다. 그에게 손이 잡힌 나는 뭔가 잘못하다 들킨 사람처럼 얼굴을 붉혔다.

나는 잠시 계면쩍게 웃으며 데니의 표정을 살폈다. 데니가 환하게 웃으며 입을 열었다.

"네, 저의 아버집니다. 여기 잠드신 분의 남편 아니, 애인이십니다."

"아니, 자네가 언제 순화 씨와…?"

나를 알아본 친구가 다시 놀란 표정으로 말했다.

"자네가 이렇게 훌륭한 아들을 둘 줄이야! 아들이 없어 대가 끊긴다던 자네야말로 원 풀었구먼 원 풀었어. 자네의 선친이나 윗대 어르신들이 아시면 얼마나 기뻐하시겠나? 어서 저 건너 선영으로 가서 인사드리시게나."

고향 친구가 무조건 나의 팔소매를 잡아끌었다.

"아닐세. 오늘은 얘의 일정이 너무 타이트해서 만부득이 다음으로 미뤄야겠네."

나는 어색한 분위기를 빨리 피하고 싶어 대충 얼버무리며 데니의 눈치를 살폈다.

"아닙니다, 아버지. 아무리 바빠도 여기까지 왔는데 윗대어른들께 인사를 올려야죠."

의외로 데니의 말이 시원스러웠다.

"시간이 괜찮다면 당연한 도리지."

"염려마세요, 아버지."

데니가 나의 옆구리를 부축하며 바람결에 스치듯 속삭였다.

"아버지, 제가 없더라도 어머니를 부탁합니다."

데니는 그 자리를 뜨면서 순화의 비석에 입을 맞췄다. 그리고 묘소에서 눈을 떼지 못하고 주춤거리는 나를 앞세웠다.

"어머니, 외롭지 않게 아버지가 자주 오실 겁니다. 저도 올 거구요. 마이 마미, 굿바이!"

그날따라 하늘은 맑고 들판에서 물결치는 자주색 꽃도 한층 곱게 물들어 있었다.

신풍구금身豊口金

신풍구금身豐口金

누군가 앞을 가로 막아서 본능적으로 몸을 피했다. 또 막았다. 영완은 고개를 들고 앞을 가로막는 사람을 바라보았다. 몸집이 큰 사람이 입을 열었다.

"혹, 김 일병 아니, 영완이 아닌가?"

"오, 박판재? 야, 이거 얼마만이냐?"

영완은 비로소 앞을 가로막은 사람이 30년 전, 군대생활을 같이 했던 입대 동기인 박판재라는 것을 알았다. 두 사람은 손을 꼭 잡은 채, 길가에 있는 찻집으로 들어갔다.

영완은 군대에서 판재와 함께 근무하는 동안 재미있는 일화가 많았다. 지금은 재밌었다고 말할 수 있지만 그때는 일방적으로 당한 꼴이라 몹시 고통스러웠었다.

영외로 중대장 심부름을 다녀온 영완이 식당으로 갔을 때는 점심시간이 지난 뒤였다. 그래도 뭔가 먹을 것이 남았을까 하는 미련 때문에 취사반을 기웃거렸다. 그러나 찬밥 한 덩이도 남지 않았다는 취사반장의 말에 명치가 더 쓰렸다.

"밖에 나갔으마 짜장이라도 하나 빨고 올 일이지 쫄쫄 굶고 기들어오마 우짜겠다는 기가, 이놈아?"

취사반장에게 욕만 얻어먹고 돌아서는데 근처에서 제초작업을 하던 박판재 일병이 말했다.

"PX 가 빵이라도 사 머거라."

판재는 안됐다는 듯 혀를 찼다.

매점으로 간 영완은 빵보다는 그래도 국물 있는 라면이 든든할 것 같아서 라면을 들고 취사반으로 들어갔다.

"야, 임마. 후딱 끓여 먹고 꺼져! 선임하사 보면 조뺑이 친데이!"

취사반 고참 윤 상병이 벌겋게 녹슨 부르스타와 그을음이 새까맣게 엉겨 붙은 항고를 내주며 재촉했다. 라면이 신나게 끓는가 싶었는데 불이 숨어 버리듯 슬며시 꺼져 버렸다. 가스가 떨어진 것이다. 라면이 미처 풀어지지도 않았으나 허기를 메우기에는 이것저것 가릴 게 없었다. 그때 판재가 취사반 문을 밀고 들어섰다.

"밖에 나간 놈이 짜장이라도 한 그릇 먹지 않고 뭔 짓을 하다 왔다냐?"

영완은 대꾸할 틈도 없이 뜨거운 항고에 코를 박고 라면을 식혔다.

"야, 저쪽에 김치 있으니 갖다 묵어."

취사반 고참 말이 고마웠다. 때가 한참 지났는데 라면이라도 끓여 먹으라고 배려해 준 것도 고마운데 김치까지 먹으라니 황송할 뿐이었다.

"됐습니다."

염치없는 노릇이라 사양하고 급한 김에 면발을 길게 건져 올렸다.

어느 틈에 들어왔는지 판재가 항고 뚜껑 가득 김치를 담아 왔다.

"점심 먹었지?"

영완은 하나마나한 소리를 판재에게 물었다.

"그럼, 진작 먹었지. 어서 먹어라."

판재는 침을 삼키며 말했다.

"국물이라도 좀 마실래?"

영완은 인사치레를 잊지 않았다.

"여적 끼니를 못 때웠으니 얼마나 시장허겠냐? 어서 먹어."

꿀꺽 침을 삼킨 판재가 시침을 떼고 말했다.

"그러지 말고 국물이라도 좀 마시라니까."

영완이 뜨거운 라면을 입 바람으로 식히며 판재의 눈치를 살폈다.

"그럼 국물이나 좀 마실까?"

판재가 슬며시 다가서 항고에 젓가락을 넣었다. 국물만 먹겠다던 판재는 바닥에 깔린 면발을 젓가락으로 다 건져 올렸다. 동시에 라면발이 모두 판재의 입으로 직행하고, 항고에는 멀건 국물만 남았다. 점심을 먹은 판재였지만 야들한 면발을 빨아들이는데 스스로 제동을 걸지 못했다. 어이가 없는 건 영완이 아니라, 면발을 단숨에 빨아들인 판재였다.

"야, 너 해도 너무 한 거 아냐? 국물 좀 마시랬더니 라면을 몽땅 처먹으면 어떡해?"

화가 치민 영완이 멀건 국물만 남은 항고에 서운한 눈길을 보내며 짜증을 냈다.

"너, 치사하게 라면 몇 가닥 가지고 그러기냐? 우리의 우정이 겨우 라면 한 젓가락만도 못하냐? 이 더럽고 치사한 놈아!"

판재가 '우정' 어쩌고 하는 말만 하지 않았더라도 영완은 그렇게 화가 치밀지는 않았을 것이다.

"뭐라구? 남 생각은 눈곱만큼도 안 하는 게 우정이고 전우애냐?"

영완은 결코 지지 않았다.

"이 새끼들이 후딱 처먹고 꺼지라니까 웬 지랄이야, 지랄이……?"

취사반 저쪽에서 저녁 준비에 바쁜 윤 상병이 버럭 소리를 질렀다. 동시에 국물만 남은 항고를 힘껏 걷어찼다.

"싫대도 자꾸 먹으래서 겨우 딱 한 가닥 건져 먹었더니 생 지랄이네요. 치사하게."

"뭐, 생지랄? 너 말 다했냐?"

영완은 판재의 멱살에 매달렸다. 판재도 지지 않고 배를 내밀었다.

"국물만 마시랬지, 누가 건더기를 건져 먹으랬냐, 이 새끼야!"

라면국물을 뒤집어 쓴 영완이 씩씩거리며 분통을 터뜨렸다.

"그깟 라면 하나 사다 주면 될 것 아냐, 이 치사한 놈아? 저런 걸 동기랍시고 전우애를 말한 내가 바보지 바보야."

문을 박차고 나가는 판재에게 지지 않고 영완도 소리쳤다.

"동기 좋아하네. 네 놈이 동기생이라는 게 창피하다, 창피해!"

그날의 앙금이 채 풀리기도 전, 판재는 조용히 영완을 탄약고 뒤로 이끌었다.

"김 일병, 너한테 부탁이 있는데, 꼭 들어줘야 쓰것다."

영완은 판재의 부탁이 궁금했다. 아니, 판재가 또 무슨 잔머리를 굴리는지 겁이 났다.

"낼모레면 웅변대회가 있다는 거 너도 알지?"

경계의 눈초리로 판재를 바라보던 영완도 그건 이미 알고 있었다. 3일 후 연대에서 열리는 웅변대회는 국군의 날을 기념하는 연례행사였다. 판재가 중학교 때부터 웅변을 한 경험이 있다고 해서 '통일 역군의 사명'이라는 웅변원고를 영완이 써 주었다. 그걸 가지고 연습한 판재는 4개 중대가 모인 대대에서 1등을 했다. 그래서 연대로 뽑혀 가게 되었는데, 연대에서 잘하면 사단으로 올라가고, 거기서 또 1등을 하면 곧장 육본으로 간다는 것이다. 판재는 굳이 육본까지는 그만두고 사단까지만 올라가도 좋다는 것이었다. 그러면 보름간의 특별 포상휴가를 갈 수 있는 특전이 있기 때문이었다. 그러니까 판재의 꿈은 큰 대회에 나가는 게 아니었다. 오직 보름간의 특별포상휴가가 최종 목표였다.

"웅변대회 날이 가까워지니까 조금은 떨린다 잉. 허지만 네가 웅변원고를 원칸 잘 써줘서 문제 읎당게. 아니, 사단까지 올라가서 꼭 1등을 해야 쓰겄다, 이 말이여. 그래서 보름짜리 휴가증을 받게 되면 그 반을 짝 찢어서 너 7일, 나 7일 아니다, 사단까지 올라가면 인사과 언놈의 가랭이를 틀어잡고서라도 멋지게 원고를 써준 너 열흘, 나 열흘씩 가는 쫑을 만들어 올 텡께 두고 보드라고."

판재는 영완의 윗주머니에서 불쑥 나온 화랑담배를 제 것처럼 빼 물고 불까지 요구했다.

"야, 꿈 깨! 다음 달이면 정기휴가를 갈 판인데 뭔 뚱딴지같은 개나발이냐?"

영완도 솜사탕처럼 달콤한 판재의 말이 귀에 솔깃했으나 현실성이 희박한 말을 더는 듣기 싫었다.

"사단에서 1등만 하면 휴가 문제는 내가 알아서 할랑께, 너는 여그 자대에서 편히 앉아서 나가 잘되기만을 빌고 있으란 말여. 알아듣것냐, 이 쫌생이 같은 놈아?"

"야, 그만 좀 웃겨라. 누구 맘대로 보름짜리 휴가증을 두 장으로 쪼개 준다던?"

"앗따, 이 싸가지 읎는 놈 좀 보소. 하늘이 두 쪽 나도 쫑 두 장을 물고 올텡께 두고 보란 말이여.”

“허긴 빈말이라도 고맙다.”

영완은 대놓고 비웃었다.

“고맙긴, 우리가 어떤 사이냐? 우리 중화기 중대에서 하나뿐인
동기 아니냐? 긍게 내가 보듬어주지 않음 누가 너 같은 쫌생이를
감싸주것냐, 안 그러냐?”

판재는 저보다 작은 영완을 힘껏 끌어안고 뺨을 비벼대며 몸을
부르르 떨었다.

“야, 왜 이래? 너 혹시 호머 아냐?”

“이런 싸가지 없는 놈! 넌 다정한 전우애를 꼭 그렇게밖엔 표현
못 허것냐?”

“대관절 부탁이란 게 뭔데?”

판재의 품에서 겨우 빠져나온 영완이 물었다.

“별거 아니야. 암튼, 내가 이번에 연대에서 1등을 먹고 사단에
올라가면 너와 같이 휴가를 나가서 원고 써준 기념으로 파카 만년
필 하나…….”

“파카 만년필……?”

판재의 말을 믿지는 않지만 영완은 평소 갖고 싶었던 만년필이
라 귀가 솔깃했다.

“아니다. 그것 가지고는 부족해. 원고를 얼마나 잘 썼는데. 어
제 대대에서 연습하는데 대대장님이 그러시더라. 원고 정말 기똥
차다고. 이번엔 우리 대대가 틀림없이 1등을 따 놓은 당상이라고

허드랑게. 사단에서 1등을 못 해도 대대장 명으로 포상휴가를 꼭 보내준다고 했단 말이여. 그때 얼떨결에 네 말은 못 했지만 연대로 갔을 때 연대장님이 물으면 장차 톨스토이나 세익스피어 같은 대문호가 될 사람이 쓴 원고라고 말할랑께 그리 알란 말이여. 그게 누구냐고 물으면 김영완 일병이라고 바로 이름을 댈 것이여. 웅변은 내가 최고지만 원고는 니가 기똥차게 썼응께 휴가도 너랑 똑같이 가야될 거 아닌가베. 두고 봐. 안되면 내 손에 장을 지져라, 장을. 암튼, 그렇게 되면 파카가 문제 것냐? 시계도 한번 생각혀 볼만 허재. 그 뿐이냐. 눈 크고 입 크고 그것도 말캉하니 큰, 머리 기인 깔치도 하나……."

판재는 좋다는 건 다 주워댔다. 그리고도 뭐가 부족한지 불끈 쥔 주먹에서 새끼손가락을 쭉 펴 보이며 눈웃음을 쳤다.

"떡 줄 사람은 생각지도 않는데 김칫국부터 마시는 꼴이라니!"

"이 새낀 내동 잘 나가다가 초치고 자빠졌네. 너 그럼, 내가 꼴등하고 어깨가 축 처져서 와야 쓰것냐? 난 너 같은 쫌생원이가 맘에 안 든단 말여. 안 될 때 안 될망정 꿈과 야망은 켜야 안 쓰것냐? 꿈과 야망이 크다고 언놈이 세금 더 내라던?"

"네 꿈이 하두 야무지다보니 실망이 클까봐 그려."

"1등 못함 니가 초장에 초를 쳐서 재수 옴 붙었다고 할랑게 그리 알고 책임져!"

은근히 협박조로 나오는 판재에게 영완이 말했다.

"도대체 부탁이라는 게 뭐냐구?"

"들어줄 거지? 내가 1등을 하려면 꼭 들어줘야 쓰것당게."

"말하라니까, 뭔데?"

영완은 처음부터 뜸을 들이는 판재가 수상쩍었다.

"너 이 시계 나 좀 줘야 쓰것다."

판재는 슬쩍 영완의 손목을 끌어올렸다.

"시곈 너도 있잖아?"

영완이 거칠게 손을 뿌리치며 말했다.

"내건 초침이 읎잖아."

"단거리선수도 아닌데 초침이 무슨 소용이 있냐?"

영완은 판재의 요구를 단호히 거절했다.

"너 참 소식이 깡통이구나. 웅변도 백 미터 경기처럼 타임이 중요하다구. 웅변이 뭔지 넌 몰라서 그런데, 웅변시간이 8분에서 단 몇 초만 넘겨도 에누리 읎이 감점이란 말이여. 어제도 대대에서 합동연습을 하는데 삼십 초를 오버하니까 인사계가 눈깔을 까뒤집고 생 지랄을 허더랑게. 그렇다고 애써서 써준 원고를 싹둑 잘라 먹을 수도 없고, 아귀가 딱딱 맞게 쓴 내용을 시간 때문에 줄이다 보면 결국 연결이 엉성해질 뿐 아니라, 내용도 어색하잖겠어? 연대에서 연습할 때 타임을 딱 맞추려면 네 시계가 꼭 필요하당게."

이렇게 해서 영완은 누나가 생일 선물로 사준 시계를 판재에게 풀어주었는데, 그날 부식차를 얻어 타고 연대로 나간 후로 판재는 다시는 부대에 돌아오지 않았다.

후에 들은 말로는 판재가 연대로 가면서 갖고 간 물건이 영완의 시계뿐이 아니었다. 소대장을 비롯한 인사계의 시계는 물론, 중대장의 격려금과 내무반장을 포함한 다수의 병사에게 돈과 현금이 될 물건을 알뜰하게 쓸어갔다.

"우리가 만난 지가 언제야? 30년 넘었지?"

판재는 찻집에 들어가서도 영완의 손을 놓지 않고 구겨진 세월을 펴나갔다.

"그럼, 70년대였으니까."

영완도 그의 말에 맞장구를 쳤다.

"그동안 어떻게 지냈어?"

영완은 판재의 탈영 이후가 궁금했으나 만나자마자 그걸 바로 물을 수가 없었다.

"보다시피 그냥 저냥 잘 지냈네만 자넨 어째 건강이 안 좋은가, 황달 걸린 것처럼 혈색이 누리끼리허이."

판재는 영완의 얼굴을 요리조리 살피며 물었다. 영완은 지금 병원에 다녀오는 길이라는 말은 차마 하지 않았다. 의사로부터 간이 상당히 나쁘다는 소리를 듣고 며칠 후 다시 정밀 검사를 하기 위해 아예 예약일자를 받았으나 모처럼 만난 친구에게 그런 것까지 밝히기는 싫어 화제를 돌렸다.

"어디에서 살지?"

"나야 태 자른 곳에서 사네만, 자넨?"

"서울에 살지. 자넨 고향에서 뭐해?"

"무사분주라, 놀면서도 바쁜 몸인데 자넨 뭘 허시능가?"

"작년까지 X공사에 다가다가 몸도 불편해서 그냥 명퇴 아니, 결국 쫓겨났지 뭐."

"쫓겨나다니. 무슨 일을 해도 똑소리 나게 할 자네가 왜 쫓겨났당가?"

"늙었으니까."

"늙다니, 한참 일할 나이인데 가만 있자, X공사라면 사장이 P 아닌가?"

"맞아. 그 양반이 그러고 보니까 자네 고향 출신이지, 아마?"

"고향 출신이 아니라, 바로 내 중학교 3년 후밸세. 자네처럼 땅 땅한 그 친구 며칠 전, 재경향우회 때도 만나서 코가 삐뚤어지게 술을 마셨는데, 내 말이라면 붕알이라도 까줄 놈이지."

영완은 그의 허풍을 짐작하는 터라 묵묵히 듣기만 했다.

"거기서 뭘 하셨능가?"

"홍보부에서 만년 과장이었어."

영완은 승진을 못하고 결국 과장에서 밀려난 자신이 부끄럽지 만 솔직히 말했다.

"자네와 딱 맞는 좋은 부서구만."

"좋긴?"

"지금이라도 한 번 손을 써보면 어떨까? P사장은 내 말이라면 꺼뻑하는 놈인데."

판재는 안주머니에 넣고 다니던 명함 한 뭉치를 꺼냈다. 그제
야 생각난 듯 자기 명함 한 장을 영완에게 주었다. 판재 명함에 적
힌 그의 직함은 대충 이랬다.

농촌환경 개선 추진위원회 홍보위원장,

환경미화원 지원대책위 수석부위원장,

농촌 고충처리 위원회 전문위원,

생명 나누기 운동본부 홍보이사,

우리소리 보전회 총무간사,

제3의학 개발단 민간요법 연구위원…….

이건 명함이라기보다는 한마디로 그의 너저분한 이력을 고스
란히 까발리는 광고지였다.

"거창하이!"

영완은 빈정대는 투로 말했다.

"남들 보기엔 화려하지만 말짱 개털이야. 실속이 읎당께. 명예
직이니까 주로 돈을 꼴아박는 자리지."

그렇다. 그의 말대로 이건 전혀 쓸모없는 개털이었다. 나쁘게
말하면 어리숙한 사람들에게 사기 치기에 딱 알맞은 명함이었다.

"집에 두고 왔나, 그 친구 명함이 안 보이네."

판재는 손에 쥐고 있던 꼬질꼬질한 명함을 화투처럼 뒤적이다
그만 아쉬운 표정으로 말했다.

"어이, 우리 오랜만에 만났는디 어디 가서 한 잔 꺾세그려."

판재는 뭔가 가지고 온 물건을 들고 먼저 일어섰다.

"것도 좋지만 내가 원체 술을 못하니까 어디 가서 간단하게 식사나 함세."

영완은 간이 몹시 나빠졌다는 의사의 말을 듣고 언짢은 기분에 아직 점심을 굶은 터라 빈속에 술은 아예 피하고 싶었다.

"무슨 소리야? 오랜만에 한 잔 푸면서 회포를 풀자고. 내가 거하게 한 잔 살텡께"

뒤따라 일어선 영완이 잽싸게 판재를 막고 찻값을 계산했다.

"아따, 이 사람 예나 지금이나 동작 하나는 여전하군."

판재가 주머니에 찔렀던 손을 빼고 영완을 돌아보며 껄껄댔다.

"그래, 잔돈은 자네가 쓰소. 술값은 내가 낼텡게."

찻집에서 나온 판재가 택시를 세우고 영완을 밀어 넣었다.

"가야? 가야가 어딥니까?"

기사가 룸 밀러로 뒤를 살피며 물었다.

"기사 양반, 택시 얼마나 몰았소?"

판재가 어리둥절한 기사에게 추궁하듯 물었다.

"이십 년 다 됩니다만……."

기사는 불손한 판재의 태도가 불쾌한 듯 말꼬리를 흐렸다.

"나 같은 촌놈도 아는 술집을 이십 년 택시를 끈 기사가 모른대서야 말이 되나?"

"어디서 들은 것 같긴 한데 얼른 떠오르지 않아 여쭙는 것 아닙니까요?"

'가야'는 서울에 사는 영완도 잘 모르는 곳이었다.

"암말 말고 쭉 가다가 좌회전해서 곧장 올라가면 성북동 나오잖소? 거기서 우회전 두 번 하면 바로 '가야'라는 술집이니까 그리 쭉 내뻗으쇼."

판재는 거기가 단골인 듯 길을 훤히 꿰고 있었다.

"택시기사라고 넓은 서울을 어찌 다 안다요?"

기사가 혼자말로 중얼거렸다.

"이 친구가 길을 아는 모양이니 그냥 가봅시다."

영완은 잘못 말하다간 싸움이 될 것 같아 판재 편에서 운전기사를 달랬다.

"말씨를 들어본 게 기사 고향도 저 아랫녘 같은디, 어디당가?"

"함평인디, 어째 그러시쇼?"

"워매, 반가운거. 나 오늘 또 고향사람 만나서 택시비 벌었구마이. 난 그 옆동네 나주여."

판재는 택시가 신호등에 걸린 사이를 틈타 기사의 팔을 덥석 잡아끌었다.

"반갑습니다요."

다정하게 악수를 나눈 택시기사의 말씨가 금방 부드러워졌다.

"반갑다 마다, 함평 어디? 아니, 지금 나이가 몇인가?"

"아직 어립니다요."

"글쎄, 언뜻 보기에도 한참 어려 보이능만. 거기 부군수로 있는 김 아무개가 내 중학교 동기동창인디, 알랑가 모르겠구만이라?"

"글쎄요. 어려서 일찍 서울로 와부러서."

"영완아, 난 서울에 오면 이래서 재미지당게."

판재가 새삼스럽게 기사의 어깨를 두드리며 말했다.

"암튼, 고향 동생을 만나서 반갑네, 반가워."

택시기사가 여기저기를 돌다보니 판재도 방향감각을 잃었는지 몇 군데 골목을 드나들다가 그만 택시를 세웠다.

영완이 내리면서 잽싸게 요금을 내밀자, 판재는 팔을 휘저으며 가로막았다.

"어이, 이게 무슨 짓이여? 고향 후배 차를 잠깐 얻어 탔는데 요금은 무슨…?"

영완은 판재의 팔을 밀치고 만 원짜리를 차안으로 던졌다.

차에서 내린 곳은 아직 해거름인데도 여기저기에 내걸린 술집 간판의 네온사인이 밍밍하게 밝혀지기 시작했다.

"어이, 단골집이 아니면 어때? 암데서나 간단히 한 잔 하자구."

한참 두리번거려도 단골집을 찾지 못해 아쉬워하는 판재를 영완이 달랬다.

"간단히? 우리가 어떤 사인가? 생사고락을 같이 했던 전우가 오랜만에 만나서 아무데서나 소주를 빨 수 있는가? 그럴 순 읎지!"

영완이 판재에게 끌려간 곳은 한복을 곱게 차려 입은 종업원이 정중하게 손님을 맞는 술집이었다. 짐작하건데 주머니가 두둑한 사람들이나 드나드는 집 같았다. 판재는 이런 곳에 익숙한 사람처럼 어깨를 딱 펴고 으스대면서 앞장섰다. 판재가 나비넥타이를 맨 종업원에게 명함과 함께 만 원짜리 두 장을 얹어주며 말했다.

"난 보시다시피 촌놈인디 이런 뻑적지근한 집은 처음이여. 그러니 주인마담을 한번 만나 인사나 좀 나누자고 혀봐."

"사장님은 지금 안 계신데요."

종업원이 슬쩍 판재의 아래위를 훑어보며 말했다.

"사장이 없으면 지배인이라도 있을 거 아닌가?"

판재가 큰 눈을 부릅뜨자, 종업원이 금방 머리를 숙이고 허리까지 깊이 꺾었다.

"예, 잘 알아 모시겠습니다."

종업원이 사라진 뒤, 판재가 영완에게 눈을 끔쩍이며 안으로 들어섰다.

"이 나이에 최소한 이 정도는 돼야 안 쓰것남? 자, 어서 앉드라고."

노송이 그려진 한국화 병풍이 실내의 한 면을 다 가린 쪽으로 판재가 자리를 잡고 앉았다. 이런 술집이 익숙하지 않은 영완은 낯선 자리에 선뜻 앉기가 불편했던지 잠시 실내를 두리번거리며 서성거렸다.

"촌놈마냥 왜 그런댜? 어서 앉드라구."

판재가 두리번거리는 영완에게 재촉했다.

이윽고 분홍색 한복을 입은 젊은 여인이 들어와 사뿐히 앉기 전에 붉은 입술을 들썩였다.

"실례하겠습니다."

"엇따, 내 평생 첨 보는 미인이로세."

"처음 뵙겠습니다. 오늘 귀하신 어르신을 모시게 되어 영광입니다. 저는 혜란이라고 합니다."

"뭐, 혜란이? 내 인생을 망가뜨린 아니, 나를 군에서 탈영하게 만든 그 애기가 바로 혜란이었는디, 위째, 또 자네가 내 맘을 요로크롬 아프게 흔든다냐? 어이, 혜란이. 이쪽으로 좀 와보소."

판재가 혜란이를 덥석 끌어안았다.

"아이, 사장님도 급하시긴……."

혜란이가 허리에 감긴 판재의 팔을 살짝 풀며 눈을 흘겼다.

"처음 오신 어른들의 취향을 몰라서, 어떻게 모셔야 실례가 안 될지 모르겠습니다."

"뭘 어떻게 모셔? 이 집 방식대로 하면 되지. 오랜만에 만난 친구가 서운찮게 말여. 암튼 성의껏 내봐."

"술은 뭐로 준비할까요?"

"시바스리갈 어때, 김 사장?"

판재가 갑자기 영완의 호칭을 바꿔 부르며 형식적으로 의중을 물었다.

"글쎄……."

영완의 어정쩡한 대답에 판재가 다시 말했다.

"기왕이면 발렌타인을 까는 게 어때, 김 사장?"

"그건 꽤나 비쌀 텐데……."

"비싸봐야 몇 푼 하겠어? 기왕 마시는 거 입에 맞는 걸로 하자고."

"아냐, 시바스리갈도 과분해. 게다가 난 술도 많이 못 해."

"맞아. 옛날 박통도 시바스리갈로 마지막을 장식했잖아."

혜란이가 나간 지 십여 분 만에 이걸 어떻게 다 먹을까 걱정될 만큼 무거운 상이 또 다른 아가씨와 함께 들어왔다. 술이 몇 순배 돌고 난 뒤에야 비로소 영완이 얼근한 김에 입을 열었다.

"자네, 그때 웅변한다고 나가서 어떻게 된 거야?"

"모르고 있었냐?"

"나야 모르지."

영완은 그가 탈영한 것은 알지만 그 후로는 전혀 깜깜이었다. 판재가 웅변대회에 참가한다고 연대로 나간 뒤 곧장 탈영했다는 것 외에는 아는 것이 전무했다. 그나마 중대에서 알게 된 것도 며칠 뒤였다. 연대나 사단에서 잘 지내며 1등을 해서 금의환향하길 학수고대하던 중대로서는 청천벽력 같은 소식이었다. 당시의 중대 분위기는 완전히 초상집이었다. 형식적이지만 급한 대로 중대에서 인사계를 맡고 있는 강 상사와 그쪽 지리에 빠삭하다는 소대 선임하사가 판재의 고향으로 급파되었다. 판재가 처음 전입할 때 신상명세서에 밝힌 주소대로 찾아갔으나 그런 번지수는 애초부터 없었다. 뿐만 아니라, 그가 입버릇처럼 늘 자랑하던 J대학교 법대에 다니며 고시공부를 했다는 것도 말짱 거짓으로 드러났다. J대학은커녕 고등학교도 중퇴했다는 것이었다. 백방으로 수소문한 결과 입대 전 그가 살았다는 집도 J대학교 후문의 담장 끝에 루핑을 덮은 무허가 판자 집이었다. 어찌어찌해서 겨우 찾아간 집에서 만난 판재의 부모는 이미 버린 자식이라고 말했다. 그래도 군대에 가면 혹 사람이 돼서 나올까 싶었는데 탈영했다는 말에 한숨만 길게 내뿜으며 한다는 말이,

"난 모르것오. 어쨌든 나라에 바친 놈이니 군대에서 잡아다가 주리를 틀든 죽이든 맘대로 허시쇼."

이 말을 들은 중대장은 한참 동안 소태 씹은 얼굴로 군입만 쩝쩝 다셨다. 일선 지휘관인 중대장은 막연하지만 판재가 무안한 얼굴로 넉살좋게 헤벌쭉 웃으며 '충성'이라는 부대구호를 외치고 귀대할 것 같은 희망을 쉽게 포기하지 못했다. 그래서 차일피일 미루던 탈영보고서에 결국 중대장은 부하의 가슴에 총을 겨누는 심정으로 서명했다는 것이었다.

"말도 마. 그때 일을 생각하면 지금도 사지가 벌벌 떨린다."

판재는 술을 입에 털어 넣고 푸르르 진저리를 쳤다. 술잔을 들어 입술만 적신 영완이 호기심 가득한 눈으로 판재를 응시했다.

"내가 연대에서 1등 한 것도 자넨 모르나?"

영완은 금시초문이었다.

"3개 대대에서 모인 애들과 연대 직할대까지 모두 여덟 명의 연사가 불꽃 튀는 경합을 벌였지. 거기서 내가 단연 두각을 나타냈지. 1등을 했단 말이야. 그래서 사단까지 거침없이 승승장구했지

뭐야. 거기서 또 1등을 했단 말시. 지금 생각해도 자네의 웅변원고는 진짜 훌륭했다구. 그걸 가지고 내 우렁찬 목소리로 사자후를 토하면 만장한 청중이 울고불고 다 뒤집어졌다니까. 그런 훌륭한 글재주를 생각하면 자넨 지금쯤 유명한 베스트셀러 작가가 됐거나 아니면 소월 같은 시인이 돼서 대학교수쯤은 따 놓은 당상이라고 믿었는데……."

"예끼, 이 사람! 그게 무슨 재주라고?"

"아냐, 난 자네 앞이라구 사탕발림을 하는 게 아녀. 분명히 그렇게 생각했다구. 암튼, 내가 1등을 해서 10월 1일 국군의 날 육본에서 어마무시한 참모총장 아니, 대통령 표창을 받게 될 거였다구. 헌데, X연대에서 온 하사 놈이 2등을 하고 깔짝거리더란 말시."

판재는 마치 어제의 일처럼 기억을 더듬었다.

"내가 육본으로 가기 직전에 2등을 먹은 놈이 저녁에 나를 으슥한 곳으로 끌더란 말이여. 거기서 한다는 말이 1등을 양보하라는 거라."

"뭐, 양보?"

"제가 1등을 먹어야 쓰겠다는 거라. 정말 웃기는 놈 아니냐? 그 놈 말로는 마지막 찰나에 실수를 하든지 기권하라고 눈을 부라리는 거야."

"정말 웃기는 놈이네."

"웃기다 마다여? 내가 어떡해서 거까지 올라갔는데? 이건 나도 나지만 원고 써준 너에 대한 모독이라 이거여, 내 말은."

판재가 단숨에 비운 술잔을 영완에게 건네며 말을 이었다.

"내가 고의로 넘어지면 제가 1등을 하겠다고 계속 겁을 주는 거여. 그게 말이 되는 소리여?"

"그걸 내버려 뒀어?"

영완이 술잔에 반 남은 술을 단숨에 비운 뒤, 판재에게 넘겼다.

"내가 누구냐? 그 자리에서 확 받아 버렸지. 당장 쭉 뻗어버린 놈의 면상을 워커발로 확 문질러 죽사발을 만들었지, 뭐."

"그리곤 어떻게 된 거야?"

"어떻게 되긴, 마침 고향 성이 위병소에 있길래 상록수 한 갑을 찔러줬지. 그리곤 행사 때 입을 정장을 세탁소에 맡기러 간다고 나가서 그담 줄행랑쳤지."

판재는 지금도 분이 안 풀린 듯, 불끈 쥔 주먹을 허공에 힘껏 휘둘렀다.

"모처럼 몸 한번 확실히 풀었군."

입에 게거품을 물고 떠드는 판재의 무용담에 영완도 신이 나서 맞장구를 쳤다.

"말하면 뭘 해? 그때 생각하면 지금도 아찔허당게."

술잔을 비운 판재가 누가 따라줄 겨를도 없이 자작을 서슴지 않았다.

"야, 그 이야긴 그만하자. 그때 생각하면 지금도 소름끼쳐서 술맛 제친다."

"그래, 그만 하고 술이나 들어."

"헌데, 자넨 왜 술 안 마시고 나만 주는거? 오랜만에 자네 먹이려구 여까지 왔구만."

"난 간이 안 좋아. 오늘도 병원에서 의사가 술은 독이라고 얼마나 겁을 주던지."

영완이 술을 피하는 일이 마치 죄를 짓는 듯해서 본의 아니게 병세를 실토했다.

"간 상태가 어떤데 그렇게 엄살이여?"

"엄살이 아니고 심각해."

영완이 사실대로 털어놓았다

"간 이식을 하면 될 거 아녀? 의술이 좋은데 뭘 걱정해?"

"이식이란 게 어디 말처럼 쉬운 일인가?"

"걱정 말고 술 들어. 그렇게 심각해지면 내가 한 쪽 떼 줄게."

판재가 먹던 떡을 나눠주듯 쉽게 말했다.

"말만이라도 고맙네."

"자네와 내가 어떤 사인가? 피를 나눈 전우 아닌가? 자네 피가 A형이지?"

"그걸 어떻게 알지?"

영완은 자신의 혈액형을 아는 판재가 놀라웠다.

"우리는 생사고락을 같이 한 전우 아닌가? 훈련소에서 신체검사 때 자네와 혈액형이 같다는 걸 알았지."

"기억력 하나는 여전하군!"

"그 정도쯤이야. 자네도 기억날 걸? 웅변원고 20장을 단 두 시간에 토씨 하나 빼지 않고 몽땅 외워버린 내 실력을."

그렇다. 영완도 기억한다. 그 당시 군인이면 당연히 외워야 하는 국민교육헌장을 단시간에 외워버린 판재의 암기력을 모두 놀라워하는 동시에 부러워했다.

"아그들아, 뭐더냐? 술판에 소리라도 한 자락 깔아야 쓸 것 아녀?"

얼굴이 뻘겋게 달아오른 판재가 곁에 앉은 아가씨에게 소리를 청했다. 그러나 마지못해 한 곡 뽑는 아가씨의 소리는 영완이 듣기에도 신통치 않았다.

"술맛 떨어지게 왜 자꾸 시겔 본다냐?"

판재에게 통박을 맞은 영완은 이제 그만 일어나고 싶었다. 10시가 가까운 시간에 술을 더 마시기가 어려웠다. 속이 울렁거리고 넘어올 것 같아 참기가 힘들었다.

"쓰잘데기 읎는 소리 허덜 말고. 어서 아그들아, 저 어른께 술도 따르고 즐겁게 해드리란 말여. 자네들이 맹숭맹숭헌께 재미가 없으신갑다."

판재가 곁의 아가씨를 부추겼다.

"아냐, 난 벌써부터 취했어. 오늘 자네를 만나서 오버한 거야."

"오버라니, 겨우 몇 순배 돌았다고 엄살이다냐? 아그덜 뭐 허냐? 어서 술 따르고 돼지 불까는 소리라도 한 곡 뽑으랑께."

판재는 곁에 앉은 아가씨의 어딘가를 더듬으며 느끼하게 낄낄거렸다.

"아이고, 사장님 살살 좀……. 우악스럽게 만지니까 아파 죽겠어요!"

아가씨는 가슴에 낙지처럼 달라붙은 판재의 손을 송충이처럼 밀치며 눈을 흘겼다.

"아따, 요것 아직 단물이 덜 빠져서 비리구먼. 기집은 떫은 물이 살짝 빠져서 말캉해야 제맛인디 말여. 아야, 어서 한 곡 뽑으랑께 뭣덜 한다냐?"

"사장님도 참, 이렇게 맹숭맹숭한 분위기로 뭔 소리가 나온대요?"

"오라, 밴드나 장구가 있어야 쓰것단 말이제?"

"아시면서."

영완의 곁에 앉은 아가씨가 말했다.

"허면, 준비를 혀야 안 쓰것냐? 여그 북장구 다루는 아그들이 있으면 좀 불러라."

판재의 말이 떨어지기가 무섭게 그 곁에 앉았던 아가씨가 잽싸게 밖으로 나갔다.

판재가 소변을 보러간 사이에 아가씨들이 북과 거문고를 들고 왔다. 그때부터 영완은 은근히 걱정이 앞섰다. 이런 식으로 술판을 키우다보면 비용이 만만찮고 시간도 길어질 것이 뻔했다.

"왜 그렇게 오래 있었어?"

한참 뒤에 들어온 판재에게 영완이 물었다.

"전화 좀 쓰고 오니라고 늦었네."

판재가 들어오자 썰렁했던 분위기가 다시 흥청거렸다.

"전화라면 여기도 있는데."

"그건 나두 알지만 중요한 전화를 애들 앞에서 함부로 할 수 없는 일 아니것어?"

거문고와 북을 치는 아가씨들을 그윽한 눈으로 바라보던 판재가 입을 열었다.

"야들아, 그만 나가 놀아라. 그 솜씨 가지고는 어디 가서 찬밥 덩이도 얻어먹기 힘들것다. 어서 술이나 한 잔씩 들고 나가거라."

아가씨들 깐에는 열심히 목청을 돋웠는데 판재가 그만 찬물을 끼얹었다.

"분위기는 영 거시기 하다만은 생사고락을 같이 한 전우를 만난 기념으로 내가 한 자리 뽑아야 쓰것다. 들을 만하면 안주를 좀 더 가죠니라, 잉."

슬며시 북채를 잡은 판재가 술 한 잔을 가볍게 들고 목청을 가다듬었다.

그때여도련님과춘향이사랑가로노니난디사랑사랑 내사랑아어
허둥둥내사랑이지광한루서처음보고산하지맹깊은사랑하삼견지만
만야년고창해같이깊은사랑……

탐탐이풀새없어새벽닭이원수로구나밤이짧아한이되면청풍명
월잡아매고장침가로놀아보고이내마음거울이요도련님굳은맹세애

굳이게오늘밤을사랑가로즐겨볼까사랑이야어허어어내사랑이로구
나사랑이로구나……

　판재의 소리 실력은 누가 들어도 수준 이상이었다. 그의 구성
진 소리에 넋을 잃었던 영완과 아가씨들이 계속 울어대는 전화벨
을 듣고서야 제 정신을 찾았다. 판재를 찾는 전화였다.
　"내 여그 있는 줄은 어티키 알았다냐? 참말로 귀신이구마, 잉."
　판재가 너털웃음을 웃으며 수화기에 음성을 높였다.
　"자네덜 나 미행한 것 아니제? 나 옛날에 생사고락을 같이 했던
전우를 만나 술 한 잔 헝게 전화 끊어. 아, 알았당게 그러네."
　판재가 억지로 전화를 끊고 다시 북채를 힘껏 휘둘렀다.

　　사랑사랑내사랑이야어화둥둥내사랑이야…… 우리둘이사랑타
가생사가하이있어
　　한번아죽어지면너의혼은꽃이되고나의넋은나비되어이삼월춘
풍시의네꽃송이를내가얹어두나레를쩍벌리고너울너울춤을추거든
니가나인줄을……

　"비잉신들, 추임새도 딱딱 먹일 줄 모르는 것들에게 소리를 주
자니 내 목이 헐 것구만이라."
　판재는 북을 던지듯 밀어 놓고 목에 술을 부었다. 그때 또 전화
벨이 울렸다. 판재를 찾는 전화였다.

"어쩌자구 성가시게 즌화질이다냐?"

전화를 끊은 판재가 기어코 잠시 나갔다 온다고 할 때 영완도 따라 일어섰다.

"무슨 소리야? 이제 분위기가 쪼까 살아나능만. 자넨 여그 이쁜 아그들 하고 놀고 있어. 내가 후딱 다녀올랑게. 넉잡아서 1시간 아니, 30분이면 충분헌께 기다려야."

함께 일어선 영완을 판재가 눌러 앉히며 말했다.

"오랜만에 왔더니 서울 친구들이 어찌 알고 내 끄으른 얼굴 좀 보자는 겨. 넉잡아서 한 시간이면 되니께 안주 부족하면 구미에 맞는 걸로 더 시켜."

판재가 한사코 영완을 뿌리치고 나가면서 말했다.

"아그들아, 저그 저 보따리 좀 잘 챙겨 두거라 잉."

아까 들고 온 상자를 담보물처럼 두고 나간 판재는 두 시간이 지나도 나타나지 않았다.

영완은 그제야 판재에게 속은 것을 알았다. 진작 따라 나서지 못한 게 후회됐다. 그러나 때는 이미 늦었다. 볼모로 잡혔던 그는 자정이 훨씬 지나 종업원이 들고 온 계산서를 보고 벌어진 입을 다물지 못했다. 그는 비상금을 털고도 술값이 모자라 소지품과 주민등록증까지 맡겨놓고 술집에서 겨우 풀려났다.

이튿날, 영완은 술값을 가지고 가서 전날 맡긴 소지품과 신분증을 찾을 수 있었다. 씁쓸한 입맛을 다시며 술집을 나설 때, 종업원이 영완을 불렀다.

"이거, 선생님 드리라고 하던데요."

아가씨가 내민 것은 엊저녁에 판재가 두고 간 물건이었다.

"이게 뭔데, 왜 나한테……?"

영완이 사양하자, 아가씨가 말했다.

"어제 선생님이 가신 뒤 그분이 바로 오셨어요."

"그 사람이 왔었다고? 술값은?"

"선생님이 계산하셨다니까 두 말 않고 가시면서 이거라도 드리라더군요."

영완은 뭔지 모르지만 받은 그 즉시 쓰레기통에 버리고 싶었다.

"그게 뭐유?"

영완이 들고 온 물건을 본 아내가 물었다.

"궁금하면 풀어보구랴."

"난 별거나 되는 줄 알았네."

아내가 상자에서 꺼낸 것은 어느 철공소에서 개업기념으로 준 타월뭉치였다.

판재를 만난 후 영완의 건강은 급격하게 악화되었다. 식도정맥류가 터져 피를 토하며 구급차에 실려 가길 여러 번 거듭했다. 간경화라는 진단을 받고 최근 한 달 동안 입원했다가 겨우 급한 불을 끈 상태에서 퇴원했다. 집에서 요양하면서 병원의 지시에 따라 간 이식할 때를 기다리는데 판재에게서 전화가 왔다.

"어떻게 된 거야, 그날?"

영완이 책망조로 추궁하자, 판재는 넉살 좋게 웃었다.

"갑자기 피치 못할 일이 생겨서 그렇게 됐네. 미안하이."

"그럼 연락이라도 했어야지."

영완이 무책임한 판재를 나무랐다.

"글쎄, 일이 우습게 됐다니까 그러네. 헌데, 자네 건강은 어떤 가?"

판재는 아무렇지도 않은 듯, 뻔뻔스럽게 물었다. 영완은 그날 자네가 무작정 술을 권한 탓으로 건강이 악화됐다는 원망 비슷한 말은 차마 하지 않았다.

"자네가 다니는 병원이 K대부속병원이라고 했지?"

"응."

영완은 이쯤에서 전화를 끊고 싶었다. 도움이 안 되는 이야기 를 한다는 자체가 귀찮았다. 판재와 통화한 뒤, 3일 만에 병원에서 연락이 왔다. 이식수술을 받을 준비를 해서 빨리 입원하라는 것이 었다. 영완이 병원의 독촉을 받고 입원 준비를 할 때 달갑잖은 판 재로부터 또 전화가 왔다.

"나야 언제 떠날지 모르는 환자로 천명만 기다릴 뿐인데 자네 가 어쩐 일로 전화를 하셨는가?"

"자네 음성이 듣고잡아서……."

영완은 할 말이 없었다.

"나도 낼쯤이면 서울에 갈 걸세."

"그으래? 무슨 일이 있는가?"

나날이 불안하고 초조한 영완은 이 판국에 굳이 판재를 만날 필요가 없어서 심드렁하게 물었으나 그 역시 시원찮은 대답이 오히려 고마웠다. 만나면 뭔가 또 당할지도 모른다는 두려움과 수술을 잘못해서 죽을지도 모른다는 초조한 생각 때문에 만사가 귀찮고 불안했다.

간 이식 수술을 받은 영환은 보름 만에야 비로소 바깥바람을 쐴 수 있었다. 모처럼 휠체어를 타고 밖에 나왔더니 물 밖에서 헐떡이던 고기가 물을 만난 것처럼 살았다는 확신과 함께 모든 것이 새로웠다. 바람에 나부끼다 결국 부러진 한쪽 가지 끝에서 작은 꽃망울을 터뜨린 풀잎 하나도 예사롭지 않게 보였다. 메마른 돌 틈에서 끈질긴 생명력을 가지고 버텨 나가는 잡초들의 신비함에 무한한 친근감과 감탄사가 저절로 터져 나왔다. 시를 쓸 줄은 몰라도 아마 시인이 이런 강렬한 감정으로 시를 잉태하는 것이 아닐까……? 잠시 병실 밖에 나간 것도 운동이라고 노곤한 몸이 침대에 눕자 바로 잠이 들었다.

"세상을 살다보니 별꼴을 다 보겠네."

아내의 꿍얼대는 소리에 잠이 깬 영완이 아내의 불편한 안색을 살폈다.

"당신 친구라는 사람이 말예요."

아내는 기분이 상한 듯 쓴 입맛을 다시며 투덜거렸다.

"박판재라는 그 사람이 왔다가 갔어요."

영완은 그의 이름만 들어도 기분이 나빴다.

"문병을 왔다길래 당신을 깨우려니까 굳이 깨우지 말라고 합디
다."

판재가 어떻게 자신의 입원을 알고 여기까지 왔는지 궁금했다.
그러나 묻지 않았다. 그러면 차라리 보지 않은 것이 잘된 일이었
다. 그래도 한참 뒤에 물었다.

"뭐라던가?"

"뭐라긴, 당신만 멀거니 보고 있다간 뭔가 잔뜩 휘갈겨 놓고 갑
디다. 자, 뭐가 뭔지 모르지만 한 번 읽어보시구랴."

판재가 써놓고 간 종이를 아내가 내밀었으나 영완은 보기가 싫
어 아예 벽면으로 머리를 돌려 버렸다. 어디서 날아들었는지 작은
파리 한 마리가 크레졸 냄새에 취했는지 날개가 꺾인 것처럼 하얀
벽면을 힘겹게 기어 올라갔다.

"기가 막혀서, 참!"

영완은 혼자 구시렁대는 아내를 말없이 응시했다. 벌레를 씹은
얼굴에 몇 가닥의 흰 머리칼이 길게 늘어져 있었다.

"문병 와서 차비 달라는 사람은 내 평생 첨 봤어요."

"뭐, 차비를 달라고 그래, 판재가?"

"그래요."

"병문안이 아니라 차비 뜨러 왔구만. 그래서 어쨌어?"

영완도 아내처럼 기가 막혔다.

"달라는데 어떻게 해요. 줘야지."

286

"얼마나?"

"어디서 뒹굴다 왔는지 새까만 주제꼴에 환자처럼 창백한 얼굴로 여비를 달라는데 어떡해요? 닥닥 긁어서……."

"뭐, 11만원이나 줬단 말이야?"

아내는 개뿔도 없는 주제에 터무니없이 손만 큰 게 탈이었다. 허긴, 돈의 액수는 문제가 아니었다. 자신이 잠든 사이에 아내의 주머니를 털어 간 그 뻔뻔함이 괘씸했다.

"비렁뱅이한테 보시布施한 셈 칩시다."

아내는 환자의 기분을 불편하게 한 것이 마음에 걸리는지 금방 영완의 마음을 달래기에 바빴다.

"보시? 불가에서 쓰는 말을 그렇게 함부로 쓰는 게 아니야."

보시란 말이 나오자 예전에 학산 큰스님에게 들은 법문이 머리에 떠올랐다. 큰스님께서 출가하기 전, 그러니까 열댓 살 미만의 어린 시절 이야기였다. 그 무렵은 일본이 패망을 앞두고 악랄하게 발악하던 때였다. 놋그릇에서부터 소나무에서 나오는 관솔까지 공출이라는 이름으로 긁어 가던 그 무렵은 먹고살기가 힘든 때라 일본군들의 주요 영양공급원은 농가에서 기르는 가축들이었다. 개나 닭은 물론, 재산 목록에 들어가는 소 돼지를 닥치는 대로 잡아들였다. 그때 스님 댁에도 누런 개 한 마리를 키우고 있었다.

어느 날 지서에서 민가의 가축을 잡으러 나왔다는 소문을 들은 스님은 아니, 소년은 어떻게 하면 누렁이를 보호할까 걱정이 태산 같았다. 누렁이는 그런 주인의 안타까운 심정은 아랑곳없이 울타리 밑을 헤집고 다니면서 먹을 것을 찾고 있었다.

"누렁아, 배고프쟈? 아침도 못 먹었으니 오죽하겠냐?"

소년은 누렁이를 끌어안고 울먹였다. 사람이 먹을 것도 없는데 가축은 더 말할 것이 없었다. 누렁이는 주인의 다정한 손길도 귀찮은 듯, 서늘한 마루 밑으로 들어가 버렸다.

"누렁아, 순사들이 잡으러 온다는데 거기 있으면 어떡해? 어서 멀리 도망쳐야지."

소년이 대나무 숲을 가리키며 재촉했으나, 누렁이는 그 말을 아는지 모르는지 마루 밑에서 눈만 껌뻑이다가 다시 어슬렁어슬렁 기어 나왔다.

제대로 얻어먹지 못해 삐쩍 마른 누렁이가 앙상한 몸을 이끌고 마당가에서 비실거리는 모습이 얼마나 가여운지 소년은 눈물만 흘렸다. 누렁이에게 뭔가 좀 먹이고 싶은데 먹이가 마땅찮으니 마음만 안타까울 뿐이었다.

추운 겨울, 소년이 학교에 가려고 나서면 누렁이가 먼저 댓돌에 놓인 소년의 고무신을 깔고 앉아서 그 체온으로 신발의 냉기를 덜어주었다. 눈이 소복이 쌓인 날이면 누렁이가 앞장서서 미끄러운 눈길을 먼저 터 주었다. 그 뿐인가. 어스름한 오후, 하굣길에 항상 기분이 찜찜한 산모퉁이의 성황당까지 비를 맞으면서도 마중을 나와 소년의 두려움을 덜어 주던 그 누렁이에게 뭔가 좀 먹이고 싶었으나 모두가 마음뿐이었다. 농가의 가축을 쓸어 가기 위해 순사들이 개울 건너 마을을 들쑤시고 다닐 때, 소년은 어머니의 손에 이끌려 이웃 마을의 잔칫집에 급히 다녀왔다. 소년은 누렁이와 함께 잔칫집에 가서 버려지는 음식찌꺼기라도 먹이지 못한 것이 마음에 걸렸다.

"탕, 타당—!"

어느 집의 개가 죽어 가는지, 깨갱거리는 울부짖음과 순사들의 날카로운 총소리를 들은 소년은 황급히 누렁이를 끌고 뒤꼍으로 달려갔다. 하늘이 안 보이도록 어두컴컴한 대나무 숲에 들어간 소년은 누렁이를 껴안고 울며 말했다.

"누렁아, 나쁜 놈들에게 잡히면 안 돼. 순사 놈들에게 잡히지 말고 빨리 멀리 도망쳐서 잘 살아야 해."

소년은 다정한 친구에게 말하듯 누렁이에게 타이른 후, 손가락을 입속에 넣고 왝왝 토하기 시작했다. 처음에는 아무것도 나오지 않았다. 손가락을 목젖까지 깊숙이 밀어 넣자, 전신이 오그라들면서 창자가 비틀렸다. 비로소 잔칫집에서 먹은 지 얼마 되지 않아 미처 삭지 않은 국수 가닥이 올라왔다. 산토닌을 먹은 후 허연 회충이 입으로 기어 나올 때처럼 눈물이 찔끔 나면서 코가 매웠다.

소년은 울컥울컥 힘들여 토해낸 거라도 누렁이에게 먹이려고 목구멍 깊이 손가락을 찔렀다.

누렁이는 시큼한 토사물을 잠시 외면하다간 이내 코를 벌름거리며 혀를 내밀었다. 배가 고팠던 누렁이는 소년의 멀건 토사물을 깨끗이 핥아먹었다.

"어서 가! 순사들이 오기 전에 빨리 도망가서 잘 살아야 해."

소년은 거머리처럼 붙어있는 누렁이를 쫓다시피 뒷산으로 내몰았다.

'컹, 컹!' 누렁이가 컴컴한 숲속에서 하늘을 향해 크게 짖었다. 가기 싫은 길을 쫓겨 가듯 멈칫거리면서 주인을 흘끔흘끔 바라보았다.

컹, 컹! 내 걱정 말고 잘 있으라는 듯, 누렁이가 또 짖었다. 목이 메었다. 소년은 댓잎이 푹신하게 깔린 눅눅한 자리에 퍼질러 앉아 멀리 사라진 누렁이를 부르며 마냥 울었다. 바람에 나부끼는 대숲 사이로 초저녁 멀건 보름달이 너울거릴 때까지 하염없이 울었다는 스님의 말에 영완도 코허리가 시큰했다. 스님이 어린 시절 누렁이에게 베풀었던 글자가 바로 보시행布施行이자, 몸소 실천하는 체선體善을 파자破字한 것이 신풍구금身豊口金이었다.

영완은 뜻도 모르고 아무렇게나 내뱉는 아내의 '보시'란 말이 영 귀에 거슬렸다.

며칠 후, 영완이 검사실에 갔다 온 사이에 판재한테서 전화가 왔었다고 했다. 이름만 들어도 송충이를 본 것처럼 기분 나쁜 판재의 음성을 직접 듣지 않은 것만도 다행스러웠다.

여러 가지 분주한 탓으로 문병을 못가서 미안하다며 며칠 후 꼭 한 번 올라가겠다는 판재의 말을 아내로부터 전해 들었다. 그리고 며칠 뒤 영완은 뜻밖에 판재의 꿈을 꾸었다. 삼베 두루마기를 멋들어지게 차려입고 병실에 나타난 판재가 흐물흐물 웃으며 영완에게 다가왔다. 수술 받은 곳이 어떠냐고 물었다. 그는 싫다고 하는 데도 굳이 수술 부위를 더듬으며 말했다. 이제 좋아질 테니 걱정 말라며 담배를 권했다. 영완은 수술 전부터 담배를 끊었을 뿐 아니라, 병실에서는 절대금연이라고 했다. 그러나 판재는 그 말을 무시하고 담배를 피웠다. 그걸 본 다른 환자들과 보호자들이 가만있을 리가 없었다. 당연히 시비가 붙었다. 결국 담배를 피우던 판재는 다른 환자의 보호자에게 강제로 끌려 나갔다. 그때, 영완은 침대에 누워서 끌려가는 판재를 말려주기는커녕, 판재처럼 히죽히죽 웃으며 빨리 꺼지라고 소리쳤다. 너 이제 임자 한번 잘 만났다. 내 그럴 줄 알았다고 중얼거렸다.

"무슨 잠꼬대를 그렇게 요란하게 해요?"

아내가 흔드는 바람에 잠이 깬 영완은 주변을 두리번거렸다. 판재는 간 곳이 없었다. 꿈이긴 하지만 기분이 찜찜했다. 멀리서 문병 온 친구를 박절하게 내쫓은 자신이 후회스러웠다.

"알아 봤어?"

두 달 만에 퇴원하는 영완이 원무과에서 수속을 마치고 돌아온 아내에게 물었다.

"뭘? 아, 당신께 간을 기증한 분이 누구냐고?"

"몰라서 물어, 당신?"

영완은 알면서도 되묻는 아내에게 짜증스럽게 쏘아붙였다.

"비밀이래요. 병원에서 그걸 알려주면 법에 걸린대요. 주치의 선생님 말씀이 간을 기증한 분도 몇 번이고 비밀로 해줄 것을 굳게 다짐했대요."

영완은 답답했다. 이 각박한 세상에 조건 없이 간을 기증하고 그걸 절대 비밀에 부치란 사람이 어디 있단 말인가? 도저히 상상하기 힘든 일이었다.

"그래도 은인을 모르고 산다는 건 도리가 아니지. 당장 은혜를 갚자는 게 아니야. 그럴 수도 없지. 생명을 어떻게 물질로 계산할 수 있겠어? 아무리 비밀이라도 은인이 누군지 알고는 살아야 될 거 아닌가? 어떻게든 꼭 알아봐!"

영완은 간을 기증한 은인을 꼭 찾겠다고 다짐했다.

"당신이 직접 선생님께 매달려 봐요."

아내는 자신이 할일은 다 했다는 듯, 영완에게 떠밀었다. 수술하러 갈 때 다르고 회복실로 나와서 하는 말이 다르단 게 맞는 소리였다.

영완은 서서히 건강이 회복되었으나 마음은 돌을 매단 것처럼 무거웠다. 처음 간경화라는 진단을 받았을 때처럼 가슴에 쇠뭉치를 매달은 것처럼 괴로웠다.

"선생님 말씀이 거기에 너무 집착하지 말고 앞으로 사는 날까지 좋은 일만 골라서 하시랍디다. 준 사람만 찾을 게 아니라, 전혀 모르는 사람에게 좋은 일을 많이 베풀면 그게 다 그분의 은혜를 갚는 길이래요."

"그 말밖엔 안 해, 의사 선생님이?"

아내에게 되묻는 영완도 그것쯤은 알고 있었다.

"선생님 말씀이 당신은 참 행운아라고 합디다. 그리곤 당신도 어쩌면 기증자를 조금은 짐작할지도 모른다고 하시면서 참 고마운 분이라고 하더라고요."

"뭐, 짐작할지도 모른다고? 그게 무슨 소린지 자세히 말해 봐."

영완은 뜻밖의 말을 듣고 놀랐다.

"선생님께 감사 인사도 할 겸 내가 직접 가서 여쭤봐야겠군."

영완이 급히 환자복을 벗고 사복으로 갈아입었다.

"선생님 출장 가신다고 나가십디다."

"출장? 어디로?"

"미국에서 간암 연구 발표회가 있는데 거기 참석하신다고 방금 공항으로 나가셨어요."

갑자기 맥이 빠진 영완이 침대 모서리에 털썩 주저앉았다.

"어서 일어나요. 퇴원수속 마쳤는데 집에 가야지 여기 더 있을 거예요?"

아내는 병원 생활에 지친 듯 짜증스런 표정으로 재촉했다.

병원에서 퇴원한 영완은 집이 마치 별천지였다. 그의 병세가 호전되면서 틈틈이 집에 들러 집안 구석구석을 정성껏 살핀 아내의 알뜰한 손길이 은연중에 피부로 느껴졌다. 새로 달아 놓은 연녹색 커튼과 깔끔한 집안 분위기가 남의 집처럼 낯설었으나 오랫동안 애착을 갖고 가꿔온 베란다의 화분들이 예전처럼 싱싱한 그

대로라 한결 반갑고 정겨웠다. 그 정겨운 일상이 그에겐 포근한
어머니의 품안처럼 아늑했다. 어수선한 병실을 벗어나 아늑한 분
위기에 안착한 그는 지루한 여행에서 방금 돌아온 듯 몸은 노곤했
으나 기분은 날아갈 듯 상쾌했다.

"내가 진작 의사 선생님께 떼를 써보는 건데 말이야."

소파에 깊숙이 파묻힌 영완이 혼자 중얼거렸다.

"귀국하시면 자세히 물어 보시구랴."

손님을 맞아 분주한 주인처럼 주방에서 바삐 움직이던 아내가
남의 일처럼 말했다.

"알 거면 한시라도 빨리 알아야지."

"당신도 알 만하다니까 언제든 알게 될 것 아뇨?"

"나도 알 수 있는 사람이라……? 누굴까?"

영완은 아무리 기억을 더듬어도 얼른 머리에 떠오르는 인물이
없었다.

"선생님한테 얼핏 들으니까, 생사고락 어쩌고 하시던데 그게
무슨 말씀인지?"

아내는 이제 생각난 듯 기억을 더듬었다.

"뭐, 뭐라고? 생사고락?"

건성으로 내뱉는 아내의 말에 영완은 갑자기 튕겨진 용수철처
럼 몸을 벌떡 일으켜 세웠다.

"그 말을 왜, 이제 하는 거야?!"

순간, 그의 머리에 번개처럼 스치는 인물이 있었다.

"여보, 판재가 주고 간 편지 어딨어?"

"편지라니, 무슨 편지?"

아내는 전혀 기억이 없는 듯, 어리둥절한 표정으로 반문했다

"문병 와서 차비 달라던 때, 판재가 써주고 간 편지 말이야."

영완은 피가 거꾸로 치솟는 것처럼 머리가 어지러웠다.

"그때 안 봤수? 난 본 줄 알고 아니, 달갑잖게 여기는 것 같아 바로 찢어버렸지."

"뭐, 찢어버렸다구?"

영완은 화를 낼 틈도 없이 급히 명함철을 뒤졌다. 이윽고 판재의 명함을 보는 순간 꽉 막혔던 속이 뻥 뚫린 것처럼 시원했다. 그는 길게 한숨을 내뿜으며 전화기를 끌어당겼다.

"누구시당가요?"

벨이 울린 지 한참만에야 여인의 투박한 음성이 전화기에서 흘러나왔다.

"네, 저는 영완이라는 사람인데, 판재 씨 부인되십니까?"

"헌디, 뭣땜시 그런다요?"

"친굽니다. 군대 친구."

"군대 친구라고라?"

판재부인은 무슨 말인지 이해가 안 된다는 듯 말끝을 흐렸다.

"네. 군대 친구, 영완이라구 합니다."

영완은 자신을 빨리 납득시킬 수 있는 방법을 몰라 전전긍긍하면서 친구라는 말만 반복했다.

"나가 알기론 우리 양반은 군대 친구가 읎는디요."

처음부터 무슨 말인지 모르겠다는 듯, 판재부인은 잠시 우물거리다가 그만 전화를 끊어버렸다. 영완은 다시 전화를 걸었다

"안 계신가요, 판재 씨?"

"야, 그렇구만이라."

판재부인은 짧게 대답하곤 말이 없었다.

"어디 가셨습니까, 판재 씨?"

다급한 영완은 안달이 났다.

"그란디 워쩌자구 자꾸 물어싼다요?"

영완은 상대의 짧은 대답이 조금은 무성의하게 느껴졌으나, 그 메마른 음성을 듣고 문득 엉뚱한 의문이 들었다. 그동안 판재가 뭘 잘못해서 형무소라도 간 것이 아닌가 하는 생각이 들자, 머리가 복잡해졌다. 그래서 그의 행선지를 선뜻 밝히지 않는 부인에게 곤란한 말을 되묻기가 부담스러웠다.

"저는 부군 되시는 판재 씨와 군대에서 생사고락을 같이 한 전웁니다. 멀리 가셨다면 언제 오시나요?"

그는 무의식중에 판재가 입버릇처럼 쓰던, '생사고락'이란 말을 빌려 썼다.

"못 오신당게요."

여인의 아리송한 대답에 영완의 마음이 다급해졌다.

"여보세요."

영완은 조급한 마음으로 상대를 불러놓고도 얼른 말이 나오지

않았다.

"그게 무슨 말씀이신지?"

영완은 그제야 머리에 불길한 예감이 불을 질렀다.

"죽어버렸당게요."

"달포 전에 돌아가셨다구요?"

영완은 하마터면 땅에 떨어뜨릴 번한 수화기를 재빨리 다른 손에 옮겨 잡았다. 믿을 수가 없었다. 이식 수술한 후유증 탓이라면……. 눈앞이 캄캄했다. 영완이 난감한 말을 더 물을 수 없어 한참 망설일 때 그쪽에서 먼저 입을 열었다.

"칭구 병문안 가던 길에 교통사고로, 벌써 낼 모레면 49재가 되능구만이라."

여인의 한숨에 묻어나온 말이 뜻밖이었다.

"교통사고?"

영완은 헛소리처럼 중얼거리며 그 자리에 힘없이 주저앉았다.

"여보, 당신 왜 그래요?"

저쪽에서 곁눈질 하던 아내가 급히 달려와 영완을 부축했다.

판재의 49재는 무등산자락에 있는 아담한 암자에서 조촐하게 치러졌다. 명부전에서 거행된 제례에는 영완 외에도 여러 사람들이 참석했으나 가족은 앞을 못 보는 부인과 아직 미혼인 과년한 딸 둘뿐이었다. 가족 외로는 판재가 죽기 전에 기증을 약속한 장기를 이식받은 다섯 사람과 그 가족들이었다.

49재가 끝난 뒤, 영완은 곧장 판재의 묘소로 달려갔다. 그는 한동안 얼빠진 사람처럼 초점 잃은 시선으로 판재의 무덤을 응시했다. 봉분에 핀 작은 꽃잎에 사뿐히 내려앉은 흰나비를 보니 '가야'에서 그가 멋들어지게 뽑아내던 춘향가가 이명처럼 귓가에 맴돌았다.

······우리둘이사랑타가생사가하이있어한번아차죽어지면너의혼은꽃이되고나의넋은나비되어이삼월춘풍시의네꽃송이를내가얹어두나레를쩍벌리고너울너울춤을추거든너가나인줄을·······.

십년 전에 녹내장으로 시력을 잃은 판재의 아내가 딸의 부축을 받고 영완에게 다가섰다.

"너무 감사하구만이라. 먼디서 오신 칭구 냥반께 메라구 인사를 혀야 쓸랑가 모르겠구만이라. 그이가 여그 이러크롬 누워있지만 않았다면, 예전에 서울 가면 술도 겁나게 사주고 여비도 듬뿍듬뿍 주시던 칭구가 오셨다고 월매나 좋아하셨으까 잉. 허구한 날이냥 누워만 있응게 으째야 쓴다요?"

비록 앞은 볼 수 없지만 그 눈에서 질퍽하게 눈물을 쏟아내는 판재부인을 영완은 차마 마주보기가 부끄러웠다.

판재부인의 울음 섞인 말을 듣고 영완은 고개를 들지 못했다. 이생에서는 도저히 갚을 길이 없는 큰 빚을 지고 살아야 하는 삶의 무게를 이제 어떻게 감당해야 할지 너무 막막한 나머지 눈물도 나오지 않았다.

아직 뿌리도 내리지 못한 잔디가 마치 건초더미처럼 뒤덮인 판재의 묘에 영완이 무너지듯 주저앉았다.

순간, 꽃잎에 앉았던 흰나비가 갑자기 놀란 듯 홀쩍 허공에 떠올랐다가 다시 영완의 머리 위를 가볍게 선회하면서 너울너울 춤을 추었다.

엄마의 때꼽

엄마의 때꼽

1

을지로 4가에서 청계천으로 가다 보면 재봉틀가게들이 즐비했다. 중간에는 중고품이나 부속품을 파는 가게들도 끼어 있었다.

영호는 그 길에서 갑자기 발이 얼어붙은 듯 걸음을 멈췄다. 창밖을 향해 전시된 재봉틀 한 대가 유독 눈길을 끌었다.

어, 이게 왜 여깄지? 영호는 어머니가 쓰던 재봉틀을 보는 순간, 뜻밖에 혈육을 만난 것처럼 반가웠다. 반들반들하게 길든 나무 손잡이가 빠져나간 대신 반토막짜리 대못이 꽂힌 것을 볼 때 어머니가 쓰던 재봉틀이 분명했다.

사십여 년 전, 삯바느질하던 어머니는 일감을 맡을 때마다 재봉틀이 있는 이웃집이나 친척집을 떠돌며 동냥아치처럼 재봉틀을 빌려 썼다. 친척이래야 4대 독자인 아버지에겐 팔촌이 제일 가까운 집안이었다. 거기서도 재봉틀을 쓰자면 그 집의 허드렛일을 먼저 끝내주고 눈치껏 재봉틀 앞에 앉았다. 재봉틀을 잡고도 그 집의 바느질거리가 있으면 그것부터 끝내고 자신의 일감에 손을 댔다. 어느 땐 그 집 일에 진종일 매달렸다가 정작 자신이 들고 간 일감은 펴보지도 못하고 파김치가 된 채로 돌아왔다. 어머니는 약속된 기일을 맞추자면 밤을 꼬박 새우기가 일쑤였다.

2

영호가 어머니에게 재봉틀을 장만해 드린 것은 군에 입대하기 전이었다. 영호는 보름 전에 군 징집통지서를 받고도 어머니에게는 입도 뻥끗하지 않았다. 제대를 두 달 앞둔 형이 전투수당 몇 푼을 벌겠다고 월남으로 떠난 지 백일이 채 안 되다보니 어머니의 상심이 이만저만이 아니었다. 그런데 작은아들마저 입대한다면 그 충격이 얼마나 크겠는가. 어머니의 걱정근심을 다소나마 덜어드릴 방법이 궁색한 영호는 한동안 애만 태웠다. 처음 며칠은 얼떨결에 별 생각 없이 지나갔다. 그러나 기왕 갈 바에는 하루라도 서두르지 않으면 안 될 만큼 시일이 촉박해졌다. 그래서 몰래 입대준비를 서둘렀다. 가정교사로 벌어 등록금을 하고 남은 돈을 알뜰히 저축했던 것을 어머니의 돈과 합쳐 지금껏 살던 사글세방을 전세로 옮겼다. 장마철이면 곰팡내가 풀풀 나는 우중충한 반지하방에서 벗어나고 보니 마음까지 밝아졌다. 영호는 입대를 나흘 앞두고 비로소 어머니에게 입영 사실을 알렸다. 어머니는 한동안 말을 잇지 못하고 눈물만 흘렸다.

"그래, 아들이 커서 국가에 충성할 때가 됐는데 어미 마음이 약해지면 안 되지."

어머니는 다부진 의지를 보였으나 겨울이면 해수咳嗽로 고생하는 어머니를 두고 입대한다는 것이 마음에 걸렸다. 연기신청을 하기에는 시일이 너무 촉박해 기피라도 하고 싶었으나 어머니는 펄쩍 뛰었다. 기피자는 평생 불구자처럼 살아야 한다는 것이었다.

어머니는 아들이 입대하면 재봉틀도 없이 삯바느질을 한다고 했으나 그것은 장님이 지팡이도 없이 외출하는 꼴이었다. 그래서 차라리 남의집살이를 하는 편이 낫다고 했다. 영호는 인정할 수가 없었다. 그래서 집을 옮긴 다음 날, 어머니를 모시고 왕십리 중앙시장으로 나갔다. 시장 끝 싸전거리에 중고재봉틀을 파는 가게를 진작부터 알고 있었다. 어머니가 바느질을 하자면 당장 필요한 것이 재봉틀인데 중고품이라도 마련하면 남의집살이를 면하는 건 물론, 떠돌이처럼 남의 집을 헤매지 않을 것이었다.

영호는 가진 돈을 몽땅 털어도 어머니 맘에 쏙 드는 재봉틀을 마련할 수 없다는 것이 안타까웠다. 가진 돈에 맞추려는 어머니는 두 시간 넘게 재봉틀 곁을 맴돌며 가게주인의 눈치를 살폈다. 가게주인의 눈총만 아니었으면 재봉틀에 매달린 시간이 더 길어졌을지도 모른다. 돈머리에 맞추자니 피부병처럼 시뻘겋게 녹슨 재봉틀이 보긴 흉해도 사용하는 데는 별 지장이 없으리라는 것이 어머니의 은근한 귀띔이었다.

영호는 가게 주인에게 엄포 비슷하게 다짐했다. 사용 중에 조금이라도 이상이 있으면 당장 들고 오겠다는 영호에게 염려 말라는 주인의 확답과 함께 보기드문 효자라는 칭찬까지 해주었다. 영호는 만약의 하자를 생각해서 주인의 요구대로 돈을 닥닥 긁어 지불했다. 재봉틀을 머리에 이겠다는 어머니를 밀치고 어깨에 둘러맸다. 중고품이지만 재산목록 1호라고 할 수 있는 재봉틀을 장만했다는 뿌듯함 때문인지 전혀 무겁지 않았다. 날아갈 것처럼 발걸음이 가벼웠다. 어머니는 집에 오자마자 치성드릴 때처럼 재봉틀에 청수사발을 올려놓고 두 손 모았다.

"……탈 없이 잘 돌아가서 예쁜 옷 많이많이 지어주옵소서. ……이 틀로 지은 옷을 입으면 건강하고 무병장수하여 어딜 가던 환대받고 재수대통하게 하옵소서."

한참 중얼거리던 어머니는 비로소 옥양목을 노루발에 놓고 가만가만 바퀴를 돌렸다. 시운전이었다. 삯바느질을 하면서도 당장 목에 풀칠하기 바쁜 탓으로 지금껏 재봉틀을 마련하지 못했던 어머니는 아까부터 실성한 사람처럼 싱글벙글하며 중얼거렸다. 재봉틀 가게에서 덤으로 얻은 기계기름을 구멍마다 찔끔찔끔 넣곤 구석에 낀 기름때와 녹을 열심히 닦던 어머니가 말했다.

"어라, 내 정신 좀 보게. 낼모레 군대 갈 새끼 시장할 텐디 시방 뭘 한디야?"

어머니는 쌀을 씻어 연탄불에 안쳤다. 그리곤 밥 타는 줄도 모르고 재봉틀을 돌렸다. 길이 잘 들어 새것 못지않다는 어머니의 찬사에 영호도 어깨가 우쭐해졌다.

재봉틀이 있다고 바느질이 다 되는 건 아니었다. 손바느질이 필요할 때도 있었다. 눈을 혹사한 탓인지 일찍 노안이 온 어머니는 바늘귀를 꿸 때마다 침침한 눈을 원망하며 돋보기에 한숨 섞인 입김을 불어 닦고도 한참씩 애를 먹었다.

영호는 쓰임새가 많은 흰 실과 검은색 실에 여러 개의 바늘을 꿰어놓았다. 필요할 때마다 적당히 끊어 쓸 수 있도록 실 가닥에 바늘을 연달아 꿰놓았다. 줄줄이 꿴 바늘이 잘못하면 단번에 주르륵 빠질 수도 있지만 어머니는 그렇게 조심성이 없지는 않았다.

3

어려서부터 깔끔하고 조신한 어머니는 열일곱 살에 네 살 연하인 아버지에게 시집을 왔다. 4대 독자로부터 빨리 손자를 볼 생각에 네 살 연상인 규수를 택한 것이었다.

어머니는 딸만 일곱인 진사님 댁 셋째였다. 상처喪妻한 탓도 있지만 대를 이어줄 아들을 얻을 셈으로 여러 차례나 후실을 들인 아버지 밑에서 항상 사랑에 굶주린 딸이었다. 촌에서 제법 밥술이나 먹는다는 집으로 시집온 것이 그나마 다행이었다. 신랑은 나이보다 조숙했으나 독자로 자란 탓인지 매사에 이기적이고 자기 위주였다.

어머니는 열아홉에 아들을 낳았다. 시어른은 남 없는 손자를 얻은 듯, 집안이 온통 축제분위기로 이어졌다. 아기는 젖 먹을 때만 빼곤 거의 시어른의 손에서 놀았다. 무슨 보물을 선사한 것처럼 당당해진 어머니는 마치 개선장군처럼 친정나들이에 나섰다. 네 살 된 아들을 업고 육 년 만에 가는 친정이 백리가 넘었지만 단숨에 갈 듯 발길이 가벼웠다.

친정에는 공주로 시집간 큰 언니가 계모의 막내와 동갑인 딸을 데리고 와 있었다. 거기 모인 셋이 모두 네 살로 어머니가 낳은 아이만 아들이었다. 마침 가는 날이 장날이라고 언니의 딸이 천연두에 걸려 계모의 딸에게 옮겨주었다. 두 아이가 시소를 타듯 열이 오르내릴 때 어머니의 아들이 감염되는 건 시간문제였다.

어머니는 시댁으로 돌아가려고 했으나 몸이 따라주지 않았다. 며칠 지나면 나을 것이라는 생각이 불찰이었다. 아이의 병세는 시간이 갈수록 급박해졌다. 불덩이처럼 열이 올랐다. 파들파들 떨리는 아기 입술이 거칠게 일어난 실타래처럼 타들어가고 눈이 토끼처럼 새빨갛게 충혈 되었다. 여자 아이들의 병세가 호전될 때 어머니는 아들 입에 젖을 물릴 수 없었다. 억지로 젖꼭지를 입에 밀어 넣으면 인두처럼 뜨거운 혀로 밀쳐 내며 악을 썼다. 사지를 비틀며 경련하던 아기는 끝내 발악을 멈췄다. 숨을 거뒀다. 제 몸을 헤집고 나온 아들이기 전에 김 씨 가문의 5대 손孫을 잃은 어머니는 미친 듯 울부짖었다. 아기가 묻힌 뒷동산을 헤맸으나 아무도 애장 터를 일러주지 않았다.

어머니는 양잿물을 찾았다. 죽고 싶었다. 때늦은 후회지만 열이 불덩이 같은 아이라도 업고 친정집을 박차고 나왔어야 했다.

가다가 죽더라도 아니, 싸늘한 핏덩이라도 시댁 문턱에 들여놓지 못한 것이 철천지한이었다. 어머니는 감히 시댁으로 돌아갈 생각은 엄두도 내지 못했다. 그렇게 전전긍긍하고 있을 무렵 시댁에서 기별이 왔다. 손자가 보고 싶어 안달이 난다는 것이었다. 사실대로 실토할 수밖에 없었다. 그리고 보름이 가고 한 달이 가도 이렇다 할 반응이 없었다. 굳이 묻지 않고 더 보지 않아도 알 만한 일이었다. 기가 막혔을 것이다. 침묵이 이렇게 혹독한 질책이라는 것을 비로소 깨닫게 된 어머니는 석 달이 넘도록 지옥 같은 나날을 헤맨 끝에 죽든 살든 시집에 가서 끝을 낸다는 각오로 무거운 발길을 옮겼다. 시댁의 문턱을 넘어선 어머니는 오직 김가네 귀신이 될 결심으로 지옥 같은 생활을 시작했다. 철없는 신랑은 위로는커녕 '새끼 잡아먹은 년'이라는 시어머니의 거친 말을 마치 역성하듯 공공연히 쏟아냈다. 어머니는 살아도 사는 게 아니고 먹어도 먹는 것이 아니었다. 잠을 자도 악몽에 시달렸다. 신랑은 도망치듯 서울로 유학을 가버렸다. 끈 떨어진 뒤웅박처럼 오년을 버틴 어머니는 결국 친정으로 가겠다는 뜻을 밝혔다.

"오냐. 너, 생각 잘했다. 이젠 김가네 귀신 될 생각은 꿈도 꾸지 마라."

아들 없는 집에 무작정 며느리를 잡아둘 수 없다고 생각한 시어머니는 기다렸다는 듯 며느리 가슴에 못을 박았다.

어머니는 친정에서도 오래 있지 못했다. 이유야 어쨌든 부모님을 뵐 면목이 없었다. 친정아버지의 양아들이 사는 서울로 갔으나 거기도 오래 머물기엔 부담이 컸다. 차라리 남의집살이가 나을 것 같았다.

철도청 간부인 일본사람 집 식모로 들어가고 보니 일은 힘들지만 마음이 편했다. 식모살이를 하던 중 찬거리를 사러 시장에 갔다가 시댁 일가를 만났다. 어머니보다 한참 위인 아주머니는 어머니 친정과도 먼 친척으로 지금까지의 전후 사정을 알 만큼 아는 분이었다. 아버지가 B전문을 졸업하고 D일보에 입사한 것까지 알고 있었다. 아주머니는 지금 재밌게 살 새댁이 객지에서 고생하는 것이 안타까워 어떡하든 아버지와의 관계가 원만하게 회복되도록 무던히 애를 썼다. 어머니를 이끌고 아버지의 하숙집까지 찾아갔으나 호랑이를 만난 강아지처럼 질겁해서 도망치는 아버지와 말 한마디 붙여볼 수가 없었다.

아버지는 신학문을 익힌 인텔리인데 비해 어머니는 소학교를 마치고 명심보감을 읽은 정도였으니 처음부터 상대가 되지 않았다. 게다가 아버지는 인텔리들이 모였다는 D일보의 기자로 버버리자락을 휘날리며 장안을 누볐으니 뭇 여성들의 선망의 대상이었다.

그 무렵에 시댁의 팔촌 시동생이 대동상고에 다니고 있었다. 그 부모님이 남의 집에서 고생하는 어머니에게 시동생의 밥을 해주면 어떻겠느냐는 제안에 어머니는 우물쭈물할 이유가 없었다. 시동생을 데리고 있으면 시댁과의 인연이 아주 끊어지지 않으리라는 막연한 기대가 크게 작용했다. 시동생 집이 시골에서 먹고살

만한 집이라 생활비는 넉넉히 올라왔다. 학교 근처에 독채를 얻어 하숙을 치다보니 몸은 고되지만 그만큼 여유가 생겼다. 재미도 있었다.

팔촌 시동생은 학교에 가고 오면서 형님을 가끔 본다고 했으나 어머니는 들은 척도 하지 않았다. 상대도 않는 사람에게 관심을 갖는다는 자체가 자존심만 상할 뿐 아니라, 묻는다고 자세히 말하기는커녕 은근히 놀려댈 것이 뻔한 시동생에게 괜히 속 보일 필요가 없었다.

"어, 형님 기사가 신문에 났네."

대청마루에서 D일보를 보던 시동생은 수돗가에서 저녁 찬거리를 다듬는 형수의 눈치를 살피며 혼잣말처럼 중얼거렸다.

"형님의 기사라니요, 도련님?"

어머니는 형님이라는 소리에 귀가 번쩍 띄었다.

"형님의 인사발령이 사고社告로 났어요."

시동생은 만주 하얼빈 지국으로 발령된 아버지의 사고를 신문 하단에서 보았다.

"어디?"

어머니는 엉겁결에 시동생 곁으로 달려갔으나 시동생은 잽싸게 신문을 접어버렸다. 형수가 신문을 보고 형님의 행선지를 알아서 좋을 일이 아니었다. 모든 살림을 책임지고 있는 형수가 바로 쫓아갈지도 모르는 일이라 선뜻 보여줄 수가 없었다. 형수가 만주로 가버리면 식사는 물론, 전반적인 생활이 당장 뒤죽박죽 될 것은 뻔한 일이었다.

자식 소식에 늘 갈급하던 시부모님은 아들이 만주로 갔다는 말을 듣기가 바쁘게 급거 상경했다. 시동생은 어른의 추궁에 더는 시침을 떼지 못했다. D일보의 사고社告를 보고 본사에 확인까지 마친 시아버지는 하얼빈 가는 길에 며느리를 앞세웠다.

시아버지는 굳이 아들에게 물어보지도 않고 지국支局 근처에 집과 살림살이를 장만해주셨다. 게다가 일 년은 족히 지낼 수 있는 생활비까지 며느리에게 주고 고국으로 돌아가셨다.

어머니는 십 년 만에 만난 남편과 신혼처럼 단꿈을 꾸면서 아들까지 낳았다. 손자를 얻었다는 소식에 시아버지는 즉시 '성호'라는 이름을 지어주었다. 4년 터울의 둘째도 항렬에 따라 '영호'라고 이름을 지었다. 영호를 낳을 때 어머니는 서른다섯, 아버지는 서른이 갓 넘었다.

단란한 생활도 몇 년에 불과했다. 1939년 제2차 세계대전이 발발하면서 일본은 우리 민족의 황민화皇民化를 기치로 내걸었고 민족말살 정책의 일환으로 먼저 D일보가 제거대상이었다. 1940년 8월에 D일보가 강제 폐간되면서 아버지는 그 이듬해 만선일보로 자리를 옮겼다. 만선일보에서 일하던 아버지는 해방 이듬해, 사회주의자들이 입이 닳도록 말하는 노동자와 함께 잘사는 사회를 건설하자는 친구의 감언이설을 뿌리치고 귀국을 서둘렀다. 그러나 믿었던 친구의 손가락질로 당장 체포된 아버지는 모진 고문에 시달리다 정신까지 이상해졌다. 다행인지 불행인지 정신이상은 공산당의 마수에서 벗어날 수 있는 핑계이자 구실이 되었다. 천신만고 끝에 고향으로 돌아왔을 때는 그렇게도 그리워하던 어머니는 이미 세상을 뜬 뒤였고, 아버지도 그 많던 전답을 야금야금 팔아서 작은 마나님과 노후를 즐기고 있었다.

아버지는 여기저기에서 껄끄러운 눈총을 받았다. 남다른 학식에 저널리스트로 활동하던 사람이 촌구석에서 썩고 있다는 것이 아무래도 수상쩍다는 것이었다. 남로당에 적을 둔 용공분자라는 의심의 눈초리가 쏟아진 끝에 형사들이 들이닥쳤다. 잠시 가자는 그들을 따라나선 아버지는 며칠이 지나도 소식이 없었다. 죄 없는 사람을 데려다 설마 어쩌랴 싶어 무사태평으로 기다렸던 게 큰 실수였다. 남로당에서 특파된 간첩이란 누명을 쓴 아버지는 각본대로 자백할 때까지 혹독한 고문을 받았다. 증거보다 자백을 우선하던 그 의심스러운 사상을 실토할 때까지의 고문은 말로 형언할 수 없었다. 팔을 비틀거나 꺾는 것은 예사고 뒤로 묶은 팔에 통나무를 끼워 통닭처럼 공중에 매달아 놓았다. 그것도 아니면 그들이 원하는 대답이 나올 때까지 목침대에 묶어놓고 수건을 덮은 얼굴에 고춧가루 물을 들어부었다. 그런 상황에서는 아무리 불리하고 억울한 심문이라도 '네, 네'라는 대답이 저절로 나왔다.

아버지가 연행된 지 열흘이 되어도 소식이 없자 어머니는 그제야 불길한 예감에 지서로 찾아갔으나 조사 중이니 기다리라고 했다. 초조하고 안달이 나서 백방으로 찾아나선 지 나흘 만에 겨우 알아낸 것이 군소재지에 있는 경찰서로 갔다는 것이었다. 부면장인 팔촌 시누남편이 알려준 정보였다. 어머니는 바로 달려갔으나 처음에는 모른다고 딱 잡아뗐다. 거지꼴인 어머니가 울머불며 매달린 끝에 창고 같은 허름한 방에서 아버지가 끌려나왔다. 보름 만에 만난 아버지는 서리 맞은 시래기처럼 축 늘어진 몰골이 전혀 다른 사람이었다. 시커멓게 멍든 얼굴과 팔목이 아무렇게나 덧칠 해진 머큐로크롬으로 시뻘겋게 얼룩져 있었다. 어머니는 상처투 성인 아버지를 보는 순간 눈에서 불이 뿜어졌다.

"여보, 당신 왜 이래?"

어머니는 이 말밖엔 더 안 나왔다. 아버지는 얼핏 어머니를 보 곤 섬뜩한 눈에서 굵은 눈물을 떨어뜨렸다. 어머니는 아버지의 멍 투성이 얼굴을 추켜세웠다.

"대관절 이게 어떻게 된 거요, 여보?"

아버지가 황소처럼 큰 눈을 껌뻑일 때마다 굵은 눈물이 넘쳐났 다. 동시에 뭔가 불안한 듯 눈동자가 사정없이 흔들렸다. 얼마동 안이나 매달렸었는지 축 늘어진 어깨를 꼼짝도 못하고 고통스러 운 듯 얼굴을 찡그렸다. 어머니는 저쪽에서 이쪽을 흘깃거리는 사 내에게 달려갔다.

"이게 어떻게 된 거예요? 누가 우리 저이를……?"

여기저기에 앉은 네댓 사람 중에 아무도 대답하지 않았다. 어 머니는 가장 큰 책상 앞에 앉은 구레나룻이 시커먼 사내에게 달려 들었다. 그러나 그는 어머니가 안중에 없다는 듯 두툼한 서류뭉치 만 뒤적거렸다. 어머니는 그 사내의 책상을 손바닥으로 내리쳤다.

"멀쩡한 사람을 누가 저 지경으로 만들었느냔 말이요? 뭣 땜에 그랬는지 말 좀 해봐요."

어머니는 반응이 없는 사람들을 뒤로 하고 저쪽 구석에 쭈그려 앉은 아버지에게 달려갔다.

"대관절 누가 당신을 이렇게 만들었어? 누가 이 지경으로 주리를 틀어놨느냐고?"

아버지는 만사가 귀찮다는 듯 머리를 흔들었다. 모른다는 것인지 귀찮다는 뜻인지 도무지 분간하기 어려운 표정이었으나 고통스러운 것만은 분명해 보였다. 얼굴을 찡그릴 때마다 멍든 상처에 붙은 딱지에서 검붉은 피가 지렁이처럼 흘러내렸다.

"공산당이 싫어서 도망쳐온 사람을 이렇게 만들어 놓는 데가 어딨단 말이요? 이승만 대통령이 시킵디까? 그런 늙은이가 북진통일로 나라를 잘살게 만든다는 대통령이요?"

어머니는 입에 거품을 물었다. 보이는 것이 없으니 겁도 나지 않았다. 어머니는 이승만이 대통령이 아니라 망령 든 늙은이라고 소리쳤다.

"악질분자들은 뭐가 달라도 다르군. 겁대가리 없이 미쳤어!"

어머니는 소리 나는 쪽을 보고 소리쳤다.

"그래. 나 미쳤다. 어쩔래? 멀쩡한 사람을 이 지경으로 만들었는데 미치지 않을 여편네가 어딨냐, 이 개 같은 놈들아?"

어머니는 밖으로 나가려는 구레나룻의 바짓가랑이를 잡고 늘어졌다.

"너희 같은 놈들 때문에 대통령이 욕을 처먹는 거라구."

"이 여편네가 죽으려고 환장했군?"

누군가 어머니를 밀어붙이며 소리쳤다.

"그래. 나 죽으려고 환장했다, 어서 죽여라!"

철썩! 무지막지한 사내에게 뺨을 맞은 어머니는 그 자리에서 두 다리를 쳐들고 벌렁 나둥그러졌다. 순간, 고쟁이를 입은 채로 오줌을 쌌다. 바닥이 홍건해졌다. 어머니는 발악했다.

"죽여라, 죽여! 그래, 어서 죽여!"

뺨을 때린 사내가 어머니의 목을 번쩍 추켜들었다. 억센 손에 매달린 어머니는 캑캑거리며 버둥댔다. 밖으로 나가려던 구레나 룻이 휙 돌아서며 송충이 같은 눈썹을 씰룩거렸다.

"시끄러우니까 빨리 내보내."

어머니 목을 한손으로 움켜잡았던 사내는 내던지듯 어머니를 밀쳐 내곤 빈손을 툭툭 털었다.

"재수가 없으려니까 별 거지발싸개 같은 년이 다 와서……."

창가로 간 사내가 궐련 한 대를 빼물었다. 어머니는 눈에 불을 켜고 쇳소리를 토했다.

"그래, 내가 거지발싸개라면 늬들은 나라를 좀먹는 송충이다, 송충이!"

"저런 썩을 년을 콱! 저런 악질은 당장 총살시켜야 이 나라가 빨리 통일될 텐데……."

"쓸데없는 소리 그만하고 어서 내보내라니까. 아니, 집까지 차로 데려다 줘."

아버지는 보름 만에 초주검이 되어 어머니의 부축을 받고 돌아왔다. 딴사람이 된 아버지는 먹는 것이 부실한 탓인지 아니면 혹독한 고문 탓이지 두 달이 넘도록 자리를 털고 일어나지 못했다. 오랜만에 조국으로 돌아온 아버지에게 주는 형벌치고는 너무나 가혹했다. 정신마저 이상해진 아버지는 망령 든 노인처럼 혼자 중얼거렸다. 헛소리였다. 잠결에도 옆 사람이 놀랄 정도로 괴성을 질러댔다. 그럴 땐 깡마른 몸이 물에서 건져낸 것처럼 땀으로 흠뻑 젖어 있었다. 고문 후유증에다 궁핍한 생활을 견디지 못한 아버지는 6·25사변이 일어난 다음해 젊은 아내와 어린 자식을 남겨두고 세상을 떠났다. 향년 삼십칠 세였다.

그때 어머니는 배운 게 도둑질이라고 할 줄 아는 것은 바느질과 음식이었다. 음식이야 먹고살기 힘든 때라 별 소용없고, 바느질 솜씨만은 이웃에서 빠지지 않고 불려 다녔다. 초상이 나서 상복이나 수의를 짓는 일은 대개 부조를 대신한 무료봉사지만 땟거리가 없는 형편을 짐작하는지라 수고했다는 뜻으로 쌀 됫박이라도 주면 어머니는 못 이기는 체 받아다 끼니를 때웠다. 그렇다 보니 어머니는 끝내 바느질감에서 손을 떼지 못하고 삯바느질로 품을 팔았다.

4

영호는 재봉틀가게로 성큼 들어섰다. 중고품가게답게 흐릿한 불빛 아래 잡다한 물건들이 너저분하게 흩어져 있었다.

"어서 오세요."

영호는 늙수그레한 주인의 상투적인 인사는 들은 척도 않고 창가의 진열대로 직행했다. 창가에서 먼지를 뒤집어쓰고 있는 재봉틀은 어머니가 쓰던 것과 비슷한 재봉틀이 아니라, 바로 그 물건이었다. 주인은 하고많은 물건 중에 왜 이런 고물에 눈독을 드리느냐는 눈빛이었다.

"아직도 사용에는 지장이 없습니다. 하지만 대개는 데커레이션용으로 나가는 물건입니다."

영호는 재봉틀에 앉은 먼지를 기름걸레로 닦는 주인에게 단도직입적으로 물었다.

"얼맙니까?"

"이건 이미 예약된 물건입니다."

주인이 이런 식으로 한 번 튕기는 건 분명히 몇 푼이라도 더 받겠다는 수작이었다.

"먼저 사가는 사람이 임자 아닙니까?"

영호는 값은 고하간에 다른 이에게 뺏기고 싶지 않았다.

"아무리 장사꾼이지만 신의는 있어야죠."

주인 말은 백 번 옳았으나 속이 빤히 보이는 소리를 계속했다.

"어머니가 바느질품을 팔아서 공부시킬 때 쓰던 거와 같은 거라 꼭 사겠다는 손님이……."

영호는 주인의 말이 거짓이 아닌 듯싶어 은근히 긴장되었다.

"그 사람은 딱히 이게 아녀도 될 것 아닙니까?"

"손님 역시 이게 아녀도 되긴 마찬가지 아닙니까?"

주인은 사람 좋게 껄껄댔지만 만만하게 물러설 기미는 보이지 않았다.

"이게 어떡해서 여까지 굴러왔는지 모르지만 우리 어머니 쓰던 거라 가져가겠다는 겁니다."

"허, 참! 그걸 어떻게 증명합니까?"

주인은 어이없다는 듯 헛웃음 쳤다.

"여기 밑실 감는 데 숫자 보이죠?"

주인은 영호가 가리키는 곳은 아예 보지도 않고 도전적으로 반문했다.

"그래서, 그게 뭐 어떻다는 거요?"

"이게 바로 우리 어머니 쓰던 재봉틀이라는 증겁니다."

"그건 재봉틀마다 갖고 있는 고유번홉니다. 그걸로 어떻게 댁의 모친 거라고 우겨댑니까?"

주인은 어이가 없다는 듯 아니, 미친놈과는 상대하기 싫다는 듯 획 돌아서버렸다.

"그렇담 내가 이 여덟 자리 숫자를 눈 딱 감고 좌─악 왼다면 믿겠소?"

"그걸 안 보고 당장? 그럼, 내 거저 드리리다."

주인은 천재가 아닌 이상 지금 한 번 보고 어떻게 외우느냐 투로 말했다.

"안 보고 외우면 거저 주시겠다 이거죠? 분명 약속한 겁니다, 쥔 양반?"

주인은 영호의 호언장담에 코웃음 쳤다. 그러나 영호는 자신 있었다. 우연이지만 이 번호는 영호의 군번 여덟 자리와 거의 비슷한 숫자였다. 그러니까 첫째 숫자 2와 가운데 자리 3, 그리고 마지막 숫자 4만 기억하면 나머지는 모두가 군번과 같아서 눈을 감고도 욀 수 있었다. ❷-12❸120❹. 2 3 4를 왼다는 것은 그야말로 식은 죽 먹기였다.

영호의 암기력에 눈이 휘둥그레진 주인은 감탄사를 연발했다. 그는 이 물건이 결코 장물이 아니라는 것을 설명하다보니 묻지도 않은 말을 길게 했다. 석 달 전, 고물장수에게 술값을 나우 얹어주고 샀다는 것이었다. 영호는 중앙시장에서 하듯 두말 않고 주인의 요구대로 돈을 주고 택시에 실었다.

"그게 뭐요?"

아내는 남편이 무겁게 들고 오는 재봉틀을 보고 물었다.

"보고도 몰라?"

아내는 석 달 전 고물장수에게 넘겨준 재봉틀을 보는 순간 가슴이 철렁 내려앉았다.

"그걸 어디서 주워왔수?"

"당신은 이게 주워온 것 같아?"

"모르니까 묻잖아요."

"모르긴 뭘 몰라? 당신이 버렸으니까 주워온 거로 뵈지, 안 그래?"

"버리긴 내가 왜 버려?"

변명이 궁색해진 아내는 말을 줄였다.

"당신은 고물이라고 버렸겠지만 난 여기 묻은 때꼽 하나라도
다이아몬드처럼 귀하다구."

아내는 말을 아꼈다. 변명을 길게 늘어놓다 석 달 전 일이 들통
나면 괜히 입장만 난처해질 것이다.

5

석 달 전, 영호아내는 왕십리에 용한 점집이 있다는 친구의 말
에 은근히 귀가 솔깃했다. 용한 점집이라면 불원천리하고 찾아다
니는 친구의 말로는 왕십리 점집이 족집게란 별명이 붙을 정도라
미리 예약하지 않으면 만나보기 어렵다는 것이었다. 친구는 남편
사업을 물어볼 때마다 귀신같이 맞췄다는 말을 입이 닳도록 했다.
족집게의 말대로 사업이 대박을 쳐서 한동안 재미를 톡톡히 봤는
데 재작년엔 액운이 꼈으니 빨리 걷어치우라는 말에도 고집불통
인 남편이 계속 욕심을 부리다 결국 쫄딱 망했다는 사실도 양념처
럼 잊지 않았다. 그리고 이번에 시작하는 사업이 어떻게 될지 무
꾸리를 가는데 동행하자는 것이었다. 영호아내는 궁금한 일도 없
으면서 남이 장에 간다니까 똥장군 지고 쫓아가듯 따라갔다.

족집게보살은 영호아내를 보자마자 오랜 친구처럼 손을 덥석
잡고 호들갑을 떨었다.

"워매 워매, 뭐더다 이자 왔능가?"

족집게보살은 거실에서 기다리는 손님을 제쳐두고 영호아내부
터 잡아끌었다. 친구는 무슨 특혜라도 받은 양 눈을 껌뻑이며 어
서 상담실로 들어가라는 것이었다.

점집이 처음인 영호아내는 호기심 가득한 눈으로 실내를 두리
번거렸다. 울긋불긋한 장식과 번쩍거리는 구조물에 압도된 영호
아내는 최면에 걸린 듯 주눅이 들었다. 온몸이 절로 오그라드는
기분이었다.

한쪽 벽을 가슴 높이로 제단을 꾸며놓고 그 위에 삼색과일은
물론, 옥춘당 비슷한 갖가지 사탕과 과자들이 수북하게 진설되어
있었다. 그 중앙에는 수염이 긴 백발노인의 인자한 모습과는 달리
당장이라도 내리찍을 듯 날카로운 삼지창을 쥐고 있었다. 그 밑에
주목으로 짠 탁자를 사이에 둔 보살이 한쪽 무릎을 세우고 정갈하
게 앉아 쪽진 머리를 매만지며 입을 열었다.

"말 안 혀도 다 알겠다마는 뭣여 영감 때메 왔쟈?"

오십이 갓 넘었을 족집게는 한참 연상인 영호아내에게 반말로
물었다.

"그게 아니라 저는……."

영호아내는 주눅든 탓인지 말을 더듬었다.

"그것이 아님 뭣이여?"

"딸이 시집간 지 오 년이 지났는데 아직……."

"시집가면 안 갈쳐도 잘 허는 게 애 낳는 일여. 그보단 대주大主

가 더 급허구먼, 시방."

깔고 앉았던 부엌방석처럼 얼굴이 넓적한 보살은 거침없이 지껄였다.

"대주 뭔 띠여? 그렇담 작년부터 삼잰디 싸게 방패를 안 험 일명불시一暝不視라, 당장 일 치겠어. 뭔 말인지 알어, 시방? 과부가 된다는 걸 우리 산신님이 일러주시는구먼."

두툼한 옥반지를 낀 보살의 손이 가볍게 어깨 너머를 가리켰다. 영호아내는 아무리 지엄하신 산신의 계시라지만 멀쩡한 남편이 죽는다는 말에 당장 섬뜩한 기분이 들었다. 안 들으니만 못했으나 보살의 속내가 번히 짐작되는 터라 아예 묵살해 버렸다.

그리고 나흘 만에 일이 터졌다. 거짓말처럼 남편이 쿨룩거렸다. 처음엔 예사로 알고 근처 의원에서 주사를 맞고 약도 복용했다. 그러나 일주일이 지나도 열이 나고 기침은 심해졌다. 그때 비로소 족집게의 말이 떠올랐다. 보름 만에 만난 보살은 이미 올 줄 알고 기다렸다는 듯 태연하게 말했다.

"나가 뭐랬능가? 일 친다고 안 혔능가?"

"어떡하면 좋아요, 보살님?"

처음부터 겁 없이 족집게를 불신했던 자신이 후회스러웠다.

"동티가 났어."

"그게 무슨 말씀이신지?"

보살 말을 선뜻 이해하지 못한 영호아내는 마치 죄인처럼 두 손을 모으고 되물었다.

"시뻘겋게 녹슨 물건이 액운을 끌어 들였당게."

녹슨 물건이라면 쇠붙이였다. 영호아내는 아무리 기억을 더듬어도 얼른 떠오르는 물건이 없었다.

"석 달 전, 동북간에서 핏덩이 같은 녹슨 물건이 들어왔어. 그걸 달래지 않음 대주가 살煞을 맞아."

대주는 남편이고, 살을 맞는다는 건 죽음을 의미하는 말로 더럭 겁이 나는 소리였다. 석 달 전이면 시어머님이 돌아가신 직후라 황망 중인데 어디서 그런 물건이 들어왔단 말인가.

이윽고 생각을 거듭한 끝에 짚이는 물건이 있었다. 그러나 그게 문제될 줄은 꿈에도 몰랐다. 시어머님이 돌아가신 후, 유품을 정리하던 윗동서가 어머니 물건을 태우거나 버렸는데 재봉틀이 처치곤란이었다. 아니, 버린다고 할 때, 영호아내는 아까운 생각이 들었다. 아쉬운 대로 쓸 만한데다가 어머님이 아끼던 재봉틀을 함부로 버린다는 것이 자식 된 도리가 아니었다. 적잖이 마음에 켕겼다. 불효라기보다는 차마 못할 짓을 저지르는 것 같아 업둥이처럼 재봉틀을 안고 집으로 왔던 것이다.

6

영호아내는 잘 생각해보고 다시 오라는 족집게의 말을 잊지 않고 정해준 날을 기다렸다. 그때까지도 남편의 증상은 전혀 호전되지 않고 악화일로로 치닫고 있었다. 낮에는 우선한가 싶다가도 해만 지면 거짓말처럼 열이 오르고 기침을 했다. 당장 종합병원에 가보고 싶었으나 메르스가 한창 유행하던 때라 엄두가 나지 않았다. 메르스로 판정되어 질병관리본부에 등록되면 그 순간부터 가족과 접촉이 금지될 뿐 아니라, 죽어도 소리 소문 없이 화장된 분골만 유족에게 전해진다는 말에 겁을 먹고 떨었다.

영호아내는 액땜의 방편이라고 알려주는 족집게의 말대로 재봉틀이 들어온 방향으로 갖다 버리다시피 처리했다. 그리고 씻김굿을 겸한 천도제를 지냈다. 그래서인지 남편의 병세는 서서히 호전되었고 보름 만에 바깥출입이 자유로워졌다.

"그래서 무당의 말대로 재봉틀을 버렸다는 거야, 뭐야?"

영호의 추궁에 아내는 끝내 이실직고했다.

"과부가 된다는데 어떡해? 당신 같음 두 손 놓고 있다 홀아비가 돼도 좋아?"

영호는 불끈 쥔 주먹을 힘껏 내려칠 듯 치켜들었다.

"에라, 이 순−! 엄니의 유품을 무당 말 한마디에 똥친 막대기처럼 내버린다는 게 말이 돼?"

"버린 게 아니라니까 왜 자꾸 버렸다고 그래, 당신?"

아내는 '버렸다'는 말이 듣기 싫었다.

"두고 썩히면 뭘 해? 옷 수선하는 친구에게 줘서 유용하게 쓰면 그게 백 번 존 거 아니야? 내가 누구야? 둘째 며느리가 어머니 유품을 내주면서 아끼고 잘 쓰도록 신신당부했음 됐지, 더 뭘 바래? 어떡해야 잘하는 건지 말 좀 해봐."

끝내 울먹이는 아내의 말이 전부 거짓은 아니었다. 헌옷을 수선하는 사람에게 주려고 했으나 막상 재봉틀을 보곤 배보다 배꼽이 더 크겠다는 말로 점잖게 사양했다. 그래서 영호아내는 리어카를 끌고 다니는 고물장수를 불렀다. 그냥 가져가도 좋으련만 고철값이나마 준다기에 거절하지 않았다. 비록 적은 액수지만 어머니의 천도제비용에 보태고 보니 유품처리 문제로 무거웠던 마음이 눈 녹듯 가볍게 사라졌다.

"그렇담 왜 재봉틀이 거기 있느냐구?"

"낸들 어떻게 알아? 오래 썼으니까 고장 나서 버렸겠지, 뭐."

영호아내는 재봉틀에 묻은 때 하나라도 보물처럼 여기는 남편에게 더 할말이 없었다. 영호는 과거 재산목록 1호였던 재봉틀이 이제 고철덩어리에 불과하지만 어머니의 애환이 깃든 분신으로 여겨질 때마다 따스한 체온이 전해지는 듯했다. 그래서 기름걸레로 반들반들하게 닦아 거실 장식장 옆에 고이 모셔놓았다.

7

영호아내는 재봉틀에 대한 남편의 집착이 일종의 정신질환이 아닐까 걱정스러웠다. 똥친 막대기처럼 내버린 재봉틀을 재차 끌어들인 탓으로 동티가 재발해서 정신병으로 도진 게 아닌지 궁금하기로 말하면 진작 족집게보살에게 무꾸리를 하고 싶었다.

"어쩐 일여? 집안 다 무고허쟈? 대주도 무탈허시고 잉?"

족집게보살은 두 달 만에 만나는 영호아내를 친정동기간처럼 다정하게 맞았다.

"덕분에 잘 있어요. 헌데, 우리 집 양반이 열흘 전 밖에 나가더니⋯⋯."

"왜, 발목이라도 뺐능감?"

"그게 아니고, 밖에서 끌어들인 물건이⋯⋯."

영호아내의 말이 끝나기도 전에 족집게보살은 천리안인 듯 말을 싹둑 잘랐다.

"복덩이구먼 뭘 그려? 잘 모셔놓으면 존 일이 많컸는디 뭐시 걱정이다냐?"

"딴 게 아니고 저번에 보살님께서 내다버리라는⋯⋯."

"글쎄, 딴소리 허덜 말고 내 시키는 대로만 허랑게. 그럼, 만사 오케이! 일이 술술 잘 풀려 박장대소할 일이 생겨."

보살은 더 물을 틈도 주지 않고 바쁘다는 핑계로 어서 가라고 내몰았다. 보살 집에서 쫓겨난 영호아내는 보살 말을 어떻게 해석해야 할지 갈피를 잡기가 어려웠다. 집에 돌아온 아내는 거실에서 기름칠을 하는 남편을 보자 짜증부터 치밀었다.

"당신은 허구한 날 재봉틀만 닦고 있음 밥이 나와 돈이 나와?"

"밖에서 뭘 잘못 먹고 왔나, 왜 그리 심통을 부려?"

영호는 빈정거리는 아내에게 더 핀잔을 주려다 꾹 참았다.

"심통이 아니라, 엄니 손때가 다이아몬드처럼 귀하다며?"

"그래서!"

영호는 욱하는 성질을 참다못해 버럭 소리쳤다.

"매일 그렇게 빡빡 닦으면 보석 같은 엄니 때꼽이 남아나겠어?"

"히야, 모처럼 옳은 소리 한 번 하시네."

영호는 아내의 농담을 한껏 추켜세웠다.

"후훗, 나라고 옳은 말하면 어디 덧난다?"

남편의 칭찬에 금방 얼굴이 밝아진 아내는 등 뒤에 숨겨온, 알록달록한 깃털로 만든 먼지떨이를 불쑥 내밀었다. 순간, 두 사람은 손뼉을 치며 눈물이 찔끔 나도록 박장대소를 했다.

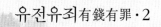

유전유죄有錢有罪·2

조간신문에 이런 광고가 떴다. 그 내용인 즉, 호두와 잣을 생산
하는 농가에 막대한 피해를 주는 청설모 퇴치 방안을 공모公募한
다는 것이었다. 이 광고에 따르면 청설모가 1년에 먹어치우는 잣
과 호두의 량을 현금으로 계산하면 자그마치 천억 원에 가깝다니
실로 믿기 어려운 금액이었다. 그래서 잣을 생산하는 그 지역의
시·군과 잣 농가들이 주축이 된 영농조합에서 궁여지책으로 거액
의 상금을 걸고 획기적인 청설모 퇴지 방안을 공모하는 동시에 번
식을 막는 운동을 대대적으로 벌인다는 것이다.

오전 내내 조간신문을 뚫어지게 훑어보던 찬호가 이런 광고문
을 놓칠 리가 만무다. 이 광고를 보는 순간, 백수건달의 머리에 뭔
가 번개처럼 스치고 지나갔다.

"옳다. 바로 이거다!"

찬호는 무릎을 쳤다. 하늘이 준 기회라고 생각하자, 가슴이 벌

렁거렸다. 그는 밤새껏 입고 뒹굴던 꾀죄죄한 잠옷을 뱀허물처럼 훌렁 벗어던지고 깔끔한 외출복으로 갈아입었다. 수세미처럼 헝클어진 머리를 잘 빗질해서 포마드를 듬뿍 바르고 이대 팔로 가르마를 정성껏 타 넘겼다. 몸단장을 마친 그는 명색이 출판사 간판을 걸어 놓고 실제론 돈놀이를 하는 친구 사무실로 달려갔다.

"어쩐 일이냐? 한동안 그림자도 안 비치던 자네가?"

모처럼 만난 친구가 잠시 고개를 들고 헐레벌떡 달려온 찬호에게 물었다. 그리곤 바로 컴퓨터 모니터에 시선을 고정시켰다. 그는 시시각각으로 변동되는 주식시세에 온 신경이 쏠린 터라 다른 일에는 눈 돌릴 틈이 없었다.

"자네하고 상의할 게 좀 있어서."

응접소파를 비집고 친구에게 다가간 찬호가 속삭이듯 말했다.

"상의라니, 뭔 상의? 점심은 먹었어?"

올 때마다 점심과 저녁에 술까지 사는 일이 부담스럽긴 하지만 그래도 친구라고 찾아 왔는데 그냥 있기가 뭘 해서 지나가는 말로 한마디 던졌다.

"지금 밥이 문제가 아니야."

"세상사가 먹고 살자고 하는 일인데 밥보다 중요한 게 뭔데?"

한수는 뭔가 모르게 서두르는 찬호의 얼굴을 일별하고 물었다.

"폐일언하고 단도직입적으로 말해서 사무실 좀 같이 써야겠다."

이건 상의가 아니라, 제멋대로 결정한 일을 일방적으로 통보하는 꼴이었다. 이런 넉살좋은 친구가 갑자기 무슨 말을 하는지 모르겠다는 듯, 한수는 가느다랗게 실눈을 뜨고 물었다.

"뭔 소리를 하는 거야, 지금?"

"저쪽에 책상 하나 더 놓고 같이 쓰잔 말이다."

찬호는 말하기 곤란한 내용을 얼른 털어놓았다.

"보다시피 콧구멍만한 이 좁은 구석에? 뭔 사기를 치려고……?"

한수는 처음부터 대답이 거칠었다.

"넌 잘 나가다가도 가끔 남의 염장 지르는 소리를 해서 탈이라구."

머쓱했던 찬호가 발끈했다.

"그럼, 뭐냐? 마누라 덕에 호의호식하고 놀다가 갑자기 나타나서 엉뚱한 소릴 하니까 그렇잖아? 대관절 책상 하나가지고 뭘 하겠다는 거야? '떴다방'이라도 차릴래?"

한수는 아내를 앵벌이처럼 혹사시키는 찬호를 노골적으로 비꼬았다. 그러나 찬호는 그러건 말건 통사정을 잊지 않았다.

"야, 내가 이번에 대박치면 네 은혜는 평생 잊지 않을 게. 암, 잊지 않고 크게 한몫 떼 줄 테니까, 책상 하나만 빌려 주라, 응?"

"빌려주는 건 문제가 아닌데, 나중에 나까지 이상한 놈 만드는 거 아니야? 난 그런 거 딱 질색이니까 그따위 소린 아예 집어치워. 알았어?"

그렇다. 나중에 껄끄러운 일로 얼굴 붉히느니 애초에 딱 끊어버리는 게 상책이라고 생각한 한수는 처음부터 박절하게 나왔다.

"야야, 넌 아직도 친구를 못 믿냐? 그런 걱정은 꿈도 꾸지 말고 제발 같이 쓰자구. 저쪽 구석이라도 내주면 새벽같이 나와서 청소는 물론, 급사 노릇까지 할 테니까 염려 말라구."

찬호는 애가 타서 졸랐다.

"아예 취직을 하겠다는 소리군? 암튼, 난 복잡한 거 딱 질색이니까 쓸데없는 소리 집어치고 점심이나 먹으러 가자. 나도 주식이 박살나는 바람에 아직 점심 전이나까 어서 나가자고."

한수는 지금껏 쥐고 있던 마우스를 내던지듯 밀쳐놓고 늘어지게 하품을 하며 기지개를 켰다.

"지금 한가하게 사발농사 지으러 온 게 아니라니까 그러네."

"그럼, 뭘 할 건지 말을 해봐."

"글쎄, 지켜보면 차차 알 거야. 내가 한몫 잡으면 널 그냥 두겠냐? 자네 말처럼 코딱지만 한 이 사무실에서 소꿉장난 하듯 잔돈푼이나 만지는 일은 그만 때려치우고 새로운 직업으로 '기리까에' 할지도 모르니까 단단히 준비하라구."

"야, 찬호야! 정신 좀 차려. 너 제발 웃기는 소리 그만하고 어서 밥이나 먹으러 가자니까."

"한수야, 너야말로 헛소리 말고 내 말 잘 들어. 너 언제까지 이 좁아터진 방에서 꼬깃거리는 잔돈푼을 세구 있을래? 정녕코 어릴 때 꿈은 이게 아니잖아? 가슴에 비까번쩍한 금배지를 달려면 자네 지금 이렇게 잔돈푼에 매달려서 금쪽같은 시간을 허비할 때가 아니야. 그 꿈을 위해서 하루 빨리 정신 차리고 그럴듯한 산업체를 설립하든지 아니면 번듯한 뭘 하나 차려서 한몫 단단히 쥐어야 할 것 아닌가? 국회의원이든 뭐든 원대한 꿈을 성취하려면 우선 실탄이 충분해야 한다는 건 자네가 더 빠삭하게 알지 않는가? 주식을 하면서 돈의 흐름을 조금은 파악하는 자네니까 말일세."

한수도 자신의 양양한 꿈을 실현하자면 찬호의 황당한 말에도 일리는 있다고 생각했다. 암튼, 찬호는 이렇게 한수를 어르고 달래서 겨우 반승낙을 받아냈다. 그는 점심을 같이 먹자는 한수의 권유를 바쁘다는 핑계로 뿌리쳤다. 친구의 사무실을 나온 찬호는 무거운 발길을 재촉했다. 그렇다. 실비식당에서 허드렛일을 하는 아내를 찾아가는 발길이 어찌 가벼울 수 있겠는가.

찬호는 마침 점심시간이 지나 브레이크 타임을 즐기고 있는 아내를 어렵잖게 식당 밖으로 불러냈다.

"왜? 저녁에 집에서 말해도 될 걸 왜 남의 구질구질한 일터로 찾아와서 야단이야? 남들 눈도 있는데 백수가 창피하지도 않아?"

아내는 다짜고짜 다방으로 이끄는 남편의 팔을 뿌리치며 눈살을 찌푸렸다.

"글쎄, 따라와 보라니까."

"뭐가 급해서 이 난리야, 난리가?"

아내는 도살장에 끌려가는 소처럼 골목 입구에 딱 버티고서 언성을 높였다.

"난 이제 당신 말이라면 팥으로 팥죽을 쑨대도 안 믿어."

아내가 이렇게 말하는 것도 무리는 아니었다. 그도 그럴 것이,

찬호는 십 년 넘게 다니던 직장을 버리고 나온 후로 꼬박 5년을 놀고먹었다. 그러니 아내에게 무슨 말이 통하겠는가. 게다가 이것저것 하는 일마다 가뭄에 오갈들 듯 망조가 들어 실패를 거듭하다보니 결국 아내를 실비식당의 허드레 일꾼으로 전락시키고 말았다. 입이 열 개라도 할말이 없는 터에 아낸들 마지못해 살은 비비고 살지만 찬호를 제대로 된 남편으로 대접할 턱이 없었다.

개숫물에 젖은 앞치마를 두른 아내를 다방으로 끌고 간 찬호가 다정하게 말했다.

"밥은 먹었어?"

"왜, 식당일하는 여편네가 굶었을까봐 걱정돼 달려온 거야?"

아내는 처음부터 볼 씹은 음성이었다. 찬호는 어떡하든 아내의 마음을 눙쳐보려고 애를 썼으나 쉽게 가라앉을 기미가 없었다. 손님이 없어 썰렁한 다방이 찬호에겐 호젓해서 좋았다.

"당신도 참 인정머리하군."

찬호가 쩝쩝 입맛을 다시자, 아내가 바로 내질렀다.

"왜, 내 인정머리가 어때서?"

"신랑이 모처럼 찾아왔음 빈말이라도 점심 드셨느냐구 함 어디가 덧나?"

"꼴에 신랑 대접은 푸지게 받고 싶은가 보지?"

아내가 이렇게 막 나오면 아무리 뻔뻔한 찬호라도 입이 쉽게 열리지 않았다. 아내의 비아냥거림에 은근히 부아가 치민 찬호는 그만 뛰쳐나가고 싶었다. 그러나 목적을 달성하려면 아무리 속이 뒤집혀도 참는 게 상책이었다.

"어때, 구정물에 불어터진 손 가지고 번 돈으로 어디 근사한 식당에서 칼질이라도 시켜드릴까?"

아내의 야유는 끝이 없었다.

"그게 아니구."

"그럼, 뭐야? 빨리 말해! 나 저녁 준비하려면 바빠!"

"……."

찬호는 아내의 짜증에 주눅이 들어 입이 열리지 않았다.

"뜸들이지 말고 빨리 말하라니까 뭐해? 바쁜 사람 속 터지는 꼴 볼 껴?"

아내의 성화에도 찬호의 말문은 쉽게 열리지 않았다.

주문한 커피가 나오기 전에 벌떡 일어서는 아내를 잡고서야 찬호는 비로소 입을 열었다. 염치없는 말이지만 딱 한 번만 이유를 묻지 말고 오백만 원만 융통해 달라고 목을 맸다.

"뭐, 오백만 원?"

아내는 어이가 없다는 듯 허옇게 치뜬 눈만 껌뻑일 뿐이었다.

"당신도 언제까지나 남의 집 구정물통에 손 담그고 있을 순 없잖아? 내가 빨리 성공해야 당신도 팔자가 쫘ー악 필 거 아닌가?"

찬호는 먹구름처럼 기미로 얼룩진 아내의 얼굴을 바라보며 뭔가 해낼 것처럼 묵직하게 음성을 깔았다.

"쫘ー악? 뭐가 쫘ー악, 잘 풀리는 건데?"

꼴불견인 남편이 가소롭다는 듯 아내는 콧방귀를 뀌었다. 찬호는 창밖으로 시선을 던진 아내에게 잽싸게 말했다.

"우리 오정자 여사가 뭔지 몰라서 물어?"

"그래. 몰라서 묻는다. 뭐가 성공하는 건데?"

"돈을 버는 거지, 뭐. 왕창 돈을."

"그게 성공이야? 그걸 이제 알았어, 당신?"

"알지만 소도 언덕이 있어야 비빈다구, 개뿔이나 뭔가 있어야 말이지."

"내가 뭐랬어? 허구한 날 자빠져서 개꿈만 꾸지 말고 경비원 자리라도 찾아보라구. 그땐 뭐하고 자빠졌다가 이제 와서 겨우 한다는 말이 왕창 돈을 벌 테니 밑천을 대라고? 푸핫, 정말 웃겨! 아직도 정신 못 차리고 왕창 사고 한번 치시겠다 이 말씀이지?"

아내는 남편의 넉살에 신물이 올라온다고 벌떡 일어섰다.

"자자, 앉아서 내 말 좀 들어보라구."

찬호가 아내의 팔을 잡고 늘어졌다.

"듣기 싫어! 이 멍청한……."

아내의 표독스런 호통에 찔끔한 찬호는 얼른 주변을 살폈다. 손님이 없기 망정이지 있었다면 이 무슨 개망신인가.

"엉뚱한 소리나 하려거든 어서 들어가 잠이나 퍼 자!"

찬호는 콧방귀를 뀌는 아내에게 구정물을 흠뻑 뒤집어쓴 기분이었으나 그렇다고 호락호락 물러설 사람이 아니었다.

찬호는 삼 일 동안 아내를 달달 볶고 졸라서 돈 4백만 원을 손에 쥐는 순간, 바로 신문사로 달려갔다. 중앙에서 발행되는 조·

석간신문에 광고를 냈다. 정부와 지자체가 권장하는 사업을 시작하는데 양심적인 동업자를 찾는다는 내용이었다. 명함만한 크기의 광고에는 농가의 소득증대를 위해 정부에서 적극 지원하는 사업이라고 밝혔다. 투자액의 한도는 삼억 원인데 늦어도 1년 안에 투자한 전액을 법정이자의 3배로 늘려 준다는 단서를 달아놓았다. 이 광고를 본 사람들은 대부분 부정적인 안목으로 긴가민가한 눈치였다. 그러나 찬호의 구체적인 사업설명을 듣고 바로 투자하겠다는 자금주가 여럿 나타났다. 그중, 전면에 나서지 않고 뒤에서 지원하겠다는 오명박 씨는 지자체의 단체장까지 지낸 경력의 소유자로 드러내 놓고 말은 안 해도 자타가 공인하는 상당한 재력가였다. 혹자들은 재산이 그렇게 많은 사람이 뭐가 답답해서 그런 쪼잔한 사업에 투자하는지 의문이라고 쑤군거렸다. 한마디로 과욕이라고 말하겠지만 사실은 만족할 수 없는 야망이 끝없이 용솟음친다는 것을 모르기에 하는 소리였다. 어쩌면 그의 화려한 꿈을 실현하기 위해서는 많은 자금이 필요한지도 모른다.

그와 합작으로 회사를 설립하고 공동 대표가 된 찬호는 남산 밑에 있는 특급호텔의 연회장에서 대대적인 사업설명회를 열었다. 혹시나 복합적인 메리트가 있는 사업인지 궁금해서 모인 많은 사람들 앞에서 이뤄진 그의 사업설명은 길지 않았다. 그러나 분명한 논지로 여러 사람을 설득하기에 충분했다. 우선 잣이나 호두를 생산하는 농가에 막대한 피해를 주는 청설모를 대량 구매한다는 것은 이미 신문광고에 밝혔기 때문에 거기에 모인 대부분의 사람들은 이미 짐작하고 있었다. 부연해서 설명하면 청설모를 구매하는 가격은 마리당 오천 원이며, 죽지 않고 산 놈은 팔천 원에서 만 원씩 구매한다는 것이었다. 기름진 견과류를 선호하는 청설모를 다량으로 구매해서 탕으로 달여 정력제를 겸한 보신용으로 판매하는 전문 회사를 설립한다고 했다. 그 제품의 특허출원도 이미 마쳤다고 밝혔다. 이어서 그 제품을 선전하고 판매하는 대리점과 지사를 모집할 계획도 자세히 털어놓았다. 대리점과 지사의 영업권을 줄 때는 그 지역의 특성을 고려해서 일정액의 보증금을 받겠다는 것도 거기서 굳이 밝힐 필요는 없지만 말이 나온 김에 못을 박아버렸다.

각 직할시와 도청소재지를 포함해 이십여 개의 지사가 생기고부터 전국에서 청설모를 잡는 엽사들이 수없이 모여들었다. 심지어는 엽사들이 포획한 청설모를 다량으로 구입하여 냉동 보관했다가 한몫에 팔러 오는 중간상까지 생겼다.

매스컴을 통해 줄기차게 떠들어대는 바람에 이미 알겠지만 우리나라 사람들은 노소를 불문하고, 빈부의 격차 없이 누구든 정력제라면 사족을 못 쓴다는 사실이었다. 단군 이래로 쑥과 마늘을 선호하는 우리 민족이 어쩌다 이 지경으로 정력이 부실해졌는지 찬호로써는 도저히 이해가 되지 않았다.

잣이나 호두 따위의 기름진 견과류를 선호하는 청설모가 남자들에게는 정력제로, 여자들에게는 피부미용과 다이어트에 최고라는 입소문이 퍼지면서부터 청설모는 물론, 오소리까지 씨가 마를 지경이었다. 한마디로 불타나게 팔렸다.

　전국에 산재한 엽사獵師들과 농가에서 부업으로 잡아들이는 청설모가 하루에도 어마어마한 수량에 이르렀다. 찬호가 설립한 회사에서 구매하는 금액만 하루에 1억 원에 가까웠다. 한 달이면 수십억 원에 달했다. 간혹, 한약을 달이는 탕제원에서 개인적으로 달여서 파는 곳도 우후죽순처럼 생겼다. 그러나 전문적인 시설을 갖추고 조직적인 판매망을 통해서 공급하는 찬호와 비교하면 마치 포철 앞에 차린 대장간이라고나 할까.

　처음에 찬호는 청설모를 푹푹 삶아서 만든 육골 즙을 차에 가득 싣고 다니면서 정부부처나 공공기관을 상대로 대대적인 홍보에 나섰다. 굳이 그쪽만이 아니라 어딜 가던 공짜 싫어하는 놈 없고 정력에 좋다는 걸 마다하는 놈 없었다. 가는 곳마다 대환영이었다. 홍보 차원에서 공짜로 나눠주는 걸 며칠 먹어 본 사람들은 과연 소문대로 효과가 탁월하다는 말을 침이 마르도록 이구동성으로 떠벌였다. 어떤 관공서의 뻔뻔한 놈은 공짜로 더 얻어먹을 셈으로 식품위생법이 이러니저러니 떠들면서 은근히 가당찮게 협박까지 했으나 먹고 떨어지라고 던져 주면 두 말 없이 사라졌다.

　찬호는 정부로부터 아니, 잣이 주로 생산되는 G군郡과 호두의 주산지인 Y군과 C군으로부터 연간 수십억 원씩 사업자금을 지원받기로 합의했다. 동시에 하반기 예산에서 각각 몇 십억 원씩, 도합 백억에 가까운 돈을 1차로 받는데 성공했다.

　마리당 팔천 원에 사들인 청설모를 이십만 마리쯤 확보한 상태에서 다시 신문광고를 냈다. 물론, 홈쇼핑에서 청설모 육골 즙이 여성들의 피부미용과 다이어트에 좋을 뿐 아니라, 남자들에겐 보양강장제로 끝내준다는 광고가 나가면서부터 그 파급효과는 엄청 났다. 경향각지에서 주문이 쇄도하는데 제때 물량을 공급하지 못할 정도였다.

찬호는 광고 효과가 이렇게 엄청날 줄 미처 몰랐다.

도하 각 일간 신문에 청설모 한 마리에 만 원씩 사겠다는 내용의 광고를 대대적으로 실었다. 산채로 포획한 놈은 만 오천 원에 구매한다는 것과 그놈들을 모아 기르는 100평짜리 사육장 다섯 동을 서울 근교에 짓고 있다는 현장 사진도 홍보용으로 실었다. 판이 이쯤에 이르자, 이름도 거창한 무슨 자연보호단체와 동물보호협회에서 연락이 오는가 싶더니 곧바로 항의가 빗발쳤다. 단순한 항의가 아니라 먹이가 없어 발광하는 짐승처럼 악다구니를 썼지만 찬호는 눈도 깜짝하지 않았다. 오히려 자연 친화적인 동물보호가 인간보다 우선하느냐고 맞섰다. 피땀 흘려 지은 농작물을 마구잡이로 먹어치우는 청설모를 언제까지 애완동물처럼 두고 볼것이냐. 또 농민들이 청설모보다 못하냐고 삿대질을 해댔다. 동물보호 차원에서 쥐들도 보호하겠다는 말이냐고 반문했다. '쥐들이 살찔 때 사람은 굶는다'는 60년대의 쥐잡기 표어를 들먹이며 목청을 높였다.

청설모를 잡아서 국민건강에 보탬이 되고 동시에 호두나 잣 생산농가의 이익이 배가된다면 이거야 말로 일거양득이 아니냐는 반문에 항의하는 측도 잠시 주춤했다. 동물보호협회에서 시끄럽게 자꾸 떠들면 현재 사육중인 수십만 마리의 청설모를 한꺼번에 풀어놓겠다는 엄포도 겸했다. 만약, 삼십만 마리를 방생한다면 농가의 피해가 막대하다는 것쯤은 삼척동자도 알 것이다. 그러면 견과류 생산을 주업으로 삼는 농민들이 가만히 있겠는가. 당장 동물보호단체나 자연보호협회를 와장창 뒤집어엎을 것인데, 그래도 좋으냐? 찬호는 말만 번지르르한 보호단체가 왜 하나만 알고 둘은 모르는지 한심한 처사라는 말로 입에 거품을 물었다.

청설모 가격을 올리는 2차 광고, 3차 광고가 나간 뒤에도 청설모의 수집은 쉽지 않았다. 매달 새끼를 치는 청설모도 아니고, 그만큼 다량으로 포획한 후에 개체수가 확산된다는 건 계산상으로도 쉽지 않은 일이었다. 다시 또 광고를 내보낸 뒤 호두의 주산지인 C군과 우리나라 잣 수확량의 80%를 생산하는 G군과 H군으로부터 청설모 퇴치에 앞장선 공로를 인정받아 표창장과 상금까지 두둑하게 받았다. 견과류는 물론 각종 유실수의 수확기를 맞춰 다시 내보낸 광고에는 군으로부터 받은 감사장 사진을 홍보용으로 쓰면서 수상에 감사하는 기념으로 청설모 수매가도 5만 원으로 대폭 인상시켰다.

수매경기가 이렇다보니, 부업삼아 청설모를 포획하는 것이 아니라 아예 본업으로 사육하는 농장이 늘어났다. 그도 그럴 것이, 한 해에 청설모 사오십 마리만 사육해도 새끼까지 합치면 5백만 원이 넘는 수입이었다. 시골에서 1년에 5백만 원이면 큰돈이었다.

돼지 십여 마리 사육에 버금가는 수입이었다.

찬호가 설립한 육가공회사에서는 껍질만 벗긴 청설모를 다섯 시간 이상 푹 고아서 롤파우치에 담아냈던 육골즙 용기를 좀 더 위생적인 캔으로 바꾸는 단계에 이르렀다. 없어서 못 팔 정도로 잘 나가는 육골 즙이 살아있는 청설모처럼 재빠르게 날아다녔다. 그 수입으로 사무실 경비와 투자자의 이익 배당을 충분히 해주고도 상상을 초월하는 엄청난 돈이 찬호의 통장에 차곡차곡 쌓여갔다. 그것만이 아니었다. 당장 현찰로 바꿀 수 있는 사육장의 청설모 숫자만도 상당히 많았다.

마리당 오만 원에 수매한다는 광고를 낸 다음, 찬호는 쥐도 새도 모르게 영업 계획을 바꿨다. 뒷구멍으로 투기꾼들을 유인했다. 돈을 벌겠다고 몰려드는 사재기꾼들에게 현재 보유하고 있는 청설모를 서서히 팔아넘겼다. 제 삼자를 앞세워 5만 원짜리 청설모를 4만 5천 원에 암거래를 시작했다. 가관인 것은 처음 투자자를 구할 때, 사업 설명을 듣고도 고개를 갸웃거리던 사람들이 어느새 약삭빠른 사재기 꾼으로 변한 것이었다. 특히, 웃지 못 할 일은 처음에 동업자로써 공동대표까지 했던 오명박도 어느 틈에 한몫 단단히 챙긴 뒤, 모르는 척 시침을 떼고 있었다. 이젠 슬쩍 한발 물러나서 가느다란 실눈을 뱀처럼 반짝이며 찬호의 눈치만 살폈다. 뛰는 놈 위에 나는 놈이 번갯불에 콩 구워 먹는다는 말처럼 정말 보통 인물이 아니었다. 뭔가 일을 낼 사람이라고 찬호는 혼자 혀를 찼다. 가진 사람이 더 야비하다는 말이 틀린 소리가 아니었다.

그리고 또 재미있는 일은 모든 재산을 다 털어도 5억도 안 된다고 엄살을 떨던, 한때의 동업자였던 K전무도 어떻게 돈을 마련했는지 슬슬 사재기에 끼어들었다. 막차에 매달린 꼴이 안타깝지만 도리가 없었다. 심지어는 찬호에게 모욕적인 언사로 면박을 주던 한 수도 어느 틈에 사재기꾼으로 혈안이 되어 덤볐다. 그러나 찬호는 미안하지만 비밀을 유지할 목적으로 아예 모르는 척 시침을 뗐다. 최종 목적을 위해 모종의 작전이 끝날 때까지는 아무리 친구라도 어쩔 도리가 없었다.

암튼, 사재기꾼들은 4만 5천 원에 사들였다가 5만 원 이상 오른 뒤에 팔면 만 원은 거저먹는다는 얄팍한 계산에서 혈안이 되어 덤벼들었다. 사육장의 청설모가 야금야금 줄어든 것을 본 사람들은 청설모 줍이 그만큼 잘 팔리는 걸로 착각하기에 십상이었다.

청설모 사육장은 한 달 사이에 축사가 썰렁할 정도로 숫자가 줄어들었다. 적게는 만원 미만에서 많게는 이만 원에 사들인 청설모를 마리당 배 이상 받았으니 남아도 여간 남는 장사가 아니었다. 2년 만에 거액을 틀어쥔 찬호는 누가 보든 말든 미친 사람처럼 싱글벙글 했다. '돈 놓고 돈 벌기가 이렇게 쉬운 걸 뭐한다고 생으로 고생하며 지랄을 했는지, 내 원 참.'

의기양양해진 찬호는 만면에 미소를 머금고 동물보호협회를 찾아갔다. 단순한 방문이 아니라, 거금을 기부할 목적이었다. 동물보호 사업에 보태 쓰라고 목돈을 내놓자, 괜히 거들먹대던 협회 회장이 돈의 액수를 보곤 당장 눈이 휘둥그레지면서 안색이 변했

다. 놀라는 표정이 역력한 그는 찬호의 손을 덥석 잡고 한참 흔들
어댔다. 찬호는, 영양탕 잘하는 집으로 안내하겠다는 회장의 손을
뿌리치고 돌아오는 길에 자연보호협회도 들렀다. 단기간에 거액
을 거머쥔 찬호로서는 여기저기에 기부금 몇 푼 내는 것쯤은 조족
지혈이었다.

동물보호협회에서 사달이 난 건 며칠 뒤였다. 엄청난 돈을 긁
어모은 찬호가 겨우 몇 천만 원으로 생색을 내면서 공공단체를 매
수했다는 것이었다. 다른 단체까지 연합해서 합동으로 들고 일어
났다. 거액을 벌었으니 더 내놓으라는 시위였다. 그러나 찬호가
어떻게 번 돈인데 엿장수 맘대로 호락호락 내놓겠는가. 안아 주면
업어 달라는 말처럼 한마디로 거지가 먹을수록 양양이라고 비웃
었다.

한편, 실비식당에서 허드렛일을 하던 찬호의 아내 오정자 여사
는 남편이 한 달 전에 사준 그랜저를 몰고 고속도로로 나왔다. 주
행연습을 나온 그녀 곁에는 보름 전, 머리틸 나고 처음 갔던 카바
레에서 만난 배종수라는 젊은이가 건장한 몸을 등받이에 비스듬
히 기대고 있었다. 그는 친절한 운전학원 강사처럼 핸들을 잡은
오정자에게 귀찮을 정도로 잔소리를 해댔다. 그는 주행연습을 도
와준다는 명목으로 따라나섰으나 사실은 겁 없이 돈을 펑펑 쓰는
정자에게 용돈이나 얻어 쓸 속셈이었다. 정자의 남편이 뭘 하는
작자인지는 몰라도 돈을 구정물 버리듯 펑펑 쓰는 그녀에게 붙어

있으면 용돈 말고도 다른 재미가 쏠쏠했다. 그야말로 꿩 먹고 알 먹는 셈이었다. 만난 지 며칠 만에 비싼 양복도 한 벌 얻어 입었고 만날 때마다 용돈도 두둑이 받았다. 배종수는 어떻게 하면 정자로부터 한몫에 거액을 알거낼 수 있을까 목하 고민 중인 반면, 외간 남자를 처음 만난 정자는 이런 연하의 멋쟁이와 즐길 수 있다면 까짓 돈이 문제가 아니었다. 이십 년 넘게 고단하게 살아온 남편한테서는 평소 느껴보지 못한 황홀경에 빠진 정자는 돈이 좋다는 걸 새삼 실감했다. 그렇다. 돈이 없었다면 어디서 이런 싱싱한 사내와 맨살을 비벼보겠는가. 불과 얼마 전까지도 남의 집 구정물통에 손이 불어터지도록 진종일 담그고 있던 자신의 처지로는 도저히 상상하기 힘든 일이었다. 배종수는 궁상맞은 남편보다 훨씬 젊고 키도 후리후리할 뿐 아니라, 우뚝한 콧날에 성큼한 눈이 좀 우락부락하게 보이지만 누가 보더라도 매혹적인 남자였다. 게다가 딱 벌어진 입을 다물지 못하고 한참 동안 진저리 치도록 강렬하게 밀어붙이는 잠자리의 기교도 상상을 초월했다. 보름 전, 처음 관계를 가졌던 일을 생각하면 지금도 아랫도리가 뿌듯하게 달아올랐다. 지그시 눈을 감고 있던 배종수는 말했다.

"그만 밥 먹으러 가자구."

배종수의 말은 단순히 배가 고프다는 말이 아니었다. 식사는 여벌이었다. 식사 다음으로 이어지는 일이 급다는 뜻이었다. 솔직히 말해서 빨리 모텔로 가자는 것이었다. 그들이 처음 정을 통한 이후부턴 식사가 끝나면 바로 모텔로 가는 것이 불문율처럼 정해진 순서였다.

"아직 점심때가 아닌데."

정자는 종수의 속내를 알면서 슬쩍 딴청을 부렸다.

"먹는데 때가 있어? 먹고 싶을 때 먹는 거지. 안 그래?"

종수는 정자의 내숭을 뻔히 알고 능청을 떨었다.

"아침 안 먹었남? 자기."

정자도 무슨 소린지 모르겠다는 듯 시침을 뗐다.

"밥보다 당신의 찌찌가……. 이 맹꽁이!"

사내가 코를 벌름거리며 능글맞게 웃을 땐 벌써 정자의 탱탱한 허벅지를 더듬고 있었다. 정자가 눈을 흘기며 말했다.

"오늘은 주행연습만 하면 안 될까?"

"자기가 더 좋다고 소리치면서 왜 그래?"

배종수는 어느새 정자의 앞가슴을 더듬으며 넉살을 떨었다.

"자기 피곤하잖아, 매일?"

정자는 운전대를 잡은 지 불과 며칠이나 되었다고 벌써 건방지게 한 손으로 핸들을 돌렸다. 그리고 다른 한 손으로는 자신의 가슴을 더듬는 사내의 손을 살짝 움켜쥐었다. 알았으니 참으라는 수작이었다.

정자가 액셀에 힘을 더하자, 저 멀리 산밑에 궁전처럼 보이는 하얀 모텔이 서서히 이쪽으로 다가왔다.

청설모 한 마리에 5만 원씩 수매하겠다는 날은 아침부터 사무실이 온통 도떼기시장으로 북적거렸다. 전국에서 청설모를 자루에 담아가지고 새벽같이 모여든 사람들과 동물보호협회에서 몰려온 회원들이 한 덩어리가 되어 승강이를 벌이며 아우성쳤다.

그때, 찬호는 사무실 맞은편에 있는 호텔에서 젊은 여인을 가슴에 품고 있었다. 맨살이 나긋나긋한 여인과 방금 일을 끝낸 그는 벗은 채로 사무실에서 벌어지는 상황을 일일이 전화로 보고를 받았다. 그는 신문에 광고를 낸 것처럼 청설모 한 마리에 5만 원씩 수매하겠다는 생각은 변함이 없었다. 그러나 동물보호협회와 자연보호 측 회원들이 저렇게 떼로 몰려와서 난리를 치며 수매를 방해하니 찬호인들 어쩌겠느냐는 것이었다. 그리고 보면 예상대로 이행할 수 없다고 오리발을 내밀 구실은 충분했다.

찬호가 담배를 피워 무는데 핸드폰이 울었다. 담배연기를 길게 내뿜으며 핸드폰을 받자, 경리과장으로 있는 처남이 숨넘어갈 듯 말했다.

"매형. 아니, 사장님! 어떻게 할까요?"

"뭔데, 그래? 방정 떨지 말고 차분히 말 해."

찬호는 애초부터 사태의 심각성을 예상한 터라 별로 놀라지 않았다.

"지금 청설모를 팔겠다고 모인 사람들이 사무실 앞에서 난립니다. 빨리 수매하라고 아우성인데 어떡할까요?"

처남인 오 과장의 음성이 다소 부드러워졌으나 다급하기는 마찬가지였다.

"뭘, 어떡해? 예정대로 하면 돼지. 우선 K전무 측에서 보낸 것부터 사들이라고. 전혀 모르는 척 시침을 떼고."

K전무는 찬호가 사업을 시작할 때 최초로 참여한 투자자였다. 두 달 전에 퇴직한 그는 벌써부터 다른 사람을 시켜서 몰래 청설모를 사 모은다는 것과 현재까지 확보한 수량만도 엄청나다는 사실을 찬호는 알고 있었다. 그러나 모르는 척 눈감아주었다. 그것 역시 찬호의 사업전략 중에 하나였다. K전무가 청설모의 최고 상한가를 어떻게 알고 있는지 진작부터 슬슬 팔겠다고 나섰지만 때는 이미 서산에 기운 해였다. 그러나 상황이 아무리 절박하지만 기왕이면 그가 소유하고 있는 청설모를 다소나마 수매해 주는 것이 그동안 알고지낸 정리였다. 그는 친구도 못 믿는 세상에 찬호와 손잡고 사업을 이만큼 키워놓은 일등공신이었다. 그가 겁 없이 뒷구멍으로 수집해 놓은 청설모가 현재 시세로 치면 적지 않다는 것이 문제였다. 과욕은 불상사를 낳기 마련이었다. 그의 흥망성쇠가 찬호의 손에 달렸다는 사실을 그는 까맣게 모르고 있을 것이다. 그뿐이 아니었다. 오직 청설모 하나로 돈을 만져보겠다고 벌 떼처럼 덤비는 사람들의 운명을 생각하면 한심하기 짝이 없었다.

"오늘은 오전에 우선 천 마리만 수매하고 아니, 동물보호협회와 여타의 껄렁한 단체에서 나온 것들이 더 난폭하게 지랄할 때까지 기다렸다 천천히 수매 작업을 시작해."

"알겠습니다. 현재 상황으론 협회 측 사람들이 많이 모이고 더 험악하게 깽판을 칠 때까지 기다려도 괜찮을 거 같습니다. 암튼,

돌아가는 상황을 보고 천천히 자금을 풀 계획이니까 염려 마시고 편히 쉬십시오.”

“그래. 오 과장이 알아서 자금을 풀라고. 헌데, 동물보호협회하고 다른 환경단체에서는 아무 연락 없나?”

찬호는 사흘 전에 동물보호협회 사무국장과 환경단체 임원을 만나 푸짐하게 저녁을 먹었다. 그리고 철통같이 약속했다. 그때 짜놓은 각본대로라면 다소 시간이 걸려도 상황이 급박해질 때까지 기다릴 작정이었다.

“네, 바로 그 말씀인데, 좀 있으면 동물보호협회에서 나온 회원들하고 또 다른 단체에서 떼거리로 몰려들 것 같은데 아니, 벌써 건물 현관에 들어섰답니다. 많은 사람들이……..”

오 과장의 말이 끝나기도 전에 뭔가 와장창 부서지는 소리가 수화기를 통해서 들려왔다. 보지 않아도 뻔했다. 유관단체의 회원들이 몰려와 험악하게 난동을 부리는 모양이었다.

찬호는 소형냉장고에서 꺼낸 캔 맥주를 목에 들어부었다. 갈증이 말끔히 걷히면서 위로 내려간 싸늘한 알코올기가 묵직한 몸을 상쾌하게 만들었다. 그는 회심의 미소를 지으며 중얼거렸다.

“자식들, 잘들 논다. 그래, 어제 사다놓은 중고품 즙기도 실컷 때려 부수고 멋대로 놀아봐라.”

이제 청설모 사업은 깨끗이 끝났다. 예상대로라면 진작 막을 내렸어야 할 일이었다. 자의가 아니라 타의로 인한 폐업을 공공연히 알릴 때가 된 것이었다. 타의를 빙자한 폐업이야말로 누가 봐도 합법적이었다. 그것만이 사회적인 지탄과 원성을 피할 수 있는 유일한 방법이었다. 그래서 울며 겨자 먹기로 폐업을 자초했다. 남들은 잘 나가던 사업이 졸지에 무너졌다고 애석하게 생각하겠지만 사실은 그게 아니었다. 남들 보기엔 어쩔 수 없이 문을 닫은 꼴이지만 사실은 지금껏 긁어모은 돈을 가지고 어딘가에서 이삼 년쯤 푹 쉬다가 배梨로 유명한 나주던지 아니면 사과의 주산지로 일자리를 옮겨볼 참이었다. 거기서 과수농사에 막대한 피해를 주는 조류 중에 특히, 지금까지 반가운 소식을 전하는 길조로 알려진 까치나 까마귀를 퇴치하는 사업에 뛰어들 작정이었다.

어디에 근거가 있는지 모르지만 옛날 말에, 하루에 참새 대가리 세 개만 구워먹으면 칠십대 노인도 늦둥이를 볼 수 있다는 것이었다. 그래서 주책없는 영감님들이 늘그막에 망신당하기 십상이라는데 그 참새대가리의 효과를 까치나 까마귀로 바꿔도 괜찮을 것이다. 옛날부터 오골계나 까마귀처럼 검은색의 약재는 대개 신장 기능 그러니까, 정력에 도움이 된다는 것은 동의보감을 들먹이지 않아도 알 만한 사람은 다 아는 상식이었다. 아마 모르긴 해도 이런 식으로 대대적인 광고 선전만 잘 하면 그 사업도 청설모 못지않은 기발한 사업이다. 지금은 광고만 뻔질나게 잘하면 맹물도 기능성 식수로 둔갑하는 세상 아닌가.

찬호는 조금만 머리를 굴리면 돈 벌기가 이렇게 쉬운데 왜 그걸 모르고 백수로 허송세월을 보냈는지 억울하기 짝이 없었다.

그때, 찬호의 핸드폰에서 벨이 울렸다.

"또 뭐야?"

찬호는 처남의 전화로 알고 버럭 소리부터 질렀다. 그러나 처남의 전화가 아니고 엉뚱한 남자의 음성이 다급하게 들렸다.

"전화 받는 분이 김찬호 씹니까?"

"네, 제가 김찬홉니다만."

"……오정자 씨가…….”

전화를 건 저쪽에서 묻어오는 잡음 때문에 무슨 말인지 얼른 알 수 없었으나 아내의 이름만은 분명히 들었다.

"네, 제 아낸데 왜 뭐, 뭐라구요?"

찬호는 상대가 무슨 말을 하는지 알아듣기가 어려웠으나 대충 듣기로는 아내가 교통사고를 냈다는 것이었다.

찬호는 건너편 사무실 쪽에서 아우성치는 스피커소리와 핸드폰에서 지글거리는 잡음 때문에 도통 무슨 말인지 분간이 안 되었다. 찬호는 다시 물었다.

"여, 여보세요. 거기가 어딥니까?"

상대편에서 소리쳤지만 도통 알아들을 수가 없었다. 찬호는 애가 타서 소리쳐 물었다.

"뭐, 고속도로 순찰대?"

찬호는 핸드폰을 귀에 바짝 대고 목청을 높였다.

"중태? 다시 말을 분명히 좀……. 그래, 거기가 어디냐구요?"

찬호는 반벙어리처럼 말을 더듬으며 귀를 기울였다. 그러나 뭔가 급박한 상황만 느껴질 뿐 자세한 내용은 알 수가 없었다. 다만 추측하건데 국도에서 아내의 승용차가 6미터 아래로 굴렀다는 말 같았다. 그래서 거기에 탄 남녀가 방금 구급차로 인근 병원에 실려 갔다는 것이었다.

찬호는 머리를 갸웃거렸다. 아침에 듣기론 이웃에 사는 중학교 동창과 주행연습을 나간다고 했는데 남녀 두 사람이라니……? 찬호는 얼결에 잘못 들은 것 같아 재차 물었으나 상대의 대답은 이미 단절되고 말았다. 찬호는 뒤통수를 세게 맞은 것처럼 머리가 띵했다. 의문이 꼬리를 물고 늘어졌으나 사태가 이 지경에 이른 마당에 그런 문제로 골머리를 썩이고 싶지 않았다. 다만 아내가 실려 갔다는 병원을 찾아가기 위해 급히 서둘렀다.

"빌어먹을! 잘 나가는 마당에 이게 뭔 꼴이람?"

자신도 모르게 부아가 치민 찬호는 허둥지둥 옷을 입었다. 그는 아직도 곤히 잠든 여인의 머리맡에 수표 몇 장을 던져놓았다. 그리곤 아내가 실려 갔다는 병원으로 급히 차를 몰았다.

이튿날, 조간신문에 이런 머리기사가 실렸다. '교통사고로 병원에 실려 간 아내를 찾아가던 남편, 과속으로 전복.'

갑장 나으리

갑장 나으리

　구월 중순이면 서늘할 때가 됐는데 지구온난화현상 탓인지 연일 늦더위가 극성을 부렸다. 러닝을 벗고 팬티 바람으로 선풍기를 틀어놨지만 열 받은 모터에서 후텁지근한 바람이 밀려 나왔다.

　책상 대용인 교자상에 진종일 붙어 앉아 원고를 쓴답시고 땀을 빼는데, 저쪽에 있는 핸드폰이 뒤집힌 풍뎅이처럼 부르르 떨었다. 덜덜거리는 진동을 무시하자, 티브이 곁에 있던 전화기가 방정맞게 울렸다.

　"여보, 전화 좀 받아보구려!"

　나는 아내가 있는 주방을 향해 소리쳤다.

　"샤워 중이니까 당신이 받으라고요."

　아내의 짜증에 나는 할 수 없이 수화기를 들었다.

　"빨리 전화 안 받고 뭘 하냐?"

　수화기를 들기가 무섭게 쏟아지는 상대의 날카로운 음성이 송곳처럼 귀에 파고들었다.

"누, 구, 신가?"

나의 반문이 어이없다는 듯, 상대의 거친 음성이 벼락처럼 달려들었다.

"너, 정말 모르는 척 시침 뗄래?"

"글쎄, 음성만 듣곤……?"

낯선 음성이 장난인가 싶어 호통을 치려다 참았다.

"오냐, 나 갑장이다."

"아, 갑장 어르신?"

나는 비로소 상대를 알고 반겼다.

"전화하면 왜 안 받고 살살 피하냐? 빚쟁이마냥."

"뭔 말씀? 듣느니 첨인데."

그가 두어 번 전화했더라는 소리를 아내에게 듣긴 들은 것 같은데 그렇다고 그걸 시인하다보면 구차한 변명을 늘어놔야 할 게 귀찮아 아예 시침을 뗐다.

"야, 한 잔 꺾자."

다짜고짜로 나오는 그의 음성엔 벌써 취기가 질퍽하게 배어 있었다.

"벌써 꼭지가 한참 돌았는데, 뭘?"

"잔말 말구 빨리 나와!"

갑장은 막무가내였다.

"거기가 어딘데? 뭐, 잠실?"

그가 있다는 술집의 시끌벅적한 소음이 고스란히 수화기로 옮겨왔다.

"혼자야?"

"나오라면 냉큼 나올 것이지 뭔 잔소리가 많아?"

원고를 쓴다고 진종일 더위에 시달린 터라 목이 컬컬했지만 아홉 시가 넘은 시간에 잠실까지 간다는 건 아무래도 무리였다.

"어떤 자린지 알아야 갈 거 아니냐?"

나는 은근히 뜸을 들이며 꽁무니를 사렸다.

"취한 놈 뒤치다꺼리가 귀찮다 이거지?"

"아는 걸 보니 덜 취했군."

"나 친구 많아. 너 아녀도 부르면 번개같이 뛰쳐나올 놈들 수두룩하다구."

혀가 살짝 꼬인 갑장이 횡설수설할 때 나도 지지 않고 대들었다.

"친구도 친구 나름이지. 취한 놈한테 공술이나 얻어먹으려는 놈이 수두룩함 뭘 해? 하나라도 나처럼 눈알이 바로 박힌 놈이어야지."

"그래, 너 말 한번 건방져서 좋다. 내 친구 될 껵, 자격이 충분 껵!"

갑장은 아까부터 딸꾹질을 하고 있었다.

"취했으니 그만 집에 들어가. 마누라 속썩히지 말고."

나는 취한 갑장과 입씨름하기가 귀찮았다.

"그래. 나, 취했다. 꺽! 그래서 귀찮다, 이거지 꺽!"

"건강도 부실하면서 술독에 빠져 허우적대니까 하는 소리야."

병명은 모르지만 그가 석 달 전에 큰 수술을 받았다는 걸 알고 있었다.

"그러니까 빨리 와서 건져줘야 될 꺽, 아냐, 인마!"

갑장의 말투가 갈수록 거칠었다.

"가만, 네 집이 어디야? 내 당장 쳐들어갈 거니까."

멀리 갈 일이 까마득하던 나는 얼씨구나 싶어 당장 아파트 동 호수를 알려주었다. 근처의 전철역까지.

"알았으니까, 꼼짝 말고 기다려."

취한 사람이 밤에 전철을 두 번씩 갈아탄다는 것이 쉽지 않을 터라 내가 가든지 아니면 택시를 타라고 말하려는 순간 그가 먼 저 입을 열었다.

"택시비나 두둑이 갖고 대기해."

나는 전화를 끊고 그가 올 만한 장소로 나가면서도 꼭 오리라 곧 믿지 않았다. 택시를 탄 김에 곧장 집으로 가길 은근히 바랬 다.

갑장을 처음 만난 건 칠월 말이었다. 그러니까 달포 전, 더위가 한창일 무렵 아내가 뜬금없이 피서 이야기를 꺼냈다. 며칠 후 여 고 동창생 하나가 아는 이들과 부부 동반으로 피서를 가는데 우 리도 묻어가면 어떻겠느냐는 것이었다. 아내와 피서를 갔던 기억이 까마득한 나로서는 그렇잖아도 여름만 되면 빚쟁이처럼 주눅 들던 터라 당장은 우물쭈물했으나 은근히 귀가 솔깃했다. 허나, 남들과 쉽게 어울리지 못하는 내성적이고 까칠한 성격에 낯가림까지 심해 선뜻 대답을 못했더니 이튿날 아내가 덜컥 예약을 했다는 것이었다. 3박 4일의 경비가 일 인당 십오만 원이면 실속이야 어떤지 모르지만 결코 부담스러운 금액은 아니었다.

아내와 나는 새벽부터 서둘러 약속장소에 대기한 관광버스에 탔으나 일찍 온 사람들이 많아 뒤쪽에 앉았다. 버스가 도시의 어둑한 옆구리를 미끄러지듯 빠져나가 고속도로에 진입했다. 그때를 기다린 듯 붉게 물들인 머리를 남자 상고머리처럼 바짝 쳐올린 오십 대 초반의 여인이 마이크를 잡고 통로 초입에 섰다. 늘씬한 키에 등판이 푹 파인 하늘하늘한 블라우스를 시원하게 걸친 그녀는 자칭 회장이라며 이 여행을 주선한 장본인이라고 했다. 그리곤 여기 계신 모든 분들이 지금부터 한식구가 되어 언니 오빠 동생 형부로 부르자는 말에 모두 와르르 손뼉을 쳤다. 이어서 총무라는 젊은 사내와 함께 승객들에게 아침식사 대용으로 따끈한 백설기와 생수를 한 병씩 나눠줬다. 배식을 마친 회장이 다시 마이크를 잡았다. 소음 때문에 무슨 말인지 분명치는 않지만 대충 듣기로는, 여러분이 잘 알다시피 우리가 걷은 회비로는 남의 집 헛간에서 뒹굴지 않는 한 3박 4일을 지내기가 어렵다는 것이었다. 그래서 빠듯한 경비에 버스 기름값이라도 보태자면 부득이 몇몇 유명 상품전시홍보관을 방문하겠다는 말이었다. 말이 좋아

방문이지 실은 구걸하러 들린다는 것이었다.

"거기서 권하는 물건을 꼭 사지 않아도 돼요. 그저 홍보관에서 용변도 보고 이십 분쯤 홍보 강의를 듣다 보면 유익한 내용도 없지 않으니까 누이 좋고 매부 좋은 거 아니겠어요. 것도 아님 여행 준비에 잠을 설친 분은 잠시 졸다가 손뼉만 몇 번 쳐도 나올 땐 홍보용 선물을 한 아름씩 주니까 부담 갖지 말고 챙기세요. 거기서 권하는 상품을 사고 안 사고는 여러분 자율입니다. 절대 부담 갖지 마세요. 제 말이 뭔 뜻인지 아시죠, 여러분?"

무슨 음모를 꾸미듯, 회장의 나긋나긋한 말에 우린 또 손뼉을 쳐댔다.

그날 처음 들른 곳은 금산에 있는 홍삼 전시관이었다. 거기서 홍삼에 대한 강의를 듣고 영농조합에서 염가로 준다는 홍삼 제품을 산 사람도 있으나 대개는 선물만 받아 챙겼다.

오후에는 우황청심환을 제조하는 K제약회사를 들렀다. 그곳 홍보 담당 이사도 자사 제품의 우수성을 따발총 쏘듯 떠들었는데 들어 해될 건 없었다. 개그맨 같은 홍보이사의 배꼽 잡는 강의를 재밌게 듣고 나오면서 그 회사의 로고가 찍힌 우산을 선물로 받았다.

저녁 무렵 울진에 도착한 우리는 허름한 호텔에서 여장을 풀었다. 말이 호텔이지 서울의 웬만한 모텔만도 못한 시설이지만 깊은 지하에서 나오는 온천수가 특별해서 예약하기 힘들었다는 말을 회장이 길게 늘어놓았다. 이어서 방을 배정했는데 먼저 남녀로 구분하여 방 하나에 사오 명씩 합숙하라는 것이었다. 말만 부부 동반이지 저렴한 회비 때문에 각방을 써야 한다는 데 아무도 이의를 달지 않았다.

내게 배정된 삼층으로 올라가자, 칠팔 명이 쓸 만큼 넓은 방에 먼저 온 사람이 네 명이었다. 그들은 언제부터 알았는지는 모르지만 서로 호형호제하면서 입었던 옷을 훌훌 벗고 간편한 복장으로 바꿔 입는 중이었다.

이런 패키지여행이 처음인 나는 낯선 이들과 방을 함께 쓴다는 자체가 몹시 어색했다. 그렇다고 혼자 불만을 터뜨릴 순 없었다. 그게 오히려 이상할 것 같아 잠자코 있었지만 코를 고는 나는 은근히 잠자리가 걱정되었다.

화장실 겸 욕실에서 먼저 씻고 나온 이들이 각자 편한 자세로 앉아 스스럼없이 껄껄댔지만 나는 긴장한 탓인지 자꾸 기침이 나와 신경이 많이 쓰였다.

일층 뷔페에서 저녁식사를 마치고 올라온 내가 어둠이 밀려드는 창가에서 바깥을 내다보고 있을 때였다.

"후진 호텔이지만 이런 데서 만난 것도 인연인데 우리 인사나 나눕시다."

실내에서도 옅은 색안경을 낀 사내가 옆자리를 터주며 말을 걸었다.

"노형은 하는 일이 뭐요?"

색안경의 말투가 투박했다.

"뭐, 별로 하는 일이…….'

글을 쓴다면 쓸데없는 말이 길어질 것 같아 나는 슬쩍 말꼬릴 흐렸다.

"백수구먼?"

색안경의 말투가 건방졌다.

"험, 형씬?"

나의 물음에 그는 대답 대신 명함을 내밀었다. 윤철한의 직함 은 K전자의 대표이사였다.

나는 픽, 웃었다. 그가 번뜻한 회사의 대표라면 굳이 이런 후진 호텔에서 합숙할 이유가 없지 않은가. 그럼, 저나 나나 도긴개긴 인데 꿀릴 게 없었다. 나는 다리를 쭉 뻗었다.

"거긴, 명함 같은 거 없수?"

"명함 가진 백수 봤소?"

건방진 그에게 나도 당돌해졌다. 겨우 문단 말석에 낀 주제에 번듯한 명함이 있을 리 없고, 있다한들 이런 데서 '찌라시'처럼 뿌 리긴 싫었다.

"흰머리에 수염까지 기른 폼이 제법 도사 같은데 어디서 철학 관이라도 열었소?"

천방지축으로 질퍽대는 그에게 나라고 흙탕물만 뒤집어쓸 수 는 없었다.

"그런 걸 할 만큼 눈이 밝지 않소. 허지만 뭐 궁금한 거라도 있 소? 장님이 제 앞은 못 봐도 남의 점은 잘 봐준다는 말처럼 내 비록 까막눈일망정 거기 운세 하나는 똑 부러지게 봐주리다."

나는 겨우 육갑이나 외는 주제에 겁 없이 떠벌였다. 그리고 보니 윤 사장의 얼굴은 잡티 하나 없이 깨끗했다. 험한 일은 근처에도 안 가본 사람처럼 맑고 수려한 이목구비에 귀티가 흘렀다. 흠이라면 각진 이마가 너무 창백한 나머지 찬바람이 불 만큼 냉정하게 보이는 것이었다. 그래서 나도 모르게 거리감이 생겼는데 노골적인 야유를 받고 보니 기분이 잡쳤다. 허나, 턱에 있는 칼자국을 감추려고 수염을 기르면서부터 자주 듣던 껄끄러운 소리라 새삼 말꼬리를 잡고 싶지 않았다.

"어쭈, 이 친구 말 펀치가 제법인데. 대체 어디서 명리를 배웠소?"

"건 천기누설이니 함부로 주둥아리 깔 일이 아니고, 궁금한 거나 물어보쇼. 가령, 승승장구하던 사업이 언제 폭삭했다가 불같이 다시 일어날 날이 언젠지 궁금하지 않소? 관상을 보니, 지금은 되는 일도 없고 안 되는 일도 없이 만날 한 타령으로 지지부진……."

나는 버릇없이 깝죽대는 윤철한의 콧대를 초장에 팍 꺾어놓고 싶었다.

"뭐, 지지부진?"

윤철한이 멱살을 잡을 듯 벌떡 일어섰다. 순간, 지금껏 우리의 입씨름을 지켜보던 오십 대의 뚱뚱한 사내가 잽싸게 윤철한을 가로막았다.

"자자, 이러지들 마시고 정식으로 돗자릴 깝시다. 도인께서 윤 사장님의 운세를 감정하려면 지대로 판을 짜야 안 쓰것습니까 요?"

뚱뚱보는 온탕 냉탕의 수온 조절이 곤란한 우리 사이가 결국 위험수위에 이르렀다고 느꼈는지 슬쩍 윤철한을 싸고돌았다. 나는 때를 놓치지 않았다.

"옳거니, 형씨는 복채나 잘 챙기쇼."

"그럼, 지도 국물이 쪼깐……?"

"있다마다. 내 한밑천 잡음 그쪽도 이번 여행경비는 좋이 뽑을 거요."

분기탱천했던 윤철한이 물었다.

"복채가 얼만데?"

"거야 사람마다 다르지. 사주팔자가 지랄 같음 당장 '우라까이' 해주는데 달랑 돈 몇 푼 가지고 되겠소?"

"사주팔자를 뒤집어준다구?"

윤철한은 흥미로운 듯 머리를 갸웃거리며 물었다.

"흔히 철학관에서 운명을 감정한답시고 남의 껄끄러운 과거를 들쑤시기가 일쑨데 건, 말짱 개수작이란 말이오. 사주팔자가 개떡 같으면 바로 엎어버리고 용기백배할 비전을 내놔야 할 건데, 이건 오라지게 겁만 실컷 먹여 놓곤 명쾌한 처방이 없으니 그게 개수작이 아니고 뭐겠소?"

내가 입에 모터를 단 것처럼 떠벌이자, 윤철한이 솔깃해서 물었다.

"그러니까 복채가 얼마냐구? 뭐, 지갑에 있는 것 반?"

윤철한은 어이가 없다는 듯 외로 꼰 목에서 헉, 하고 헛바람을 토할 때, 내가 잽싸게 받아쳤다.

"명색이 사장이라는 작자가 돈 몇 푼 가지고 벌벌 떤다면 백수와 다를 게 뭐요?"

"어라, 이 친구 어따 대고 반말이야?"

"도사 운운하면서 먼저 반말을 물똥 싸듯 찍찍 깔긴 게 누군데?"

나도 덩달아서 목청을 높였다.

"대관절 너 몇 살이나 먹었냐?"

윤철한이 색안경을 벗고 눈을 부라렸다.

"버르장머리 없는 넌?"

나는 콧등에 주름을 구겨 붙이고 대들었다.

"흰머리를 염색해 놓으니까 네 눈엔 애들로 보이는 모양인데, 어른한테 까불면 큰코다치는 수가 있어! 너, 내 문신 좀 볼래?"

어깨에 새긴 문신이 무슨 대단한 계급장인 양 팔뚝을 걷어붙이고 흔들어대는 꼴이라니!

"머리 허옇다고 어른행셀 하다간 훅, 가는 수가 있다구. 강아지는 날 때부터 털이 흰 놈이 있단 걸 모르냐? 암튼, 너 민쯩 한 번까 볼래?"

윤철한이 횡설수설하다가 주민등록증을 꺼냈다.

"좋다. 까자."

윤철한은 나의 주민등록증은 보지도 않고 설레발을 쳤다.

"보다시피 난 해방둥인데, 넌?"

얼굴이 팽팽한 그가 해방둥이라니 나도 뜻밖이었다.

"동갑인 주제에 뭘 그렇게 어른 대접 받으려고 안달이냐?"

나의 핀잔 한마디가 그의 입을 단번에 틀어막았다. 우리는 더 따지지 않고 다섯 명 중 연장자라는 것만 확인했다. 우리보다 네 살 밑인, 이마가 홀떡 벗겨진 김 씨가 셋째이고, 오십이 넘은 뚱뚱보와 사십 대 후반인 장 씨가 막내였다. 김 씨는 국영기업체에서 부장으로 근무하다 삼 년 전 명퇴했고, 뚱뚱보는 부동산중개업을 하는지 아까부터 그쪽 이야기에 열을 올렸다. 막내인 장 씨는 중령으로 예편해서 방위산업체 연구원으로 나간다는 것이었다. 우리는 즉석에서 그를 일 계급 특진시켜 장 대령 아니 장군으로 불렀고 김 씨도 이사로 승진시켜주었다. 갑장이 말했다.

"야, 우리 말 까자."

"까자니, 뭘? 말 좆을?"

나는 갑장이 무슨 말을 하는지 알지만 시침을 뗐다.

"지랄 말구 말 트자구! 세상에서 젤로 만만한 게 갑장이라잖니?"

"그래도 그렇지, 초면에 어떻게?"

나는 슬쩍 한발 물러섰다.

"객지서 동갑을 만났는디 술이 읊담 쓰것능가요? 지가 뭐시냐,

쌈빡한 술 한 잔 올릴랑게 욜로 다거 앉으시쇼, 잉."

뚱뚱보가 여행가방에서 중국술 '이과두주'를 꺼냈다. 내가 안주로 육포를 내놓자 갑장이 반겼다.

"육포 갖고 다니는 꼴이 술 좀 하는 모양이군. 암튼, 어른이 좋아하는 육폴 대령한 거 보니까 진짜 족집게 도살세그려."

"주접떨지 말고 술이나 마셔."

술을 권커니 잣거니 하다 보니 거나해진 분위기가 후끈 달아올랐다. 다양한 화제에 목청도 높아졌다. 갑장과 김 이사는 우리나라의 흔들리는 경제와 곤두박질치는 주식을 화제로 입에 거품을 물었다. 갑장은 폭락한 주식으로 수억 원을 날렸다고 징징대면서도 은근히 자신의 재력을 과시하듯 억이라는 단위를 공깃돌처럼 까불어댔다. 김 이사도 주식에 손을 댔다가 집 한 채는 좋이 말아먹었다고 맞장구쳤으나 주식과 거리가 먼 나는 그들이 집을 말아먹든 뒷간을 볶아먹든 관심이 없었다.

"아까 문신 어쩌고 하면서 겁을 주던데, 건 뭔 소리야?"

나는 화제를 돌릴 목적으로 건성 물었다. '

"문신……? 아, 이거?"

갑장이 러닝셔츠를 홀떡 걷어붙이고 밀가루 반죽 같은 허연 배를 불쑥 내밀었다. 거기에 그려진 것은 문신이 아니라, 1자로 길게 개복했던 배를 지네발처럼 촘촘히 봉합한 시퍼런 수술자국이었다. 나는 물었다.

"저런! 언제 그런 큰 수술을 했나?"

"이 개월 넘었어."

"헌데, 과음해도 돼?"

우리는 벌써 50도짜리 중국술 한 병을 다 비우고 소주를 마시기 시작했다.

"대작하지 않음 구박하려구?"

"그만해. 나도 어지간히 취했어."

나는 술이 좀 부족했으나 그만 술판을 벗어나 구석에 벌렁 누워버렸다.

이튿날 아침, 나는 갑장의 푸념을 들으며 눈을 떴다.

"야, 네 실력 대단하더라."

무슨 말인지 영문을 몰라 어리둥절한 내게 갑장이 볼멘소리로 투덜댔다.

"자다가 천둥소리에 깼더니 네가 코를 고는데 난 그때부터 한숨도 못 자구 날밤을 샜어. 고문을 당한 거지. 그렇게 민폐 끼치려면 오늘부터 딴살림 차려."

"밤새껏 콧노래를 열심히 불러줬더니 뭐, 칭찬은커녕 타박을 해?"

집에서도 코를 골아서 아내의 구박이 자심한데 남이야 오죽하랴 싶어 걱정이 많았다. 그래서 어제부터 잠자리를 걱정했는데 막상 면박을 당하고보니 무안하기 전에 숫제 철면피가 되었다.

"그냥 코만 골면 다행이게. 한참 동안 죽은 듯 숨을 멈췄다 단번에 폭발하듯 캑캑대는데 야, 정말 미치겠더라. 천정이 무너지는 건 고사하고 객지에서 팔자에 없는 상두꾼 노릇을 하는 줄 알았다니까."

"좋다. 오늘 점심은 내가 쏘마."

약속대로 점심을 푸짐하게 낸 나는 그날 저녁을 간단히 먹곤 슬며시 호텔을 빠져나왔다. 근처에 찜질방을 찾아갈 참이었다. 그러나 끝내 찾지 못하고 호텔 주변을 어슬렁거릴 때 누군가가 다가와 손을 잡았다.

"바람난 수캐처럼 왜 밤길을 헤매?"

"그런 갑장은 바람난 암캐여?"

"갑장이 없으니까 잠이 안 와. 객지에서 길을 잃고 헤매는가 싶어서."

빈말이라도 갑장의 속내가 고마웠다.

"담배 한 대 줘."

"피워도 돼, 환자가?"

"의사들은 펄쩍 뛰겠지만 그래도 한 대 피워야 잠이 올 것 같아."

"나 땜에?"

내가 담배에 불을 붙여주고 물었다.

"잠자리가 바뀌면 원래 잠을 못 자."

"코까지 골아댔으니 오죽했겠어? 쭉 돌아봐도 찜질방이 없네."

"딴살림 차리랬다구 삐졌냐? 우린 미우나 고우나 한배를 탄 갑장이야. 부담 없이 며칠 재밌게 뒹굴다 가자구."

"남들에게 민폐를 끼치니까 문제지."

나는 미안함을 솔직히 털어놓았다.

"뚱보도 만만찮더라. 무안할까 봐 말은 안 했지만 갑장과 막상
막하야."

갑장이 애들처럼 내 팔을 잡아끌었다.

"먼저 들어가. 다들 잠들면 들어갈게."

나는 3박 4일 동안 그와 뒹굴면서 농담을 진담처럼 주고받았
다. 어디까지 진담이고 뭐가 농담인지 구분하기 힘든 육담이라
남들은 처음에 싸우는 줄 알았다. 내가 주둥아리 닥치라고 소리
치면 그는 한술 더 떠 아가리를 조심하라고 대들었다. 그가 갑장
어르신이라고 빈정대면 나는 갑장 나리라고 이기죽거렸다. 그가
내 자존심을 박박 긁으며 악담을 퍼부어도 밉기는커녕 오히려 구
수하고 재밌게 느껴지는 건 그 특유의 유머와 재치 때문이었다.
그렇다. 친구는 오래될수록 좋다지만 흉금을 터놓을 수 있는 친
구는 결코 시간은 문제가 아니다.

파도가 밀려드는 바닷가에서 갑장이 말했다. 속내는 모르지만
부담 없이 어울릴 수 있는 구수한 인간미가 그리워 수술의 뒤탈
을 무릅쓰고 왔다가 나를 만나서 횡재를 한 기분이라고. 그건 피
차 마찬가지였다. 나도 그와 한바탕 웃고 나면 답답했던 가슴이
뻥 뚫리는 기분이었다.

갑장은 죽을 고비를 여러 번 넘기며 대수술을 했다는 사람답지

않게 표정이 밝았다. 게다가 결벽증에 가까운 깔밋한 성품은 그의 단정한 옷매무새만 봐도 알만했다. 평소 헐렁한 개량 한복을 즐겨 입는 나는 이따금 매는 넥타이도 당장 숨이 막혀 피하는데 그는 집에서도 자주 매고 있다는 것이었다.

"어쩐 일이야, 이 시간에?"

택시에서 내린 그에게 다가서며 물었다.

"그대가 보고파서 왔담 징그럽냐?"

나의 손을 잡고 빙끗 웃는 그의 얼굴이 희미한 가로등 탓인지 꺼칠했다. 잠시 주변을 살피던 그가 저쪽 호프집을 턱으로 가리켰다.

"거긴 안주가 부실한데……."

모처럼 찾아온 갑장을 기름내가 절은 치킨집으로 안내한다는 것이 마음에 내키질 않았다. 느닷없이 오긴 했지만 한 잔을 마셔도 깔끔한 집에서 대접하고 싶은 것이 최소한의 내 도리였다.

"맥주 한잔하는데 뭔 놈의 안주 타령?"

호프집으로 들어선 갑장이 구석자리에 몸을 부리며 말했다.

"그래, 여기서 우선 목이나 축이고 딴 데로 가자."

나는 먼저 그의 잔에 술을 쳤다. 그리고 초췌한 모습을 살피며 물었다.

"갑자기 웬일이야, 늦은 시간에?"

"왜, 급전 빌리러 온 것 같아 겁나냐?"

"겁나긴, 꿔줄 돈 많으면 좋지. 대체 얼마나 필요한데? 집 담보해 줘?"

희떱게 나오는 나를 빤히 바라보던 그가 목젖이 보이게 웃었다.

"푸-하하하! 이 각박한 세상에 집 담보해준다는 놈이 다 있으니 졸지에 재벌 된 기분이다. 자, 한잔 쭈-욱!"

그는 맥주잔을 들어 내 잔에 힘차게 밀어붙였다. 그리고 또 말했다.

"나 돈 많아. 죽을 때까지 펑펑 쓰고도 남을 만큼 많으니까 너나 필요함 말해."

"정말?"

그가 뭘 보고 내게 호의를 베푸는지 모르지만 말만 들어도 부자가 된 듯 흐뭇했다.

"죽을 때 지고 갈 것도 아닌데 나눠 써야지. 글 쓰는 놈이 무슨 돈이 있겠냐? 똥끝이 타도 그 잘난 자존심 때문에 혼자 끙끙댈 때가 많겠지. 노름밑천만 아님 얼마든 갖다 써."

평소 궁상떠는 게 딱 질색인 나를 어떻게 갑장이 아는지 슬쩍 자존심을 건드렸으나 결코 싫지 않았다.

"말만 들어도 복권 맞은 기분일세."

"헛소리하는 놈 아니라구, 난."

나는 금방 비운 그의 잔에 술을 따랐다.

"왜 따르다 말아?"

일부러 반만 따른 술잔을 그가 높이 들고 소리쳤다.

"전작이 있잖아?"

늦은 시간에 갈 길이 먼 그에게 무작정 술을 권한다는 게 부담스러웠다.

"걱정 마. 금방 일어날 거니까."

"금방 갈 거면 왜 왔어? 한가할 때 오던지 아님 맨정신으로 오잖고?"

시간이 갈수록 불안감이 쌓였다.

"난 너처럼 한가한 놈이 아니라구."

"암, 사장님이 어련하시겠어."

나는 빈정대는 투로 말했다.

"지랄 마! 남의 속도 모르면서."

그가 단숨에 비운 술잔을 내던지듯 탁자에 놓고 악을 썼다.

"네 집에서 잔달까 봐 겁나냐? 걱정 말구 술이나 마셔!"

"나야 엎어지면 코 닿는 데니까 걱정 없지만 자넨 갈 길이 멀잖은가?"

"멀어서 노자 많이 달랠까 봐?"

"그깟 택시비가 문제냐? 자네 건강이 염려되니 하는 말이지."

"이미 버린 몸, 걱정한다고 되겠어?"

갑장은 모든 걸 포기한 듯, 자작을 거듭했다.

"개똥밭에 굴러도 이승이 낫다는데 뭔 말을 그럭해? 금방 갈 사람처럼."

그의 건강이 막연히 염려되는 나는 퉁명스럽게 핀잔을 던졌다. 11시가 넘자, 손님은 달랑 우리뿐이었다. 나는 그만 일어서자고 서둘렀으나 그는 마지막으로 딱, 한 잔만 더 하자는 뜻으로 식지를 추켜들고 졸랐다.

"좋다. 죽은 놈 원도 풀어준다는데, 까짓 꺼! 자, 여기 술 한 병만 더 주세요."

나는 기분 좋게 선심을 썼다.

"고맙네. 마지막 소원을 들어줘서. 아까 혼자 술을 마시니까 왠지 자꾸 서글프더라구. 해서, 친구들에게 전화를 걸었더니 나오기는커녕, 요리조리 핑계만 대고 오라는 놈도 없더라구."

그의 핼쑥한 얼굴에 노여운 기색이 가득했다. 입가에 번지는 미세한 경련도 섭섭한 표시 같았다.

"아무리 술에 걸신들렸더라도 취객이 부르는데 후다닥, 뛰쳐나올 놈이 어딨냐?"

"너 있잖아?"

"나…? 솔직히 나도 부담스러웠지."

"그으래? 암튼, 친구들한테 퇴짤 맞고 보니 인생을 헛산 거 같더라구. 놈들은 내가 죽더라도 문상은커녕 귀찮게 여길 게 뻔해. 난 죽어도 아무한테도 알리지 말라구 할 거야."

"야, 이 밴댕이 소갈딱지야! 네 몸을 생각해서 사양한 건데 왜퇴짜라고 생각해? 그게 진짜배기 친구의 의린데 말이야. 나처럼 촐랑대고 나오는 놈은 말짱 개털이라고."

나는 어떡하든 그의 서운한 감정을 빨리 풀어주고 싶었다.

"쳇! 의리?"

그는 혀를 차고 말했다.

"고맙다. 네 의리는 죽어도 안 잊을게."

갑장은 천장으로 시선을 던지며 꿀꺽, 침을 삼켰다. 목울대가 꿈틀하는 순간 눈가에 맺힌 눈물이 주르륵 볼을 타고 흘러내렸다. 나는 못 본 척 말했다.

"과분한 호의가 부끄럽군."

"천만에! 하룻밤을 자도 만리장성을 쌓으란 말처럼 자넨 내 맘에 쏙 드는 알짜배기야. 암튼, 존 글 많이 써라. 힘껏 도울게."

그가 애써 눈물을 감추고 말할 때, 나는 솔직히 작품다운 작품을 내놓지 못한 터라 자신 있는 말을 피했다. 대신 듣기 편한 소리로 입을 막았다.

"어제 꿈이 개꿈은 아니군. 드디어 막강한 후원자가 나타난 걸 보니 진짜 길몽이네그려."

사업을 한다는 그가 자신이 구축한 세계와 전혀 다른 일에 무조건 돕겠다는 것은 일종의 허세다. 아니면 값싼 동정이라고 믿는 나는 그의 말을 귓등으로 들으면서도 싫지는 않았다.

"듣기 좋으라고 하는 빈말이 아니야."

그의 말이 빈말이라도 나는 좋았다.

"몸이나 잘 챙겨. 내가 유명해질 때까지 도와주려면 오래 살아야 될 거 아닌가."

"그랬음 오죽이나 좋겠냐."

그가 한숨을 길게 내쉬었다.

"자, 그만 일어나세."

나는 그의 뒤에서 겨드랑에 손을 넣고 번쩍 일으켜 세웠다. 그러나 그는 바람 빠진 풍선처럼 이내 그 자리에 풀썩 주저앉았다. 뭔가 토할 듯 울컥거렸다. 빨리 집으로 갔으면 좋으련만 그는 호프집을 나와서도 나를 좀처럼 놓지 않았다. 내 어깨에 무겁게 매달린 그는 택시를 기다리는 동안 쉰 목소리로 최희준의 '하숙생'을 흥얼거렸다.

인생은 나그네 길 어디서 왔다가 어디로 가는가.
구름이 흘러가듯 떠돌다 가는 길에
정일랑 두지 말자 미련일랑 두지 말자…….

빈 택시가 오자 그는 어디에 그런 힘이 있었는지 데려다준다는 나를 뿌리치고 도망치듯 택시에 올라탔다. 택시에서 손을 흔드는 그의 모습이 멀어지자, 나는 무거운 짐을 벗은 듯 마음이 홀가분했다. 그러나 몸은 중노동을 한 것처럼 무겁고 나른했다. 귀중품을 잃은 것처럼 허전하기도 했다. 갑장과 이렇게 헤어지면 다시는 영영 못 볼 것 같은 불길한 예감이 들었다. 성치 않은 몸에 술까지 취한 그를 혼자 보냈다는 마음의 부담이 목에 걸린 가시처럼 불편했다. 이럴 줄 알았으면 한잔 더하자는 구실로 그의 집에

데려다주고 와도 될 텐데 왜 그 생각을 진작 못 했는지 후회스러
웠다. 삶을 포기한 듯 술집에서 아무렇게나 지껄이던 그의 말이
이명처럼 귓가에서 맴돌았다. 그가 왜 갑자기 왔을까. 단순히 술
몇 잔 마시러 온 것이 아니라면 대체 그 이유가 뭘까. 혹, 어려운
사업을 상의하거나 위로받으러 왔다면 그건 처음부터 잘못된 계
산이었다. 나는 사업의 '사'자도 모를 뿐 아니라, 그가 온다고 할
땐 솔직히 반갑기보다는 부담스러운 생각이 앞섰다. 그러나 지금
은 달랐다. 다소 무례한 듯해도 따뜻한 정이 넘치는 저런 진국을
어디서 또 만날 수 있을까. 아니, 어째서 진작 만나지 못했을까 하
는 아쉬움이 컸다.

　이튿날 오전, 나는 그에게 전화를 걸었다. 받지 않았다. 사업을
하는 사람이 바쁘다 보면 빨리 전화를 받을 수 없다는 생각에서
급히 종료 버튼을 눌렀다.

　그리고 보름 뒤, 나는 뜻밖의 우편물을 받았다. 갑장이 보낸 특
수우편물 속엔 거액의 온라인 환증서가 들어있었다. 생전 처음
받아보는 거액이었다.

　나는 즉시 그의 핸드폰으로 전화를 걸었다. 받지 않았다. 여러
번 통화를 시도한 끝에 '고객의 전화기가 꺼져있어 삐-소리 후에
음성사서함으로 연결된다'는 녹음이 나왔다. 나는 그 지시대로
음성을 남기고 기다렸다. 아니, 진득하니 기다리다 못해 다시 전
화를 걸었으나 같은 소리만 반복되었다. 나도 비슷한 내용을 여
러 번 사서함에 남겼으나 하루가 지나도록 감감무소식이었다.

이튿날은 아예 '고객의 요청으로 통화가 중지되었다'는 녹음이 흘러나왔다. 의외였다. 사업하는 사람이 무슨 변고가 아니곤 결코 이럴 수가 없었다.

그때 얼핏 머리에 떠오른 것이 여름철에 받은 명함이었다. 그러나 어디에 두었는지 도통 기억이 없었다. 진종일 애타게 찾다 보니 몸살이 날 지경이었다. 이튿날 아내까지 나서서 부산을 떤 끝에 겨우 알아낸 것이 K전자라는 상호였다.

그의 아내와 통화가 되었을 때, 나는 귀를 의심하고 되물었다.

"갑장 아니, 윤 사장이 세상을 떴다고요? 언제……?"

그의 아내가 울먹이며 하는 말은 내일이 벌써 초재初齋라는 것이었다. 나는 허망한 심정을 표현할 길이 없어 입을 열지 못했다. 초재에 참석하겠다는 말로 전화를 끊은 나는 한동안 머릿속이 텅 빈 것처럼 아무 생각이 나지 않았다. 멍한 상태로 바라보는 허공엔 갑장과의 짧은 만남이 영화처럼 어른거렸다.

이십 일 전, 그가 호프집에서 괴로워할 때 나는 단순히 과음 탓이라고만 생각하고 대수롭지 않게 여긴 것이 불찰이었다. 지금 생각하면 그는 진작부터 죽음을 예감하고 일껏 찾아와 고별주까지 나누며 절박한 처지를 노골적으로 털어놨건만 한낱 주정으로만 치부하고 건성 들어 넘긴 무성의가 영원히 씻을 수 없는 나의 과오였다. 그렇다. 그의 말처럼 우리가 사귄 기간은 짧았다. 그러나 그동안 내게 베푼 그의 알뜰한 정이 이토록 가슴을 아프게 할 줄이야! 나 혼자 감당하기엔 너무 벅찬 화두를 던져놓고 홀쩍 떠난 그가 한없이 원망스러웠다. 그의 절박한 심정을 전혀 눈치채지 못한 나 자신이 너무 부끄럽고 죄스러웠다.

이튿날 아침, 나는 서둘러 집을 나섰다. 그러나 북한산 중턱에 있다는 자운암慈雲庵이 초행인데다 중간 중간에 복병처럼 이어진 가파른 너덜길이라 초재가 시작될 무렵에야 겨우 사찰의 일주문에 이르렀다. 땀에 젖은 옷깃을 여미고 경내로 들어서니 절벽에 제비집처럼 매달린 자운암이 언젠가 한두 번쯤 다녀간 듯 정겹게 맞았다.

오색단청이 화려하게 채색된 대웅전에서 시작된 초재는 그 분위기가 무척 엄숙하고 무거웠다. 마치 물속에 깊이 가라앉은 듯 무거운 느낌이 들었다.

석가모니 부처님 좌우로 관세음보살과 지장보살을 나란히 모신 상단에 간단히 예불을 마친 노비구스님이 영단靈壇쪽으로 자리를 옮겨 앉았다. 간소하게 차린 영단의 제물祭物 앞에 정좌한 노스님이 가볍게 요령을 흔들자, 옆에서 젊은 바라지스님이 목탁을 치며 염불을 시작했다.

나무극락도사 아미타불 나무관음세지 양대 보살,
나무 접인 망령 대성인로왕보살······.

은은한 향연이 가볍게 떠도는 법당에서 1시간쯤 이어진 장엄 염불이 끝날 즈음에 나는 갑장의 영정과 위패가 놓인 영전에 향을 피우고 삼배를 올렸다. 왕생극락을 빌었으나 그의 죽음은 전혀 실감되지 않았다. 어딘가에 숨었다가 불쑥 뛰쳐나올 것 같은 착각에서 헤어날 수가 없었다.

초재를 마친 사람들이 스님을 따라 대웅전 밑에 있는 요사로 내려갈 때, 나는 법당에서 잠시 눈인사만 나눈 그의 아내에게 천천히 다가갔다. 여름에 본 후, 처음인 그의 아내가 초췌한 모습으로 나를 맞았다.

"폐 끼치길 싫어하는 그이가 생전에 아무에게도 알리지 말라는……."

남편의 유언대로 부음을 전하지 못했다는 그의 아내에게 나는 어떻게 위로해야 할지 몰라 고개만 숙이고 있었다. 손차양으로 햇살을 막고 섰던 그의 아내가 핸드백에서 뭔가를 꺼냈다.

"그이가 아끼던 만년필이에요. 주로 원고 쓸 때만 사용하던 만년필인데, 선생님께 드려도 결례가 안 된다면 아마, 그이도 저승에서 좋아할 거예요."

그의 아내가 내민 만년필은 시중에서 보기 드문 명품이었다. 라벨도 떨어지지 않은 투명한 케이스에 내장물이 훤히 보이도록 포장된 그의 유품을 나는 왠지 선뜻 받기가 부담스러웠다.

"부군께서 글을 쓰셨군요? 저는 사업만 하신 줄 알았는데."

그가 글을 썼다는 건 금시초문이었다.

"사업은 무슨, 살기도 힘든데 엉뚱하게 한눈을 팔았으니 사업인들 오죽했겠어요. 만날 헐떡대다 이제 좀 자리가 잡혔다 싶으니까 결국 이렇게…….”

그의 아내는 글을 쓴 남편이 지금껏 마뜩잖은 듯 한숨을 내뿜었다.

“6·25 때 고아가 된 그이는 가슴에 맺힌 한을 글로 풀려고 했나 봐요. 문학만이 슬픈 영혼을 달랠 수 있다고 믿었던 거죠. 아무도 위로해주지 않는 피맺힌 상처를 다소나마 보상받겠다는 일념으로 문학이란 버거운 짐을 지고 이상과 현실을 넘나들었지요. 그토록 무모하게 방황하다 보니, 어디에도 정착하지 못한 채, 항상 허기진 상태로 헐떡거렸죠. 선생님을 짝사랑하듯 좋아한 것도 순전히 문학 때문이었을 겁니다.”

그 아내의 말이 나의 가슴을 한참 동안 먹먹하게 만들었다. 나는 그의 문학에 대한 열정이 얼마나 강렬했는지 알 것 같았다. 한때 문학이 모든 걸 단번에 해결해 줄 거라는 막연한 기대 속에서 기약 없이 방황하던 나처럼 그도 문학이 한 가닥의 희망이자 절망이었을 것이다.

“혹, 바깥분이 써 논 원고라도……?”

가슴에 맺힌 응어리를 끝내 풀지 못하고 떠난 그에게 유고집이라도 묶어주고 싶은 게 내 욕심이자 마지막 호의였다.

“세상 뜨기 전에 원고를 모두 태우대요. 아무리 말려도 안 듣더군요. 되잖은 글이 남에게 짐이 될 수도 있다면서 그 많은 원고를…….”

그렇다면 그는 진작 나의 값싼 호의를 뿌리치고 떠난 셈이었다. 어쩌면 그런 자세야말로 내가 본받아야 할 모습인지도 몰랐다. 문학을 한답시고 건방지게 껍죽대던 나 자신이 부끄러웠다.

그의 아내가 요사로 가서 점심 공양을 하고 가라고 했으나 나는 갑장이 없는 곳에서 음식을 꾸역꾸역 먹을 자신이 없었다. 어색하고 불편한 자리를 되도록 빨리 벗어나고 싶었다.

나는 다른 약속을 핑계로 그의 묘소가 있는 곳을 물었다.

"유언대로 화장해서 강에 뿌린 것이 지금 얼마나 후회되는지……."

그의 아내가 얼굴을 돌리고 어깨를 들먹일 때, 나도 모르게 먼 산으로 시선을 던졌다. 산허리에 불길처럼 타오르는 울긋불긋한 단풍이 금방 안개에 휩싸이듯 뿌옇게 변해갔다.

하산 길에 싸늘한 손을 주머니에 넣자, 갑장의 유품이 악수를 청하듯 손에 쥐어졌다. 동시에 그의 꿈이 호주머니에서 말을 걸어왔다. 나는 그동안 못 들었던 말을, 하산 길 내내 그의 이야기를 들었다.

그래, 이제부터 그의 영혼이 들려주는 가슴 아픈 이야기를 이 만년필로 꼭 쓰겠다는 생각이 밀물처럼 밀려들었다.

발문

신풍구금身豊口金은
우리 시대의 단면을 보여주는 입심 좋은 역작

이광복
(사)한국문인협회 이사장·소설가

신풍구금身豐口金은
우리 시대의 단면을 보여주는 입심 좋은 역작

이광복
(사)한국문인협회 이사장·소설가

이번 제4회 문학저널창작문학상 소설부문 심사를 맡아 고심에
고심을 거듭했다. 지난 한 해 동안 여러 지면을 통해 숱한 소설들
이 발표되었고, 그 중에서 수상작을 결정한다는 것은 여간 힘든
일이 아니었다. 신인을 발굴하는 심사가 아닌, 기성작가들의 작품
을 놓고 한 편을 꼭 집어낸다는 자체가 그만큼 어려울 수밖에 없
었던 것이다.

심사 과정에서 많은 작품들을 집중적으로 검토했다. 그 결과
김영한 소설가의 중편소설 「身豐口金」을 주목하지 않을 수 없었
다. 이 작품은 주제가 건강한 데다 작가의 입심까지 좋아 술술 읽
히는 소설적 재미가 있다. 더욱이 이 작품은 우리 시대의 한 단면
을 극명하게 보여주는 역작이다.

인간성 상실의 시대, 즉 인정이 가랑잎처럼 메말라 가는 오늘

의 현실에 비추어 이 작품은 우리들에게 많은 것을 일깨워주고 있다. 예컨대 인간과 인간 사이에서 다른 사람의 처지를 되돌아보고, 더 나아가 진정한 보시의 의미가 무엇인가를 성찰케 해주는 것이다.

한편, 김영한 소설가는 지난 2004년 제14회 문학저널신인문학상에 당선, 문단에 공식적으로 등단했다. 나이만으로 따진다면 분명 지각생이라고 말할 수 있겠다. 하지만 그는 최근 우리 문단에 지천으로 널려 있는 다른 늦깎이들과는 근본적으로 다르다.

다른 늦깎이들의 경우 젊은 시절 등 따숩고 배부른 일에 종사하다가 뒤늦게 소일 삼아 어영부영 문단에 얼굴을 내미는 사례가 허다한 반면, 김영한 소설가는 일찍이 문학에 뜻을 두고 오랜 세월 내공을 다져왔다. 그는 저 1960년대부터 소설을 써왔지만, 지나치게 겸손한 나머지 등단이라는 절차를 늦추고 있었을 뿐이다.

그렇다. 김영한 소설가는 문학이 진정 무엇인가를 아는 작가로 널리 알려져 있다. 그리하여 그가 등단 이후 꾸준히 발표한 작품은 점점 더 진화하는 양상을 보여주었다. 이는 오랜 인고의 세월을 견디며 다져온 그의 저력에서 우러나오는 현상이라 하겠다. 설익은 작품 두어 편 내놓고 곧 밑천이 드러나 뒤로 슬금슬금 물러서는 함량 미달의 얼치기 작가들이 수두룩한 현실을 감안한다면, 김영한 소설가의 잠재력은 새 작품을 발표할 때마다 더욱 진가를 발휘하고 있는 것이다.

하지만 그는 굳이 자신의 작품을 내세우려 하지 않는다. 그는 누구보다도 겸손할 뿐만 아니라 여간해서 변치 않는, 아니 세월과 함께 더욱 농익어 가는 끈적끈적한 의리가 있다. 이와 함께 그는 문단의 선배와 동료들을 대하는 예의 또한 깍듯해서 선비로서의 진면목을 보여준다. 그리고 그는 몸을 낮추는 데까지 낮추어 문학저널문인회의 소설분과 위원장직을 맡아 열심히 봉사하고 있다.

이번 심사에서는 그의 이런 덕목까지를 충분히 참작했다. 아무쪼록 이번 문학저널창작문학상 수상을 계기로 그의 작품세계가 더욱 심화되기를 기원한다.